**EINER FLOG**

Anja Mäderer wurde 1991 in Gunzenhausen, Mittelfranken, geboren. Über Kurzgeschichten kam sie zum Schreiben und erhielt mehrere Auszeichnungen für ihre Texte. Sie studierte in Würzburg Geschichte und Germanistik und arbeitete nebenbei als Tutorin an der Universität und als Deutschlehrerin für unbegleitete minderjährige Flüchtlinge. Inzwischen ist sie verheiratet und in einer Flüchtlingsunterkunft in München tätig.

Dieses Buch ist ein Roman. Handlungen und Personen sind frei erfunden. Ähnlichkeiten mit lebenden oder toten Personen sind nicht gewollt und rein zufällig.

ANJA MÄDERER

# EINER FLOG ÜBER DIE VOGELSBURG

*Franken Krimi*

emons:

 Lust auf mehr? Laden Sie sich die »LChoice«-App runter, scannen Sie den QR-Code und bestellen Sie weitere Bücher direkt in Ihrer Buchhandlung.

**Bibliografische Information der Deutschen Nationalbibliothek**
Die Deutsche Nationalbibliothek verzeichnet diese Publikation in der Deutschen Nationalbibliografie; detaillierte bibliografische Daten sind im Internet über http://dnb.d-nb.de abrufbar.

© Emons Verlag GmbH
Alle Rechte vorbehalten
Umschlagmotiv: Bernard Jaubert/Arcangel.com
Umschlaggestaltung: Nina Schäfer, nach einem Konzept von Leonardo Magrelli und Nina Schäfer
Umsetzung: Tobias Doetsch
Gestaltung Innenteil: César Satz & Grafik GmbH, Köln
Lektorat: Dr. Marion Heister
Druck und Bindung: CPI – Clausen & Bosse, Leck
Printed in Germany 2019
ISBN 978-3-7408-0658-3
Franken Krimi
Originalausgabe

Unser Newsletter informiert Sie
regelmäßig über Neues von emons:
Kostenlos bestellen unter
www.emons-verlag.de

Dieser Roman wurde vermittelt durch die
Verlagsagentur Lianne Kolf, München.

Für Sarah, Mareike, Dominik, Natalie, Tobi, Markus,
Bettina, Caspar, Klaus, Nicolas, Oliver und Fabi,
ohne die es dieses Buch nie gegeben hätte.
Und für Helmut, der jetzt über Wolken joggt.

*Angie, Angie, when will those clouds all disappear?*
*Oh Angie, don't you weep, all your kisses still taste sweet.*
*I hate that sadness in your eyes.*
*But Angie, Angie, ain't it good to be alive?*
*They can't say we never tried.*

Rolling Stones

*Die Vogelsburg, unweit Volkach auf einer beträchtlichen Anhöhe gelegen und auf zwei Seiten vom Maine umströmt, gewährt eine der schönsten Fernsichten in Franken auf eine reizende, von dem mannigfaltigsten Wechsel von Wiesen, Wäldern, Weinbergen und Feldern unterbrochene Gegend.*

Aus: »Erinnerung an die Vogelsburg«, 1844

# 1
## MAN MUSS DA DURCH. MAN WEISS NUR NICHT, WO.

### Wills Tagebuch

Auf der Vogelsburg angekommen. Küchenchef bemüht, Patienten seltsam, Wetter schrecklich. Habe beschlossen, mich erst mal in meinem Zimmer zu verkriechen und mich an die neue Situation zu gewöhnen. In kleinen Schritten (in gaaaanz kleinen).
Erstgespräch mit meinem Bezugstherapeuten, einem gewissen Herrn L. Brunner (Lukas? Lorenz? Leopold?), verlief anständig. Er hat mir geraten, Tagebuch zu führen, damit ich meine eigenen Fortschritte klarer wahrnehme. Fortschritte, ha!
Ansonsten scheint er aber okay zu sein. Bart, dem man ansieht, dass er ihn schon trug, als er noch nicht in Mode war. Cordhosen. Brille mit Halbmondgläsern im Dumbledore-Style. Riecht nach Tabak. Er hat lange meine Hände angeschaut. Die kaputte Haut, die blutigen Stellen, die Narben vom Waschen. Seine Stimme war ganz sanft. »Ich bin froh, dass Sie jetzt hier sind.«
Das war nett von ihm, also führe ich jetzt eben dieses blöde Tagebuch.
Beim Kofferauspacken absurder Gedanke, dass von der Begrüßungsrose ein Blatt abgefallen und zwischen meine Wäsche gerutscht sein könnte, wo es anfangen würde zu schimmeln. Ich weiß, dass das unwahrscheinlich ist. Konnte mich von der Vorstellung aber nicht befreien. Habe alles fünfmal durchgeschaut, nichts gefunden. Ich versuche, mir einzureden, dass da wirklich nichts sein kann. Bin müde.
Für heute Ende im Gelände. Over and out.

Früher tauschte man Neuigkeiten beim gemeinsamen Gang zum Brunnen aus. Männer gratulierten sich bei der Jagd mit einem Grunzen zum siebzehnten Kind. Frauen bestickten Teppiche mit den neuesten Storys und schickten sie auf Kamelen um die halbe Welt.

Bei uns verbreiten sich Neuigkeiten am schnellsten im Speisesaal. Morgens, mittags und abends, wenn die Patienten alle zusammenkommen, sich um ihre jeweiligen Tische scharen, ihre Stühle zurechtrücken und anfangen, im Salat zu stochern. Dann wird nach der obligatorischen Frage nach dem Befinden und dem Stand der aktuellen Gruppen-, Einzel-, Kunst-, Sporttherapie der neueste Klatsch und Tratsch brühwarm zeitgleich mit der Suppe serviert. Und er wird ebenso gierig aufgesogen.

Alle Zwangspatienten sitzen gemeinsam an einem Tisch. Momentan sind wir zum Glück nicht viele, nur fünf. Ich mag Menschen nicht übermäßig. Vor allem keine verrückten. Und wir Zwängler kommen dem relativ nahe, was normale Menschen als verrückt empfinden. Trotzdem wären an diesem Tag sicherlich die meisten der anderen Depressiven, Essgestörten und Traumatisierten gern Teil unserer illustren Runde gewesen. Denn an diesem Tag erfuhren wir etwas, das den Klinikalltag vieler Patienten kurz darauf aus den normalen Bahnen warf. Wir waren die Ersten. Bei uns war die Neuigkeit sozusagen noch fangfrisch, blutig, körperwarm. Als die anderen davon erfuhren, war sie fast erkaltet. Und sie verbreitete einen Geruch. Den Geruch des Todes.

Als ich in den Speisesaal kam, waren die anderen bereits vollständig versammelt. Auch an meinem Platz stand schon ein Glas Wasser, ohne Kohlensäure und nicht zu kalt, wie ich es am liebsten mochte. Wahrscheinlich hatte Irmela es mir mitgebracht. Sie achtete auf solche Dinge, sorgte gern für andere. Als ich mich setzte, nachdem ich meinen Stuhl auf etwaige Krümel vom Frühstück kontrolliert hatte, lächelte sie mir zu.

»Hallo, Will.«
»Hallo.«

Ich lächelte zurück. Irmela hatte sich lange schwergetan, zu akzeptieren, dass ich nicht mit meinem vollen Namen angesprochen werden wollte. Sie fand Willibald ebenso hübsch, wie ich ihn scheußlich fand. Wenn sie jetzt die Kurzform benutzte, musste ich das zumindest mit einem Lächeln honorieren. Positive Verstärkung erleichtert einen Lernvorgang. Wenn man lange genug in Therapie ist, lernt man so etwas.

Die Serviererin kam vorbei und bot mir einen Teller Suppe an, den ich ablehnte. Ich aß meist gleich den Hauptgang, heute marokkanische Hackbällchen auf Bulgur. Dabei beobachtete ich Irmela, die eine Serviette über ihre große Oberweite gebreitet hatte, um nichts auf ihre Bluse zu verkleckern. Mit ihrer grauen dauergewellten Kurzhaarfrisur und den altmodischen Clips-Ohrringen sah sie meiner Oma ähnlich. Allerdings verhielt sie sich ganz anders als die mir Anverwandte. Eine herzensgute Seele nannten es die einen, zwanghaftes Harmoniestreben die anderen, meist therapeutisch geschulten Menschen.

Holger, der neben mir saß, war immer noch bei der Vorspeise, obwohl er jedes Mal der Erste im Speisesaal war. Er kaute jeden Bissen gewissenhaft fünfzehnmal, bevor er ihn hinunterschluckte. Angeblich bekam er sonst Bauchkrämpfe, oder – mit noch größerer Angst behaftet – er konnte sich verschlucken. Es war mir ein Rätsel, wie er es trotz dieses Esstempos geschafft hatte, sich ein beträchtliches Übergewicht zuzulegen.

»Na, freut ihr euch auf die Gruppentherapie heute?« Irmela war es ein Bedürfnis, dass alle gern Zeit miteinander verbrachten. Leider reichte ihr ein stummes Nicken nur selten. »Warum sagt denn keiner was? Habt ihr schlechte Laune?«

»Nein«, sagte ich.

»Nein, du hast keine schlechte Laune, oder nein, du freust dich nicht?«

Irmelas Therapeutin hatte ihr geraten, auf präzise Antworten zu bestehen. Damit sollten Missverständnisse vermieden werden. Bei unserer Tischrunde führte es mittlerweile aber nur noch zu genervtem Augenrollen. Nur ich war mal wieder zu gut erzogen, um die Antwort zu verweigern.

»Das Nein bezog sich auf beide Fragen. Aber bevor du fragst: Nein, du kannst nichts daran ändern, dass ich mich nicht auf die Gruppe freue, denn es liegt nicht an dir, sondern daran, dass ich erklärter Misanthrop bin.«

Holger blickte von seinem Teller auf. Er war mittlerweile zu Gemüseauflauf übergegangen. »Ein was?«

Anne seufzte. Sie hatte ihre schwarz gefärbten Haare zu einem Dutt hochgesteckt und sah mit ihrer kantigen Brille nun aus wie eine strenge Oberlehrerin. »Will hält sich für einen Menschenhasser.«

Holger gluckste. Sein Lachen klang immer wie das eines kleinen Kindes. »Hat das dein Selbstbeobachtungsbogen diese Wochen ergeben, Will?«

Ich starrte ihn an. »Da ist ein Fleck auf deinem Hemd.«

»Was?«

»Ein Fleck!«

Holger blickte an sich hinab. Seine Augen weiteten sich erschreckt, als er bemerkte, dass es sich um einen Klecks Tomatensuppe handelte.

»Ich habe Suppe über mich verschüttet! Bestimmt habe ich mich verbrannt!« Panisch knöpfte er sein Hemd ein Stück auf, sodass wir alle einen Teil seines weißen behaarten Oberkörpers sehen konnten. Er untersuchte die Stelle. »Da ist es doch rot, oder? Ist das eine Verbrennung?«

»Nein, das ist keine Verbrennung.«

»Doch!«

»Nein!«

»Bitte nicht streiten!«

Irmela blickte beunruhigt von einem zum anderen. Ihre Schultern waren so verspannt, dass sie nachmittags wahrscheinlich wieder einen Termin bei der Physiotherapeutin ausmachen musste.

Holger klang ängstlich. »Aber ich habe heiße Suppe auf meine Haut geschüttet. Davon bekommt man Verbrennungen. Ich glaube, es tut auch weh.«

Anne mischte sich ein. Sie besaß – für eine Frau ja *bekannter-*

*maßen* ungewöhnlich – einen analytisch arbeitenden Verstand und konnte Holgers hypochondrische Zwangsgedanken am ehesten in ruhigere Bahnen lenken. »Erstens hast du gar nicht selbst gemerkt, dass du Suppe verschüttet hast. Es kann also gar nicht wehgetan haben. Und zweitens ist die Haut höchstens deshalb etwas rot, weil es sich um Tomatensuppe handelt. Rote Suppe hinterlässt rote Spuren, klar?«

»Bist du sicher?« Holger wirkte nicht zur Gänze überzeugt. Unschlüssig betrachtete er seine Brust.

»Ich bin sicher. Geh nach dem Essen doch einfach auf dein Zimmer und wasch es ab. Dann wirst du es schon sehen.«

»… und wasch das Hemd bitte auch gleich mit«, warf ich ein. »Wenn der Fleck überhaupt noch mal rausgeht. So was ist hartnäckig.«

Düster musterte ich meinen Joghurt mit Kirschkompott. Der Gedanke, etwas davon könnte auf mein T-Shirt tropfen, machte mich nervös. Hastig überprüfte ich, ob in meiner Nähe alles sauber war. Vielleicht sollte ich lieber gar nicht mehr weiteressen, nicht dass noch was passierte.

Irmela unterbrach meine Grübelei. »Vor lauter Suppenstreiterei hätte ich fast vergessen, was ich euch Spannendes erzählen wollte …«

Sie legte eine Pause ein. Da Holger immer noch seine Haut untersuchte und ich mich auf den Nachtisch konzentrierte, sagte niemand etwas dazu. Nur Anne, die schon fertig gegessen hatte und zu ihrem Strickzeug gegriffen hatte, betrachtete Irmela neugierig über den Rand ihrer Brille hinweg.

»Ich habe heute gesehen, wie sie eine Wasserleiche aus dem Altmain gezogen haben.«

Diese Nachricht war ungewöhnlich genug, um uns alle von unseren jeweiligen Beschäftigungen abzulenken. Auch Mäuschen, die Holger bislang atemlos beobachtet hatte, blickte auf und gab ein erschrecktes Geräusch von sich. Sie war die Jüngste in unserer Runde. Laute Geräusche machten ihr Angst. Schnelle Bewegungen ebenfalls. Viele Menschen, große Plätze und enge Räume sowieso. Mäuschen hatte sogar Angst vor der Angst.

Ihren Spitznamen hatte sie trotzdem eher wegen ihres Aussehens erhalten. Sie war klein und mager, mit unglaublich spitzen Ellbogen, die sich förmlich durch ihre graubräunlich-beigefarbenen Pullis zu bohren schienen. Ihr richtiger Name war in Vergessenheit geraten, vielleicht hatte sie sich auch nie getraut, ihn uns zu verraten. Selbst die Therapeuten sprachen sie immer nur mit »Sie, Frau …« an, um dann verlegen abzubrechen, in ihren Unterlagen zu wühlen und den Satz schließlich ohne konkrete Namensnennung zu beenden.

»Eine richtige Leiche?«

Ich versuchte, mir einen Körper vorzustellen, der längere Zeit im Wasser gelegen hatte. Vermutlich war er aufgequollen und bleich. Irgendwie glitschig. Und vielleicht hatten die Fische daran genagt. Das war entschieden widerlich.

»Was hast du denn unten am Main gemacht?«, fragte Anne.

»Ich sollte die Leute beobachten und Konflikte provozieren.«

Irmela seufzte. Sie war gerade im Flooding, einer Therapieform, bei der der Patient auf verschiedenste Art und Weise mit seinen Ängsten konfrontiert wird. Herr Brunner hatte mir bereits angekündigt, dass ich nächste Woche einen ganzen Tag lang mit einem Zahnpastafleck im Gesicht herumlaufen durfte. Mir graute schon jetzt davor. Allerdings musste ich zugeben, dass Irmelas Wasserleiche doch noch eine Spur beängstigender war.

»Ich musste jemanden anrempeln, im Café mein Wasserglas umschütten und dann kein Trinkgeld geben. Solche Sachen eben. Frau Hempel hat mir eine ganze Liste gegeben, was ich in den nächsten Tagen abarbeiten muss«, fuhr Irmela fort, »deshalb bin ich runter nach Escherndorf gelaufen, in Richtung dieses süßen kleinen Cafés. Aber dabei ist mir etwas anderes aufgefallen. Ich bin am Altmain entlangspaziert. Da gibt es doch diese kleinen Buchten, in denen das Wasser steht, fast wie Mini-Seen, mit einer Öffnung zum Main hin. Am Rand einer solchen Bucht lag ein Boot der Wasserwacht. Drei Männer standen halb im Wasser, halb am Ufer und hielten eine Rettungsplane, also so eine, die

auf der einen Seite golden glitzert, in die Höhe. Ich habe nur deshalb darauf geachtet, weil die Sonne darauf reflektiert hat. Sie haben damit einen Sichtschutz gebildet. Einen Sichtschutz für etwas, das da im seichten Wasser vor ihnen lag.«
Die Härchen auf meinem Arm stellten sich auf. Irmelas Stimme war beim Erzählen immer leiser geworden. Leiser und tiefer.
»Ich konnte nicht sehen, was es war, und ich wollte nicht zu neugierig erscheinen. Deshalb ging ich weiter. Aber nach ein paar Minuten habe ich kehrtgemacht und bin wieder zurück. Und da haben sie sie gerade abtransportiert. Zwei Männer im Anzug mit schwarzer Krawatte trugen eine Bahre, auf der ein Sack lag, so ein Leichensack, wie man das manchmal im Fernsehen sieht. Er war natürlich zu, aber ich konnte die Umrisse des Körpers erahnen. Mir ist richtig übel geworden dabei. Also bin ich schnell weitergelaufen, und dann kam mir auf dem Weg direkt ein schwarzes Auto entgegen. Wird wohl der Leichenwagen gewesen sein, sonst darf da ja niemand fahren.«
»Das gibt's ja nicht!« Anne legte ihr Strickzeug zur Seite. Sie trug es immer mit sich herum und behauptete, solange sie stricke, hätte sie zumindest keine Hand frei, um die Nummer des Teleshoppingcenters zu wählen. Anne bestellte nämlich täglich neue Küchengeräte. Nicht weil sie diese brauchte oder das gern tat, sondern weil sie nicht anders konnte. Sie hatte ein ganzes Haus voller Mixer, Salatschleudern, Spätzlehobel, Dampfkochtöpfe und Eierschneider.
»Wie schrecklich«, sagte Mäuschen. »Hattest du denn gar keine Angst?«
Irmela schüttelte den Kopf. »Nein, Tote tun einem ja nichts. Ich fand es nur irgendwie unheimlich. Sich vorzustellen, wie dieser Mensch da vielleicht um sein Leben gekämpft hat, bevor er ertrunken ist – und jetzt lag er da im Sack.«
Holger unterbrach sie. »Moment mal. Ich war doch gestern auch am Main. Und ich habe sogar die Fußspitzen hineingetaucht. Was, wenn die Leiche dann schon drin herumschwamm? An so einer Leiche sind doch lauter Bakterien, und die sind dann

auch im Wasser. Und meine Zehen ...« Seine Gesichtsfarbe nahm eine ungesund grünliche Färbung an.
»Das ist doch viel zu sehr verdünnt, als dass du dir davon irgendeine Krankheit holen könntest«, beruhigte Anne ihn. »Da fließen Hunderte Kubikliter Wasser in so einem Fluss.«
»Und wenn die Leiche ganz in der Nähe war? Ich habe meine Zehen in Leichenwasser getunkt, das könnte alles Mögliche auslösen.«
»Da passiert nichts.«
»Und wenn doch?«
Anne wandte sich zu mir. »Will, sag du doch auch mal was.« Durch die alberne Diskussion fiel die unruhige Spannung von mir ab. Plötzlich nahm ich die Geräusche des Speisesaales wieder wahr. Das Tellerklappern, das Lachen und Murmeln und das Brummen des Wasserspenders.
»Dann faulen deine Zehen ab. Das ist wie bei Lepra«, sagte ich lässig und schob meinen Stuhl zurück.

Ich musste in mein Zimmer und meine Bettdecke noch einmal richtig falten und auf Staub oder verlorene Haare kontrollieren. Sonst konnte ich den Mittagsschlaf vergessen. Was gingen mich Irmelas Leiche und Holgers Spinnereien an? Ich hatte ganz andere Probleme.

Ich war der Letzte, als ich zwei Stunden später auf die Minute pünktlich den Gruppenraum betrat und mich neben Anne setzte. Die anderen unterhielten sich gerade über ihre Therapieerfahrungen. Zwangsstörungen begleiten einen oft jahrelang. Wenn man Pech hat, das ganze restliche Leben. Entsprechend waren die meisten nicht zum ersten Mal hier.

Wie sehnte ich mich seit meiner Ankunft nach meiner Bibliothek. Nach den ordentlichen Buchreihen, dem Katalogsystem, den unendlich langen Regalmetern. Ich sehnte mich nach dem Duft, der einem Buch beim Aufschlagen entströmt, danach, mit der Fingerspitze über das Etikett zu streichen, das Lesebändchen gerade zu richten.

Natürlich gab es auch hier in der Klinik Bücher, genau vier

Regale voll im Atrium der Privatpatienten. Dort hätte ich viel Zeit verbringen können, aber ich fühlte mich zwischen ihnen nicht wohl. Sie hatten keine Nummern, keine Ordnung. Es waren zu wenige auf zu viel Raum.

Bücher sind Herdentiere. Sie brauchen Struktur, sie brauchen Pflege, sie brauchen Liebe. Ein Kochbuch kann nicht neben einer Abhandlung über die attische Demokratie stehen. Das geht einfach nicht. Da fühlen sich beide unwohl. Die Seiten werden spröde, es knistert beim Aufschlagen. Müde, unwillig.

Ich war immer gut zu den Büchern, weil sie auch gut zu mir waren. Kurz hatte ich überlegt, die Regale hier zu ordnen, vielleicht sogar eine Verleihliste anzufertigen und den Büchern Kürzel zu geben, um die Systematisierung und Wiedereinordnung zu vereinfachen. Aber das wäre zu viel Mühe gewesen. Mühe, die sich nicht lohnte, da sich niemand an mein System halten würde. Inzwischen hatte ich die Menschen hier durchschaut. Sie waren unachtsam, ganz und gar auf sich fixiert. Wen kümmerte es da schon, wenn ein Liebesroman neben einem Wanderführer stand?

Oh ja, ich sehnte mich nach meiner Bibliothek. Dem einzigen Ort, an dem ich je so etwas wie Glück verspürt habe.

Ohne etwas von meiner Wehmut mitzubekommen, diskutierten die anderen eifrig weiter.

»Erinnert ihr euch noch an diese Sabrina im letzten Sommer? Die Frau, die ihr Baby nicht stillen konnte, weil sie immer Angst hatte, die Milch würde nicht im Mund ihrer Tochter landen, sondern tröpfchenweise ins Universum hinaufspritzen, dort gefrieren und Raumschiffe zum Abschuss bringen?« Irmela schüttelte den Kopf. »Wie kann man sich nur so was einbilden?«

Mäuschen kicherte hinter vorgehaltener Hand. Ich dagegen hatte die Geschichte schon öfter gehört und fand sie weniger witzig. Mystisch-halluzinoide Zwangsvorstellungen nannte man das. Eine besonders schräge Spielerei des Gehirns. Allerdings mit fast ebenso hohem Leidensdruck verbunden wie mein Putzzwang oder Holgers Hypochondrie. Eine Zwangserkrankung konnte ein Leben ganz ordentlich ruinieren. Niemand wusste das besser als ich.

Frau Hempel betrat den Raum und schloss die Tür geräuschvoll hinter sich. Ihre ganze Person strahlte Tatkraft aus. Die kurzen rötlich gefärbten Haare wippten bei jedem Schritt, und da sie stets Kleidung mit hohem Stretchanteil trug, schienen selbst ihre Hosen und Blusen kaum mit ihr fertigzuwerden. Immer zeichneten sich Fettröllchen und wogende Fleischmassen unter dem Stoff ab. In ihrer Nähe konnte es ganz schön anstrengend sein. Ich hatte immer das Gefühl, ihr üppiger Körper sauge wie von selbst die Energie aus dem Raum und lasse für uns andere kaum etwas übrig. Deshalb war ich froh, dass sie nicht meine Bezugstherapeutin war. Irmela schien jedoch zufrieden mit ihr zu sein.

»Guten Mittag, guten Mittag! Willkommen zur ersten Gruppensitzung in dieser Woche. Moment mal ...« Frau Hempel drehte sich im Kreis und zählte die Anwesenden. »Wo ist denn Herr Brunner?«

Erst jetzt fiel mir auf, dass mein Therapeut nicht wie sonst auf seinem Stuhl direkt neben dem Fenster saß. Normalerweise beobachtete er von dort unsere Übungen. Wenn er etwas zu sagen hatte, dann in ruhigem, bedächtigem Ton. Ohne seine stille Präsenz wirkte der Raum merkwürdig leer.

»Soll ich ihn suchen gehen? Ich könnte an seinem Büro klopfen oder ihn am Empfang ausrufen lassen.«

Irmela natürlich. Hilfsbereit und überengagiert wie immer.

Frau Hempel runzelte die Stirn. »Nein, nein. Er wird schon einen guten Grund haben, weshalb er nicht da ist. Ich bespreche das später mit ihm.« Sie zog sich einen Stuhl heran, und wir rückten alle zusammen, damit wir für die anfängliche Befindlichkeitsrunde in einem ordentlichen Kreis saßen. Herrn Brunners Stuhl blieb außerhalb stehen. Ein stummer Zeuge unserer Gespräche. Stumm und irgendwie beunruhigend.

Nach der Gruppentherapie und einem kurzen Abstecher in mein Zimmer betrat ich in Bademantel und Saunaschlappen die Schwimmhalle. Sofort umfing mich warme, nach Chlor riechende Luft, die ich tief einatmete. Ich war gern im Wasser. Das Wasser in einem Schwimmbad war sauber und wurde regelmäßig gewechselt. Außerdem gab es hier keine Kinder, die ich fortwährend hätte beobachten müssen, ob sie nicht vielleicht im Begriff waren, hineinzupinkeln. In der Klinik gab es nur erwachsene Menschen. Na ja, manche waren vielleicht nicht ganz so erwachsen. Aber zumindest erweckte niemand den Anschein, ein Beckenpinkler zu sein.

Sorgfältig faltete ich mein Badetuch zusammen und legte es auf eine der Liegen. Den Bademantel hängte ich über die Lehne. Nun war mir doch etwas kühl. Ich blickte an meinem hellhäutigen, knochigen Körper hinunter. Gänsehaut zog sich über die Arme, sodass die Härchen Spalier standen. Besonders männlich sah ich ja nicht aus. Aber die Badehose machte einiges wett. Sie war dunkellila mit einem sonnenbebrillten, wellenreitenden Surfer am linken Hosenbein. Meine Schwester hatte sie mir vor der Abreise in die Klinik geschenkt. »Du bist ein cooler Typ, Will. Ein cooler Typ braucht coole Badeshorts«, hatte sie gesagt und mir das Päckchen in die Hand gedrückt.

Der coole Typ machte sich auf den Weg zu den Duschen. Ich versuchte mich dabei an einem möglichst männlichen, breitbeinigen Gang, aber die Badeschlappen, die ich zum Schutz vor Fußpilz trug, minderten mein Erscheinungsbild etwas. Trotzdem bildete ich mir ein, dass die Neue, Angelika, mit einer Spur Bewunderung grüßte, als sie an mir vorbei zum Becken tänzelte. Angie, wie ich sie in Gedanken bisweilen in Anspielung auf das Lied der Stones nannte, sah aus wie Lara Croft. Ich fragte mich nicht zum ersten Mal, wie man mit solchen Haaren und einer solchen Figur Depressionen entwickeln konnte. Der Wassergymnastikkurs am Mittwoch war immer proppenvoll, weil sich unter den Herren der Schöpfung herumgesprochen hatte, dass Angelika daran teilnahm. Sie trug zwar einen olivgrünen Tarnbadeanzug, aber ihre Formen hätten selbst einen Kartoffelsack in Haute Couture verwandelt. Ich war natürlich nur deshalb im Mittwochskurs, weil das terminmäßig am besten passte. Aber

Holger traute ich solche niederen Motive durchaus zu. Der kleine Spanner.

Ich scannte die Halle. Holgers kleine, kugelige Gestalt war eigentlich schwer zu übersehen, aber heute hatte er seinen Schönheitsschlaf Angelikas Rundungen anscheinend vorgezogen. Zufrieden duschte ich und schwamm einige Bahnen, bevor die Therapeutin auftauchte und uns einen Wasserball zuwarf, damit wir uns warm spielen konnten. Dann begannen wir mit den Übungen. Aquajogging und anschließend Gymnastik. Plötzlich geriet das Wasser hinter mir in Bewegung. Ein planschendes und schnaufendes Etwas paddelte näher.

»Will! Hey, Will!«

Ich blickte angestrengt in eine andere Richtung und tat, als würde ich mich auf die Anweisungen der Sporttherapeutin konzentrieren. Holger war zu klein, um im Becken den Kopf über Wasser halten zu können. Deswegen band er zur Wassergymnastik immer einen blauen Schwimmring um seinen beträchtlichen Bauch. Normalerweise blieb er am Rand, wo für die kleinen Patienten eine Art erhöhte Stehhilfe eingebaut worden war. Aber heute hatte er offenbar beschlossen, mich zu nerven. Wahrscheinlich wollte er mir noch einmal seine angebliche Verbrennung auf der Brust zeigen oder seine Lepra-Zehen.

»Und wir kreisen die Arme im Wasser«, rief die Therapeutin. Ich kreiste mit Armen und Beinen fleißig nach links und brachte so wieder mehr Abstand zwischen Holger und mich.

»Jetzt gegen den Uhrzeigersinn«, jubelte die Frau.

Das war blöd. Ich blieb, wo ich war.

»Will, bleib doch mal stehen!«, blubberte der blaue Schwimmring.

Ich tat, als hätte ich nichts gehört. Er sollte sich lieber auf die Übungen konzentrieren, wenn er schon zu spät kam.

»Wir kreisen immer SCHNELLER!« Die Stimme der Therapeutin klang wie die einer begeisterten Mutter, die ihr Kleinkind beim ersten Krabbeln beobachtet.

Soweit ich sehen konnte, erzeugte sie bei den anderen Patienten damit auch einen gewissen Enthusiasmus. Ein alter Herr schräg hinter mir gebärdete sich wie ein Schaufelraddampfer. Unter diesen Bedingungen hatte Holger keine Chance auf Annäherung. Und vielleicht rückte die Therapeutin ja gleich die Poolnudeln raus. Dann konnte ich Holger damit auf Abstand halten oder ihm eins überbraten, wenn er mir mit seinen Käsefüßen zu nahe kam.

»Und jetzt nach vorne boxen und dann gleich ein Kick nach hinten. Achtung: Box, Kick, Box, Kick.«

Ich versuchte, beim Boxen möglichst starke Wellen zu erzeugen. Vielleicht würde das reichen, um Holger hinwegzuschwemmen. Tatsächlich schaukelte er wild hin und her. Gleich würde er seekrank werden. Hoffentlich kotzte er dann nicht ins Wasser.

Trotzdem gab er sich nicht geschlagen, sondern paddelte mit Händen und Füßen sogar noch näher an mich heran. »Ich muss dir was erzählen, was Wichtiges!«, keuchte er.

Ich boxte etwas weniger kraftvoll. Normalerweise war Holger nicht so beharrlich und wagte es auch nicht, sich den Anweisungen der Therapeuten zu widersetzen. Etwas schien ihn tatsächlich zu beunruhigen.

»Uuuund stopp.«

Die Sporttherapeutin ging zum Geräteraum, um Poolnudeln für uns herauszuholen. Ich nutzte die Pause, um mich Holger zuzuwenden.

»Okay, was ist los?«

»Ich habe vorhin etwas Seltsames gehört.« Er war blass und blickte mich aus großen, verschreckten Augen an. Auf seiner Stirn perlten Wassertröpfchen. Ich konnte nicht unterscheiden, ob es sich um Reste meiner Wellen handelte oder ob er trotz des kühlen Wassers schwitzte.

»Ich glaube ... ich glaube, es ist Herr Brunner, den sie heute aus dem Main gezogen haben.«

## 2
## DAS ENDE IST IMMER GUT. WENN ES NICHT GUT IST, DANN IST ES NICHT DAS ENDE.

*Unvollständige Liste von Mäuschens Ängsten – und wie die Ärzte das nennen*

- *Angst, von Enten beobachtet zu werden (Anatidaephobie)*
- *Angst davor, seine eigene Meinung zu äußern (Allodoxaphobie)*
- *Angst, dass Erdnussbutter am Gaumen kleben bleibt (Arachibutyrophobie)*
- *Angst vor Spiegeln (Catoptrophobie)*
- *Angst vor Clowns (Clownstrophobie) (ätsch, nein, es heißt Coulrophobie)*
- *Angst vor Milchhaut (Glucodermaphobie)*
- *Angst, eine Erektion zu sehen (Ithyphallophobie)*
- *Angst vor der Zahl 666 (Hexakosioihexekontahexaphobie)*
- *Angst vor Geburten/schwangeren Frauen (Maieusiophobie)*
- *Angst vor der neuen deutschen Rechtschreibung (Neoorthographogermanophobie)*

Was ich im Schwimmbad erfuhr, genügte, um auch mir Sorgen zu bereiten. Holger hatte ein Gespräch belauscht, als er vor der medizinischen Zentrale wartete. Seine Augen juckten, und er benötigte antiallergische Augentropfen. Zur Sicherheit. Schließlich war Heuschnupfenzeit. Die Natur rüstete sich zur Fortpflanzung und benutzte dafür fliegende Einheiten. Es war also gut möglich, dass sich Holgers Pollenallergie ausdehnte.

Das Schiebefenster der Medikamentenausgabe schloss nicht ganz dicht. So hörte er alles mit: ein klingelndes Telefon. Die Frau, die unter der Woche immer die Tablettenkästchen befüllte

und morgens die Blutabnahme organisierte, nahm ab. Meldete sich vorschriftsmäßig. »Klinikum Vogelsburg, medizinische Zentrale, Frau Borifur am Apparat.« Sie war verlässlich, stabil, mit stets sorgfältig gebügelten Blusen.
»Herr Brunner arbeitet hier, ja.« Konzentriertes Zuhören.
»Nein, heute nicht erschienen, nicht erreichbar.« Schweigen.
»Im Altmain?« Ungläubiges Nachfragen. Bestürzung.
»Das kann doch nicht sein. Sind Sie sicher ...?«
»Mein Gott.«
Nach dem Niederlegen des Telefons ein langes Schweigen. Holger hatte sich ohne Augentropfen davongeschlichen. Mein Gott, hatte auch er gedacht, oh mein Gott.

Das alles erzählte uns Holger unter vielem Stottern und Stocken, nachdem wir beim Abendessen die anderen informiert hatten, dass es etwas zu besprechen gäbe. Wir hatten beschlossen, uns danach im Gruppenraum zu treffen. Draußen war es noch hell. Ein Rasenmäher dröhnte am geschrägten Fenster vorbei.

Elektrische Geräte hier oben wirkten auf mich immer noch wie Fremdkörper, wie Anachronismen, die es in den alten Gemäuern gar nicht geben dürfte. Ich hatte von Herrn Brunner erfahren, dass die Vogelsburg – oder »Fugalespurc«, wie sie damals hieß – vor unglaublichen tausendeinhundertdreizehn Jahren zum ersten Mal urkundlich erwähnt worden war, hier aber wahrscheinlich schon zur Altsteinzeit das erste Bauwerk entstanden war. Ich fand es immer noch höchst bemerkenswert, dass wir unsere jeweiligen psychischen Problemchen an einem derart altehrwürdigen Ort ausleben durften.

Und die Mehrheit meiner Mitpatienten wusste das noch nicht mal zu würdigen! Ich hatte beim Abendessen einmal einen kurzen Vortrag über die reiche Geschichte der Vogelsburg gehalten. Dabei hatte ich erzählt, wie sie im 11. Jahrhundert zunächst in den Besitz der Adelsfamilie Castell gekommen war, um anschließend als »Berg Gottes« von Karmelitern bewohnt zu werden, bis der wütende Mob die Burg während des Bauernkriegs plünderte, verwüstete und dann in Brand setzte. Meine Tischnachbarn hatten mich zwar höflich reden lassen, doch Irmela hatte währenddessen den Tisch abgeräumt, und Holger hatte sich an einem Wurstzipfel verschluckt und Fleischbröckchen über den Tisch gehustet. Banausen, allesamt! Doch der Gedanke an Herrn Brunner brachte mich schneller, als mir lieb war, wieder ins Hier und Jetzt.

»Das hätte ich niemals gedacht, niemals!« Irmela war sehr blass geworden.

Wir saßen im Kreis auf Holzstühlen. Nur Mäuschen hatte sich mit den Polstern und Meditationskissen, die für die Entspannungsübungen im Schrank lagerten, auf dem Boden ein Nest gebaut. Sie kauerten darin, als wolle sie sich vor der Welt verstecken.

»Ich gebe zu, dass das stark so klingt, als sei Herrn Brunner etwas passiert. Aber denkt bitte daran, dass wir keinen endgültigen Beweis haben«, versuchte Anne uns zu beruhigen. »Es könnte auch andere Erklärungen geben.«

»Welche denn?«, fragte ich düster. »Herr Brunner fehlt unentschuldigt, und ein Telefonanruf, der mit ihm und dem Main zu tun hat, erschreckt die Angestellte in der MZ. Dann wird aus der Mainschleife auch noch eine Wasserleiche abtransportiert. Da liegt der Zusammenhang doch recht klar auf der Hand.«

Irmela begann zu schluchzen. »Und ich war fast ein wenig stolz darauf, dass ich so etwas Interessantes beobachtet hatte und euch erzählen konnte. Wie krank ist das eigentlich?«

»Du kannst doch nichts dafür«, tröstete Holger sie. »Wir fanden das anfangs ja auch spannend. Es ist eben immer was ganz anderes, wenn man persönlich betroffen ist und den Menschen kennt.«

Mäuschen wischte sich verstohlen über die Augen und reichte auch Irmela ein Taschentuch. »Ich ha-habe ihn sehr gemocht. Er war ein toller Therapeut.«

»Allerdings.« Auch ich musste mich jetzt zusammenreißen, damit mir nicht die Tränen kamen. Mein kariertes Baumfällerhemd sollte auf keinen Fall etwas abbekommen. Ich liebte den weichen Baumwollstoff und trug das Hemd, sooft die

Waschzwänge es erlaubten. Außerdem fand ich, dass das Grün und Goldbraun gut mit meiner Augenfarbe harmonierte. Die kleine Eitelkeit leistete ich mir, obwohl den meisten Leuten wegen der Brille die ungewöhnliche Farbe der Iris sowieso nicht auffiel.

»Nicht war! Er *ist* ein toller Therapeut!« Anne schüttelte den Kopf. »Ich weigere mich, einfach so von seinem Tod auszugehen, wenn wir nichts Konkretes wissen.«

»Vielleicht hat Anne ja recht«, sagte Irmela mit einem Funken Hoffnung. »Vielleicht war alles nur ein Irrtum, und er liegt daheim im Bett und konnte nicht anrufen, weil er eine Stimmbandentzündung hat.«

»Oh, oh, das kann aber auch aufs Herz gehen. Damit ist nicht zu spaßen.« Im Vergleich mit einer Stimmbandentzündung war der Tod für Holger natürlich ein Kinkerlitzchen.

»Dann halt etwas anders, ist doch egal!« Irmela klang fast etwas sauer.

Holger öffnete den Mund, wahrscheinlich, um andere in Frage kommende Krankheiten aufzuzählen, schloss ihn mit einem Blick auf Irmela dann aber wieder.

»Was sollen wir denn jetzt machen?«, piepste Mäuschen.

»Wir können gar nichts machen«, sagte ich bitter, »allenfalls hoffen, dass uns irgendwann irgendwer informiert.«

»Mit so was rücken die von sich aus bestimmt nicht raus. Da heißt es höchstens: Herr Brunner hat Urlaub. Oder: Herr Brunner ist krank«, wandte Anne ein.

Für eine Weile herrschte Schweigen. Ich blickte aus dem Fenster, nahm das frische Grün des Rasens und der Bäume aber nur am Rande meines Bewusstseins wahr. In mir stritten die verschiedensten Gefühle um den Vorrang. Ein Chaos aus Niedergeschlagenheit, Trauer und auch Angst. Ich wusste, welches davon bleiben würde. Es war immer die Angst. Die Angst davor, dass mich die Zwänge wieder fest in den Griff nehmen würden, dass ich ihnen ohne meinen Therapeuten ausgeliefert war. Dass ich es allein nicht schaffen konnte.

Plötzlich spürte ich eine federleichte Hand auf meinem Arm.

Mäuschen hatte ihr Nest verlassen und streichelte mich nun vorsichtig und etwas unbeholfen.

»Mach dich nicht kaputt, Will. Ich habe auch Angst. Das ist normal.«

Sie murmelte das so leise, dass nur ich es verstehen konnte. Überrascht blickte ich sie an. Dieses blasse Wesen mit der durchscheinenden Haut, unter der man an Schläfen und Händen die Adern pochen sah, wusste ganz genau, was ich empfand.

Ich nickte und versuchte mich an einem Lächeln. »Danke.«

Anne räusperte sich. »Ich schlage vor, dass wir morgen während der Gruppentherapie auf Frau Hempel zugehen, ihr von unserer Vermutung erzählen und fragen, was wirklich passiert ist. Nur so können wir Klarheit bekommen.«

»Ja, das ist gut.« Irmela klang erleichtert. »Ich hätte sowieso ein schlechtes Gewissen, wenn wir ihr was verheimlichen würden.«

»Gibt es Einwände dagegen? Ansonsten würde ich das Thema morgen direkt ansprechen.« Anne blickte in die Runde.

Wieder einmal war ich froh, dass sie Gruppensprecherin war und die Dinge mit der ihr eigenen Stringenz anging. Gegenstimmen gab es keine. Wir alle wollten etwas Konkretes erfahren. Denn die Angst wird allzu oft aus Ungewissheit geboren.

\*\*\*

Es begann mit einem Klopfen an der Tür. Später sollte Dr. Lars Jacobi sich ausmalen, dass es das Schicksal war, dass da Eintritt in sein Büro forderte, um sein Leben auf den Kopf zu stellen. Zum betreffenden Zeitpunkt, Mittwochnachmittag, fünfzehn Uhr dreißig, fiel ihm jedoch nur auf, dass es ein ungewöhnlich harmonisches Klopfen war. Nicht zu laut, nicht zu leise und mit einer gewissen Rhythmik. Er ging zur Tür, öffnete sie, und schaute in zwei große grüne Augen, Augen, von denen man sich nur schwer lösen konnte. So musste sich Mowgli gefühlt haben, als er von der Schlange Kaa hypnotisiert, oder Hermine, als sie vom Basilisken versteinert wurde. Angesichts solcher

Augen fühlte auch Jacobi seine Glieder erstarren und war erst entsetzt und dann froh, dass er nicht die enge Jeans trug. Diese Augen! Nicht wegen ihrer ungewöhnlichen Farbe, der leichten Schrägstellung, die dem Gesicht etwas Katzenhaftes gaben, oder der dichten Wimpern, deren Schwung ihn an die Schreibschrift vorheriger Generationen erinnerte. Er konnte nicht wegsehen, weil ihre Augen direkt mit der Seele verbunden zu sein schienen und mit einem Blick Nervosität und Sanftheit, Müdigkeit und Lebenslust, Trauer und eine gewisse Erwartung auf den Betrachter projizierten.

Dr. Jacobi trat einen Schritt zurück, um unter diesem Ansturm nicht das Gleichgewicht zu verlieren. Mechanisch streckte er eine Hand aus, schüttelte die der Frau, nannte seinen Namen, bat sie ins Büro. Dann saß sie plötzlich auf dem Stuhl, und Jacobi fragte sich, wie sie so schnell dorthin gekommen war. Er war noch damit beschäftigt gewesen, die Strähnen ihres dunklen Haares mit Blicken zu sortieren und die weiche Linie ihres Körpers zu verarbeiten.

Sie saß dort, wo er die Therapiegespräche immer führte. An einem kleinen, niedrigen Tischchen, auf dem außer einer Schachtel Kleenex nur ein Becher mit Stiften stand. An der Wand hing ein mit Tusche gezeichneter Elefant, der in den Sonnenuntergang hineinmarschierte. Ein früherer Patient hatte ihn Jacobi geschenkt. Jacobi gefiel er sehr. Bei langweiligen Gesprächen stellte er sich vor, auf dem Rücken dieses Elefanten zu sitzen und in die weite Welt zu reiten. Auch die Frau lächelte, als sie das Bild betrachtete.

»Das ist sehr schön«, sagte sie mit ein wenig heiserer Stimme.

»Äh.« In seinem Gehirn schien nicht mehr genug Blut übrig zu sein, um vollständige Sätze bilden zu können.

Sie blickte ihn abwartend an. Vorsichtshalber hielt Jacobi sein Klemmbrett vor seinen Schoß.

»Das ist – wie schön, sehr schön. Also, dass Ihnen das Bild gefällt.« Oh Gott, sie musste ihn für einen kompletten Idioten halten.

Tatsächlich lächelte sie ihn nun an. Das Grübchen in ihrem

Kinn sah so niedlich aus, dass es jedem Korb voll neugeborener Kätzchen Konkurrenz gemacht hätte.

Er musste sich jetzt wirklich zusammenreißen. So ging das nicht. »Entschuldigen Sie, normalerweise spreche ich in ganzen Sätzen.« Verlegen fuhr er sich durchs Haar. »Anscheinend habe ich heute Morgen einen Kaffee zu viel erwischt.«

»Ich habe es nicht eilig. Sie können vor dem Gespräch ruhig noch ein paar Kekse essen, vielleicht hilft das ein wenig.«

Nein, aufstehen konnte er jetzt auf keinen Fall.

»Sehr freundlich, äh, aber es geht schon.«

Jacobi verfolgte den Verlauf einer mahagonibraunen Haarsträhne an ihrem Hals entlang, über die Mulde über den Schlüsselbeinen, die aussahen, als seien sie nur dafür gemacht, mit Küssen bedeckt zu werden, bis kurz oberhalb des sanften Hügelanstiegs, der in ihre Brüste übergehen würde. Weiter hinunter traute er sich erst gar nicht zu schauen. So etwas war ihm noch nie passiert. Eine spontane Erektion hatte er zuletzt als Fünfzehnjähriger gehabt, als er zusah, wie die Nachbarin ihren Rasen besprengte. Allerdings nicht mit Wasser.

»Sie wollten mich sicherlich fragen, warum ich das Bild mag«, schlug sie vor, als er sie weiterhin schweigend anstarrte.

»Gute Idee. Ja, verraten Sie mir doch bitte, warum Sie das Bild mögen.«

»Ich möchte am liebsten zusammen mit dem Elefanten weit weggehen. Er strahlt so viel Sicherheit aus, so viel Energie. Ich glaube, er wäre ein guter Reisepartner.«

»Fehlt es Ihnen selbst denn an Energie?«

Jacobi gab sich Mühe, ihren Augen nicht zu begegnen. Er musste diese Stunde irgendwie würdevoll hinter sich bringen. Zum Glück hatte er sich an seinen Fragenkatalog erinnert, an den er sich halten konnte. Die Fragen würden heute sein Elefant sein müssen.

»Keine Energie, keine Lust, etwas zu unternehmen, nicht einmal schöne Sachen, immer nur diese Müdigkeit und gleichzeitig die Anspannung.«

»Wie lange geht das schon so?«

Ihre Lippen in dem pastellfarbenen Rosaton ruhten aufeinander wie zwei aneinandergeschmiegte Seepferdchen. Das Perlmutt der Zähne schimmerte hindurch, wenn sie sprach. Kurz fragte sich Jacobi, wie all diese absurd kitschigen Bilder in seinen Kopf kamen. Er musste diese Gedanken um Gottes willen aus seinem Gehirn vertreiben. Aber dieser Mund! Es sah nicht aus, als hätte sie Lippenstift verwendet. Wahrscheinlich war sie überhaupt nicht geschminkt. Auch die kleinen Unreinheiten am Kinn hatte sie nicht überpudert. Der Rest des Teints strahlte dafür umso makelloser. Im orangestichigen Zimmerlicht leuchtete er mit den Augen um die Wette. Nur die Haare schienen das Licht zu schlucken.

Jetzt hatte er wieder nicht aufgepasst. »Entschuldigung, können Sie das noch einmal wiederholen?«

Er würde ab jetzt überhaupt nirgends mehr hinschauen außer auf sein Klemmbrett. Sollte sie ihn doch für einen Oberfreak halten, es ging nicht anders. Schließlich dienten seine Aufzeichnungen später als Grundlage für die Besprechung mit dem Oberarzt. Sie würde zwar trotzdem noch einmal von einer Gruppe aus Ärzten und Psychologen interviewt werden, aber dabei sollten sich keine Abweichungen zu seinem Erstgespräch ergeben.

»Es hat stufenweise begonnen, etwa vor einem Jahr. Zuerst nur Unruhe und Erschöpfung. Dann kamen immer mehr Symptome dazu.« Sie legte den Kopf schräg und blickte ihn an. »Sie haben ein schönes Büro, Dr. Jacobi.«

Das klang nach Spott, außerdem lenkte sie vom Thema ab.

»Danke«, sagte er deshalb nur. »Können Sie die ersten Symptome an einem Auslöser festmachen?«

»Das war durchaus ernst gemeint. Es ist ein sehr angenehmer Raum, ich fühle mich wohl, obwohl ich zum ersten Mal hier bin.« Sie schlug die Beine übereinander und lächelte ihn an. »Aber zurück zu den Symptomen: Ich denke, das kam von der beruflichen Überforderung. Ich habe sehr viel gearbeitet, musste die Aufgaben einer Kollegin im Mutterschutz mit übernehmen. Aber ich habe nicht darauf geachtet, wie es mir damit ging. Ich meine, wenn man viel arbeitet, ist es doch klar, dass man müde ist.«

Jacobi nickte und schrieb und fragte und hörte zu. Kein einziges Mal begegneten sich ihre Blicke. Schließlich überreichte er ihr einen Fragebogen, den sie in ihrem Zimmer in Ruhe ausfüllen sollte.

»Da geht es um Lernvorgänge in Ihrer Kindheit und Jugend und Ihren Umgang mit verschiedensten Erfahrungen. Das hilft uns, die Hintergründe besser durchleuchten zu können.« Er räusperte sich. »Wir sind hier ja eine verhaltenstherapeutische Klinik. Das bedeutet, dass wir eigentlich keinen psychoanalytischen Ansatz verfolgen, sondern negative Handlungs- und Denkmuster identifizieren und zu ändern versuchen. Unsere Arbeit ist sehr lösungsorientiert. Wir werden Sie verschiedenen Therapiegruppen zuteilen, und zweimal die Woche sind Sie auch bei mir zur Einzeltherapie.«

Die Frau stand auf. Sie schüttelten Hände. Jacobi ärgerte sich, dass seine Hand so heiß und schwitzig war, ihre dagegen so kühl. Er begleitete sie zur Tür. Sie blickte zu dem Bild hin und lächelte. »Dann sehen wir zwei uns ja bald wieder.«

Erst als sie gegangen war, wurde ihm klar, dass sie nicht ihn, sondern den Elefanten gemeint hatte.

※※※

Der Tag nach dieser schlimmen Nacht begann für mich mit einem schweigsamen, von mürrischer Anspannung geprägten Frühstück. Irmela zog ihren Teebeutel etwas zu heftig aus der Tasse, sodass einige Tropfen über den Tisch spritzten. Ich wusste, dass ich eigentlich zu weit von ihr entfernt saß, um etwas abbekommen zu haben. Dennoch musste ich das Essen unterbrechen und mehrmals mein T-Shirt, meine Hose und meine Arme auf Flecken absuchen.

Anne, die mich mit gerunzelter Stirn beobachtet hatte, erbarmte sich schließlich und bestätigte mir, dass ich und meine Kleidung komplett sauber geblieben waren und der Tee gar nicht bis zu mir gespritzt war. Irmela entschuldigte sich trotzdem so lange, bis ich schließlich »Ja, ja, ist schon gut jetzt!« brummte und mein Käsebrot wieder aufnahm.

Als ich wenig später den Gruppenraum betrat, sah ich sofort, dass etwas anders war als sonst. Frau Hempel kniete in der Mitte unseres üblichen Stuhlkreises vor einem brennenden Teelicht und hatte die Hände gefaltet. Ich tauschte einen Blick mit Anne, die hinter mir hereingekommen war und stumm nickte. Es sah ganz danach aus, als müsste sie gar nicht von sich aus auf Herrn Brunner zu sprechen kommen.

Die Therapeutin wartete, bis wir alle schweigend unsere Plätze bezogen hatten. Erst dann begann sie zu sprechen, in leisem Ton, den Blick noch immer auf das Flämmchen gerichtet.

»Ich muss Ihnen leider eine traurige Mitteilung machen: Herr Brunner, den wir gut kennen und sehr schätzen, ist vorgestern Nacht verstorben. Ein Spaziergänger mit Hund hat ihn im seichten Wasser treibend gefunden und die Rettungskräfte alarmiert. Leider war er zu dem Zeitpunkt bereits tot.«

Von Mäuschen kam ein erschrecktes Stöhnen. Frau Hempel stockte.

»Das ist ein großer Schock für uns alle, und ich …«

Sie unterbrach sich, als es an der Tür klopfte. Ein junger Arzt trat ein. Ich hatte ihn schon ein paarmal auf dem Flur gesehen. Obwohl er objektiv betrachtet wohl gut aussah, gefielen mir seine zu weißen Zähne und das verwaschene Blaugrau der Augen nicht. Es sah unnatürlich aus. Unnatürlich und nicht sonderlich sympathisch. Da war mir sogar Holgers kackbrauner Hundeblick lieber.

Frau Hempel bemühte sich um ein Lächeln. »Ich habe Dr. Jacobi zu uns gebeten, weil ich die Gruppe ungern allein leiten möchte, vor allem nicht in einer solchen Krisensituation. Herzlich willkommen also.«

Er nickte kurz und holte sich dann einen Stuhl, um sich zu unserem Kreis zu gesellen. Ich rückte gleich ein wenig von ihm ab, was er mit einem falschen Lächeln quittierte.

Nach einer Weile, während der wir alle auf die winzige Kerze gestarrt hatten, meldete sich Irmela. »Dürfen wir Fragen stellen?«

»Selbstverständlich. Ich weiß nur nicht, ob ich sie beantworten kann oder darf.«

»Wann ist die Beerdigung?«

Frau Hempel seufzte. »Das steht noch nicht fest. Die Leiche muss erst … hm, ist ja auch egal. Ich teile Ihnen selbstverständlich mit, wenn ein Datum festgelegt wird. Falls die Familie aber im kleinen Kreis trauern möchte, müssen wir das akzeptieren.«

Irmela nickte. Ich sah ihr jedoch an, dass sie bereits die Möglichkeiten überdachte, wie sie in einem solchen Fall vorgehen könnte. Heimlich an der Beerdigung teilnehmen? Sich als Mitglied des Kirchenchors ausgeben? Dass sie einen Kranz schicken würde, war so gut wie sicher.

Auch Mäuschen streckte nun zaghaft einen Finger in die Luft. »Wissen Sie schon, wie es mit der Gruppe und unserer Einzeltherapie weitergehen soll? Ich hoffe, Sie empfinden das nicht als egoistisch, wenn ich danach frage.«

»Nein, es ist nur natürlich, dass Sie sich über den Fortgang Ihrer Therapie Gedanken machen.« Frau Hempel blickte Jacobi an, der ihr zunickte. »Die Zwangsgruppe wird voraussichtlich von Dr. Jacobi und mir weitergeführt. Wie wir die Einzeltherapiestunden verteilen, muss erst noch besprochen werden. Für wen war Herr Brunner denn Bezugstherapeut?«

Anne, Mäuschen und ich hoben die Hände.

Dr. Jacobi lächelte uns drei nacheinander an. »Keine Sorge, wir finden schon die Richtige oder den Richtigen für Sie.« Ich hatte den Eindruck, dass er die Mädels eine Sekunde zu lange musterte. Mäuschen merkte es natürlich nicht, weil sie wie den Großteil des Tages auf den Boden schaute. Doch Anne runzelte kaum merklich die Stirn.

Frau Hempel war offenbar nichts aufgefallen. Sie stand ächzend aus ihrer knienden Haltung auf und streckte die Beine durch. »Natürlich machen wir heute keine normale Gruppensitzung …«, sagte sie.

Ich fragte mich, ob die Gelegenheit, Fragen zu stellen, schon vorbei war. Es gab etwas, das mich trotz meiner Betroffenheit interessierte. Ich war mir nur nicht sicher, ob diese Frage zu den erlaubten zählte.

»Aber ...« Frau Hempel zögerte. »Es gibt da noch etwas, was Sie wissen sollten: Es sieht ganz danach aus, als sei Herr Brunner Opfer eines ... Überfalls oder von etwas Ähnlichem geworden. Deshalb wird die Polizei heute Nachmittag zu uns kommen und Sie einzeln befragen.«

»Was für ein Überfall denn?« Holger klang wachsam. Vermutlich ging er von einem Überfall irgendwelcher Killerviren aus, die auch seine Zehen befallen hatten.

»Nun, er ist nicht auf natürliche Art und Weise ums Leben gekommen. Vermutlich war mindestens eine weitere Person daran beteiligt.« Frau Hempel verstummte wieder. Obwohl sie versuchte, alles möglichst diplomatisch auszudrücken, war allen klar, worum es hier ging. Damit hatte sie meine unausgesprochene Frage beantwortet.

»Mord«, stellte ich nüchtern fest. »Er wurde ermordet.«

»Vielleicht.«

»Warum sollte die Polizei uns sonst befragen wollen?« Darauf seufzte sie nur, noch tiefer als zuvor.

»Hat er sehr gelitten?«, fragte Irmela.

Frau Hempel schüttelte den Kopf. »Darüber habe ich mir auch Gedanken gemacht. Ich hoffe nicht. Allerdings weiß ich nicht, woran er gestorben ist, und ich will es auch gar nicht so genau wissen.«

Als niemand mehr etwas zu sagen wusste, übernahm Dr. Jacobi die Führung. »Genug Passivität für heute. Trauer*arbeit* ist ein enorm wichtiger Bestandteil bei der Bewältigung solch emotionaler Krisen.« Er zeigte seine Zähne, was ich eher als Angriffssignal interpretierte denn als Lächeln. »Sammeln wir doch einmal Ideen, was wir im Andenken an Herrn Brunner tun könnten.«

Ich schwieg schon allein aus Trotz ihm gegenüber. Schließlich hielt Irmela die Stille nicht mehr aus. Sie meldete sich wieder einmal.

»Wir könnten ihm einen Brief schreiben.«
»Und welche Adresse sollen wir da bitte draufschreiben?« Holger schnaubte verächtlich.
»Keine«, verteidigte Irmela sich. »Wir verbrennen ihn dann oder werfen ihn in den Fluss.«
»Das ist eine sehr schöne Idee«, lobte Dr. Jacobi.
Anne schlug vor, gemeinsam ein Trauerbild zu malen.
»Das ist eine sehr schöne Idee«, sagte ich.
Frau Hempel bedachte mich mit einem strafenden Blick. Klar, sie war froh, dass sie die irren Zwängler nicht allein betreuen musste. Vermutlich wollte sie unbedingt verhindern, dass ich Dr. Jacobi hinausekelte.
»Sein Lieblingsgericht kochen.«
Diesen Vorschlag von Holger fand ich tatsächlich gut. Es stellte sich jedoch heraus, dass niemand wusste, was Herr Brunner gern gegessen hatte. Wir alle hatten ihn immer nur mit der Pfeife im Mund gesehen, nie mit etwas Essbaren.
Nachdem alle anderen schon Anregungen geäußert hatten, traute sich auch Mäuschen, das Wort zu ergreifen. »Wir könnten einen Strauß Blumen für ihn pflücken und ihn zu der Kerze stellen.«
Holger begann sofort zu jammern. »Oh, oh, da fliegen aber lauter Gräserpollen. Das ist pures Gift für mich. Meine Augen jucken sowieso schon wie verrückt.«
»Unsinn, du bist gegen Birke und Hasel allergisch. Nicht gegen Gräser. Das steht doch in deinem Allergiepass«, widersprach Anne.
Holger blickte sie einen Moment verdutzt an. »Ach ja, stimmt«, sagte er schließlich.
Anne zwinkerte mir zu. Ich war mir ziemlich sicher, dass sie das gerade erfunden hatte.
Ansonsten gab es keine Einwände. Also brach unsere kleine Gruppe mit den beiden Therapeuten in die Natur auf. Im Gänsemarsch trippelten wir die Auffahrt entlang, überquerten die Staatsstraße und bogen dann auf einen Feldweg Richtung Fahr ein. Nach sieben Minuten sichteten wir rechter Hand eine hum-

melumschwirrte, würzig duftende Blumenwiese. Die Autos summten von ferne, doch man konnte sie für Hummeln halten und vergessen, dass es so etwas wie Zivilisation in der Nähe überhaupt gab. Frau Hempel verließ den Pfad und teilte die Grashalme wie Moses anno dazumal das Schilfmeer. Wir anderen schwappten in ihrem Kielwasser hintendrein. Da zwang mich ein plötzlicher panischer Gedanke zum Stillstand. Dicht am Wegesrand blieb ich stehen.

»Ich kann da nicht weiter rein.«

»Warum nicht?«, fragte Holger ungeduldig.

»Da könnte irgendwo ein Hund hingekackt haben. Das sieht man ja nicht, wenn das Gras so hoch steht.«

Dr. Jacobi drehte sich zu uns um und schnalzte mit der Zunge.

»Tsts, ein unpersönliches ›man‹ gibt es hier nicht. Bitte verwenden Sie immer die Ich-Form, wenn Sie von Ihren Zwangsgedanken berichten.«

Sein tadelnder Tonfall bewirkte, dass ich mir wie ein Schuljunge vorkam, der in die Ecke gestellt wurde. Wenn nicht gar an die Wand. Am liebsten hätte ich ihn in den nächsten Haufen geschubst. Aber so was tat ich natürlich nicht. Schließlich war ich erwachsen, auch wenn er mich nicht so behandelte.

»Na schön. Kein ›man‹ mehr. *Ich* möchte keine Hundekacke an meinem Schuh haben.«

»Das hat doch nichts mit Zwang zu tun. Ich will schließlich auch nicht in Hundedreck steigen.« Irmela lächelte mir ermutigend zu.

Ich lächelte nicht zurück. »Ja, aber der Unterschied ist, dass ich die Schuhe dann wegschmeißen muss.«

Anne stemmte die Hände in die Hüften. »Dann schmeiß sie eben weg. Das wird dir Herr Brunner ja wohl wert sein.«

Ich wollte sie schon anpampen, überlegte es mir dann aber anders. Irgendwie hatte sie ja recht. Und die Wahrscheinlichkeit, dass ausgerechnet ich in einen Hundehaufen steigen würde, war eigentlich nicht besonders groß. Ich musste mich nur von dem Gedanken daran ablenken. Sonst würde ich mitten in der Wiese stehen bleiben und mich vor lauter Panik nicht mehr vom Fleck rühren können.

Einige Meter von den anderen entfernt und mit kontrollierendem Blick stapfte ich durch die Wiese. Plötzlich kam mir alles so irreal vor. Die Grashalme waren zu grün, die fernen Getreidefelder auf der anderen Mainseite zu gelb, die Vögel zwitscherten zu laut. Sogar die Wolken sahen aus wie klumpige Wattebäusche, die eine gigantische Hand an den Himmel gepappt hatte. Und wir kleinen Menschlein liefen herum, irgendwo auf der Erdkugel, von oben ganz und gar unsichtbar. Mittendrin in der Wiese, mittendrin auch in unseren Sorgen und Problemen.

Ich bückte mich, um einen Stängel Hahnenfuß zu pflücken. Irmela neben mir hatte schon eine ganze Hand voll Blumen zusammen. Allerdings handelte es sich dabei ausschließlich um rosa blühenden Klee. Ein bisschen farbliche Abwechslung war Herrn Brunner sicherlich willkommen. Wahrscheinlich sammelte Irmela nur Blumen, die zu ihrer Bluse und dem grau melierten Rock passten. Ihre Füße steckten in festen Gesundheitsschuhen, die Brennnesseln und Unkraut unbarmherzig niedertrampelten.

Währenddessen kommandierte Holger zu meiner Linken Mäuschen herum, welche Pflanzen sie pflücken sollte, da er nicht mit ihnen in Kontakt kommen und einen Ausschlag riskieren wollte. Die beiden gaben ein seltsames Paar ab. Sie waren genau gleich groß, nur war Mäuschen gewichtsmäßig die Hälfte von Holger. In seinem Trainingsanzug hätte sie gleich doppelt Platz gefunden.

Etwas weiter entfernt sah ich Anne stehen. Sie lächelte mir zu und ordnete ihre Blumen. Die Stängel des Sträußchens waren alle genau gleich lang. Bei diesem Anblick beugte ich mich zu einem Sauerampfer hinunter, um meine Rührung zu verbergen. Ich hatte diese Verrückten irgendwie doch alle ziemlich lieb.

## 3
### GIB ALLES, AUSSER AUF!

*Wills Tagebuch*

*Alpträume. Immer wieder diese dunkle Gestalt, riesig, böse. So wuchtig, dass ich nicht entkommen kann. Sie steht hinter mir, verhöhnt mich. Dieses Gellen im Ohr. Jede Nacht aufs Neue. Ich weiß, wer sie ist. Ich darf sie nur nicht beim Namen nennen. Die Gedanken nicht zulassen.*
*»Du dreckiger kleiner Pisser, du dreckiger!«*
*Als ich aus dem Schlaf auffuhr, lag mir das Schluchzen noch auf den Lippen, jetzt sitzt es tief in der Kehle. Das Bettlaken ist feucht von meinem Schweiß. Ich bin aufgestanden und habe darauf gestarrt. Ein nasser Fleck in meinem Bett. Die Erinnerungen sind hochgekommen und wollten nicht mehr gehen. Ich habe es am Zittern gemerkt, an der Panik. Die nächsten drei Stunden habe ich geduscht, zu heiß, zu lange, wieder und wieder und wieder. Dann ist mir schwindelig geworden. Mein Kreislauf will nicht mehr. Aber er muss, sonst werde ich nie sauber. Also weiterschrubben.*
*Gegen fünf Uhr früh habe ich mich mit der Wolldecke auf den Fußboden gelegt. Bloß nicht zurück in dieses Bett. Mich ekelt vor mir selbst, vor meinem Körper. Er hat nichts Besseres als den Boden verdient.*
*Zum Glück habe ich ein Einzelzimmer.*

Ich erwachte mit diesen fiesen pochenden Kopfschmerzen aus meinem Mittagsschlaf. Wahrscheinlich war Föhn oder wie auch immer die unterfränkische Entsprechung dazu hieß.
Ich ging kurz auf den Balkon hinaus, um etwas frische Luft zu schnappen. Die Vogelsburg lag an der engsten Stelle der Mainschleife, in der Nähe zu Ober- und Mittelfranken. Mein

Zimmer ging nach Osten hinaus, doch wenn man auf der südlich gelegenen Klinikterrasse stand, konnte man den Blick gen Steigerwald und Frankenhöhe schweifen lassen. Die Burg war für diesen Blick so berühmt, dass sie 1909 sogar eine eigene Station auf der Strecke der Mainschleifenbahn zwischen Seligenstadt und Volkach bekommen hatte. Die Bahn verkehrte über die Sommermonate hinweg noch immer, auch wenn man inzwischen bei Escherndorf aussteigen musste, wenn man zur Vogelsburg wollte. Ich hatte mit meiner Therapiegruppe auch schon so einen Ausflug unternommen und mich dabei ertappt, dass ich es gar nicht so schlecht fand, auch wenn meine Mitpatienten absolut touristisches Verhalten an den Tag legten und ständig mit ihren Handys verschwommene Fotos schossen.

Leider änderte die frische Luft auch nichts daran, dass mein Kopf wehtat. Deshalb putzte ich nun mein Zimmer. Die Reinigungskräfte waren nett, aber sie hatten nicht die Zeit, alles so gründlich zu machen wie ich. Deswegen wartete ich, bis sie mit ihrem Wägelchen verschwunden waren, und fing dann selbst noch mal an zu scheuern.

Manchmal hatte ich das Gefühl, dass andere Menschen gar nicht sahen, was ich sah. Staubpartikel auf dem Fernseher, ein Haar neben dem Kopfkissen, Wasserflecken an den Waschbeckenarmaturen. Wenn ich putzte, kam ich mir allerdings überhaupt nicht krank vor, eher besonders aufmerksam. Schlimm war es nur, wenn ich mir nicht sicher war, ob da Schmutz war. Wenn ich das Gefühl hatte, da könnte noch etwas sein. Wenn ich auf dem Klo saß und plötzlich dachte, meine Hose könnte etwas abbekommen haben. In solchen Fällen untersuche ich jeden Zentimeter des Stoffes, finde nichts, fange von Neuem an. Irgendwann gebe ich auf und wasche die Hose. Außerdem muss ich dann gründlich duschen. Es könnte ja sein, dass auch meine Haut dreckig geworden ist, und wenn ich dann eine neue Hose anziehe, dann mache ich sie auch gleich schmutzig.

Hier brachten sie uns bei, dass wir Zwangsgedanken daran erkannten, dass wir uns nicht sicher waren, ob sie der Realität entsprachen oder nicht. Dann sollten wir versuchen, den

Gedanken wegzuschieben, tief in den Bauch zu atmen und uns abzulenken. Ich versuchte es immer wieder, aber das war schwer, so unglaublich schwer. Die Zweifel kamen immer wieder. Manchmal wünschte ich mir, ich hätte den Mut, es zu beenden. Dann könnten die Gedanken, die Zweifel und die Angst kommen, so viel sie wollten. Ich wäre nicht mehr da.

Als ich auf die Uhr sah, war es später als gedacht, und ich musste mich beeilen, um rechtzeitig zu meinem Verhör zu kommen. Ich ging in das Gespräch mit dem festen Vorsatz, möglichst viel aus dem Bullen herauszukitzeln. Tatzeitpunkt, Tatwaffe, Tatort. Es konnte ja sein, dass Herr Brunner an einer anderen Stelle getötet worden war als dort, wo sie seine Leiche aus dem Main geholt hatten. Je nach Fließgeschwindigkeit und Aufenthaltsdauer im Wasser konnte so ein bewegungsloser Körper bestimmt ganz schön weit treiben. Wobei ich nicht sicher war, ob es dann überhaupt möglich gewesen wäre, dass die Leiche letztendlich in der Bucht direkt unter der Vogelsburg landete. All dies erhoffte ich zu erfahren. Nicht aus niederen Beweggründen wie etwa Neugierde, nein! Sondern aus dem Wunsch heraus, zur Aufklärung beizutragen und meinem Therapeuten sozusagen im Nachhinein seine Arbeit zu danken und ihn zu rächen. Diese Polizisten heutzutage hatten vor lauter Berichteschreiberei und Paragrafenreiterei doch gar keine Zeit mehr, sich sorgfältig um einen Mord zu kümmern. Nicht umsonst waren alle berühmten Detektive der Literaturgeschichte Hobbyermittler. Das begann schon bei Sherlock Holmes und führte über Hercule Poirot und Miss Marple zu den Drei Fragezeichen und Kalle Blomquist. Ich war also in bester Gesellschaft. Mit Herrn Brunner war einer der Besten gegangen. Nun würde ich mein Bestes für ihn geben.

Der Bulle wartete im Büro von Frau Hempel. Ich war noch nie hier gewesen und blickte mich entsprechend neugierig um. Sie hatte Origamischwäne an ihr Fenster geklebt und einen bunten Flickenteppich auf dem Boden ausgebreitet. In einem Schrank standen Medizinbücher, aus denen bunte Markierungsklebestreifen ragten. Die Möbel aus hellem Holz gehörten zur

Standardeinrichtung in der Klinik, dennoch war ich überrascht, wie anders sie hier im Vergleich zu Herrn Brunners Büro wirkten. Von einer dezenten persönlichen Note konnte bei ihm keine Rede sein. Alles trug seinen Stempel: die chaotischen Bücherstapel, eine halb ausgetrunkene Tasse Kaffee, die Zeichnungen von Patienten, die gerahmt oder auch nur mit Tesa befestigt an der Wand hingen ... Alles zeugte davon, dass dort gearbeitet wurde. Deshalb hatte ich sein Büro als so authentisch empfunden.

Mir gefiel auch das wohnliche Ambiente hier, obwohl es für eine Befragung durch die Polizei nicht ganz passend erschien. Der Bulle wies auf einen Stuhl ihm direkt gegenüber. Er selbst thronte auf einem gepolsterten, ergonomischen Schreibtischhocker wie ein Buddha. Fettleibig, in sich ruhend, stabil. Er verfügte sogar über einen ähnlich ausdruckslosen Blick. Nicht einmal ein Tischchen stand zwischen uns, was mich prompt nervös machte.

»Bitte setzen Sie sich«, sagte er auf mein zögerndes Verharren hin.

Ich prüfte routinemäßig die Sitzfläche und ließ mich dann auf der äußersten Stuhlkante nieder.

»Mein Name ist Dietlinger. Kripo Würzburg.«

Herrn Dietlingers Gesicht wurde von einem ungewöhnlich breiten und dichten Schnauzbart dominiert. Fasziniert beobachtete ich, wie das Haargestrüpp bei jedem Wort zuckte und zitterte.

»Herr Klien, ich möchte Ihnen erst einmal versichern, dass Sie jederzeit Bescheid sagen können, falls Sie sich durch meine Fragen überlastet fühlen. Das musste ich Ihrer Therapeutin versprechen, und sie wirkt, als könnte sie ziemlich ... rabiat werden, wenn ich Sie aus der Fassung bringe. Sie melden sich also, falls Sie nicht mehr weitermachen können, in Ordnung?«

Ich nickte zum Zeichen meines Einverständnisses. Frau Hempel hatte sich also für uns starkgemacht. Das fand ich nett von ihr. Nett und sehr fürsorglich. Anscheinend hatte Sie diesem Dietlinger schon im Vorfeld die Hölle heißgemacht.

Kein Wunder, dass seine Schnurrbarthaare nach allen Seiten abstanden.

»Was machen Sie beruflich?«, fragte Dietlinger. »Also, wenn Sie nicht gerade hier in der Klinik sind«, schob er mit einem an Keuchhusten grenzenden Lachen hinterher.

War das etwa sein Verständnis von Humor? Ich hatte gute Lust, mich komplett debil zu stellen, wenn er mir schon bei der ersten Frage mit so was kam. Andererseits würde sich das Ganze dann künstlich in die Länge ziehen.

»Ich bin Diplom-Bibliothekar«, antwortete ich also knapp, »aber ich bin seit einem halben Jahr krankgeschrieben.«

»Das ist eine lange Zeit.«

»Sie wird noch länger werden.«

Es folgte eine Pause, bei der Dietlinger und ich uns stumm mit Blicken maßen. Schließlich unterbrach er den Blickkontakt als Erster und drehte sich zum Schreibtisch, um ein Notizbuch und einen Kuli schreibbereit auf seinen linken Oberschenkel zu legen.

»Nun ja, das ist natürlich Ihre Sache. Kommen wir zu meiner: Wo waren Sie vorgestern Abend? So zwischen zehn und ein Uhr nachts?«

Aha, die Tatzeit hatte ich hiermit also schon einmal erfahren. Und das gleich bei der zweiten Frage.

»Ich war in meinem Zimmer. Um kurz nach elf kommt immer die Nachtschwester und kontrolliert, ob wir in unseren Betten liegen. Sie müsste das bestätigen können.«

»Haben Sie zu diesem Zeitpunkt schon geschlafen?«

»Nein, ich war noch wach und habe Tagebuch geschrieben.«

Herrn Dietlingers Schnauzbart musterte mich misstrauisch. »Tagebuch, soso.«

»Zu therapeutischen Zwecken. Herr Brunner hat mir das empfohlen.«

»Und, hilft es?«

Ich zuckte mit den Achseln und wiegte gleichzeitig den Kopf hin und her. Half es? Ich war mir selbst nicht sicher. Allerdings tat es gut, drängende Gedanken und Ängste niederzuschreiben.

Damit wurden sie weniger real. Ich ließ sie sozusagen zwischen den Blättern des Tagebuchs zurück, wo sie fixiert waren und auf Beachtung warteten.

»Kommen wir mal auf Ihren Aufenthalt hier zurück. Wie lange sind Sie schon in der Klinik, aufgrund welcher Symptome, und wie gestaltete sich die Therapie bei Herrn Brunner?«

»Vier Wochen. Zwangserkrankung. Gut.«

»Etwas ausführlicher bitte.« Kommissar Dietlinger kratzte sich am Bauch. Er trug ein khakifarbenes Polohemd, sandfarbene Hosen und braune Schuhe. Die Farbnuancen passten nicht zusammen. Trotzdem hatte ich das Gefühl, dass er die Kleidung durchaus bewusst gewählt hatte. Vielleicht war das seine Taktik, um möglichst unauffällig zu wirken. In einer Menschenmenge ging er bestimmt schnell unter. Für Observationen durchaus nützlich.

»Herr Brunner war ein guter Therapeut, ein sehr guter sogar.« Ich konzentrierte mich wieder auf unser Gespräch. »Er hatte die seltene Gabe, Menschen allein durch Beobachtung einschätzen zu können und sehr schnell eine Beziehung zu ihnen aufzubauen. Er hat den Finger gezielt auf die richtigen Punkte gelegt. Dorthin, wo es richtig wehtut.«

»Nennen Sie ein Beispiel.«

»Zwänge sind nicht das Problem an sich. Sie sind viel mehr Symptom als Ursache. Das Grundproblem liegt oft in der Vergangenheit, in gestörten Bindungen, traumatischen Erlebnissen, unterdrückten Bedürfnissen. Daraus entstehen Ängste. Und unser Gehirn versucht, diesen Ängsten beizukommen, indem es Handlungen dagegensetzt.«

»Was für Handlungen?«

»Das können komplett irrationale Dinge sein, bei mir beispielsweise vielfach wiederholte Waschvorgänge. Hauptsache, sie halten die Gedanken beschäftigt. Der Zwang lenkt also von Dingen ab, mit denen der Kopf sich nicht beschäftigen will.«

»Dann beschäftigten Sie sich doch einfach damit. Dann würde es doch aufhören, oder?«

Ich seufzte. »Ganz so einfach ist das leider nicht.«

»Tja, ich bin ja kein Psychodoc. Aber da muss es doch irgendwelche Möglichkeiten geben ...«

Ich hatte keine Lust mehr, psychosomatische Aufklärungsarbeit zu leisten. »Wir arbeiten daran«, sagte ich deshalb nur und bewegte meinen Po noch eine Winzigkeit näher dem Stuhlrand zu. Er sollte ruhig merken, dass ich mich nicht wohlfühlte und nicht zu einem gemütlichen Plauderstündchen gekommen war.

Tatsächlich begann Kommissar Dietlinger in seinem Notizbuch zu blättern. Wusste er seine Fragen etwa nicht auswendig? Amateur!

»Wo ist das denn genau passiert?«, fragte ich, die Gelegenheit nutzend, um der Frage nach dem genauen Tatort nachzugehen. »Irmela, also Frau Ohnesorg, hat berichtet, dass die Leiche direkt der Vogelsburg gegenüber aus dem Main gezogen worden ist. Quasi an der Nordheimer Seite. Stimmen Fundort und Tatort denn überein?«

Kommissar Dietlingers Augen wurden noch ausdrucksloser. »Was denken Sie denn?«, fragte er.

»Ich glaube nicht, dass eine Leiche ausgerechnet in dieser Bucht landet, wenn sie mit dem Main treibt. Der Einlauf ist sehr schmal und liegt im Neunzig-Grad-Winkel zur Fließrichtung. Ein lebloser Körper würde höchstwahrscheinlich einfach daran vorbeitreiben. Also muss er gezielt dort abgelegt worden sein.« Eigentlich hatte ich »hineingeworfen« sagen wollen, aber es widerstrebte mir, so über Herrn Brunner zu sprechen. »Außerdem nehme ich an, dass Sie einen von uns als Täter in Betracht ziehen. Und dafür muss es ja irgendeinen Grund geben. Ortskenntnis beispielsweise. Und wenn die Leiche an einer ganz anderen Stelle in den Main gelangt wäre, müssten Sie mich ja nicht befragen.«

»Da liegen Sie falsch. Wir überprüfen routinemäßig alle Leute, mit denen das Opfer näheren Kontakt hatte.«

Das Opfer. Damit war Herr Brunner gemeint. Ich ärgerte mich über seine Ausdrucksweise. Dietlingers Magen ließ ein lautes Grollen hören. Er sprach absichtlich laut, wohl um das Geräusch zu übertönen.

»Aber gut, dass Sie Ihre Ortskenntnis erwähnen. Waren Sie denn schon mal dort drüben?«
»Nur ein Mal«, entgegnete ich rasch. »Wir waren Eis essen an der Bucht. Das ist aber schon zwei oder drei Wochen her.«
»Wie sind Sie dorthin gekommen?«
»Wir sind nach Escherndorf gelaufen und haben die Fähre nach Nordheim hinüber genommen. Das kostet nur siebzig Cent pro Fußgänger, und von da aus ist es dann nur noch ein Katzensprung.«
»Tja, die Fähre …« Dietlinger kritzelte etwas auf seinen Block.

Ich saß still da. Er musste eigentlich nur überprüfen, ob in der Tatnacht jemand von uns die Fähre genommen hatte. Dann hätte er ja schon seinen Täter.

Ohne den Kopf zu heben, grummelte der Kommissar: »Mit der Fähre ist das so eine Sache. Sie fährt im Sommer nur bis zwanzig Uhr. Wer danach hinüberwill, muss eigentlich den Umweg über Volkach auf sich nehmen.«

Dann war es also nicht weit her mit meiner schönen Theorie.

»Beschreiben Sie die Bucht doch mal aus Ihrer Erinnerung heraus.«

»Klein, wie gesagt, von Bäumen umstanden und mit einer grün bewachsenen Miniinsel auf der Nordheim zugewandten Seite. Direkt an der Mündung in den Mainarm liegt ein Stück Strand, na ja, eher ein paar Meter Sandbank, mit einer unglaublichen Anzahl an blutrünstigen Stechmücken. Dort kann man ein wenig ins Wasser hineinlaufen. Wir waren aber nur ganz kurz da. Holger hatte Angst, sich mit Malaria anzustecken.«

Herr Dietlinger zog eine Augenbraue hoch. »Malaria?«

»Hypochondrische Zwangsgedanken.«

»Ach so.« Er sagte nicht, ob unser Strand der Tatort war. Allerdings kritzelte er etwas in sein Notizbuch. Dann fragte er: »Wer war bei diesem Ausflug dabei?«

»Irmela, Mäuschen, Holger, Anne und ich. Die ganze Gruppe halt.«

»Sonst niemand?«

»Die Bucht kennt wahrscheinlich jeder hier aus der Klinik. Man kann sie ja sogar von der Burg aus sehen, wenn man im Biergarten sitzt und hinunterschaut. Und Ausflüge mit der Fähre sind an der Tagesordnung. Das machen viele Gruppen.«

»Aha.« Der Schnauzbart stand wieder für ein paar Sekunden still. Dann: »Danke, das wär's fürs Erste. Vielleicht sprechen wir uns zu einem anderen Zeitpunkt noch einmal.«

Hoffentlich nicht, dachte ich und erhob mich endlich von meinem Stuhl.

Herrn Dietlingers ausgestreckte Hand übersah ich geflissentlich. Schön, wir hatten ein paar Minuten geplaudert, aber anfassen wollte ich ihn deshalb noch lange nicht. Er hatte sicher genauso geschwitzt wie ich. Und wir mussten ja nicht gleich Schweißbrüderschaft schließen.


»Das«, sagte Anne, »ist wirklich ein ganz besonders hässliches Exemplar seiner Art.« Sie war auf dem Weg, der von der Vogelsburg zum Dorf hinunterführte, in die Hocke gegangen und beugte sich über eine Raupe. Der Weg bestand aus dreihundertdreiundneunzig Stufen. Wir befanden uns auf Stufe hundertsiebenundzwanzig, von oben herab gezählt. Auch von hier aus war das Panorama atemberaubend, wenn man sich auf die Zehenspitzen stellte, um über die Weinstöcke hinwegzuschauen.

Reben gab es rund um die Vogelsburg schon seit Jahrhunderten, wenn nicht gar Jahrtausenden. Richtig bekannt wurde der hiesige Wein dann vor hundert Jahren durch Philippine Walter, die auf der Vogelsburg eine Gaststätte führte und dort ihren eigenen Wein ausschenkte. Davon erfuhren auch die Amerikaner, die die Burg im Zweiten Weltkrieg zunächst bombardierten und 1945 dann zurückkehrten, um den Weinkeller zu beschlagnahmen. Ich stellte es mir sehr komisch vor, wie die GIs den Weinkeller stürmten, um dann anschließend mit roten Nasen auf den Burgmauern herumzutorkeln.

Die gute alte Philippine, für die im Innenhof der Burg sogar ein Gedenkstein in die Außenmauer eingelassen ist, trotzte Bombardement und Beschlagnahmung. Sie blieb jedoch unverheiratet und konnte daher zu ihrem Leidwesen keinen Nachfolger für den Besitz vorweisen. Selbst sehr gläubig, gab sie die Burg und die dazugehörenden Weinberge 1957 an die Augustinerschwestern. Die Schwestern waren die Ersten in Franken, die naturreinen Wein herstellten, obwohl sie zunächst mit Ernteausfällen zu kämpfen hatten. Und das zu einer Zeit, als bio noch nicht so cool war wie heute.

Ich hätte zu gern einmal vom Silvaner oder dem Müller-Thurgau, der rings um die Klinik inzwischen vom Weingut Juliusspital Würzburg angebaut wurde, gekostet, aber ich wusste, dass sich meine Medikamente nicht sonderlich gut mit Alkohol vereinbaren ließen. Überhaupt nicht, um genau zu sein. Deswegen war es eines der Fernziele auf meiner Löffelliste – einer Liste mit Dingen, die ich zu tun gedachte, bevor ich irgendwann den Löffel abgab –, mir einmal einen wirklich teuren Wein zu gönnen, falls ich irgendwann nicht mehr auf die Medikamente angewiesen sein sollte. Ich hätte lieber ein »wenn« in dem Satz verwendet, aber dazu war ich zu sehr Realist.

Anne hatte sich nicht vom Fleck gerührt und auch nicht wie ich versucht, über die Reben hinweg ins Tal zu spähen. Ihr Augenmerk galt noch immer der Raupe. Gemeinsam beobachteten wir den wulstigen, von rötlichen Haarbüscheln bewachsenen Körper, der sich unter Aufbietung aller Kräfte aus dem Gefahrenbereich zu retten versuchte. Ich hatte nach Anne gesucht, um von meinem Gespräch mit Kommissar Dietlinger zu berichten. Wenn es darum ging, meine Gedanken zu sortieren, war Anne die beste Gesprächspartnerin. Zum Glück konnte man sie meist in der Cafeteria an einem der großen Fenster finden, wo sie riesige Wollknäuel verstrickte. Wir waren zu einem Spaziergang aufgebrochen, und Anne, die Umgebung durch ihr schwarzes Brillengestell immer im Blick, hatte die Raupe entdeckt.

»Es war hier«, unterbrach ich ihre Insektenbeschau, »direkt hier, an unserem Platz!«

»Was war da? Und was meinst du mit ›unserem Platz‹?«

Ich deutete auf die Bucht auf der Nordheimer Seite des Altmains. »Da, wo wir mit der Gruppe mal waren, als wir mit der

Fähre übergesetzt sind. Wir sind im Wasser herumgewatet und haben Eis gegessen, direkt gegenüber der Burg. Dort haben sie Herrn Brunner gefunden.«

Anne beobachtete noch immer die Raupe, die jetzt mitten in der Bewegung die Richtung geändert hatte und verwirrt auf Annes Handtasche zukroch. Diese war passend zur Brille ebenfalls schwarz. Dazu trug Anne eine kurzärmelige blau-weiß gestreifte Bluse und Jeans mit einem schwarzen Ledergürtel. Sie überließ wenige Dinge dem Zufall, vor allem nicht die Kleiderwahl.

»Und was folgerst du daraus?«

Sie nahm die Tasche weg und schob sie sich über die Schulter. Ich hätte wetten können, dass sie neben ihrem Strickzeug mindestens einen Kartoffelschäler und ein Teeei mit sich herumtrug. Es klapperte nämlich verdächtig.

»Ich folgere gar nichts. Das ist doch bloß ein blöder Zufall.«

»Vielleicht. Vielleicht auch nicht.«

Ich versuchte, uns beide zu überzeugen. »Mit der Klinik hat das sicher nichts zu tun. Der Mord ist zwischen zehn und ein Uhr nachts geschehen. Da müssen wir ja längst im Bett sein.«

Anne schüttelte den Kopf. »Es steht ja niemand vor deiner Tür Wache. Jeder kann sich theoretisch hinausschleichen, wenn die Nachtwache mit der Kontrolle durch ist.«

»Aber die Eingangstür der Klinik wird doch um elf zugesperrt.«

»Dann ist er eben über den Balkon geklettert. Das wird die Polizei auch schnell herausfinden. Keiner hier hat ein richtiges Alibi.«

»Hmmmm.«

Nun war es an mir, der Raupe meine Aufmerksamkeit zu widmen. Sie hatte ihre Taktik geändert und rollte sich wie ein stacheliger Minigolfball zusammen. Doch ich musste noch etwas loswerden, was mich seit dem Gespräch mit Dietlinger beschäftigte. »Ich frage mich, warum der Täter Herrn Brunner auf der anderen Mainseite umgebracht hat, wenn es einer von uns war. Das macht die ganze Sache doch viel komplizierter. Nachts

ist der Fährbetrieb eingestellt, das heißt, dass der oder die irgendwie anders nach Nordheim hinübergelangt sein muss.«
»Zum Beispiel über Volkach.« Anne spann meinen Gedanken weiter. »Aber das sind bestimmt zehn Kilometer Umweg.«
»Da braucht man schon ein Auto. Das haben hier doch gar nicht so viele. Außerdem riskiert doch niemand, nachts wegzufahren und dabei vielleicht von einem anderen Patienten oder dem Nachtdienst gesehen zu werden.«
Anne schüttelte den Kopf. »So gern ich dir zustimmen würde, aber das ist kein echtes Argument. Man könnte hier auch recht leicht jemandem die Autoschlüssel klauen. Holger sucht doch sowieso ständig seinen Schlüsselbund. Der würde es bestimmt nicht merken, wenn sich jemand nachts sein Auto ausborgt. Er würde höchstens denken, dass er sie mal wieder verlegt hat.«
Geistesabwesend sah ich Anne zu, wie sie mit einem Stock Steinchen aus ihren Schuhsohlen pulte. »Vielleicht hast du recht.«
Anne legte den Stock weg und stupste mich an. »Der Gedanke behagt dir nicht, oder?«
»Nein. Überhaupt nicht.«
»Es muss ja gar kein Patient gewesen sein, obwohl es theoretisch schon möglich wäre. Es könnte auch ein anderer Therapeut gewesen sein oder einer von den Angestellten. Weißt du eigentlich, wie viele Leute hier arbeiten?«
Damit hatte sie natürlich recht. Trotzdem gefiel mir das alles absolut nicht. »Aber warum sollte jemand so etwas tun?«
»Das müssen wir herausfinden.« Anne sah sehr ernst aus.
Ich nickte. Ich freute mich, dass sie »wir« gesagt hatte. Dann blickten wir gemeinsam der Raupe nach. Sie verschwand zwischen den Grashalmen. Fast sah es so aus, als würde sie uns mit ihren zitternden Härchen zuwinken.

※※※

Dr. Lars Jacobi steckte zum ersten Mal seit seiner Heirat den Hausschlüssel mit einer Spur Unbehagen ins Schloss. Er nahm sich jedoch keine Zeit, um über den Grund dafür nachzudenken. Er schloss die Tür mit einem etwas zu lauten Knall und legte seine Laptoptasche einfach auf dem Schuhregal ab, statt sie wie gewöhnlich mit ins Wohnzimmer zu nehmen.

»Hallo, Schatz, ich bin daheim«, rief er in der Diele.

»Super! Genau richtig.« Dorothee erschien im Küchentürrahmen und hob bedauernd ihre Hände hoch, die voller Mehl waren. »Umarmen kann ich dich grade nicht, aber dafür kriegst du in einer halben Stunde selbst gebackenes Brot mit einer Antipastiplatte serviert.«

»Du bist die Beste!« Jacobi schlüpfte in seine Hausschuhe und ging dann zu ihr, um einen Kuss auf ihrer Stirn zu platzieren. Dorothee lächelte ihn an und streichelte ihm mit dem Handrücken über die Wange.

»Du siehst müde aus. Einen anstrengenden Tag gehabt?«

»Kann man wohl sagen.« Jacobi versuchte, ihr Lächeln zu erwidern. »Aber jetzt bin ich ja daheim.«

»Mach's dir bequem. Ich muss leider noch ein bisschen in der Küche herumwerkeln. Beim Abendessen kannst du mir dann von deinem Tag erzählen.«

Jacobi holte sich ein Bier aus dem Kühlschrank und zog sich einen der Barhocker heran. Verstohlen betrachtete er seine Frau, die um die Kücheninsel herumwuselte und Oliven, eingelegte Tomaten, Paprika und Selleriestückchen auf einem Teller drapierte. In den letzten Monaten hatte sie zugenommen, was ihr gut stand. Sie sah dadurch sehr weiblich aus. Klein und tüchtig und ein wenig rundlich. Trotzdem waren die Schenkel unter der Stretchjeans fest, Dorothees Yogalehrerin sei Dank, und Jacobi wusste genau, wie sie sich anfühlten, wenn er sie anpacken würde. Es irritierte ihn ein wenig, dass er bei diesem Gedanken nicht die übliche Lust kommen fühlte.

Dorothee plauderte über ihre Fortschritte beim Anlegen des Gartens, und Jacobi nickte manchmal leicht dazu oder ließ ein zustimmendes »Ach so, aha« hören. Sie wohnten noch nicht lange in dem Haus. Das Grundstück in Sommerach war teurer gewesen, als es ihre Finanzen eigentlich zugelassen hatten.

Schließlich war der kleine Weinort 2012 zum »schönsten Dorf Bayerns« gekürt worden. 2014 folgte im Europaentscheid »Entente Florale« eine weitere Goldmedaille. Damit waren die Grundstückspreise gestiegen. Trotzdem hatten sie das Dörfchen schon bei der ersten Besichtigung lieb gewonnen. Die alte Stadtmauer mit Türmchen, der weitgehend erhaltene mittelalterliche Ortskern – Sommerach blickte schließlich auf das stolze Alter von tausend Jahren zurück – und die umliegenden Weinberge. Schöner konnte man in Mainfranken eigentlich kaum wohnen. Dazu kam noch, dass die Sommeracher die modernste Weinbewässerungsanlage Europas vorweisen konnten und durch die Lage innerhalb der Mainschleife besonders von der Sonne begünstigt schienen.

Dass die vielfachen Auszeichnungen die Bewohner des Dorfes dazu verpflichteten, ihre Anwesen und Höfe gut zu pflegen und entsprechend aufwendig zu dekorieren, hatte Jacobi eher abgeschreckt. Aber schließlich fiel das in Dorothees Ressort, und sie war absolut begeistert davon gewesen, Teil einer so engagierten Ortsgemeinschaft zu werden.

Vor einem halben Jahr waren sie dann eingezogen, und bisher hatte Dorothee sich vor allem um die Einrichtung und Dekoration gekümmert. Jetzt war alles so weit fertig, dass sie sich des Außenbereiches annehmen konnte. Nur ein einziges Zimmer direkt neben ihrem Schlafzimmer war relativ leer geblieben. Dorothee behauptete, es als Gästezimmer nutzen zu wollen, aber Jacobi wusste, was sie sich insgeheim darin wünschte: Wickeltisch, Windeleimer und ein Gitterbettchen aus Holz mit einem kleinen blauäugigen Baby, das darin schlief. Warum sie bisher nicht schwanger geworden war, wussten weder ihr Gynäkologe noch Jacobi oder Dorothee selbst. Am mangelnden Sex konnte es wahrlich nicht liegen. Gesund waren sie auch beide. Bisher waren sie ganz froh darüber gewesen, noch keine Kinder zu haben und entspannte Urlaube zu zweit oder romantische Wochenenden im Bett genießen zu können. Aber jetzt nach dem Hauskauf und dem Umzug sollte es dann doch so langsam mal klappen.

Jacobi nahm einen Schluck von seinem Bier. Gott sei Dank ist noch kein Kind da, dachte er, der Kredit reicht schon ... Mit Unbehagen dachte er daran, was heute in der Klinik geschehen war und was ihn kurzzeitig so völlig aus der Bahn geworfen hatte.

Die Küchenuhr klingelte, und Dorothee holte das frisch gebackene Brot aus dem Ofen. Sie legte es auf ein Holzbrettchen und schnitt es an. Jacobi glitt von seinem Hocker und deckte rasch den Tisch. Dorothee gab ihm die ersten zwei Brotscheiben auf den Goldrandteller. Ein warmer, mehliger, leicht nach Hefe und Karotten riechender Duft verbreitete sich in der Küche. Jacobi liebte diesen Geruch, und normalerweise liebte er es auch, das frische Brot, das durch die Karottenspäne besonders saftig wurde, dick mit Butter zu bestreichen und frisches Gemüse dazu zu essen. Normalerweise hätte er die ersten Scheiben in Sekundenschnelle vertilgt. Nur heute hatte er so gar keinen Appetit. Er lächelte seine Frau entschuldigend an.

»Es schmeckt ganz hervorragend, Liebling. Ich habe heute nur irgendwie keinen Hunger.« Er überlegte, wie er weiter vorgehen sollte. Irgendetwas musste er zur Erklärung sagen. Nach einer kurzen Pause fuhr er deshalb fort. »Weißt du, es ist etwas ziemlich Übles passiert. Einer von den Therapeuten ist verstorben. Sie haben ihn in einer Bucht am Altmain gefunden. Direkt gegenüber der Klinik. Und ich soll ihn in einer der Therapiegruppe ersetzen. Das ist schon ein komisches Gefühl.«

Er dachte an die leeren oder ablehnenden Blicke, die ihm heute in der Zwangsgruppe begegnet waren. Die meisten hatten ihn überhaupt nicht direkt angeschaut. Für sie war er der Eindringling in die Gruppenharmonie. Ein Eindringling, der Ludwig Brunner ersetzen wollte. Er hatte das zu bedenken gegeben, als bei der Frühbesprechung sein Name gefallen war, aber Dr. Goldig hatte davon nichts wissen wollen. »Dann müssen sich die Patienten eben damit abfinden«, hatte er gesagt, »niemand hält eine Therapiegruppe allein, vor allem keine Zwangsgruppe. Das wäre unverantwortlich und komplett entgegen den Klinikstatuten. Die werden sich schon an Sie gewöhnen.«

Aber der Chef hatte leicht reden. Er wurde ja nicht mit dieser Ablehnung konfrontiert. Wie konnte er in dieser Situation überhaupt an die Klinikstatuten denken? Ein wenig mehr persönliche Betroffenheit hatte Jacobi schon erwartet. Gut, Brunner und Goldig waren nie so ganz ein Herz und eine Seele gewesen, aber trotzdem, in Anbetracht der Umstände … Beschämt dachte Jacobi an seine eigenen kläglichen Versuche, während der Gruppentherapie gute Stimmung zu machen, indem er viel lächelte, sich die Namen direkt merkte und positives Feedback gab. Verständnisvoll und kompetent hatte er wirken wollen. Stattdessen war er überheblich gewesen, belehrend und von einer künstlichen Heiterkeit.

Dieser junge Waschzwängler hatte ihn seine Verachtung deutlich spüren lassen. Klien hieß er, eigentlich ein witziger Zufall. Nur dass ihm heute so gar nicht zum Lachen war. Zum Glück war dann der Vorschlag mit dem Blumenpflücken gekommen. Es tat gut, rauszukommen und nicht ständig unter Beobachtung zu stehen. Gerade jetzt, wo sowieso alles schieflief und er Schwierigkeiten hatte, sich zu konzentrieren. Fokussiert bleiben, das sollte er, aber seine Gedanken wollten davon nichts hören. Sie wanderten immer wieder zu … An diesem Punkt verbat Jacobi sich, weiterzudenken. Er wartete Dorothees Mitgefühlsbekundungen ab und entschuldigte sich dann noch einmal für seinen mangelnden Appetit.

»Das ist doch in Ordnung, Schatz. Logisch, dass du dann keinen rechten Appetit hast. Komm mal her.« Dorothee nahm ihn in die Arme und strich beruhigend über seinen Rücken.

Gut, dass er ihr das mit Brunner erzählt hatte. Sie hätte es so oder so irgendwann erfahren, und zumindest genügte das für den Moment, um seine Niedergeschlagenheit zu erklären.

Jacobi blickte in Dorothees besorgte vergissmeinnichtblaue Augen. Es gab da ein paar Dinge, die er seiner Frau absolut nicht erzählen konnte.

※ ※ ※

Nach dem Abendessen und meinem allabendlichen Dusch- und-Wasch-Ritual lag ich auf dem Bett und las in Watzlawicks »Anleitung zum Unglücklichsein«. Angelika, die nicht nur atemberaubend wohlgeformt, sondern auch extrem nett war und die ich inzwischen Angie nennen durfte, hatte es mir geliehen. Für eine Depressive wahrlich die passende Lektüre. Ich mochte Bücher mit einem Schuss Ironie, und außerdem hatte ich dann eine gute Gesprächsgrundlage mit ihr. Sie würde ja sicherlich fragen, wie mir das Buch gefallen hatte, und ich würde mit einer beeindruckend scharfsinnigen Analyse des Mysteriums Glück glänzen. Wenn ich es heute noch fertig las, konnte ich es ihr morgen schon beiläufig zurückgeben. Dann würde ihr zusätzlich mein abnormes, nein, bewundernswertes Lesetempo auffallen. Das Büchlein war ja zum Glück wirklich sehr übersichtlich.

Plötzlich vernahm ich ein merkwürdiges Scharren und Rascheln an meiner Tür. Ich blickte hoch und sah, wie ein Zettel durch den Türspalt geschoben wurde. Mit ein paar Schritten war ich an der Tür und riss sie auf. Holgers verdutztes Gesicht blickte zu mir empor. Er kniete vor meiner Tür und untersuchte seinen Zeigefinger.

»Glaubst du, ich habe mir da gerade einen Splitter geholt?«
»Was machst du vor meiner Tür?«
»Kann man davon nicht Hepatitis bekommen?«
»Nein, höchstens Tetanus, außerdem sollst du kein unpersönliches ›man‹ verwenden.«
»Denkst du, ich bekomme Tetanus?«
»Nein! Was zum Teufel treibst du mitten in der Nacht vor meiner Tür?«
»Es ist erst zehn Uhr«, versuchte Holger sich zu rechtfertigen.
»Schön. Von mir aus kannst du hier auf dem Boden herumrobben, solange du willst. Ich jedenfalls möchte jetzt in Ruhe lesen.« Ich machte Anstalten, die Tür wieder zu schließen.

Prompt stand Holger auf. Es machte allerdings wenig Unterschied, da er immer noch zu mir, einer selbst eher schmächtigen

Person, aufschauen musste. Er roch nach Kampfer, Kamille und Mottenkugeln, wie eine alte Jungfer. Wahrscheinlich hatte er einen Kräuteraufguss inhaliert, der ihm nun aus allen Poren drang.

»Will, du hast doch studiert und so, ne?«

»Richtig.«

»Und bist ja auch privat versichert.«

»Stimmt.« So langsam machte ich mich auf einen langen Abend gefasst. Ich warf einen sehnsüchtigen Blick auf mein Bett und das aufgeschlagene Buch.

»Und du bist alleinstehend, oder?«

»Willst du mir einen Heiratsantrag machen, oder was sollen die dämlichen Fragen?«

Holgers traurige Robbenaugen wurden noch runder. »Nein, tut mir leid, ich dachte nur ...«

Ich zwang mich, wegzusehen. »Was dachtest du?«

»Ich brauche Geld«, flüsterte er kaum hörbar.

»Wozu?«

»Ich habe Spielschulden. Diesen Zettel hat mir heute jemand unter der Tür durchgeschoben, so wie ich bei dir gerade.«

Ich hob ihn auf und las: »Bezahl oder du schwimmst demnächst auch im Main, mit dem Bauch nach oben! Und kein Wort zu niemandem!« Ich grinste. »Der Verfasser mag doppelte Verneinungen und schiefe Metaphern, oder?«

Holger sah mich hilflos an. »Keine Ahnung, was du meinst. Aber mir macht es jedenfalls Angst. Die Drohung ist doch eindeutig. Er bringt mich um wie Herrn Brunner, wenn ich das Geld nicht beschaffe.«

»Blödsinn.«

»Will, es ist mir ernst! Ich stecke in der Klemme!«

»Wie viel schuldest du ihm oder ihr denn?«

»Tausenddreihundert Euro.«

Nun musste ich doch erst mal schlucken. »Wie hast du das denn geschafft? Wofür um Himmels willen hast du dir denn Geld geliehen – und von wem?«

»Es gibt da so einen Pokerclub. Einen geheimen Klinik-

Pokerclub. Da spiele ich manchmal mit.« Er sah verlegen aus.
»Also, die treffen sich einmal die Woche. Ich war noch nicht oft dabei, aber ...«
»Wer sind ›die‹?«
»Das weiß ich nicht genau.«
»Wieso denn nicht?«
»Kann ich vielleicht kurz zu dir reinkommen? Ich habe Angst, dass uns hier jemand hört.« Furchtsam lugte er über seine Schulter und hielt abrupt inne, als ein Halswirbel knackte. Bevor er mit einer neuen Verletzungslitanei beginnen konnte, zog ich ihn ins Zimmer und schloss die Tür hinter uns.
»Du setzt dich nirgends hin und fasst auch nichts an, verstanden?«, schärfte ich ihm ein.
Holger sah sich neugierig um. Sein Blick glitt über die Batterie an Putzmitteln auf dem Fensterbrett und die Gummihandschuhe sowie den Föhn auf dem Nachttisch. Er öffnete den Mund, um etwas zu sagen, schloss ihn aber wieder, als er mein Stirnrunzeln bemerkte. Ich hatte keine Lust, mich zu rechtfertigen. *Ich* hatte schließlich nicht mitten in der Nacht obskure Papiere unter seiner Tür durchgeschoben.
»Also, weshalb kennst du deine Mitspieler nicht?«
»Na, weil wir doch immer Sturmmasken über dem Kopf haben, so Dinger, die man auch unter einem Motorradhelm trägt oder bei einem Banküberfall.«
Eindeutig Holgers Fachgebiet. Ich musste mir ein Lachen verkneifen. Holgers vasenförmige Figur war allein schon einzigartig genug, der lila Jogginganzug mit den Neonstreifen, den er ständig trug, machte es nicht besser. Selbst wenn er einen Kartoffelsack über seinen Kopf gestülpt hätte, jeder hier würde ihn trotzdem auf hundert Meter erkennen.
»Ich habe bisher nur Bernie enttarnt«, fügte er hinzu.
Bernhard Beißling war mit seinen ein Meter fünfundneunzig ebenso unverwechselbar wie Holger. Meiner Meinung nach glich er mit seiner Körpergröße aus, was ihm an Intelligenz fehlte. Mit Körpergröße und blöden Sprüchen, die vorwiegend auf die Unmännlichkeit anderer Männer abzielten. Es war mir

ein Rätsel, weshalb Holger sich mit ihm verstand. Schließlich war er auch nicht gerade der urmännlichste aller Maskulinen.

»Jedenfalls sagt Bernie …«

»Hör um Himmels willen damit auf, ihn Bernie zu nennen. Das klingt nach einem süßen Hundewelpen. Und Bernhard ist vielleicht ein Hund, aber süß ist er ganz bestimmt nicht.«

»Bernie-hard sagt, dass er einen von den Ergotherapeuten an der Stimme itendifiriziert hat.«

»I-den-ti-fi-ziert.«

»Genau, der hat nämlich mal geflucht, als er verloren hat, und er hat eine sehr tiefe Stimme.«

»Und welcher genau?«

»Ich glaube, es war der eine Blonde, Sportliche, mit dem Dreitagebart. Bernie sagt, dass er die harte Rückenschule macht. Ich weiß seinen Namen nicht.«

»Hmm. Keine Ahnung, wen du meinst.«

»Ich kann ihn dir mal zeigen, wenn er uns über den Weg läuft.«

»Und dann? Soll ich ihn damit konfrontieren, dass er bei einer illegalen Pokerrunde mitmacht und dich abgezockt hat?«

»Er war es nicht. Er hat selbst auch einiges verloren. Außerdem sieht er ziemlich kräftig aus. Ich glaube, gegen den hätten wir beide keine Chance.«

Nach einer klaren Beweislage klang das alles nicht gerade. Aber wir brauchten Fakten, wenn wir diesen Leuten das Handwerk legen und Holger aus seiner Misere befreien wollten. Den Namen der Mitspieler und vor allem des Organisators, einen Überblick über die gewonnenen und verlorenen Summen und wie lange das Ganze schon ging. Wenn tatsächlich Klinikmitarbeiter darin verwickelt waren, konnten die Pokerabende schon seit Jahren im Untergrund laufen. Es fanden sich sicherlich immer wieder so Dumme wie Holger, die sich bis aufs letzte Hemd ausziehen ließen.

»Warum hast du da überhaupt mitgemacht?«

»Weil … weil ich dachte, das sei eine gute Ablenkung. Wenn ich pokere, dann denke ich nicht an meine ganzen Allergien und die Krankheiten, die ich kriegen könnte.«

Ich seufzte. Irgendwie konnte ich ihn ja verstehen. Er hatte es schließlich auch nicht leicht im Leben. Übergewichtig, unattraktiv, wenig intelligent und zu allem Überfluss auch noch stark hypochondrisch. Nein, ich hatte tatsächlich Mitleid mit dem armen Kerl. Schon deshalb würde ich ihm helfen. Deshalb und weil es mir gegen den Strich ging, dass es jemand wagte, ein Mitglied aus meiner Gruppe zu bedrohen. Das würde dieser Kretin nur ein Mal tun!

## 4
## HINTERHER IST MAN GAR NICHT IMMER KLÜGER. MANCHMAL IST MAN HINTERHER AUCH EINFACH ÄRMER ODER ÜBERFRESSEN ODER BETRUNKEN ODER SCHWANGER!

*Holgers Poesie, Teil 1 (von 1)*

*Keime!*
*Keime in meinem Heime!*
*Ein Wirus lässt das Fieber steigen,*
*darunter muss ich sehr leiden*
*(Vorschlag von Will: Der Darmpolyp tanzt einen Reigen –*
*aber ich finde meins besser).*
*Drum nehm ich Andibiotikum*
*Dann schaut die Bakterie nur dumm herum*
*Ich ende, weil ich muss –*
*Schluss!*

Der nächste Tag begann auch nicht besser, als der letzte geendet hatte. Ich saß mit verschränkten Knien auf einer Yogamatte und blinzelte verschlafen zur gestalteten Mitte hin. Heute bestand sie aus einem eigentlich recht hübschen Feldblumenstrauß und zwei symbolisch verschränkten Kornähren. Wenn die frühe Uhrzeit, die anderen Patienten und vor allem der Co-Therapeut nicht gewesen wären, hätte es sogar ein recht schöner Morgen werden können. So aber betrachtete ich alles wie immer: verdrießlich und mit einem gesunden Schuss Skepsis.

Co-Therapeuten waren Gesundheits- und Krankenpfleger mit Fortbildungen in Psychotherapie und Psychosomatik. Sie assistierten einem Psychotherapeuten bei Gruppentherapien oder leiteten eigene co-therapeutische Gruppen wie beispielsweise dieses Achtsamkeitsseminar. Manchmal wurden sie auch zum Einzeltraining eingesetzt.

Neben mir trotzten elf andere Personen der frühen Uhrzeit,

entweder aus Masochismus oder weil sie – wie ich – von ihrem Bezugstherapeuten dazu verdonnert worden waren.

»Probier es aus«, hatte Herr Brunner gesagt, »hier ist ständig die Rede von Achtsamkeit, aber was das genau bedeutet, lernt man nur auf die harte Tour.«

Dieser Mindfulness-based-stress-reduction-Kurs, kurz MBSR, fand freitags immer schon um sechs Uhr dreißig statt. Nun vertraute ich Herrn Brunner zwar vollkommen, aber der Sinn und Zweck dieser abgedrehten Esoterikgruppe hatte sich mir dennoch nicht erschlossen. Trotzdem ging ich hin, jede Woche zweimal, und ich gab mir an guten Tagen sogar Mühe mit den Übungen. Die Sitzungen fanden in der kleinen Turnhalle statt, einem Raum mit niedriger Decke und holzverkleideten Seitenwänden. Ein Blick aus den Fenstern zeigte das Volleyballfeld und dahinter Weinberge über Weinberge.

»Einen wunderschönen, freundlichen, sonnigen guten Morgen«, wünschte der Co-Therapeut, obwohl von der Sonne bisher wenig zu sehen war.

Wahrscheinlich mussten Co-Therapeuten unbezwingbar optimistisch sein. Sonst würden sie diesen Job ja gar nicht aushalten. Ich hatte allerdings auch schon den Verdacht gehabt, dass die Co-Therapeuten in Wahrheit ehemalige Vogelsburg-Insassen waren, die nie von der Klinik losgekommen waren. Was wir in diesem Kurs so veranstalten, ließ auf mehr als nur eine psychosomatische Störung schließen. Der Initiator des Ganzen, Herr Schnabel, war um die sechzig, mittelgroß, mit einem kleinen Bäuchlein und Halbglatze. Sein blank polierter, von einigen dünn über die Ohren gekämmten Reststrähnen umrahmter Schädel spiegelte die Deckenbeleuchtung aufs Vortrefflichste. Das Schönste aber waren seine weiten Pluderhosen, die er bestimmt einmal von einem Hippietrip aus Indien mitgebracht hatte. Es roch zumindest immer leicht nach Räucherstäbchen, wenn er zwischen unseren Matten herumspazierte. Heute trug er ein besonders gewagtes Exemplar mit Kringeln und Kreisen in psychedelischen Farben. Dazu ein weißes Leinenhemd mit kurzen Ärmeln. Natürlich war er barfuß.

»Zu Kursbeginn wollen wir zunächst eine angenehme und entspannte Haltung einnehmen.«

Wollen war relativ. Trotzdem ruckte ich etwas vor und zurück und warf dabei noch einen Kontrollblick auf meine Schuhe, ob sie auch wirklich an der Wand standen und nicht etwa in die Nähe meiner Kleidung kamen. Alles in Ordnung. Dann konnte ich jetzt die Augen schließen.

»Wir wollen heute mit einer liebevollen Gütemeditation in den Morgen starten.«

Von einigen, die schon länger dabei waren, kamen gequälte Seufzer. Die anderen tuschelten aufgeregt. Herr Schnabel wartete, bis nach dieser spannenden Ankündigung wieder Ruhe eingekehrt war, und schlug dann den Gong.

Mit ruhiger, die Wörter bis zum Silbenmaximum dehnender Stimme begann er. »Jetzt spüüüüren wir mal ganz tief in uns rein, dahin, wo das Heeeeerz ist. Und dann lassen wir dort ein ganz woooooohliges, waaaaarmes, wuuuunderbaaaares Gefüüüühl entstehen. Ein Gefühl der liiiiiebevollen Güüüüte. Und wir deeeeehnen diese Güte aus auf unseren rechten Neeeeebenmann. Wir wollen, dass es ihm guuuuut geht. Wir wüüüüünschen ihm das Beste.«

Wer saß überhaupt neben mir? Ich öffnete kurz die Augen, um es zu kontrollieren. Oha, eine solariumgebräunte Mittsechzigerin mit einem vergessenen Lockenwickler am Hinterkopf. Lieben wollte ich die nicht unbedingt.

»Und diese liebevollen Gefüüüüühle haben wir auch für alle Menschen in diesem Raum und sogar in dieser Klinik. Können Sie es spüren? Spüren Sie die liebevolle Güte, die Sie jedem Menschen entgegenbringen? Ob groß, ob klein, ob dick, ob dünn, wir sind gegenüber allen Menschen auf diesem Planeten positiv eingestellt. Wir schätzen und achten sie und dehnen unsere unendliche, warme Güte auf sie aus.«

Jetzt übertrieb er aber gewaltig. Die gesamte Weltbevölkerung zu mögen erschien mir doch recht undurchführbar. Wobei sich der Bodensatz sowieso in dieser Klinik versammelt hatte, Anwesende natürlich ausgenommen. Na ja, und es gab noch ein, zwei andere, die ganz okay waren. Meinetwegen auch drei oder vier. Aber der Rest ... Wenn ich meine Mitpatientinnen und -patienten lieben lernen würde, dann wären die restlichen paar Milliarden auch kein Problem mehr.

»Lassen Sie uns nun an noch unentdeckte, fremde Galaxien denken.«

Nicht sein Ernst! Links von mir hörte ich leises Kichern.

Herr Schnabel ließ sich davon nicht irritieren. »Auch dort könnte es Leben geben. Und auch diesem Leben begegnen wir mit liebevoller Güte.«

Womit auch sonst? Ich seufzte tief.

»Lassen wir die Wärme unserer Herzen nun überfließen, durch unsere Arme und Beine sprudeln und als Lächeln auf unserem Gesicht erscheinen.« Kunstpause. Auf meinem Gesicht lag schon seit geraumer Zeit ein sardonisches Grinsen. Ich entschied, dass das ausreichen musste.

»Spüren wir nun tief in uns hinein, ganz tief.« Das wiederholte er so lange, bis von einer der Matten auf der anderen Raumseite ein leises Schnarchen kam. Ich saß wohl eine Viertelstunde mit geschlossenen Augen da, konnte aber nicht verhindern, dass meine Gedanken abschweiften.

Schnabel schien meine verbotenen Gehirnaktivitäten zu bemerken. »Wenn Gedanken oder Gefühle auftauchen, dann bewerten Sie diese gar nicht. Versehen Sie sie einfach mit dem Etikett »Gedanke« oder »Gefühl« und schieben Sie sie weg.«

Den Rest der Stunde verbrachte ich mit der Frage, ob denn der Gedanke, die Gedanken wegzuschieben, auch als »Gedanke« zu deklarieren und wegzuschieben sei. Schnabels kurzes »Sie können die Augen jetzt öffnen. Ich wünsche einen schönen Start in den Tag!«, nachdem er seine Klangschale dreimal angestupst hatte, erlöste uns endlich.

Ich öffnete die Augen und sah in weniger verklärt lächelnde als vielmehr unterdrückt aggressive Gesichter. Langsam begann ich, meine Matte mit einem Desinfektionstuch zu reinigen. Als Schnabel meine gründlich nach Chemie duftende Putzoase passierte, klopfte er mir auf die Schulter.

»Na, Will, wie läuft es?«

»Super«, antwortete ich mit Unschuldsmiene. »Sie haben mir heute ja so aus dem Herzen gesprochen. Überall nur Neid und Missgunst unter uns Menschen. Es wird Zeit, dass mal jemand mit dem Lieben anfängt. Wollen wir das nicht noch ein bisschen zusammen üben?«

»Sie können sich jederzeit melden, wenn Sie noch Anleitung brauchen!«, rief er hocherfreut.

»Wirklich? Das freut mich. Wie wäre es heute Abend auf dem Parkplatz hinter dem Holunderbusch?«

Sein joviales Grinsen erstarrte. Schnell zog er seine Hand zurück und wischte sie an seinem Leinenhemd ab. »So war das aber nicht gemeint. Also so …« Schnabel stockte und lief rot an.

»Aber Herr Schnabel, meine liebevolle Güte gilt doch allen Menschen, Frauen und Männern gleichermaßen.«

»Ich muss dann mal weiter. Habe noch einen Termin.« Hastig rollte er seine Klangschale nebst Schlägel in der Yogamatte ein und verließ den Raum.

Wieder hörte ich das Kichern. Ich drehte mich um. Links hinter mir saß eine junge Frau mit kurzen Stoppelhaaren und einem einzelnen Ohrhänger, der aus einem mit seinem Zylinder grüßenden Kaninchen bestand.

Aus einer Eingebung heraus streckte ich ihr eine Hand entgegen, zog sie dann jedoch gleich wieder zurück. Hände schütteln war extrem unhygienisch. Um die peinliche Situation zu überspielen, platzte ich heraus: »Ich bin Will.«

Sie tat, als hätte sie mein Manöver mit der zurückgezogenen Hand nicht bemerkt.

»Ich bin Marie, aber bevor du fragst: Nein, ich will auch nicht mit dir die Gütemeditation üben. Diesen Gedanken etikettierst du am besten sofort und schickst ihn auf Wanderschaft.«

»Er ist wie ein Bumerang, er kommt immer wieder zurück.«

Sie musste lachen und fuhr sich mit der Hand über die kurzen Stoppelhaare. Die Finger sahen sehr zart aus und bebten leicht wie kleine Vögelchen, die aus dem Nest gefallen waren.

»Marie«, wiederholte ich langsam und blickte in zwei hellwache rauchblauschwarz geschminkte Augen. »Das ist schade, dass du nicht mit mir üben willst, Marie.«

\*\*\*

Dr. Lars Jacobi saß in seinem Büro und klickte sich durch Patientenakten. Er öffnete eine, schloss sie wieder, überflog die nächste, merkte, dass er nicht bei der Sache war, schloss sie wieder und scrollte weiter. Und immer wieder hielt der Cursor an einem bestimmten Namen inne. Es war wie verhext. Jacobi hatte fast den Eindruck, der Name stünde mehrmals in der Liste, aber nein, das war Blödsinn, sie war ja alphabetisch geordnet. Wieder blieb er an dem Namen hängen, wieder klickte er darauf. Überflog die Eintragungen, die er selbst vorgenommen hatte, und diejenigen der Eingangsuntersuchung.

A. Ladner: Depression. Schlafstörungen. Sozialer Rückzug. Antriebslosigkeit. Negative Gedankenspiralen. Gewichtsverlust. Gefühlsnivellierung. Hier unterbrach er die Lektüre. Konnte sie inzwischen etwas fühlen? War der Deckel, den die Depression über Ärger und Freude, Trauer und Stolz schob, vielleicht verrutscht und ließ zu, dass sie etwas spürte? Würde sie ihren eigenen Gefühlen dann überhaupt trauen? Ihm ein Signal geben?

Er konnte das zum Thema ihres heutigen Gesprächs machen. Oder war das zu auffällig? Aber wenn er ganz allgemein blieb … Viele Depressionspatienten hatten Probleme mit der Identifikation von Emotionen und dem Umgang damit. Er machte sich eine entsprechende Notiz auf seinem Klemmbrett und strich sie dann hastig wieder durch. Nein, er konnte sie nie im Leben nach ihren Gefühlen fragen, ohne rot zu werden. Und was sollte sie dann erst von ihm denken? Er brauchte ein unverfängliches Thema, aber eines, über das er ihr trotzdem näherkam, bei dem er Verständnis zeigen konnte. Schließlich sollte sie ihn für einen guten Therapeuten halten. Er wollte ihr wirklich helfen. Dass er insgeheim noch auf etwas anderes hoffte, würde ja niemand merken.

Als es klopfte, fuhr er den Computer rasch herunter und eilte zur Tür. Obwohl sie erst ein paarmal bei ihm gewesen war, erkannte er ihren Klopfrhythmus inzwischen sofort. Sie trug wieder eine ganz schlichte weiße Sweatjacke, unter der sich ihre Brüste rund und straff abzeichneten. Hätte sie khakifarbene Hotpants und einen Pistolengürtel getragen, wäre sie als Lara-Croft-Double durchgegangen. Kein Schmuck, kein Make-up, nur ein seitlich geflochtener Zopf, aus dem sich einige Strähnen gelöst hatten und ihr Gesicht umrahmten. Kurz ertappte er sich dabei, wie er Vergleiche mit Dorothee anstellte. Sie war auch hübsch, aber vor allem dann, wenn sie sich zum Essengehen oder zu einem anderen Anlass schick machte, im Alltag sah sie eher normal und gesund aus. Diese Frau hingegen war einfach so schön, genau so, wie sie war.

Bei der förmlichen Begrüßung hielt sie seine Hand einen Moment länger als sonst, oder bildete er sich das nur ein? Jacobi beobachtete, wie sie sich mit einer geschmeidigen Bewegung auf den Stuhl setzte, und versuchte es ihr nachzutun. Automatisch verzogen sich seine Lippen zu einem Lächeln. Als er es bemerkte, presste er den Mund zusammen. Dorothee behauptete, dass er zu viel lächele, wenn er nervös war. Während des Medizinstudiums hatte ihm das von seinem besten Kumpel Marc den liebevollen Spitznamen »Schleimsau« eingebracht, weil er auch in den mündlichen Prüfungen ständig am Lächeln gewesen war. Während der Therapien versuchte er, das möglichst zu unterdrücken. Schließlich sollte keiner seiner Patienten denken, dass er sich bei ihnen einschleimen wollte. Und sie schon gar nicht ...

Jacobi starrte auf sein Klemmbrett. Verdammt, da standen nur einige durchgestrichene Wörter. Hatte er tatsächlich die ganze Zeit mit Träumereien verbracht, statt die Sitzung vorzubereiten? Also gut, dann eben doch Emotionen. Er stand auf, um ein Dreieck an die kleine Tafel neben dem Bücherregal zu malen.

»Wir schauen uns heute mal den Zusammenhang zwischen Gedanken, Verhalten und Gefühlen an.« Jacobi beschriftete die Ecken. »Fällt Ihnen ein Beispiel ein?«

Die Frau überlegte kurz und lachte dann. »Ich verkleckere mein Essen, denke dann, dass das total blöd von mir war, und fühle Scham?«

»Richtig. Das passiert wohl jedem ab und zu. Ich kann da auch recht schusselig sein.« Er zwinkerte ihr zu. »Was aber auch typisch wäre: Sie sind schlecht drauf, denken, dass heute ein ganz mieser Tag ist, und ziehen sich dann zurück ins Bett.«

Jacobi blickte zu ihr hinüber, um herauszufinden, ob sie ihm folgen konnte. Sie sah ernst aus und nickte. Natürlich, die meisten Depressionspatienten kannten dieses Verhalten nur zu gut.

»Haben Sie vielleicht schon einmal einen solchen Zusammenhang an sich selbst beobachtet?«

»Manchmal denke ich, dass ich mittlerweile doch total unfähig bin, allein klarzukommen, das zieht mich dann runter, und es wird erst recht so, dass ich Tätigkeiten vermeide, die mir schwierig erscheinen.«

»Sehr gut.« Sie war wirklich süß, wie sie dasaß, eine Strähne um den Zeigefinger gewickelt, und ihm konzentriert zuhörte. Plötzlich war Jacobi froh, dieses Thema gewählt zu haben. Er malte Verbindungspfeile zwischen alle drei Begriffe. »Das menschliche Denken, Verhalten und Fühlen beeinflusst sich nämlich gegenseitig. Das heißt aber auch, dass wir an einer Stelle eingreifen können. Was könnten Sie also tun, wenn Sie mal wieder das Gefühl haben, nichts auf die Reihe zu kriegen?«

»Mich ganz bewusst einer Herausforderung aussetzen?«

»Ja, das wäre eine Möglichkeit, um die emotionale Abwärtsspirale zu unterbrechen. Wobei es da natürlich wichtig ist, sich Aufgaben zu stellen, die auch realistisch erfüllbar sind.«

»Das ist nicht so einfach, wie es klingt.«

»Natürlich, das ist es auch nicht. Aber wir können ja gemeinsam überlegen, was für Herausforderungen für Sie geeignet wären. Im Idealfall etwas, das ein positives Gefühl zurücklässt.«

»Den Abwasch machen?«

»Wenn Sie das wirklich gern machen, können Sie ja mal zu mir nach Hause kommen.« Jacobi grinste sie an. »Nein, ich habe eher an Dinge gedacht, die Ihnen früher mal Spaß gemacht haben und nur jetzt in der Krankheit Überwindung bedeuten.«

»Tanzen, ich habe gern Salsa getanzt. Aber jetzt gehe ich nicht mehr hin.«

»Warum nicht?«

»Die vielen fremden Leute und die Lautstärke, das ist mir momentan zu viel.«

»Okay, dem müssen Sie sich natürlich auch nicht aussetzen. Aber Sie könnten damit anfangen, für sich selbst in der Wohnung Salsamusik aufzulegen und dazu zu tanzen. Oder mit guten Freunden.«

»Ja, das wäre schon schön …«

»Aber? Sie klingen nicht überzeugt.«

»Ich weiß nicht, ob ich mich wirklich zu so was aufraffen kann, wenn ich schlecht drauf bin.«

»Passen Sie mal auf.« Jacobi riss ein Blatt Papier von seinem Klemmbrett und legte es vor sie hin. »Da schreiben Sie jetzt Sachen drauf, die Sie für sich selbst als Therapie empfehlen würden. Denken Sie daran, dass es auch Herausforderungscharakter haben soll. Wenn Sie fertig sind, dann besprechen wir die Liste, Sie nehmen sie mit auf Ihr Zimmer, und immer, wenn die negativen Gedanken kommen, dann ziehen Sie die Liste zurate und erledigen eine der Aufgaben.«

Sie nickte und begann nach kurzem Überlegen zu schreiben. Jacobi beobachtete heimlich ihre Hände, die halb in den Ärmeln der Sweatjacke verschwanden. Kleine, zarte Hände mit unlackierten blassrosa Nägeln. Er ertappte sich dabei, wie er sie zu zeichnen begann, und kritzelte hastig darüber.

»Fertig.« Sie blickte ihn aus großen, freudigen Augen an. »Ich habe was gefunden, sogar ein paar Sachen, die ich schrittweise machen kann.«

»Dann lassen Sie mal hören.« Jacobi lehnte sich in seinem Stuhl zurück und nickte ihr aufmunternd zu.

»Also, zuerst würde ich mal wieder zum Friseur gehen und mir vor dem Haareschneiden den Kopf massieren lassen. Das liebe ich, aber momentan mache ich überhaupt keine festen

Termine mehr aus, weil ich nie vorher weiß, wie es mir am nächsten Tag geht.«

»Gute Idee.« Jacobi hoffte, dass sie nicht vorhatte, ihre wunderschönen Haare abzuschneiden. »Dann sind Sie gezwungen, aus dem Bett zu steigen, und können sich auf was freuen.«

»Dann würde ich shoppen gehen. Vielleicht mit einer Freundin, bei der ich mich schon lange nicht mehr gemeldet habe. Und ich würde etwas ganz Buntes kaufen, einen lila-türkis-orangen Rock oder so was, was auffällt, was ich mich aber nie anzuziehen traue.«

Jacobi verbarg in gespieltem Entsetzen sein Gesicht in der Hand und drohte ihr mit dem Zeigefinger, was sie immerhin zum Lächeln brachte.

»Ich hoffe, Ihre Liste birgt nicht noch mehr derartige Einfälle. Sonst werde ich an Augenkrebs erkranken, wenn Sie in Zukunft mit solcher Garderobe in meinem Büro erscheinen.«

Sie lachte noch einmal. Es war ein schönes, helles, fröhliches Lachen, das er noch nie von ihr gehört hatte. Jacobi war stolz auf sich selbst, dass er sie so weit gebracht hatte.

»Also, fahren Sie schon fort. Ich werde tapfer sein, versprochen …« Er hielt den Stift bereit, um wieder mitzunotieren.

»Wenn Haare und Outfit passen, dann …« Sie holte tief Luft und wurde rot. »Dann würde ich jemanden, den ich sehr mag, fragen, ob er mit mir tanzen würde. Obwohl das total verrückt wäre und dumm. Und egal, ob er tanzen kann oder nicht. Einfach nur ein bisschen zur Musik herumhüpfen. Das würde mich sehr freuen.«

Nun spürte auch Jacobi, dass er rot wurde. Meinte sie damit ihn? Konnte das sein?

»Das sind sehr, sehr schöne Ideen«, meinte er vorsichtig. »Ich bin sehr stolz auf Sie, dass Sie so etwas planen. Geben Sie mir Ihre Hand.«

Zögernd streckte sie die Hand aus.

Jacobi ergriff sie und genoss die kurze Berührung über Gebühr. »Versprechen Sie mir, dass Sie an der Liste noch weiterarbeiten und Sachen davon erledigen, wenn es Ihnen nicht gut geht? Denn wenn Sie so etwas ausführen, dann liefert das Freude und Stolz, und auch Ihre Gedanken werden deutlich positiver werden.«

»Das mache ich.« Sie lächelte ihn an. »Vielleicht dauert es ein bisschen, bis ich den Mut dazu finde, aber ich tue es.«

Mit einem euphorischen Hochgefühl im Bauch schloss er die Sitzung ab und verabschiedete die Patientin.

»Ich wünsche Ihnen noch einen schönen Tag. Genießen Sie das tolle Wetter.« Sie strahlte ihn an.

»Danke, meine Frau und ich wollen heute Nachmittag ein bisschen zum Wandern in den Spessart fahren.« Es geschah ganz automatisch. Als es heraus war, hätte er sich am liebsten selbst geohrfeigt. Natürlich war das die Wahrheit, aber ihr Blick … ihr Blick war so enttäuscht. Konnte sie wirklich gedacht haben …? Hatte sie vielleicht gehofft …?

»Dann wünsche ich Ihnen und Ihrer Frau viel Spaß dabei.« Sie lächelte ein Lächeln, das keines war.

Jacobi bedankte sich und streckte die Hand zum Abschied aus. Diesmal drückte sie sie nur ganz kurz und zog sie sofort zurück. Reine Höflichkeit. Er sah ihr nach, als sie den Gang hinunterging, den Zopf über die Schulter geworfen, die Hände in der Sweatjacke geballt. Er fühlte sich wie ein riesengroßer Idiot.

※※※

Der Tag verging wie alle Tage hier rasend schnell. Nach dem Abendessen trödelte ich ein wenig herum, setzte mich ein Weilchen in den Konferenzraum, wo eine schweigsame Frau mit weißblond gefärbten Haaren Klavier spielte, und schaute dann im Keller den Billardspielern zu. Als die schwarze Kugel im falschen Loch versenkt worden war, setzte eine verärgerte Diskussion ein, die mich wieder vertrieb. Langsam ging ich durch die Eingangshalle, am Empfang vorbei, der jetzt schon geschlossen war, stieg ins erste Stockwerk hinauf und bog in den wagemutig auf Säulen gebauten Gang ein, der zum Trakt der Privatpatienten führte. Ich mochte es, wie das Echo meiner Schritte von den Wänden zurückgeworfen wurde. Wenn eine Frau mit hohen Absätzen hier schnell unterwegs war, klang das wie eine ganze Horde Kampfstiere.

Plötzlich sah ich vor mir eine dunkle Haarmähne um die Ecke wehen und beschleunigte meinen Schritt. Wenn mich nicht alles täuschte, war das Angelika. Ich könnte ihr erzählen, dass ich das Buch schon durchgelesen hatte und wie amüsant ich es fand. Schnell ging ich im Kopf noch einmal meine zurechtgelegten Sätze durch.

Als ich um die Ecke bog, war von Angie jedoch nichts mehr zu sehen. Enttäuscht wollte ich mich abwenden, doch dann hörte ich ein leises Geräusch. Einen unterdrückten oder in einem Taschentuch erstickten Klagelaut. Langsam ging ich um die Säulen des Aufenthaltsraums herum. In der Ecke brummte der Kaffeevollautomat vor sich hin. Er war durch indirekte Beleuchtung effektvoll in Szene gesetzt. Wenn sich einmal ein gesetzlich Versicherter hierherverirrte, signalisierte ihm das Brummen sofort, dass er sich auf verbotenem Terrain befand. Ich hasse dieses Zwei-Klassen-System, auch wenn ich selbst davon profitierte.

Es war kein Taschentuch, das das Wimmern unterdrückte, sondern der Ärmel von Angies Sweatjacke. Sie saß an eine Säule gelehnt auf dem Boden und biss darauf herum. Anscheinend, um das Weinen unter Kontrolle zu bekommen. Denn dass es ihr nicht gut ging, war nicht zu übersehen. Ihre Schultern bebten, während der lange braune Zopf halb aufgelöst, aber seidig schön wie immer über ihren Nacken den schlanken Rücken hinunterfloss.

Ich kauerte mich neben sie und überlegte, was ich sagen oder tun sollte. Alarm schlagen? Mitarbeiter der medizinischen Zentrale holen? Gehen und sie einfach in Ruhe lassen? In den Arm nehmen? Schließlich versuchte ich es mit einem zugegebenermaßen unbeholfenen Tätscheln ihrer Hand, die die Jacke umklammert hielt.

»Na, na, wird schon alles wieder werden«, brummte ich dazu.

Da sie weder positiv noch negativ darauf reagierte, wiederholte ich diese beiden Tätigkeiten einfach immer wieder. Das hatte ich mir von Herrn Schnabel abgeschaut. Irgendwann wurden die Pausen zwischen den Schluchzern größer, der Klammergriff entspannte sich etwas.

Angie hob den Kopf. »W… was tust du denn eigentlich hier?«, schniefte sie.

»Ich habe jemanden weinen hören und wollte nachsehen, ob alles in Ordnung ist«, log ich. Dass ich ihr absichtlich gefolgt war, brauchte sie ja nicht unbedingt zu wissen. In Ermangelung eines Taschentuches bot ich ihr ein Desinfektionsfeuchttuch an. Dann fragte ich: »Was ist denn eigentlich los? Ist dir was passiert?«

Sofort füllten sich die grünen Augen wieder mit Tränen. Schnell blickte ich weg und musterte angelegentlich das hässliche Therapiebild an der Wand. Aufeinandergestapelte Halbkreise, deren Farben nach oben hin immer heller wurden. Wann verstanden die Kunsttherapeuten endlich, dass nicht jedes Gekrakel eines psychisch Kranken wert war, an einer Klinikwand zu hängen? Der Möchtegernkünstler hatte doch keinen Funken Talent oder auch nur Gefühl. Das war einfach platter küchenpsychologischer Zwangsoptimismus, was er oder sie da auf Papier gebannt hatte.

Angie schnäuzte sich in das Desinfektionstuch. Ich rückte etwas von ihr ab. Trotz meiner Sorge um sie wollte ich keinen Rotz oder sonstige Körperflüssigkeiten abbekommen, die Frauen bei emotionaler Erschütterung absonderten.

»Lieb von dir, dass du dich gekümmert hast«, murmelte Angie, meine beiden schon lange zuvor gestellten Fragen ignorierend.

Ich startete einen neuen Anlauf. »Hat dir jemand was getan?«

»Das kann ich dir nicht erzählen.«

»Ach so.« Mehr wusste ich darauf nicht zu sagen. Sie machte es mir aber auch nicht gerade leicht. Wollte sie jetzt, dass ich nachbohrte? Oder konnte sie es mir wirklich nicht erzählen?

»Kann ich dir sonst irgendwie helfen?«

»Nein.« Ihre rosafarbenen vollen Lippen, die mich an den Schmollmund eines Sexsymbols der sechziger Jahre erinnerten, wurden fest zusammengepresst. Brigitte Bardot hatte die Dame geheißen. Allerdings war sie wesentlich zugänglicher gewesen als Angie. Zumindest in ihren Filmen.
»Möchtest du lieber allein sein?«
Eine undeutbare Bewegung mit dem Kopf.
So kamen wir nicht weiter.
»Okay, ich geh dann mal«, sagte ich, »das Desinfektionstuch kannst du behalten. Ich habe noch mehr davon.«
Als sie bei diesen Worten erneut aufschluchzte, machte ich mich fluchtartig auf den Weg in mein Zimmer. Versteh einer die Frauen!

Als ich zum Gruppenabend in die Cafeteria kam, waren alle anderen schon da. Ich hatte erst kurz in meinem Zimmer über das Gespräch mit Angie nachdenken müssen. Dann hatte ich meine Trinkflasche am Wasserspender aufgefüllt und derweil den Entschluss gefasst, Angie nochmals anzusprechen und aus ihrer Depri-Phase zu reißen. Notfalls würde ich sie eben zum Gruppenabend mitschleppen. Ich schaute hinter jede Säule, aber Angie war nicht mehr da. Wahrscheinlich hatte sie sich auf ihr Zimmer zurückgezogen, von dem ich dummerweise nicht wusste, wo es lag. Entsprechend schlecht gelaunt betrat ich die Cafeteria.
Ein großer, verwinkelter Raum mit mehreren Eckbänken, Sitznischen und Sitzgruppen erwartete mich. Der Boden war hellgrau gefliest, was an heißen Sommertagen sehr angenehm war. Dann zogen alle ihre Schuhe aus und gaben mit nackten Füßen die Hitze an den immer kühlen Boden ab. Die Patienten hatten aber noch andere Möglichkeiten der Erfrischung zur Verfügung. Bis zwanzig Uhr gab es einen Kioskverkauf mit Hygieneartikeln, Süßigkeiten, Kuchen, Softdrinks, Eis und Bier. Letzteres allerdings nur für diejenigen, die keinen Alkoholvertrag unterschrieben hatten. Außerdem notierten die Verkäuferinnen jeden Schluck Alkohol, den man kaufte,

auf einer Liste, die regelmäßig den Bezugstherapeuten durchgegeben wurde. Mir war das egal. Ich trank sowieso am liebsten Apfelsaftschorle.

Wir, die Zwängler, trafen uns hier jeden Freitagabend. Eigentlich sollten wir die Zeit nutzen, um über unsere Therapiefortschritte oder sonstige relevante Themen zu sprechen. Meistens hatte aber niemand Lust, dieselben Problematiken wieder und wieder durchzukauen, sodass wir stattdessen eine Partie Mensch ärgere Dich nicht oder Canasta spielten. Auch Phase Zehn stand hoch im Kurs. Irmela verlor dabei zwar regelmäßig, wollte es aber trotzdem ständig spielen.

Auch heute hatte sie die Karten auf dem Tisch ausgebreitet und schaute hoffnungsvoll in die Runde. Nur Mäuschen nickte ihr zu und half beim Mischen. Die anderen waren anderweitig beschäftigt. In Annes Schoß lag ein dunkelgrünes Wollknäuel, das vor ein paar Tagen gefühlt noch die achtfache Größe gehabt hatte. Dafür war der daraus entstandene Schal aber deutlich in die Länge geschossen. Wenn man ihn so ansah, konnte man glauben, dass er eher für ein Pferd bestimmt war als für einen normalhalsigen Menschen.

»Für wen ist dieser Schal gedacht? Godzilla?«, fragte ich.

»Das ist kein Schal, sondern ein Tischläufer.«

Das erklärte natürlich einiges.

»Warum sind wir heute nicht draußen?« Ich liebte den Ausblick, den man von der großen Terrasse hatte, die malerisch direkt über dem Weinberg gelegen war und einen großartigen Blick über die sanften Hügel Richtung Nordheim bot.

»Kastanien«, antwortete Anne nur und erlaubte sich dabei, ein klein bisschen die Augen zu verdrehen.

»Kastanien?«

Holger räusperte sich. »So eine Kastanie kann ganz schön wehtun, wenn sie dich am Kopf trifft.«

»Dein Ernst?«

»Es sollen sich doch alle wohlfühlen!«, sprang Irmela ihm bei.

Unter meinem strengen Blick drehte sie die Perlen ihrer

Kette in der Hand. Sie hatte ein Gesicht, das man automatisch gern nach dem Weg fragte, das Bettler ansprachen, ob sie nicht 'nen Euro übrig hätte, oder das arabische Teppichhändler vollquatschten, um ihre Waren anzupreisen. Mit so einem Gesicht war man meiner Meinung nach geradezu prädestiniert dafür, den Streitschlichter zu spielen. Oder den barmherzigen Samariter. Oder Mutter Teresa. Und Irmela schien sich in diesen Rollen sehr wohlzufühlen.

»Leute, das kann nicht euer Ernst sein. Da draußen stehen doch sogar Sonnenschirme.« Ich wollte nicht so schnell aufgeben. Es mussten sich ja nicht alle unlogisch verhalten, bloß weil Holger mal wieder seine verrückten fünf Minuten hatte. »Wenn du dich unter so einen Schirm hockst, kann dich gar keine Kastanie treffen.«

Falls er einen Schirm fand, der groß genug für ihn war, natürlich.

»Lass mich doch. Wir haben Wichtigeres zu bereden!«, verteidigte sich Holger.

»Was denn bitte?«

Hinter Anne beugte sich plötzlich ein stacheliger Kopf vor und nickte mir zur Begrüßung zu. Ein mir seit Kurzem bekannter Kopf. Maries Kopf.

Meine zugegebenermaßen nicht besonders charmante Begrüßung lautete: »Was machst du denn hier?«, woraufhin sie kicherte und wieder hinter Anne verschwand.

Irmela schaute von Marie zu mir. »Ihr kennt euch?«

Maries Kopf tauchte wieder auf. Ihr Ohrring baumelte vor und zurück, sodass es aussah, als verbeuge der kleine Hase sich nach allen Seiten.

»Nur flüchtig. Will hat heute Morgen in der Achtsamkeitsgruppe seine weiche Seite gezeigt und den recht überengagierten Therapeuten auflaufen lassen. So was vergisst man nicht so schnell.«

»Will hat eine weiche Seite?« Das musste natürlich von Holger kommen. Der Verräter, der gestern noch um Hilfe bettelnd vor meiner Tür gekauert hatte.

Na warte!
»Absolut.« Marie lächelte.
Holger schien seinen eigenen schwachen Moment gestern mir gegenüber wieder wettmachen zu wollen. Oder er gebärdete sich so, weil Marie, die trotz ihres ungewöhnlichen Modegeschmacks recht attraktiv war, dabeisaß.
»Kann gar nicht sein. Schließlich hat er auch keine Seele.«
»Wieso denn nicht? Klar habe ich eine Seele«, protestierte ich.
»Nein, du bist ein Putzroboter.«
»Ich geb dir gleich einen Putzroboter.« Ich boxte Holger gegen den Oberarm, was ihn prompt dazu veranlasste, seine Joggingjacke auszuziehen und seine Haut auf Hämatome hin zu untersuchen.
»Au, spinnst du?«
»Du hast doch angefangen!«
»Hört bitte auf zu streiten. Was soll Marie denn von uns denken?« Irmela hatte die Spielkarten vorerst aus der Hand gelegt und blickte uns böse an. »Wir müssen ja einen tollen ersten Eindruck auf sie machen.«
»Keine Sorge.« Marie kräuselte die Nase, was absolut hinreißend goldig aussah. »Mir wurde schon gesagt, dass ich mich hier in einer psychosomatischen Klinik befinde. Wenn ich ehrlich sein soll, habe ich es mir schlimmer vorgestellt.«
»Du hast uns noch nicht am Esstisch erlebt«, kommentierte Anne trocken.
Da ich Maries positiven Ersteindruck nicht gleich wieder schmälern wollte, setzte ich mich ohne einen weiteren Kommentar neben Mäuschen, die mir einen Stapel Karten in die Hand drückte. Ich legte sie wieder hin. Auf Spielen hatte ich wirklich überhaupt keine Lust.
»Wie liefen eure Befragungen denn so?«
»Wir haben vorhin schon drüber gesprochen«, sagte Anne, »es war bei allen so ähnlich wie bei dir. Allerdings hat Mäuschen erstaunlich viel aus dem Kommissar rausbekommen.« Sie wandte sich ihr zu. »Erzähl doch mal.«

Mäuschen wurde rot. »Nein, nein, so viel war das gar nicht«, erklärte sie hastig, »ich habe nur gesagt, dass ich mich fürchte, wenn hier ein Mörder herumläuft und uns vielleicht im Schlaf erschießt. Und dann hat er mir erklärt, dass Herr Brunner gar nicht erschossen wurde, sondern von hinten niedergeschlagen und dann erstickt.«

»Das hast du aber geschickt gemacht«, lobte ich.

Mäuschens Teint verfärbte sich abermals. Das stand ihr gut und ließ ihre grauen Augen leuchten. Heute trug sie einen farblich dazu passenden, für die Temperaturen viel zu warmen Rollkragenpulli, bei dem sie die Ärmel zuerst lang gezogen und dann unbeholfen umgekrempelt hatte. Ihre mageren Handgelenke wirkten dadurch noch kindlicher.

»Ich habe auch etwas herausgefunden.« Irmela blickte zufrieden in die Runde. »Der Kommissar isst gern Krustenbraten mit Kartoffelknödeln und Blaukraut. Und er mag selbst gebackenes Brot dazu, am liebsten Kümmelbrot.«

»Toll«, sagte Anne spöttisch, »das bringt uns einen großen Schritt weiter.«

»Wieso denn?« Irmela war beleidigt. »Es ist immer von Vorteil, sich gut mit den Gesetzeshütern zu stellen. Vielleicht verrät er uns dann noch mehr von den Ermittlungen. Ich habe ihm schon gesagt, dass er gern mal vorbeikommen kann, wenn er seine Hemden richtig gebügelt haben möchte. Das kann ich nämlich gut.«

Nun musste ich doch lachen, und auch Holger und Mäuschen konnten sich nicht zurückhalten. Die Vorstellung, wie Kommissar Dietlinger oberkörperfrei mit seinem Bierbauch in unserem Waschkeller saß, während Irmela sein Hemd bügelte, war einfach zu komisch.

»Warum ist denn die Polizei im Haus?«, fragte Marie.

Anne erklärte es ihr in wenigen Worten. »… und deshalb haben wir beschlossen, uns ebenfalls um die Sache zu kümmern. Wir wollen herausfinden, ob jemand aus der Klinik was mit Herrn Brunners Tod zu tun haben könnte. Schließlich haben wir ideale Voraussetzungen: Wir sind Tag und Nacht vor Ort, kennen die Leute und können uns unauffällig umhören«, schloss sie.

Kurz überlegte ich, ob ich von Angies Heulattacke erzählen sollte, entschied mich dann aber dagegen. Das war dann doch zu privat.

»Außerdem gibt es noch ein paar verbrecherische Pokerspieler, die arme Patienten auf illegalen Pokerturnieren ausnehmen«, fügte Holger hinzu. »Denen müssen wir auch noch das Handwerk legen.«

Außer Marie schien niemand überrascht zu sein. Anscheinend hatte Holger seine Leidensgeschichte schon groß verbreitet. »Kann ich bei euch mitmachen?«, fragte sie jetzt.

»Klar, du gehörst doch zur Gruppe.« Das kam sehr schnell heraus, da ich überzeugt davon war, dass Marie in Ordnung war. Zumindest hatte sie Humor, und das war schon mal die Grundvoraussetzung, um mit uns klarzukommen.

Die anderen nickten, und Irmela streckte ihr eine Hand entgegen, die Marie feierlich schüttelte. Anne ließ ihre Stricknadeln beifallsartig gegeneinanderklackern.

»Dann habe ich auch gleich noch was zu erzählen.« Marie beugte sich über den Tisch. Bevor ich höflich den Blick abwenden konnte, sah ich den Zacken eines Tattoos aus dem Dekolleté ihres olivgrünen Tanktops hervorlugen. Was sie da wohl auf der Brust trug? Und hatte das nicht höllisch wehgetan? Irmela stieß mich unter dem Tisch mit dem Fuß an. Ein sicheres Zeichen dafür, dass sie den Ausschnitt und meine neugierigen Blicke bemerkt hatte. Beschämt schaute ich zur Seite.

»Also, ich habe etwas Seltsames mitbekommen«, sagte Marie. Sie klang nachdenklich und durchaus nicht effektheischend. »Als ich heute Vormittag angekommen bin, wurde ich zuerst mal durchs Haus geführt, und dann habe ich einen Zettel mit den weiteren Terminen bekommen. Darauf stand, dass ich zu einer Frau Dr. Siebenlist gehen sollte.«

»Wer ist das denn?«, fragte Anne.

»Eine Allgemeinärztin. Sie ist groß und sieht sportlich aus, allerdings ziemlich hellhäutig mit rötlich blonden Haaren. Bei mir hat sie auch die Erstuntersuchung gemacht«, antwortete Mäuschen.

»Genau, die war es. Jedenfalls bin ich wegen der Aufnahmeuntersuchung zu ihrem Büro gegangen und habe noch draußen gewartet, weil ich zu früh dran war. Und da habe ich drinnen jemanden sprechen hören. Die Tür war nicht ganz zu, ein Jackenzipfel von der Garderobe hatte sich hineingeklemmt, sonst hätte ich wahrscheinlich gar nichts gehört.«

»Und, worum ging es?« Holger konnte es offenbar nicht ganz verwinden, dass Marie die deutlich bessere Erzählerin war, wie wir seit seinem gestammelten Bericht über das Telefongespräch in der MZ wussten. Andererseits hatten wir dadurch erst erfahren, dass Herrn Brunner etwas zugestoßen war.

»Lasst sie doch ausreden!«, bat Irmela.

»Ja, ich komme ja schon dazu.« Marie nahm einen Schluck aus ihrer Trinkflasche. Geistesabwesend hatte sie die Karten vor sich auf dem Tisch zu sechs genau gleich großen Stapeln geordnet und richtete sie nun rechtwinklig zueinander aus. Anne beobachtete sie fasziniert über ihr Strickzeug hinweg.

»Also ...« Marie legte ihre Hände wieder in den Schoß. »Im Zimmer war noch irgendein anderer Arzt, ein Mann, und er klang ziemlich aufgebracht. Er hat zu Dr. Siebenlist gesagt, dass etwas mit der Dokumentation für den Giftschrank nicht stimmt, dass immer wieder mal Medikamente fehlen.«

»Giftschrank?« Das überraschte mich jetzt doch. Obwohl ich seit einigen Wochen hier war, wusste ich nicht, was es damit auf sich hatte.

Diesmal war es Holger, der die Sache klären konnte. Wer sonst interessierte sich auch für so was? »Im Giftschrank bewahren sie die besonders gefährlichen oder schnell abhängig machenden Medikamente auf. Den Schlüssel hat jeweils nur der diensthabende Arzt. Wenn ein Patient bei der Medikamentenausgabe vorspricht und nach einem dieser Medikamente fragt, muss der Arzt geholt werden, und er zeichnet das dann auch ab.«

»Und woher will der Typ wissen, dass da was schiefläuft?«

»Das war ja das Seltsame. Er hat gesagt, dass er wieder nachbestellen wollte, weil einige Medikamente zur Neige gehen. Tavor, Lithium und Ritalin hat er genannt. Der Zeitpunkt kam ihm aber sehr früh vor, so als sei mehr verbraucht worden als gewöhnlich. Deswegen hat er die Listen, auf denen die Ärzte abzeichnen, überprüft, und das sah alles normal aus. Aber dann hat er nachgerechnet, und die Liste der offiziell ausgegebenen Medikamente stimmt nicht mit dem überein, was noch im Giftschrank lagert.«

»Klingt tatsächlich so, als gehe da was nicht mit rechten Dingen zu«, sagte Irmela.

»Das hat die Ärztin auch zu ihm gesagt. Er soll die Augen offen halten, und sie wird die Listen ebenfalls noch mal durchschauen. Sie meinte, es könnte ja ein Versehen gegeben haben, oder es wurde einfach zu wenig geliefert, und deshalb fehlt jetzt etwas. Sie wollen es bei der nächsten Teambesprechung aber noch mal ansprechen.«

Anne streckte sich und bog ihren Rücken durch. »Das ist natürlich ein sensibles Thema für die lieben Ärzte. Wenn da jemand heimlich harten Stoff mitgehen lässt oder sogar an Patienten weitergibt … Für so was kann man schnell seine Zulassung verlieren.«

»Es könnte doch auch ein Patient was geklaut haben«, wandte Mäuschen ein.

Marie schüttelte den Kopf. »Dann hätten sie doch was davon gesagt, dass der Schlüssel verschwunden ist oder jemand den Giftschrank aufgebrochen hat. Aber das ist anscheinend nicht vorgekommen.«

»Und wer war der männliche Arzt, der ihr das gemeldet hat?«, wollte Anne noch wissen.

»Keine Ahnung, er war eher jung, sah ein bisschen schnöselig aus.«

»Dr. Jacobi«, riefen wir alle im Chor. Dass er seinen Job so ernst nahm, hätte ich gar nicht gedacht. Ich informierte Marie, dass sie ihn morgen bei der Gruppensitzung noch näher kennenlernen würde.

Irmela, die geduldig gewartet hatte, bis wir alle ausgesprochen hatten, klopfte nun auf den Tisch.

»Und jetzt lasst uns spielen!« Sie teilte die von Marie geordneten Karten erneut aus. »Diesmal gewinne ich ganz sicher!«

Als ich später nach oben in mein Zimmer ging, schwirrte mir Maries Beobachtung immer noch im Kopf herum. Außer Holger kannte ich niemanden, der offen zugab, gern Pillen zu nehmen. Zu Medikamenten hatte ich sowieso ein gespaltenes Verhältnis. Citalopram, Escitalopram, Sertralin, Venlafaxin ... – ganz viele bunte Pillen hatte ich schon getestet. Momentan waren wir mal wieder am Rumprobieren. Besser gesagt: Die Ärzte waren am Rumprobieren. Ich schluckte das Zeug nur und kriegte die Nebenwirkungen. Das Venlafaxin mochte ich besonders, weil ich davon Verstopfung bekommen hatte und kaum noch aufs Klo konnte. Zwei bis drei Tage am Stück ohne Stuhlgang waren eine Wohltat für meine Zwänge. Für meinen Darm weniger. Zuletzt hatten sie versucht, mich zu Einläufen zu überreden. Aber das ging gar nicht, nicht bei mir! Allein die Vorstellung verursachte mir Panik und Herzrhythmusstörungen. Herr Brunner hatte das zum Glück eingesehen, aber wer wusste schon, was Jacobi mir verordnen würde?

Das Sertralin wollte ich jedenfalls nicht mehr in so hoher Dosis nehmen. Es war doch nicht normal, dass ich durch die Gegend gerannt war und gedacht hatte, das Gras sei zu grün und die Vögel sängen zu hoch. Übersteigerte Erregbarkeit nannte sich diese Nebenwirkung, so viel wusste ich jetzt schon mal. Man nimmt Dinge anders wahr und kann sie deshalb leichter fehlinterpretieren. Klang nett, klang nach einem legalen Drogenrausch. Für mich war es aber nicht besonders witzig gewesen, als plötzlich diese Gedanken in meinem Gehirn aufgetaucht waren. Man merkt nämlich selbst, dass das komisch ist, so was zu denken. Es ist, als würde ich bewusst mitbekommen, wie ich langsam verrückt werde. So wollte ich mich nicht fühlen, da waren die Zwänge schon schlimm genug.

Herr Brunner hatte mir erklärt, dass gegen Zwangsstörungen

die gleichen Medikamente eingesetzt wurden wie bei Depressionen, nur höher dosiert. Das ist praktisch, da wir Zwangspatienten sowieso immer auch ein depressives Päckchen mit uns rumschleppen, das wird dann sozusagen gleich mitbehandelt. Herr Brunner hatte auch gesagt, dass es ohne Medikamente nicht ging, obwohl er selbst lieber weniger als mehr verschrieb. Aber in einer depressiven Stimmungslage war es kaum möglich, Denk- und Verhaltensmuster zu ändern, und das sollte die Therapie ja eigentlich bewirken. Die Medikamente waren quasi die Voraussetzung dafür, dass ich überhaupt dazulernen und gegen den Zwang sinnvoll ankämpfen konnte. Mit dieser Info hatte er mir mehr geholfen, als er wusste. Bis dahin hatte sich kein Arzt die Mühe gemacht, mir zu erklären, warum ich die Medikamente eigentlich nehmen sollte. Ich hatte immer gedacht, die sollten den Zwang direkt abstellen.

Aber so einfach war das alles anscheinend nicht.

## 5
## ES KOMMT ANDERS, WENN MAN DENKT.

*Wills Tagebuch*

*Heute habe ich mit Herrn Brunner über die Angst gesprochen. Nein, nicht DIE Angst, meine Angst. Ich soll es als das sehen, was es ist, es für mich definieren: Ich habe durch Kindheitserlebnisse ausgelöste Ängste. Dieser Satz klingt so banal und bedeutet doch etwas so Schreckliches. Er bedeutet Furcht, die ihre Klauen unerbittlich in mich hineingräbt. Andere Menschen fürchten sich vielleicht vor dem Sprung vom Fünf-Meter-Brett oder vor dem Blutabnehmen. Aber sie kennen nicht diese blinde Panik, die dir den Atem nimmt, dich zum Zittern bringt, erst deine Hände, dann den ganzen Körper. Sie rüttelt an dir. Sie wird zur ständigen Begleiterin. Sie macht dich mürbe.*
*»Was sehen Sie?«, hat Herr Brunner gefragt. »Was sehen Sie, wenn die Angst kommt?«*
*Ich muss gar nicht die Augen schließen, kann sofort beschreiben, was da ist. Ich sehe ein Kind, einen kleinen Jungen. Er steht vor seinem Bett, hält ein merkwürdiges Kuscheltier im Arm, das er sich aus kaputten Socken selbst gebastelt hat. Er weint. Ganz leise, um die Oma nicht aufzuwecken. Seine Decke ist aufgeschlagen. Auf dem Laken sehe ich einen großen nassen Fleck. Ich kann ihn sogar riechen, diesen Fleck. So riecht die Angst.*

Am nächsten Morgen wurde sehr schnell klar, wieso Marie hier war. Nicht nur, dass sie ihr Besteck mehrfach umsortierte und zehn Minuten brauchte, um Löffel, Messer und Gabel genau parallel und im gleichen Abstand voneinander auszurichten. Nein, anschließend schnitt sie ihr Brot in Dreiecke und legte daraus symmetrische Figuren auf ihrem Teller. Sie aß dann immer eines von jeder Seite weg, damit die Spiegelung erhalten blieb. Das Ganze zog sich über weitere zwanzig Minuten hin. Erst dann holte sie sich eine zweite, ebenso dünne Brotscheibe. Nun kannte ich auch den Grund dafür, dass sie so mager war.

Ich schaute ihr eine Weile fasziniert zu. Schließlich konnte ich nicht mehr an mich halten.

»Warum machst du das?«

Sie blickte mich an, als sei ich nicht ganz dicht. »Es ist schön. Und ich mag es, wenn die Dinge ihre Ordnung haben. Wenn ich die Ordnung nicht einhalte, dann passiert etwas Schlimmes.«

»Wenn du das falsche Stückchen Brot wegnimmst und isst, dann brennt also die Klinik ab?« Das kam mir nun doch reichlich seltsam vor. Wie entwickelte man solche Zwangsideen?

»Nicht ganz.« Marie zögerte. Sie war noch nicht geschminkt, und unter ihren Augen zeichneten sich dunkle Ringe ab. »Wenn ich nicht aufpasse und einen Fehler mache, dann fällt das auf meine Familie zurück. Mein Bruder, er ...«

Sie verstummte, als Holger mit einem aufgetürmten Teller voller Wurst, Käse, Brötchen und hübscher Paprikagarnitur zu uns kam und neben mir Platz nahm. Anscheinend waren seine Nebenhöhlen wieder mal dicht, da er bei jedem Atemzug die Nase durchpustete und anschließend hochzog. Marie und ich wandten uns jeweils wieder unseren Tellern zu, ich merkte jedoch bald, dass ich wenig Appetit hatte. Stattdessen beobachtete ich weiter Marie, wie sie ganz versunken in ihre eigene Logik ein Brotstückchen nach dem anderen aufpickte. Heute trug sie ein buntes, locker fallendes Batikshirt zu Jeansshorts und Turnschuhen. Ein Seelöwe mit einem Ball auf der Schnauze baumelte von ihrem linken Ohrläppchen herab.

Ich fragte mich, was Marie mir hatte erzählen wollen. Vielleicht konnte ich zu einem passenderen Zeitpunkt noch einmal vorsichtig nachfragen. Ich war mir sicher, dass sie vor Holger nicht weiter darüber reden würde.

Langsam füllte sich der Speisesaal. Das übliche Gemurmel setzte ein, der Kaffeeautomat zischte, und Bedienungen in hübschen rostroten Schürzen räumten die ersten Gedecke schon wieder ab. Da betrat Bernhard Beißling die Bühne. Groß und massig, mit Jogginghosen und einem Muskelshirt bekleidet, stapfte er zwischen den Tischen hindurch. Wenn das nicht die Gelegenheit war. Ich riss einen Arm in die Höhe und winkte.

»Huhu, Bernie, komm doch mal her!«

Holger erschrak so, dass er ein Stück seines Brötchens in die Luftröhre bekam und ein Hustenanfall losbrach, bei dem er halb gekaute Brocken auf den Teller würgte. Als Bernhard stirnrunzelnd an unserem Tisch ankam, hing Holger immer noch keuchend über dem Tisch. Marie klopfte ihm so kräftig auf den Rücken, dass er bei jedem Schlag zusammenzuckte.

»Was gibt's, Will?« Bernhard wollte Maries Vorbild folgen und Holger ebenfalls therapeutische Schläge verabreichen, doch dieser hob abwehrend die Hand und versicherte tränenden Auges, dass es schon wieder viel besser gehe.

»Du weißt nicht zufälligerweise etwas mehr über diese ominöse Pokerrunde, die sich wöchentlich in aller Heimlichkeit trifft, oder?« Ich lächelte Bernhard an.

»Nein, wieso?« Bernhard warf Holger einen finsteren Blick zu, der diesen erneut zum Hüsteln brachte.

»Weil ich sonst während der Visite unserem lieben Dr. Goldig gegenüber mal ein Wörtchen über gewisse Pokerpartien fallen lassen würde, so ganz legal ist das ja alles nicht, und dann würden die Mitglieder vermutlich wegen Bruch der Hausordnung der Klinik verwiesen werden. Zumindest, wenn sie sich nicht kooperativ zeigen.« Dr. Goldig war der Chefarzt, ein groß gewachsener Mann mit markanter, energischer Kieferpartie.

»Ich hab nur ein paarmal mitgespielt«, wehrte Bernhard ab. »Organisieren tun das ganz andere. Richtige Abzocker sind das.«

»Aber du hast Holger doch angeworben, oder irre ich mich da?«

Bernhard zog einen Stuhl heran und setzte sich rittlings darauf. Er senkte die Stimme.

»Das war erstens nicht ich, sondern einer der Ergotherapeuten, und außerdem ist ›angeworben‹ zu viel gesagt. Er wurde nur gefragt, ob er mal Lust drauf hätte. Bei mehr Spielern kommt ja auch mehr Geld zusammen, und es macht außerdem mehr Spaß.«

»Und ihr habt ausgerechnet ihn gefragt, obwohl du weißt, dass er nicht gerade die hellste Kerze im Leuchter ist ...«

»Ich dachte, das täte ihm gut, mal ein bisschen Ablenkung und so, und deswegen habe ich ihn vorgeschlagen.«

»Klar«, sagte ich spöttisch, »Bernie Beißling, der heilige Samariter. In Wirklichkeit habt ihr doch nur einen Dummen gebraucht, den ihr abkassieren könnt.«

»Hey, ich bin hier übrigens auch anwesend«, empörte Holger sich. »Hört gefälligst auf, so über mich zu reden, als sei ich blöd.«

Ich zog die Augenbrauen hoch. »So rede ich doch immer über dich.«

»Das ist eine Frechheit, und ich ...«

»Schon gut, reg dich nicht auf, wir haben gerade Ernsteres zu besprechen.« Ich schob ihm meine nur halb aufgegessene Marmeladenpackung zu. »Gönn dir lieber noch ein Hörnchen.« Dann wandte ich mich wieder Bernhard zu. »Und wie war das mit Herrn Brunner? Ist er dahintergekommen und hat gedroht, euch anzuzeigen?«

Bernhards Gesicht färbte sich zornesrot. »Was willst du damit sagen?«

»Dass du ein einwandfreies Motiv hast, mein Freund.«

Bernhard schlug mit der Faust auf den Tisch, sodass das Geschirr klirrte. Die Gespräche an den anderen Tischen verstummten, und viele neugierige Gesichter drehten sich in unsere Richtung.

»Wenn du nicht willst, dass jeder hier davon erfährt, solltest du dich etwas mäßigen«, sagte ich leise. »Und wenn ich dich daran erinnern darf: Es liegt in deinem eigenen Interesse, mir möglichst viel über diese Pokerrunden zu erzählen.«

Bernhard musterte mich einen Moment lang. Ich sah ihm an, dass er noch immer wütend war und sich vielleicht auch gedemütigt fühlte. Trotzdem lenkte er schließlich ein.

»Also gut, wir sind sonst zu fünft, mit Holger waren es dann sechs Leute. Die perfekte Anzahl für Texas Holdem, das ist die bekannteste Spielvariante von Poker. Mich hat gleich in meiner zweiten Woche hier einer draußen beim Rauchen gefragt, ob ich gern Karten spiele, und gesagt, dass es einiges zu gewinnen gäbe. Es müsse aber unter uns bleiben, da Glücksspiel innerhalb der Klinik verboten ist.«

»Und das war wer?«

»Dieser junge Typ eben. Er macht das harte Rückentraining, da geht's zu wie auf dem Kasernenhof.« Bernhard warf einen Blick in die Runde. »Von euch Schwächlingen ist da ja keiner dabei, deswegen kennt ihr ihn wahrscheinlich nicht. Er ist ein bisschen kleiner als ich, aber sehr durchtrainiert. Hat kurz geschorene blonde Haare und einen leicht rötlichen Bart. Und ein richtig geiles Tattoo auf dem Oberarm. So ein Triple Butterfly, wo die Spitzen sich in Drachenköpfe verwandeln.«

»Ach, einem dreifachen Schmetterling gleich, das klingt ja martialisch.« Ich lächelte Bernie zuckersüß an.

Er stutzte kurz, drückte sich dann aber vor einer Erwiderung, vermutlich, weil er die Bedeutung des Wortes »martialisch« nicht kannte.

»Jedenfalls habe ich von dem meine Maske bekommen, und als ich Holger noch ins Boot geholt habe, hing eine Plastiktüte mit einer zweiten Maske für ihn an meiner Zimmertür.«

»Und wie ging es dann weiter?«, wollte Marie wissen. »Also, wie organisiert ihr das?«

»Ich habe Ort und Zeit von dem Kerl gesagt bekommen. Wir treffen uns in einem alten Schafstall, immer um neunzehn Uhr dreißig am Montag.«

Holger nickte bestätigend. »Da ist es immer ein bisschen unheimlich, also, finde ich zumindest.«

Ich übte noch einmal mein in der Achtsamkeitsgruppe antrainiertes sardonisches Grinsen. »Hat der Teufel nicht immer einen Bocksfuß auf den alten Gemälden? Vielleicht treibt er sich ja auch in eurem Stall herum.«

Bernhard ignorierte das. »Eine Frau ist auch immer noch

dabei. Die trägt immer komplett Schwarz und ist überhaupt nicht zu erkennen. Reden tut sie auch nicht, gibt nur Handzeichen, um bekannt zu geben, ob sie mitgeht und so was.«

»Woher weißt du dann, dass es eine Frau ist?«

Maries Frage brachte Bernhard sichtbar aus dem Konzept. Er wich Maries Blick aus und murmelte etwas von weiblichen Formen, die man erahnen könne. Ich ging die Personen im Kopf noch mal durch: der tätowierte Muskelberg, der laut Holgers Aussage selbst einiges verloren hatte, Bernhard, Holger und die unbekannte Dame. Wenn sie zu sechst spielten, fehlten noch zwei. »Und wer noch? Da müssten doch noch zwei dabei sein.«

»Ich weiß!« Holger ließ vor Aufregung seine Marmeladensemmel fallen. Ich verzog das Gesicht, als ich sah, wie sie neben dem Teller landete. Zum Glück nicht mit der bestrichenen Seite. »Da ist noch dieser ganz unauffällige Mann. Er hustet manchmal, klingt wie Raucherhusten.«

»Ach ja, du hast ihm letztes Mal einen Hustenbonbon angeboten.« Bernhard verzog das Gesicht.

»Ja, und kurz darauf habe ich so viel verloren.« Holger musterte betrübt sein Brötchen. »Das hat man dann von seiner Hilfsbereitschaft.«

Bernie starrte auf seine Pranken hinunter, mit deren Hilfe er die Teilnehmer abgezählt hatte. »Einen Seniorenmitspieler gibt es auch noch. Ich glaube zumindest, dass er älter ist, weil er sich immer recht langsam bewegt. Und der hat einen echt gemütlichen Dialekt, ich tippe da auf Fränkisch.«

»Und er erzählt manchmal Witze. Aber wir verstehen sie nicht, weil er sie auf Fränggisch erzählt.«

Bernhard knurrte zustimmend.

»Ihr sitzt ernsthaft mit schwarzen Motorradmasken auf dem Kopf da und erzählt euch derweil Dialektwitze?« Marie lachte. »Ich glaube, da wäre ich gern mal mit dabei.«

Von ihrem Lob angespornt warf Holger sich in Positur. »Ich kann euch einen Frankenwitz erzählen, allerdings ohne Dialekt. Also ... Familie Müller ist vor dem Familiengericht. Der Richter fragt den kleinen Klaus: ›Na Klaus, wo willst denn hin? Willst zur Mama?‹ Klaus: ›Nee, die schlägt mich immer!‹ Richter: ›Ja willst dann zu Papa?‹ Klaus: ›Nee, der schlägt mich auch immer!‹ Richter grübelt: ›Ja wo willst du dann hin?‹ Klaus: ›Na zum Club, weil der schlägt keinen mehr.‹«

Holger blickte sich beifallheischend um. Marie lächelte ihn auf ihre nette Art an, doch Bernie brüllte regelrecht vor Lachen und schlug Holger auf die Schulter. Ich meinte, ein verdächtiges Knacken wahrzunehmen.

»Holger, du bist echt der Hammer, ein echtes Original!«, keuchte Bernie.

Ich stand auf. »Sorry, aber das reicht mir für heute an Amüsement. Das waren doch jetzt eine ganze Menge Informationen. Ich werde drüber nachdenken, Leute, und bis dahin gehabt euch wohl.«

Als ich den Speisesaal verließ, merkte ich, dass mich das Gespräch mit den dreien und der dämliche Witz so abgelenkt hatten, dass ich ganz vergessen hatte, das Tischtuch und meine Kleidung auf Flecken zu kontrollieren. So skurril und ärgerlich diese ganzen Vorkommnisse waren. Mir taten sie offensichtlich gut.

Meine gute Laune und ich machten uns auf den Weg zurück in unser Zimmer. Draußen schien die Sonne, und ich überlegte, ob ich den alltäglichen Putzkram nicht mal abkürzen und mich stattdessen ein wenig auf den Balkon legen konnte. Meiner bleichen Hühnerbrust etwas Licht zu gönnen war sicher nicht die schlechteste Idee. Allerdings würde ich das nur tun, wenn sonst niemand auf dem Balkon herumlungerte, sonst würde der- oder diejenige von der blendend hellen Blässe vermutlich erblinden. Vielleicht würde ich sogar meine Badehose anziehen und mich komplett sonnen. Aber dafür war es wahrscheinlich noch zu kalt, wobei …

Ich war bereits im Neubau angekommen, doch als ich um die Ecke bog, zischte mir jemand zu.

»Will, hey, Will!«

Ich war darauf gefasst, mal wieder eine von Holgers Leidensgeschichten zu hören zu bekommen, und bereitete mich auf eine entschiedene Absage vor, da entdeckte ich Irmela hinter der Säule, wo gestern noch Angie gekauert hatte.

Sie winkte mir mit weit aufgerissenen Augen zu. »Komm mal her! Psssst!«

Ich trabte an ihre Seite und machte mich dabei unwillkürlich auch möglichst unsichtbar.

Irmela schien wirklich aufgeregt zu sein. Ihre selbst gebastelte Kette, bestehend aus durchbohrten Tannenzapfen und Bügelperlen, wogte auf ihrem Busen auf und nieder, während ihre Hände in den grauen Dauerwellen herumfuhrwerkten und an einzelnen Löckchen zupften.

»Ich komme gerade von meinem Einzeltermin bei Dr. Jacobi, sein Büro ist gleich hier vorne.« Sie deutete auf eine nur wenige Meter entfernte Tür ohne jede persönliche Note. Das Schild konnte ich von hier aus jedoch nicht lesen. »Dr. Jacobi ist jetzt mein neuer Bezugstherapeut, Frau Hempel hat mich an ihn weitergereicht.« Irmela erfasste gar nicht, wie seltsam das klang. Zum Glück war Holger mit seiner schmutzigen Phantasie nicht dabei. »Und da habe ich was Verdächtiges bemerkt. Im Papierkorb von Dr. Jacobi. Wenn du ihn eine Minute ablenken kannst, kann ich nachschauen.«

»Wie stellst du dir das vor?«, fragte ich nervös.

»Pass auf.« Irmela trat näher an mich heran und setzte mir ihren Plan auseinander.

Drei Minuten später standen wir gemeinsam vor der Tür Dr. Jacobis, der Arzt und zugleich Psychotherapeut war. Ich etwas zusammengesunken und halb über Irmelas Busen hängend. Sie klopfte stürmisch. Von drinnen ertönten Schritte, dann öffnete Jacobi uns die Tür.

»Was gibt es?«

»Ich bin Will gerade auf der Treppe begegnet. Ihm ist ganz schwindelig, vielleicht eine Kreislaufsache.«

Dr. Jacobi musterte mich. Sein sorgfältig gestutztes schwarzes Bärtchen zu den hellen Augen ließ ihn mehr denn je wie eine Kreuzung aus Nazi-Arzt und Macho-Italiener wirken. »Dann bringen Sie ihn am besten in die medizinische Zentrale, Frau Ohnesorg.«

Irmela schnaufte. »Das habe ich auch überlegt, Herr Doktor, aber ich dachte, ich bitte Sie dabei schnell um Hilfe. Ich kann Will doch nicht so gut stützen mit meinen Bandscheiben. Außerdem bin ich von dem kurzen Weg hierher schon ganz außer Puste.«

»Warum haben Sie denn nicht den Notknopf gedrückt? Ich kann hier jetzt nicht weg, ich habe noch ...« Er wollte uns abwimmeln, das war klar.

»Oh neeein, mir wird ganz schwarz vor Augen.« Ich stöhnte auf und sank dann bewusst langsam in mich zusammen, in der Hoffnung, dass Dr. Jacobi mich rechtzeitig auffangen würde.

Zum Glück funktionierten seine Reflexe einwandfrei, obwohl es normalerweise vermutlich eher junge Frauen waren, die sich so andächtig in seine Arme gleiten ließen. Er roch gut, nach einem sehr männlichen Rasierwasser. Ich musste ein Schnuppern unterdrücken. So was musste ich mir unbedingt auch zulegen. Das würde meine Chancen auf dem Heiratsmarkt garantiert verdreifachen. Aus den Augenwinkeln sah ich, wie eine graue Dauerwelle an Jacobi vorbei durch die Tür schlüpfte.

Dr. Jacobi setzte mich vorsichtig auf den Boden und lehnte mich gegen die Wand. Dann begann er mit leichten Klapsen gegen meine Wange, während er meinen Namen rief. »Hallo, Herr Klien, hören Sie mich?« Es klang wie eine fehlerhafte Telefonverbindung.

Ich ließ meine Augenlider theatralisch flattern und murmelte etwas. Wo zum Teufel blieb Irmela? Wühlte sie etwa noch im Büro herum? Das würde Jacobi doch jeden Moment auffallen. Doch da fiel sie bereits keuchend neben mir auf die Knie und fächelte mir Luft zu. Ich öffnete die Augen ganz, auch damit Jacobi endlich seine Schläge einstellte. Irmela wedelte mit einem Papiertaschentuch vor meinem Gesicht.

»Waren Sie gerade in meinem Zimmer?«, fragte Jacobi scharf. Sie deutete auf das Kleenex. »Das habe ich vorhin in Ihrem

Büro liegen lassen. Es ist mir gerade eingefallen, und ich dachte, das könnte Will helfen«, erklärte sie an Jacobi gewandt.

Er sah nicht ganz überzeugt aus, doch ich ließ ihm keine Zeit, weiter nachzubohren. Ich manövrierte mich in eine aufrechtere Haltung und überlegte derweil, ob das gute alte »Wo bin ich?« oder ein schlichtes »Was ist passiert?« besser käme. Letztendlich entschied ich mich für ein gequältes »Uffff«.

»Passiert Ihnen das öfter?« Jacobi musterte mich mit zusammengekniffenen Augen.

»Nein, gar nicht, aber mir war plötzlich so heiß.« Ich wischte mir einige Schweißperlen von der Stirn, die allerdings eher auf die Nervosität als auf eine Kreislaufschwäche zurückzuführen waren. Aber das wusste Jacobi zum Glück nicht.

»Wer ist Ihr behandelnder Arzt? Ich würde Sie gern in die medizinische Zentrale bringen und noch mal gründlich durchchecken lassen.«

»Das ist – war Herr Brunner. Aber mir geht es schon wieder besser. Ich hätte zum Frühstück etwas trinken sollen.«

Jacobi und Irmela halfen mir, mich aufzurichten, dann machten wir uns langsam auf den Weg zur MZ. Irmela redete dabei fortwährend von ihrer Großtante, die immer ein Riechfläschchen gegen plötzliche Ohnmachtsanfälle mit sich herumgetragen hatte, und Jacobi gab nur kurze »Sosos« und »Ahas« zum Besten. Von mir wurde glücklicherweise gar nichts erwartet. Ich war nur froh, dass Holger uns nicht begleitete. Seine Schilderungen von kataleptischen Anfällen und sonstigen Späßen hätte ich jetzt nicht auch noch durchgestanden.

In der MZ wies Dr. Jacobi die Angestellte an, meinen Blutdruck zu messen und mich auf die Liege zu legen, vielleicht mit einem Becher Wasser, bis ich mich erholt hatte. Dann verschwand er mit einem Nicken. Ich wartete, bis er die Tür hinter sich geschlossen hatte und die Schwester uns allein ließ. Sie war unterwegs, um ein neues Blutdruckmessgerät zu holen, da das jetzige seltsamerweise anzeigte, dass es mir recht gut ging. Dann wandte ich mich Irmela zu, die mir fortwährend die Hand tätschelte und losplapperte.

»Oh Gott, ich habe einen Therapeuten angelogen, das ist ein ganz furchtbares Gefühl. Und wie fühlst du dich? Du siehst tatsächlich etwas blass aus. Zwischenzeitlich war ich selbst davon überzeugt, dass es dir nicht gut geht, und kam mir ganz schrecklich vor, weil ich derweil im Papierkorb herumstöberte.«

Ich schnaubte nur. »Blödsinn. Hast du wenigstens was gefunden?«

»Und ob, der saubere Dr. Jacobi hat offensichtlich eine Affäre am Laufen.«

Triumphierend griff sie in ihre Handtasche und ließ ein durchsichtiges hautfarbenes Plastiksäckchen vor meiner Nase hin- und herbaumeln. Ich zuckte zurück. Es war ein gebrauchtes Kondom. Irmela hatte einen Knoten hineingemacht, aber man konnte das Sperma unschwer hin- und herschwappen sehen.

»Igitt!«

Ich ließ mich wieder auf die Liege rollen und schloss die Augen. Das hatte mir gerade noch gefehlt. Jetzt fühlte ich mich tatsächlich ganz schwindelig.

Sobald ich die medizinische Zentrale verlassen durfte, machte ich mich auf den Weg zum Gruppenraum. Irmela hatte versprochen, die anderen zusammenzutrommeln, damit wir die neuesten Entwicklungen diskutieren konnten. Als ich hinunterflitzte, wäre ich fast mit unserem Chefarzt Dr. Goldig zusammengestoßen. Er kam mir mit seiner Sekretärin im Schlepptau entgegen. Ich war mir fast sicher, dass Goldigs Ehefrau bei der Stellenbesetzung auf ihr Mitspracherecht bestanden hatte, denn die Sekretärin war mit unreiner Haut gestraft und auch ansonsten wenig ansehnlich. Neben ihr sah Dr. Goldig, den ich wegen seines schnabelartigen Riechorgans und der Geheimratsecken eigentlich wenig attraktiv fand, direkt hübsch aus.

Ich nahm mir kaum die Zeit für ein kurzes »Hallo« und lief direkt weiter. Schließlich hatte ich bei der wöchentlichen Visite genug Zeit, mit Goldig zu plauschen. Nachdem ich den gläsernen Verbindungsgang passiert hatte und um eine Ecke gebogen war, stand ich endlich vor dem Aufenthaltsraum. Ich klopfte kurz und öffnete die Tür, dabei hörte ich bereits an den Geräuschen der Abscheu, dass ich zum falschen Zeitpunkt gekommen war.

Gerade zeigte Irmela wieder stolz ihre Trophäe vor. Anscheinend hatte sie keinerlei Hemmungen, das Kondom ständig mit der bloßen Hand anzufassen. Das würde ich im Leben nicht machen, nie!

Marie dachte offenbar ähnlich. »Urgh«, machte sie.

Anne betrachtete Irmela und ihren Schatz mit gerunzelter Stirn. »Wie konntest du das Ding im Papierkorb entdecken? Jacobi hat es doch bestimmt nicht dekorativ über den Rand gehängt.«

»Eigentlich habe ich es gar nicht gesehen, sondern gerochen«, antwortete Irmela bescheiden lächelnd. »Mein verstorbener Mann wollte früher immer ... aber das ist eine andere Geschichte. Jedenfalls ist der Geruch eines vollgetankten Präservativs doch ziemlich unverwechselbar.«

»Kein Mensch sagt ›Präservativ‹ dazu.« Marie schüttelte sich.

»Dann eben Lümmeltüte, Gummi, Ejakulatbeherberger. Ist doch egal.«

Irmela lachte etwas hysterisch. Die ganze Aktion ließ sie förmlich aufblühen. Wer hätte gedacht, dass sie Spaß an verbotenen Sachen haben konnte? Sie mutierte förmlich zu einer Anarchistin.

Anne wischte die Begriffsdiskussion mit einer Handbewegung weg. »Trotzdem: Sex im Büro ist zwar nicht die feine englische Art, aber ganz sicher nicht strafbar«, sagte sie »Was hat das also mit unserem Fall zu tun?«

Irmela schüttelte ihren Kopf, sodass die Löckchen flogen. »Mädchen, Mädchen, habt ihr denn gar nichts von eurer Mutter gelernt? Bei einem Mann im heiratsfähigen Alter schaut man doch als Erstes auf den Ringfinger. Jacobi trägt nämlich einen Ehering, das ist mir schon aufgefallen, als er sich in der Gruppe vorgestellt hat. Und seine Frau wird er ja wohl kaum über dem Büroschreibtisch beglücken, oder was denkt ihr?«

Nach diesen ekligen Diskussionen um Körperflüssigkeiten hatte ich dringend den Bedarf, den Kopf wieder frei zu kriegen. Mit ein klein wenig Nervosität fragte ich Marie, ob sie mit mir einen Kaffee trinken gehen wollte.

»Etwa den heiligen Privatpatientenkaffee? Darfst du dem Plebs da einfach von abgeben?«

»Nein, ich würde dich in die Cafeteria einladen. Ich trinke meinen nämlich gern mit einer Sahnehaube und Kakaopulver drauf, das kann der Privatpatientenautomat leider noch nicht.«

»Kauf dir doch einen Sahnespender. Damit kannst du dir deinen eigenen Kaffee bespritzen. So kämst du am billigsten weg.«

Mit lief eine Gänsehaut über den Rücken. »Bitte heute keine Gesprächsthemen mehr, die mit Sahne, Spritzen oder Schütteln oder sonstigem perversen Zeug zu tun haben.«

Marie lächelte unschuldig. Sie trug ein luftiges schwarzes Kleidchen mit grünen Leggings. In den Ohrläppchen steckten Froschstecker. »Gut, dann lieber in die Cafeteria. Und ich probiere auch mal dein Lieblingsgetränk.«

Wir setzten uns nebeneinander mit dem Rücken zu den Fenstern. So verpassten wir zwar den Ausblick über das liebliche Maintal hinweg, aber ich mochte es, wenn die Sonne meine Schultern wärmte. Das löste eine wohlige Zufriedenheit bei mir aus. Wenn ich außerdem vor einem guten Becher Kaffee mit Sahne saß, war das Leben für einen Moment lang erträglich.

Marie lehnte sich im Stuhl zurück. Die geflochtene Lehne drückte sich fast gar nicht durch. Sie wog wohl nicht besonders viel. Mein Blick wanderte von ihren stark geschminkten Augen – sie hatte zwei Kajalfarben so kombiniert, dass Froschgrün und Teichblau ineinander übergingen – weiter hinab. Die Haut war glatt und ungeschminkt. Von Puder und diesem anderen Zeug, was sich manche Frauen ins Gesicht schmierten, damit es wie eine Maske aussah, schien sie nichts zu halten. Darüber war ich froh. Die farbenprächtigen Augen waren schon gewöhnungsbedürftig genug für einen Bibliothekar, der während des Studiums vor allem Frauen in Naturfasern und mit großen

Brillen zu Gesicht bekommen hatte. An Maries Hals angekommen stoppte ich mich selbst. Ich vermied es normalerweise, den Frauen auf Brust, Beine oder Po zu schauen. Da hätte ich mich wie ein Neandertaler gefühlt, der keuleschwingend seine potenziellen Sexualpartnerinnen begutachtete.

Lieber widmete ich mich wieder meinem Kaffee. Deshalb kam es sehr unvermittelt, als Marie mir den Ellbogen in die Rippen stieß.

»Aua! Was …?«

Sie legte einen Finger auf die Lippen, um mich zum Schweigen zu bringen. Dann wies sie zum Verkaufsstand hinüber, wo ein kleiner Mann mit runder Brille und weißem Haarkranz um die Glatze auf seine Bestellung wartete. Die Angestellte hantierte derweil an der Kaffeemaschine. Ich brauchte einen Moment, um die Geräusche um uns herum in den Hintergrund rücken zu lassen, um zu hören, was dort gesprochen wurde.

»Die Erna und die Olma dreffen sich omoll widder. Die Erna is weng recht gleibich und derzillt der Olma ganz aufgereecht, dass sa näggsta Wochn nach Rom zem Boobst fährt. Freggd die Olma: ›Wos verschprichsta dir denn douderfoo?‹ Soggd die Erna: ›Ich maechd hold amoll an Boobst sein Säing.‹ Freggd die Olma iberrascht: ›Maansd, der zeicht na derr?‹«

Ich zögerte nicht und sprang sofort auf. Das war ja wohl ein waschechter Franken-Witz. Ich folgte dem Mann zu seinem Tisch, als er sich glucksend von der Bedienung verabschiedet hatte und das Kaffeetablett balancierend auf die hintere Sitzecke zusteuerte.

»Darf ich mich zu Ihnen setzen?«, fragte ich höflich, sobald der Mann das Tablett abgestellt hatte.

»Aber bitte, bitte.« Wir setzten uns. Er schlug beinahe sofort die Beine, die in bequemen Alt-Männer-Stoffhosen steckten, übereinander. Ich tat es ihm gleich. Die Haltung des Gegenübers zu kopieren schaffte angeblich eine entspannte Atmosphäre.

Er lächelte zu mir herüber, während er drei Päckchen Zucker nacheinander erst schüttelte, dann vorsichtig einriss und den Zucker in seinen Kaffee rinnen ließ. Die Brille war kaum entspiegelt, sodass seine Augen immer wieder hinter Lichtreflexen verschwanden.

»Wie kann ich Ihnen helfen, junger Mann?«

Ich stutzte. »Aber ... Sie sprechen ja gar kein Fränkisch!«

»Ach, deshalb wollten Sie mit mir reden? Das Fränkische kommt und geht. Ich war jahrelang Mesner in einer kleinen Gemeinde bei Nürnberg, habe mich um die Kirche gekümmert und alles für den Gottesdienst vorbereitet. Da sprechen natürlich alle, wie ihnen das Maul gewachsen ist. Aber die Heilige Schrift, wie der Herr Pfarrer sie vorliest, ist ja auch nicht auf Fränkisch, deswegen bin ich durchaus auch des Hochdeutschen mächtig. Nur wenn ich daheim bin oder wenn's gemütlich wird, dann falle ich in meinen Dialekt.«

Ein Mesner also, ein Mann der Kirche. Wahrscheinlich besuchte er auch hier in der Mariä-Schutz-Kirche regelmäßig den Gottesdienst, während ich noch nicht einmal einen Fuß hineingesetzt hatte. Das Gebäude hätte mich zwar interessiert, aber ich stellte mir immer vor, wie ein Blitz auf mich herniederfahren würde, wenn ich als eingeschworener Atheist es jemals wagte, ein Gotteshaus zu betreten. Dagegen hatte ein Mesner in Kirchennähe sozusagen Heimvorteil. Schwer vorstellbar, dass er sich nachts aus der Klinik schlich, um in einem Schafstall um Tausende Euro zu pokern. Trotzdem, die Beschreibung, die Bernie und Holger mir geliefert hatten, traf zu.

»Die Frage, die ich Ihnen jetzt stelle, mag Ihnen vielleicht etwas seltsam vorkommen. Ich hoffe trotzdem, dass Sie sie ehrlich beantworten. Spielen Sie gern Karten?«

Für einen Moment blieb er stumm. Die Brillengläser glitzerten. Seine Hand wanderte zur Tasse, die er an die Lippen hob und nippte. Ganz klar, da wollte jemand Zeit zum Nachdenken gewinnen.

»Sie haben Ihren Kaffee gar nicht umgerührt.«

»Tatsächlich? Na so was.« Statt es nachzuholen, verschränkte der Mesner die Arme vor seiner Brust. »Sie werden Ihre Gründe haben, warum Sie mir diese Frage stellen. Würden Sie mir sagen, warum Sie das wissen möchten?«

»Ich habe einen Freund, der Geld verloren hat, viel Geld. Und jemand droht ihm mit dem Tod, wenn er seine Spielschulden nicht zurückzahlt.«

»Das ist natürlich nicht die feine englische Art.« Sonderlich überrascht sah der Mesner nicht aus. »Spielschulden sind Ehrenschulden, da sollte jeder bestrebt sein, sie zu bezahlen, auch ohne dass es eines Drohbriefes bedarf.«

Einen Moment war es still. »Ich habe nichts von einem Drohbrief erwähnt«, sagte ich langsam.

Er hob die Augenbrauen. »Nun, dann habe ich es wohl erraten.«

»Haben Sie vielleicht auch einen bekommen?«

»Das war bisher nicht nötig. Wir haben jede Woche gekaddelt. Der Pfarrer, der Organist, der Dirigent des Kirchenchores und ich. Ich habe also viel Übung und bin ein guter Beobachter. Deswegen verliere ich nicht allzu viel und gewinne sogar manchmal etwas. Ich würde sagen, es kommt bei mir ungefähr auf null raus. Der Rest der Gruppe ist vom spielerischen Geschick her sehr gemischt. Es gibt einen Neuen, der eine absolute Niete ist. Ich habe schon überlegt, ob ich ihm nicht empfehlen soll, es lieber bleiben zu lassen. Mir persönlich macht es zumindest keinen Spaß, einen Anfänger abzuzocken.«

Holger, verzeichnete ich in Gedanken.

»Der Große verliert auch oft. Aber es scheint ihm gar nicht so viel auszumachen. Er ist eher um seinen Freund besorgt.«

»Aber irgendjemand muss ja auch die Gewinne einfahren.«

»Da ist dieser Junge. Er hustet viel, ich tippe auf Asthma. Er spielt ausgezeichnet, auf eine ganz eigene, ungewöhnliche Weise.«

Von wegen Raucherhusten. Gerade Holger sollte einen Asthmatiker eigentlich erkennen, wenn er einen vor sich hatte. Ich traute den Beobachtungen des Mesners allerdings deutlich mehr als Holgers unzulänglichem Bericht.

»Und natürlich die Frau, die Lady in Black, wie ich sie bei mir immer nenne. Sie hatte bei den letzten Spielen eine Glückssträhne. Wenn man ständig tolle Karten hat, ist es natürlich leichter, damit auch zu gewinnen. Bei ihr bin ich mir deswegen nicht ganz sicher, wie gut sie wirklich spielt.«

»Haben Sie irgendeinen Ihrer Mitspieler schon einmal ohne Maske gesehen, ihn vielleicht hier in der Klinik getroffen?«

Er zwinkerte. »Nun ja, einige der Mitspieler sind natürlich recht individuell. Da glaubt man schon, den einen oder anderen wiederzuerkennen. Aber ich habe nicht weiter nachgeforscht. Der Sinn der Gruppe ist ja, dass man anonym bleiben kann.«

Ich stand auf. »Danke, dass Sie mit mir gesprochen haben. Ich werde das selbstverständlich vertraulich behandeln.«

»Sie sprechen wie ein Polizist. Sind Sie etwa undercover hier?« Wieder lachte er glucksend.

Ich zog es vor, auf so eine dämliche Frage nicht zu antworten. Da kehrte ich lieber wieder zu Marie und meinem wohl inzwischen kalt gewordenen Kaffee zurück.

Die Erleichterung, dass das Verhör zu Ende war, war ihm anzusehen. Er griff sofort nach dem Löffel und rührte in seiner Tasse herum. Dabei rief er mir nach: »Und richten Sie Ihrem Freund aus, dass man nicht spielen sollte, wenn man sich das Verlieren nicht leisten kann.«

## 6
## HOL DEN WEIN! WIR MÜSSEN ÜBER GEFÜHLE REDEN.

*Wills Leseliste*

- *Die 111 schönsten Barockgedichte*
- *So putzen Sie richtig! Mit Profi-Tipps vom Experten!*
- *Casanovas Memoiren*
- *Vom Softie zum Supermann in 10 Tagen*
- *Stiftung Besentest, Ausgabe 666*
- *Lexikon der psychischen Krankheiten – und wie Sie sie wieder loswerden*
- *Von der Macht des Sprühens – Missbrauch von Desinfektionsmitteln durch Zwangserkrankte*
- *Romantik to go: Flirten nach der Minnesang-Methode*
- *Ich will doch nur spülen – Bericht eines Hausmannes*

Beerdigungen. Gibt es etwas Schlimmeres, Peinlicheres, weniger Erlebenswertes als Beerdigungen? Das Wetter scheint immer unpassend zu sein. Ein lachender Sommerhimmel ist genauso unerwünscht wie Regenschauer, die für rutschige Erde sorgen, oder Windböen, die die Blumen über den ganzen Friedhof verteilen. Und dann gibt es natürlich noch die Menschen. Leute, die schweigen, weinen oder betreten vor sich auf den Boden starren. Frauen mit Mascaraflecken unter den Augen, im Anzug schwitzende Männer und vorlaute Kinder. Ich bin der festen Überzeugung, dass Beerdigungen ohne Menschen nur halb so schlimm wären. Leider gibt es so etwas selten. Es gilt in unserer Gesellschaft ja als Fauxpas, wenn nicht eine ganze Herde von lieben, lieben Freunden hinter dem Sarg dreintrottet. Dann war man unbeliebt oder – noch schlimmer – ein Niemand.

Kurz gesagt: Ich hasse Beerdigungen. Nur gut, dass man seine eigene nicht mehr bewusst mitkriegt. Ich hoffe, dass zu meiner mal niemand kommt. Falls das nicht klappt, wünsche ich mir alternativ eine lautstarke Beerdigungsparty mit allen Stones-Klassikern, umgeschrieben für Orgel und Trompete, und eine Reihe hübscher, halb nackter Klagefrauen, die sich das blonde Haar malerisch zerzausen und meinen Namen stöhnen. Heute war nichts dergleichen zu sehen. Der Friedhof lag ruhig und gesittet vor uns, die Sonne schien, und eine sanfte Brise verhinderte, dass wir alle in unseren schwarzen Klamotten kochten.

Eigentlich vermeide ich solche Events. Dass ich an diesem Freitag dennoch in dunkelblauer Jeans und schwarzem T-Shirt auf dem Friedhof stand, um Herrn Brunner das allerletzte Geleit zu geben, lag vor allem an Irmelas Hartnäckigkeit. Sie war ganz in ihrem Element. Vor dem Gottesdienst hatte sie Taschentücher an uns verteilt und dafür gesorgt, dass jeder ein Gesangsbuch und Kleingeld für den Klingelbeutel bekam. Nun schritt sie ganz dicht hinter dem Sarg neben der trauernden Witwe her, stützte diese am Arm und redete beruhigend auf sie ein. Dass Irmela Frau Brunner bis vor einer halben Stunde noch gar nicht gekannt hatte, fiel nicht auf. Und ich musste zugeben, dass diese die Unterstützung auch dringend nötig zu haben schien.

Frau Brunner war klein und zart. Sie trug eine Brille, die ein wenig schief saß, und ein Kostüm, das vom Sitzen in der Kirche hinten ganz zerknittert aussah. Vom Weinen waren ihre Bäckchen rot und geschwollen. Ich hätte wetten können, dass sie keine Ahnung hatte, wie es ohne ihren Mann weitergehen sollte. Dass sie sich gern um den Haushalt und den Garten kümmerte, aber nicht wusste, wie man einen Computer bediente oder eine Steuererklärung ausfüllte. Hoffentlich gab es jemanden in der Familie, der sie eine Weile bei sich aufnehmen und ihr eine sinnvolle Beschäftigung verschaffen konnte.

Vor uns kam langsam die Grabstelle in Sicht. Unter zwei Weiden gelegen klaffte ein tiefes, viereckiges Loch. Daneben war ein mit falschem Rasen bedeckter Erdhügel aufgeschüttet, hinter dem der Kirchenchor Aufstellung genommen hatte. Sobald die Beerdigung vorbei war, würden die Bestatter ihn über Herrn Brunners Leiche kippen. Vielleicht noch ein bisschen festtrampeln – und dann die Blumenkränze drauf und ein provisorisches Kreuz. So ein Grabstein dauerte seine Zeit, der war bestimmt noch nicht fertig. Der Kirchenchor bestand aus lauter mittelalten Frauen in kaschierenden Hosen mit Bügelfalten. Wir schritten im Takt zu ihrem Gesang langsam dem Grab entgegen.

*Wir sind nur Gast auf Erden*
*und wandern ohne Ruh*
*mit mancherlei Beschwerden*
*der ewigen Heimat zu.*

*Die Wege sind verlassen,*
*und oft sind wir allein.*
*In diesen grauen Gassen*
*will niemand bei uns sein.*

Anne ging neben mir ganz hinten in der Trauerschar. Sie trug einen Blazer mit schwarz-grauem Hahnentrittmuster und einen schwarzen Rock. Dazu ihre Handtasche, aus der, fast unsichtbar unter ihrem Arm eingeklemmt, der Stil eines Kochlöffels ragte. Eigentlich hatte ich erwartet, dass sie in der Kirche ihr Strickzeug auspacken würde, aber stattdessen hatte sie ganz andächtig dagesessen, hatte nicht einmal mitgesungen, sondern nur mit gefalteten Händen auf den Sarg geblickt. Das hatte geholfen, mich zu beruhigen. In anstrengenden oder stressigen Situationen werden die Zwänge oft stärker, und es kostete mich viel Kraft, nicht mitten im Gottesdienst aufzustehen und zu überprüfen, ob jemand Kaugummi auf die Kirchenbänke geschmiert hatte. Ich wurde das Gefühl, dass ich in etwas Klebrigem saß, einfach nicht los.

Holger schien mit ähnlichen Problemen zu kämpfen. Bei den Liedern über Tod und Sterben hatte er begonnen, seine Hände zu desinfizieren. Der scharfe Geruch verbreitete sich über unseren Köpfen und verdrängte den nach Weihrauch und muffigem Gemäuer.

Davon abgesehen war Holger heute sehr präsentabel. Er hatte ein dunkellila Polohemd herausgekramt und trottete in einer frischen Wolke von Desinfektionsmittel und Autan-Spray (»Wer weiß, was diese Friedhofsmoskitos für Krankheiten übertragen«) an Annes anderer Seite. Den Schluss bildete Mäuschen mit einer zerknitterten Bluse und zusammengesteckten geflochtenen Zöpfen. Affenschaukel hatte die Frisur früher geheißen. Ich hatte sie seit meiner Kindergartenzeit nicht mehr gesehen und fragte mich, ob für Mäuschen irgendwie die Zeit stehen geblieben war. Vielleicht alterte sie ja gar nicht wie normale Menschen. Ich würde sie einmal nach Kinderfotos fragen. Oder danach, wie alt sie überhaupt war.

*Nur einer gibt Geleite,*
*das ist der Herre Christ,*
*er wandert treu zur Seite,*
*wenn alles uns vergisst.*

Marie war am Friedhofstor zurückgeblieben, um dort auf uns zu warten. Sie wollte nicht so tun, als hätte sie Herrn Brunner gekannt, und wie ein neugieriger Gaffer herumstehen. Trotzdem hatte auch sie sich in Schale geworfen und trug eine Spitzenbluse und eine tiefschwarze Rabenfeder im Ohrloch. Sie sah sehr jung aus und sehr hübsch. Ich hatte im Auto kurz über die Feder gestrichen und dabei das Gefühl gehabt, Maries eigenes Gefieder zu berühren. Manchmal kam sie mir wie ein kleiner Vogel vor. So selbstständig und eigensinnig und trotzdem beschützenswert, dass Federn tatsächlich besser zu ihr passten als Haut. Als ich mich zu ihr umdrehte, nickte sie mir mit einem aufmunternden Lächeln zu. Ich drehte mich wieder nach vorn.

Tief durchatmen. Das war nur eine Beerdigung, nur eine Zeremonie, die das Abschiednehmen leichter machen sollte. Trauerarbeit war ja so wichtig, wie Dr. Jacobi immer betonte. Aber für mich hatte der leblose Körper in diesem Holzsarg rein gar nichts mit dem Herrn Brunner zu tun, den ich als Therapeuten und als Menschen geschätzt hatte. Viel mehr als die korrekte Grablegung, als Kirchenchor und Rosenkranzgebete zählte doch die Erinnerung.

Das Wägelchen mit dem Sarg darauf war vor der ausgehobenen Grube zum Stehen gekommen. Die Bestatter kümmerten sich jetzt um eine fachmännische Absenkung. Frischer Wind kam auf und wehte die schwarzen Röcke der Gäste empor. Man griff danach, hielt sie fest, zwang sie zum anständigen Herunterhängen zurück. Der Kirchenchor sang unbeirrt weiter.

*Gar manche Wege führen aus
dieser Welt hinaus.
Oh, dass wir nicht verlieren
den Weg zum Vaterhaus.*

Die Menge gruppierte sich um das Grab herum. Auf der mir gegenüberliegenden Seite stand Chefarzt Dr. Goldig im Anzug und mit glänzenden Schuhen. Die Hände hatte er gefaltet, den Blick auf das aufgebuddelte Erdreich gerichtet. Er stand bei den nächsten Angehörigen, was mir ungebührlich vorkam. Schließlich war er nur Herrn Brunners Chef gewesen. Wie viel Kontakt konnten die beiden schon gehabt haben? Irgendwann einmal ein Vorstellungsgespräch, dann flüchtige Wortwechsel auf Meetings, ein grüßendes Nicken auf dem Gang ... Berechtigte Goldig das wirklich dazu, neben der Witwe zu stehen? Er hatte sogar seine Frau und seine zwei Töchter mitgebracht. Alle drei etwas kräftiger um die Hüften, das jüngere Mädchen hellblond, die Mutter auch, aber schlecht gefärbt. Insgesamt eine sympathisch wirkende Familie, nicht so aufgetakelt, wie man sich Chefarztgattinnen normalerweise vorstellte.

*Und sind wir einmal müde,
dann stell ein Licht uns aus,
oh Gott, in deiner Güte,
dann finden wir nach Haus.*

Der Kirchenchor verstummte, um dem Pfarrer Zeit für ein paar Worte zu geben. Dieser betete pflichteifrig einige Sätze hinunter und wurde sogleich wieder von drei Posaunisten abgelöst, die »Yesterday« intonierten. Hatte Herr Brunner die Beatles gemocht? Ich wusste überhaupt nichts über seinen Musikgeschmack, seine Essensvorlieben, sein Privatleben. In unseren Gesprächen war es immer nur um mich gegangen. Jetzt im Nachhinein fragte ich mich, ob das so sein musste. Ob ich nicht auch einmal hätte fragen können, ob er ein schönes Wochenende verbracht hatte oder ob er mir ein gutes Restaurant empfehlen konnte. Aber kranke Menschen neigen noch mehr dazu als normale, nur um ihre eigenen Probleme und Schwierigkeiten zu kreisen. Da bleibt wenig Energie und Aufmerksamkeit übrig für die anderen.

Der Sarg kam rumpelnd auf dem Boden an. Frau Brunner trat vor und warf eine Rose auf ihn hinunter. Dabei zitterte sie so, dass Irmela, die von irgendwoher einen Stuhl organisiert hatte, sie zum Hinsetzen zwang. Sie selbst stellte sich hinter dem Stuhl in Position, eine schwarz gekleidete vierschrötige Gestalt mit modischem Schleierhütchen und Perlenbrosche am Revers. Einer nach dem anderen trat nun vor, wählte eine Blume aus einem bereitstehenden Behältnis – es gab Margeriten, Röschen und Nelken – und warf sie auf den Sarg. Die meisten hielten kurz inne, blickten ihrer Blume hinterher, dachten wohl daran, dass sie selbst einmal dort unten liegen würden, und wandten sich dann ab. Doch an Irmela kam niemand vorbei. Eine Hand hatte sie auf die Schulter ihres Schützlings gelegt, mit der anderen nahm sie über Frau Brunners Kopf hinweg die Beileidsbekundungen der Gäste entgegen.

Sogar Dr. Jacobi, der ja genau wusste, dass Irmela alles andere als eine nahe Verwandte von Herrn Brunner war, schüttelte ihr die Hand. Das machte ihn mir zum ersten Mal ein klein wenig sympathisch. Dann nahte jedoch Frau Hempel, die sich neben Irmela stellte, ihr etwas ins Ohr zischte und dann so lange abwartete, bis Irmela mit gesenktem Kopf das Feld geräumt hatte. Sie trottete zu uns nach hinten, was mir leidtat, da sie ihre Sache wirklich gut gemacht hatte und Frau Brunner ihre Unterstützung augenscheinlich wirklich gebrauchen konnte.

Anne, Holger, Mäuschen und ich gingen nicht vor ans Grab. Stattdessen stellten wir uns so auf, dass wir die anderen Gäste beobachten konnten. Man hört ja immer wieder, dass Mörder gern auf der Beerdigung ihrer Opfer auftauchten. Vielleicht fiel uns jemand Verdächtiges auf. Und vielleicht war auch ein Undercover-Polizist anwesend. Kommissar Dietlinger hatte bestimmt irgendjemanden dazu abkommandiert.

Mäuschen tippte mir mit ihrem spitzen Zeigefinger auf den Oberarm. Ich blickte sie fragend an. Mit dem Kinn wies sie auf die Blumenkränze, die neben dem Grabhügel aufgetürmt lagen und darauf warteten, dass das Grab zugeschüttet wurde und sie es schmücken konnten. Lilien, Gardenien, weiße und rote Rosen und Hyazinthen, weiter reichten meine botanischen Kenntnisse nicht. Fragend zuckte ich mit den Schultern. Sie schob mich unauffällig näher an den Grabhügel heran und deutete wieder auf ein großes Gebinde aus Lilien und immergrünen Zweigen, das von einem Porzellanengelchen mit gefalteten Händen gekrönt wurde. Zugegeben, ich fand es auch geschmacklos, aber keines der Blütengebilde hier würde einen Schönheitspreis gewinnen. Einzig das ungewöhnliche Sonnenblumengesteck, das von der Witwe zu stammen schien, gefiel mir.

Mäuschen zupfte an meinem T-Shirt, bis ich den Kopf zu ihr hinunterbeugte. »Lies den Text auf der Schleife von dem Liliendings«, flüsterte sie mir zu.

»In liebevoller Erinnerung von deinen Geschwistern«, stand dort und darunter: »Mathias Brunner, Marion Goldig, Benjamin Goldig«. Ich brauchte einen Moment, um zu begreifen, was das bedeutete. Die Trauernden trugen unterschiedliche Nachnamen, definierten sich jedoch als Geschwister von Herrn Brunner. Wahrscheinlich hatte seine Mutter noch einmal geheiratet, und zwar einen Herrn Goldig. Jetzt war mir klar, warum Dr. Goldig mit seiner ganzen Familie in der ersten Reihe der Trauernden stand. Er und Herr Brunner waren Halbbrüder gewesen.

Nach der Beerdigung warf ich meine Kleidungsstücke einfach in die Dusche, damit sie nicht mit meinem sauberen Zimmer in Kontakt kamen. Wenn ich so unruhig war wie heute, fragte ich mich, ob ich nicht einen Arzt bequatschen konnte, mir Tavor zu verschreiben. Tavor, die Wunderdroge.

Der Körper ständig in Alarmbereitschaft, alle Muskeln verkrampft. Die Gedanken erschöpft. Du hast seit Tagen nicht mehr richtig geschlafen. Du kannst nicht mehr. Und dann ist da diese kleine hellblaue Tablette. Manchmal ist sie auch weiß, je nachdem wie viel sie dir gönnen, und schmilzt auf der Zunge. Und plötzlich fühlst du dich, als hättest du die ganze Zeit draußen in der Kälte gestanden und kämst jetzt in die warme Stube. Deine Glieder lockern sich, Muskelentspannung. Du kannst wieder atmen. Vielleicht kannst du sogar lächeln. Das ist keine euphorische Glückseligkeit – das halten nur Narren für erstrebenswert –, aber da ist Zuversicht und Ruhe. Endlich Ruhe. Du kannst wieder schlafen, du kannst wieder essen – und das alles in einem Zustand heiterer Gelassenheit.

Ich liebte Tavor, dieses Teufelszeug. Solange du Tavor hast, kannst du alles schaffen. Und dann schafft Tavor irgendwann dich. Es macht verflucht schnell abhängig, aber wen kümmert das schon, wenn es dir ein Stück deines Lebens zurückgibt?

Meinen Arzt konnte ich nicht darum bitten, mein Arzt war tot. Also zog ich Joggingsachen an, setzte die Sonnenbrille auf, steckte die Schlüsselkarte sowie eine frische Packung Reinigungstücher in die Hosentasche und lief direkt von meiner Zimmertür aus los. Ich rannte durch die Klinik, wobei ich fast einen Wäschewagen umgekippt hätte, durch die sich automatisch öffnende Eingangstür, die Stufen hinunter und aufs freie Feld zu den Weinbergen. Ich trabte auf dem Hügelkamm entlang, schlug einen großen Bogen um Escherndorf, joggte Feldwege entlang und zwischen Äckern und Wiesen hindurch, bis ich den Wald erreichte.

Ich kam an vier Männern vorbei, die unter großem Getöse einen Baum fällten, und wurde erst langsamer, als mir mein keuchender Atem in der Waldesstille unangenehm auffiel. Dann lehnte ich an einem Baum, dehnte Arme und Beine und kühlte langsam ab. Ich schloss den Reißverschluss der Trainingsjacke. Über mir klopfte ein Specht sein Stakkato in die Rinde einer Fichte. Ich ließ mich ins Moos fallen, einmal ohne an den Schmutz zu denken. Das Klopfen des Spechtes war alles, worauf ich mich konzentrierte. Der Rhythmus wurde eins mit meinem Herzschlag. Tok-toktok-toktok-toktok-toktok. Der Waldboden war weich und duftete nach Erde, würzig, frisch, sandig. Über mir schwankten die Baumwipfel in mein Sichtfeld hinein und wieder hinaus. Sie stießen an die Wolken, zerfaserten sie, schoben sie weiter den Himmel entlang. Tok-tok-tok-tok – toktok. Auch der Specht schien in den Ruhemodus zu verfallen. Ich schloss die Augen, öffnete sie wieder, sah braun und grün und blau, schloss sie wieder, tok, tok-tok, und schlief ein.

Ich bin wieder ein Junge, klein für mein Alter, in braunen Cordhosen und Polohemd. Trotz meines ordentlichen Aussehens lauert innen drin so viel Angst. Davon zeugen nur die riesigen Augen, die die Schulkrankenschwester ansehen. Eine Träne wird schnell weggewischt. Ich sitze auf einer Liege und versuche zu erklären, was mich da gerade so erschreckt hat. Dabei sind das verbotene Wörter. Wörter, die ich nicht einmal flüstern oder denken darf. Die Schwester ist nett. Sie hat weiche, freundliche Hände, die mir über den Kopf streichen, bis ich mich beruhigt habe.

»Das Pipi ... es war ganz rot ... wie Blut.«

Die Schwester nimmt ein Stück Haut an meinem Handrücken zwischen Daumen und Zeigefinger und zieht, bis es eine Falte gibt. Dann lässt sie los. Gemeinsam beobachten wir, wie die Haut einige Sekunden lang so stehen bleibt.

»Das passiert normalerweise nur bei alten Menschen, bei einem Kind habe ich das noch nie gesehen.« Sie schaut mich an, ganz ernst. »Du bist dehydriert, du hast viel zu wenig getrunken. Deswegen hat auch dein Urin diese alarmierende Farbe.«

Ich nicke. Das verstehe ich. Aber das Wissen macht es nicht besser. Ich darf nichts trinken, ich darf einfach nicht. Die Schulkrankenschwester steht auf und füllt drei Gläser mit Wasser. Sie stellt sie in einer Reihe vor mich hin.

»Du kommst hier erst wieder raus, wenn du die ausgetrunken hast«, sagt sie.

Ich will sie nicht kränken, sie war nett zu mir, aber ich kann nicht. Ich schüttle den Kopf.

»Will, das ist wichtig, das verstehst du doch, oder? Wenn du nichts trinkst, dann sinkt dein Blutdruck weiter ab, und es kann lebensgefährlich für dich werden. Dann musst du ins Krankenhaus.«

Ins Krankenhaus! Da will ich auf keinen Fall hin. Die werden mich auslachen, wenn sie merken, was mit mir los ist, die werden schimpfen, die werden es rumerzählen. Aber wenn ich jetzt trinke ...

Doch, es gibt eine Lösung. Ich greife nach dem ersten Glas und trinke es in ein paar Schlucken leer, dann sofort das zweite hinterher. Für diesen Moment werde ich das Wasser in mich hineinlaufen lassen, bis ich fast platze. Und für heute Nacht bleibt mir nur eines übrig: Ich werde einfach nicht schlafen.

Ich spürte den Händedruck, mit dem die Krankenschwester mich zurück in die böse, böse Welt entließ, noch auf der Haut, als ich erwachte. War »erwachen« überhaupt das richtige Wort? Hatte ich wirklich geschlafen oder mich nur erinnert? Kann man tatsächliche Erinnerungen träumen? Ich stand auf und schüttelte Moosfäden und Fichtennadeln von meiner Kleidung. In meinen Haaren hing bestimmt auch etwas. Ich streifte mit der Hand hindurch, fand aber keinen Widerstand. Mein Kopf fühlte sich dumpf an, das Klopfen des Spechtes sprang noch wie ein Echo darin umher. Von einer Schädelseite zur anderen, prallte ab, kam zurück, wurde leiser und lauter.

Herr Brunner hatte gesagt, dass ich nicht zu viel darüber nachdenken sollte, wie es mir ging. Stattdessen Ablenkung suchen, Aktivität, Sport, neue Dinge erforschen, lernen, beobachten. Auch wenn sein Körper jetzt unter der Erde lag und Besuch von Ameisen, Käfern und Würmern bekam, seine Ratschläge waren es wert, befolgt zu werden. Und ich wusste schon, wo ich damit anfangen konnte.

\*\*\*

Obwohl es nicht übermäßig heiß gewesen war, fühlte Jacobi sich nach der Beerdigung verschwitzt und erschöpft. Eine schlimme Geschichte war das, ein Mord an einem Kollegen. Er hatte ihn sehr geschätzt, obwohl er ihn gar nicht so gut kannte. Brunner war kein Mensch vieler Worte gewesen. Aber ruhig und mit seiner Pfeife, die er auch im erkalteten Zustand mit sich herumgetragen hatte, auf eine altmodische Art sehr sympathisch. Ein verlässlicher Arzt, einer, den man um Rat fragen konnte, ohne befürchten zu müssen, dass die ganze Klinik davon erfuhr. So jemanden hätte Jacobi jetzt auch dringend brauchen können. Ausgerechnet jetzt, wo …

Brunner hinterließ eindeutig eine Lücke, die nicht so schnell gefüllt werden konnte. Und wie schlecht Brigitte Brunner ausgesehen hatte. Wie konnte man da Trost spenden, wie echte Anteilnahme zeigen?

Jacobi war vor dem Spiegel stehen geblieben, hatte langsam die Krawatte gelockert, aber keine Energie gefunden, das Jackett abzustreifen und aufzuhängen. Er sah deprimierend müde aus. Mit fahler Gesichtshaut, die davon zeugte, dass er schon länger keinen Urlaub mehr gehabt hatte. Und da war noch etwas in seinen Augen. Schuld. Er hatte Schuld auf sich geladen, er hatte …

Dorothee schlang ihm von hinten die Arme um den Bauch. »Wie wär's mit einem Spaziergang? Du musst jetzt erst mal runterkommen.«

Sie hatte wie immer recht. Jacobi ließ sich Krawatte und Jackett abnehmen und schlüpfte aus Hose und Hemd. Dorothee warf ihm ein altes verwaschenes T-Shirt und eine Jogginghose zu.

»Heute darfst du das mal.«

Dann gingen sie los, Hand in Hand, einfach die Straße entlang, bis sie aus dem Dorf hinaus auf die Felder kamen. Rechter Hand ragte der Katzenkopf mit seinen unzähligen Weinstöcken und dem Aussichtsturm empor. Links von ihnen strömte der Main tief und ruhig in seinem baumgesäumten Bett. Jacobi und Dorothee lauschten auf das Murmeln des Wassers, spürten ihre Hände ineinander verflochten, sahen über die Felder hinweg. Das Getreide wuchs gelb und voll dem Himmel entgegen.

»Du bist so schweigsam. Möchtest du mir erzählen, was dich beschäftigt?«

Was ihn beschäftigte, konnte er ihr nicht sagen. Aber da gab es andere Dinge, Dinge, denen er eigentlich seine volle Aufmerksamkeit widmen sollte.

»Es sind Medikamente verschwunden, aus dem Giftschrank der Klinik. Sachen, die wie Drogen wirken können, dich high machen oder total runterchillen, deswegen lagern sie auch in dem Extra-Schrank. Ich habe bei der Nachbestellung gemerkt, dass was fehlt.«

»Wie kann das sein? Müsst ihr das nicht alles ganz genau dokumentieren?«

»Doch, und das tun wir auch. Ich habe deswegen zuerst mit Isabella Siebenlist gesprochen, wir verstehen uns ganz gut, und sie plappert nicht gleich alles weiter.«

»Ist das eine andere Ärztin?«

»Ja, genau. Sie hat eine Liste gemacht mit allen Mitarbeitern, die in den letzten Wochen den Schlüssel zum Giftschrank hatten. Das sind nicht besonders viele, sieben oder acht, und alles normale nette Leute.«

»Und du glaubst, dass einer von ihnen absichtlich …?«

»Nein, natürlich nicht. Wobei das schon komisch ist. Ach, ich weiß es einfach nicht!«

»Wäre es nicht wichtig, das der Polizei zu melden?«

»Isabella und ich waren schon bei Dr. Goldig. Er hat gesagt, wir sollen das zuerst mal für uns behalten und regelmäßig kontrollieren, ob wieder was fehlt. Damit wir den Zeitraum einschränken können und so vielleicht rauskriegen, wer da mit drinhängt.«

»Und?«

»Bisher alles normal. Also die Ausgabezahl stimmt mit der verbleibenden Menge der gelagerten Medikamente überein.«

»Vielleicht war es wirklich nur ein Versehen. Es kann doch mal passieren, dass man einem Patienten eine falsche Dosis mitgibt. Ihr müsst jeden Morgen die Medikamente ausgeben, oder nicht?«

Jacobi nickte.

Dorothee war stehen geblieben und drückte seine Hand. »Vielleicht war ein Arzt nach der Nachtschicht nicht mehr ganz aufmerksam, und da ist das eben passiert.«

Er schüttelte den Kopf. »Da müsste er dem Patienten schon einen ganzen Beutel mit Pillen in die Hand gedrückt haben!«

Sie lächelte ihn an. »Das wirst du schon noch rauskriegen. Jedenfalls kannst du momentan nichts daran ändern. Isabella und du, ihr werdet die Sache beobachten, mehr könnt ihr nicht machen.«

»Das stimmt schon ...«

Sie waren an einem Rinnsal entlangspaziert, das sich vom Katzenkopf aus der Pflanzrichtung der Weinstöcke folgend gen Main schlängelte, und setzten sich nun auf eine Holzbank, die mit Sprüchen und Herzchen übersät war. Neben ihnen hatte ein Weinbauer in einer Reihe verschiedene Rosenstöcke gepflanzt und mit kleinen Schildern beschriftet. Jacobi kannte die Sorten »Ulmer Münster«, »Aicha« und seinen Lieblingsstock, das »Schneewittchen«, eine Strauchrose mit wunderschönen reinweißen Blüten. Er hätte gern eine Rose für seine Frau gepflückt, aber er wusste, dass sie lebende Blumen viel lieber mochte als welche, die sie in die Vase stellen konnte.

Stattdessen starrte Jacobi auf die winzigen, sich überlagernden Wellen des Bächleins, die das Sonnenlicht reflektierten. An dieser Stelle hatte er schon ein paarmal Schuhe und Socken ausgezogen und war im Wasser herumgewatet. Einfach so, weil es Spaß machte. Heute hatte er keine Lust darauf. Zumindest nicht allein, und Dorothee war wasserscheu. Wenn er nun nicht mit ihr hier wäre, sondern mit ...

»Brunner ist tot«, sagte er abrupt. »Verstehst du, jemand hat ihn umgebracht, jemand, der vielleicht Angst hatte, dass Brunner was verrät.«

Dorothee sah zu ihm auf. Ihre Augen blickten ernst und auch beunruhigt. »Und du denkst, da könnte es einen Zusammenhang geben? Vielleicht wusste Brunner, wer die Medikamente stiehlt.« Sie holte tief Atem. »Sei vorsichtig, Lars«, sagte sie, »bitte pass auf dich auf.«

Jacobi nahm sie in die Arme, fühlte ihre beruhigende Wärme, roch den leichten Blütenduft ihres Parfüms im Nacken.

»Das werde ich«, versprach er.

Doch als er die Augen schloss, hatte er plötzlich einen ganz anderen Geruch in der Nase. Vanille. Süßlich, herb, viel stärker als Dorothees Frühlingsblumenduft. Bilder zuckten vor seinem inneren Auge. Bewegung, nackte Haut, die Linie einer weiblichen Hüfte. Er ließ Dorothee los, stand rasch auf. »Lass uns weitergehen.«

Dorothee musste fast laufen, um mit ihm Schritt halten zu können. Sie hakte sich bei ihm ein, um ihn etwas zu bremsen. Die nächsten zwanzig Minuten wanderten sie wortlos den Bach entlang. Jacobi fühlte, wie er allmählich ruhiger wurde, seine Atemzüge gleichmäßiger wurden, die Schultern sich entspannten. Es war ein schöner Tag. Er ging mit seiner Frau spazieren. Er hatte den Rest des Tages frei. Später würden sie in ihr Häuschen zurückkehren und zusammen zu Abend essen, dann vielleicht noch einen Film ansehen. Es gab keinen Grund, nervös zu sein.

Sie kamen an ein Getreidefeld, das sich weit vor ihnen erstreckte. Das Wetter war gut gewesen, die Ähren prall und bald reif.

Dorothee stieß ihn an. »Weißt du noch, was der Fuchs gesagt hat?«

»Welcher Fuchs?« Jacobi war sich nicht sicher, worauf sie anspielte.

Dorothee streckte die Hand aus und wuschelte ihm durchs Haar. »Der Fuchs, der sich vom kleinen Prinzen zähmen ließ.

Er sagte zu ihm: ›Du hast weizenblondes Haar. Oh, es wird wunderbar sein, wenn du mich einmal gezähmt hast! Das Gold der Weizenfelder wird mich an dich erinnern. Und ich werde das Rauschen des Windes im Getreide lieb gewinnen.‹«

»Ach Dorothee.« Jacobi spürte, wie ihm die Tränen kamen. Er legte die Arme um seine Frau und drückte sie fest an sich. »Ich weiß nicht, was ich ohne dich machen würde.«

»Ich bin doch da.« Sie streichelte ihm über den Rücken.

Jacobi nahm Dorothee bei der Hand und zog sie ins Getreidefeld hinein. Sie rannten mitten hindurch, die Ähren beugten sich rechts und links von ihnen zur Seite und richteten sich hinter ihnen wieder auf. Plötzlich blieb Jacobi atemlos stehen.

»Und jetzt?« Dorothee grinste ihn an. Ihre Wangen waren vom Rennen gerötet, die Augen strahlten vergissmeinnichtblau zu ihm auf.

»Jetzt«, flüsterte Jacobi, »kommt der interessante Part.« Er beugte sich zu ihr hinunter, nahm ihr Gesicht zwischen seine Hände und näherte sich ihren Lippen. Kurz vor der Berührung hielt er inne, und erst als sie ein leises, sehnsuchtsvolles Stöhnen ausstieß, küsste er sie heftig. Ihre Hände wanderten über seinen Körper, zwickten, streichelten und kratzten. Jacobi zog sie auf den Boden und schob gleichzeitig ihre Bluse nach oben. Dorothee ließ sich auf ihn fallen und öffnete hinter ihrem Rücken den BH.

»Weizenblondes Haar«, sagte sie, »damit hast du mich auch gezähmt.«

Und während er Dorothees Körper liebkoste, sah er plötzlich eine andere Frau vor sich, die Frau von gestern, eine mit dunklen Haaren, eine, die an seine Bürotür klopfte und sagte, dass sie einen anderen Therapeuten wollte, dass sie mit ihm nicht mehr sprechen würde.

»Warum das?« Er hatte sich mühsam im Zaum gehalten. Versucht, nicht laut zu werden, ihr nicht zu zeigen, wie sehr ihn das verletzte.

»Weil ich in Sie verliebt bin, Dr. Jacobi«, hatte sie ihn angeschrien.

Und dann war eines zum andern gekommen. Er hatte nicht

mehr daran gedacht, dass sie seine Patientin war, dass es verboten war, dass er dafür seine Zulassung verlieren konnte. Er hatte überhaupt nicht mehr gedacht, nur dieses Pochen in sich gefühlt, diesen Drang, und er hatte in ihren Bewegungen das Gleiche gespürt. Bis er über ihr zusammen gesunken war, die Knie aufgeschrammt von den Stößen gegen den Schreibtisch. Und sie hatte ihm durchs Haar gestrichen.

»Du kannst mich Angie nennen«, hatte sie geflüstert und ihm zugewinkt, und seitdem liebte er diesen Namen und fühlte sich gleichzeitig verrückt und euphorisiert, unzurechnungsfähig und schwerelos. Schuldig. Verliebt. Dorothee. Angie.

*\*\**

Nach einer halben Stunde gemäßigten Joggens erblickte ich nahe bei Astheim mitten auf einer umzäunten Wiese einen alten Schuppen. Das musste der Schafstall sein, von dem Bernhard Beißling gesprochen hatte. Er sah ziemlich heruntergekommen aus, mit bräunlich verfärbtem Wellblech als Dach und Wänden aus lose zusammengezimmerten Brettern. Na, die Schafe waren bestimmt froh gewesen, überhaupt ein Dach über dem Kopf zu haben. Beschwert hatten sie sich sicher nicht. Wie sollten sie auch?

Vorsichtig stieg ich über die Reste des Maschendrahtzaunes, der bereits auf Kniehöhe hing. Wahrscheinlich hatten die Pokerspieler ihn absichtlich hinuntergetreten, um sich den Zugang zu erleichtern. Zum Glück war es noch hell genug, um etwaige Schafsköttel identifizieren und ihnen ausweichen zu können. Allerdings sah ich tatsächlich nur Gras und ab und an eine Brennnesselstaude. Die Schafe kamen wohl schon länger nicht mehr hierher. Gut für mich. Ich bahnte mir einen Weg zum Eingangstor und stutzte, als ich die mit einem Vorhängeschloss gesicherte Kette zwischen den Türflügeln sah. Die hatten doch nicht tatsächlich einen Schlüssel? Bei näherer Untersuchung stellte sich jedoch schnell heraus, dass der Bolzen des Schlosses gar nicht heruntergedrückt war, sodass ich es ganz einfach entfernen und die Kette abnehmen konnte. Das Schloss war wohl nur da, um die Dorfjugend davon zu überzeugen, dass sie hier kein leichtes Spiel hatten.

Quietschend öffneten sich die Türflügel. Ein muffiger, unschwer als tierisch zu identifizierender Geruch schlug mir entgegen. Hier drinnen bockte es ganz gewaltig! Der Boden, anscheinend aus gestampftem Lehm, war zur geringfügigen Wärmedämmung mit uraltem, teils verfaulendem Stroh bedeckt. Eine Krippe gab es auch noch, in die ich als Maria mein Jesuskindlein garantiert nicht hineingelegt hätte. Irgendwelche dunklen Brocken moderten darin vor sich hin. Ich verzog das Gesicht. Wie konnte sich die Pokerrunde ausgerechnet einen solchen Ort aussuchen? Gab es da nicht stilvollere Alternativen?

Immerhin, in der Mitte der nicht besonders großen Hütte stand ein Biertisch mit einer großen Petroleumlampe darauf. Auf den Bänken lagen bunt gemusterte Sitzkissen. Ich trat näher und fand noch eine halb aufgegessene Tüte Chips und ein paar Flaschen Bier in einem zum Bierkühler umfunktionierten Wassereimer. Insgesamt allerdings sehr enttäuschend!

Ich wollte schon wieder gehen, als mein Fuß auf etwas unerwartet Hartes traf. Mit dem Schuh schob ich das Stroh beiseite und erblickte einen kleinen Gegenstand, der im Licht der zur Tür hereinscheinenden Abendsonne metallisch funkelte. Ich bückte mich. Vor mir lag ein kleiner Silberanhänger, ein Anker mit schön ausgearbeitetem Schaft und zwei spitz zulaufenden Armen. Wahrscheinlich stammte er von einer Kette oder einem Armband. Der Verschluss war kaputt, vielleicht war die Besitzerin irgendwo hängen geblieben, und der Anhänger war abgerissen. Da in diesem stinkigen Schafstall aber bestimmt nicht allzu oft Frauen herumtollten, musste es sich bei der Besitzerin um die geheimnisvolle Pokerdame handeln. Die Lady in Schwarz, die nie ein Wort sprach und in der Dunkelheit kam und ebenso unerkannt wieder verschwand. Ich wickelte den Anker in eines der Reinigungstücher und steckte ihn in die Tasche. Vielleicht brachte er mir ja Glück.

## 7
## ICH BIN GERADE ETWAS NEBEN DER SPUR. –
## IST SCHÖN DA.

*Wills Tagebuch*

*Zum ersten Mal spüre ich hier etwas wie … Frieden? F-R-I-E-D-E-N? Ich muss das Wort buchstabieren und mit einem Fragezeichen versehen, weil ich ihm noch nicht recht traue. Befürchte, dass das Gefühl vielleicht verschwindet, sobald ich es benenne. Bloß eine Fata Morgana?*
*Ich bin bei Herrn Brunner gewesen, zur Einzeltherapie. Er hat auf mich gewartet, mit ein paar Playmobilfiguren in einem bunten Haufen auf dem Tisch.*
*»Sie sind einer von diesen hier«, hat er gesagt und auf die Figuren gedeutet, »und die anderen sind Ihre Familie.«*
*Ich blickte auf die Figuren. Keine sah mir auch nur im Entferntesten ähnlich. Ein Haufen Spielzeug, vielleicht von seinen Kindern übrig geblieben. Und ich sollte damit jetzt therapiert werden? Tolle Idee.*
*Herr Brunner hat meine Unlust ignoriert. Wenn er es ernst meint, werden seine Sätze immer ganz kurz und knapp.*
*»Ordnen Sie die Figuren so an, wie Sie die Familienkonstellation empfunden haben.«*
*Zögernd habe ich mich für ein kleines Männchen, ein Kind, als Ich entschieden. Ein Pirat mit Stoppelbart ist zu meinem Opa geworden. Er steht in großer Entfernung zu mir da und kehrt mir den Rücken zu. Meine Schwester als junge Indianerin, auch fast noch ein Kind. Sie sieht mich an, entfernt sich aber im Rückwärtslaufen von mir. Und dann die Oma. Auch nur eine kleine schäbige Figur. Trotzdem hat meine Hand etwas gezittert, als ich die Figur ausgewählt habe. Eine Hofdame mit spitzem Hut und langem Rock. Sie überragt mein Männchen. Sie steht zu*

*dicht hinter mir. Sie keift mir ins Ohr. Sie brüllt. Gegenwart und Erinnerung verschwimmen. Ich sitze da, starre auf Plastikmännchen, streichle dem Kind über den Kopf.*
*»Will«, sagt Herr Brunner. Er sagt es ganz ruhig. »Will, sie kann dir nichts tun. Du musst keine Angst haben.«*
*Ich habe versucht zu lächeln. Es ist ja auch total albern. Dieses Spielzeug, diese Aufstellung. Aber die Angst sitzt zu tief. Man kann sie nicht weglächeln.*
*»Und jetzt«, sagt er, »jetzt stellst du die Familie so auf, wie du sie dir gewünscht hättest.«*
*Ich stelle die Indianerin an meine Seite zurück, die Kinder halten sich an den Händen. Der Opa steht vor ihnen. Er breitet die Arme aus. Sein bärtiges Gesicht lacht. Dann nehme ich die Hofdame in die Hand. Ich betrachte sie einen Moment. Plötzlich liegt sie auf dem Boden. Und ich trete zu. Mit aller Kraft, voller Wut, voller Hilflosigkeit, gewalttätig und verteidigend zugleich. Ein angeschossenes Tier, das um sein Leben kämpft. Das Plastik splittert und knirscht. Herr Brunner hat nicht mit der Wimper gezuckt. Er hat auf die kaputte Figur auf dem Boden geblickt, dann zu mir, wie verkrampft ich auf dem Stuhl sitze.*
*»Sie ist tot«, hat er gesagt, »sie kann dir nichts mehr tun.«*
*Und ich habe gewusst, dass er recht hat. In diesem Moment habe ich zum ersten Mal den Frieden gespürt.*

Wattewölkchen, frisch geborene mähende Lämmchen vor meinem Balkon, direkt in der Wiese mit den alten Apfelbäumen, und Kaltschalen statt Suppe zum Mittagessen. Der Sommer fasste endlich Fuß und machte uns alle faul und dösig. Meiner neuen Pillendosis war es zu verdanken, dass ich jeden Morgen mit hämmernden Kopfschmerzen erwachte. Sie gingen erst weg, wenn ich einen Kaffee trank und anschließend die kleine Walkingrunde absolvierte. Bei der Anfangsuntersuchung konnte ich zwischen verschiedenen Sportarten wählen und hatte mich neben Wassergymnastik und »sanftem Rücken« für das Walken entschieden. Da hatte ich allerdings noch nicht geahnt, dass ich neben den sowieso schon verboten frühen Achtsamkeitskursen einmal die Woche bereits um acht Uhr zum Walken losziehen musste.

An sich war das ja ein sinnvoller Start in den Tag. Allerdings machte es mir weniger Spaß, seit wir angehalten wurden, immer mit mindestens einem Begleiter zu laufen. Ich war einfach gern allein und hasste es, mein Schritttempo an die schnaufende Frau Sowieso oder den schweißelnden Herrn Irgendwie anzupassen. Was einem einzelnen Walker passieren sollte, war mir schleierhaft. Schließlich gab es weder reißende Tiere in den Wäldern, noch befanden wir uns im Erdbebengebiet oder auf fünftausend Meter Höhe. Trotzdem achteten die Sport-Coaches streng darauf, dass wir nicht allein loszogen, und einmal, als ich mich für besonders schlau gehalten hatte und einfach fünf Minuten vor der vereinbarten Zeit losgelaufen war, war mir auf dem Rückweg ein wütender Physiotherapeut entgegengekommen, der sich meinen Namen notierte. Es hatte ihm nicht ausgereicht, mich nur auszuschimpfen, nein, er hatte die Sache tatsächlich meinem Bezugstherapeuten mitgeteilt. Prompt hatte ich von Herrn Brunner eine Ermahnung bekommen. Zwar war ihm anzumerken gewesen, dass er die ganze Sache für ziemlich kindisch hielt, aber trotzdem war es keine angenehme Erfahrung für mich gewesen.

Meine neueste Methode bestand deshalb in stoischem Ignorieren der anderen Walking-Teilnehmer. Das gelang, indem ich das Feld immer anführte und zudem Kopfhörer trug, aus denen mich je nach Kopfschmerzgrad die Stones, die Red Hot Chili Peppers oder Metallica zutexteten.

Gestern, am Tag der Beerdigung, war ich zu spät von meiner Schafstallexkursion gekommen, um noch am Abendessen teilzunehmen. Heute hatte ich wegen des Walkens zu früh gefrühstückt, um mit den anderen zusammenzutreffen. Deshalb hatte ich keine Ahnung, ob sie für die vormittägliche Gruppentherapie irgendeinen Schlachtplan ausgeheckt hatten. Vielleicht wollte Frau Hempel ja auch ganz normal mit der Therapie weitermachen. In dem Fall wäre es wahrscheinlich unangebracht, sie mit weiteren Fragen zu löchern. Ich musste mich überraschen lassen.

Ich stellte mir den Duschwecker und stopfte meine Sportsachen in den Wäschebeutel. Dann kontrollierte ich, ob alle Bürsten, Schwämme und Seifen an der richtigen Stelle lagen, und drehte den Wasserhahn auf. Nach fünfundzwanzig Minuten klingelte der Wecker, und ich zwang mich, die Wurzelbürste aus der Hand zu legen und das Wasser abzudrehen. Fünfundzwanzig Minuten, das war die mit Herrn Brunner vereinbarte Dauer, die ich höchstens dreimal am Tag zum Duschen brauchen durfte. Wie immer hatte ich das Gefühl, nicht ganz sauber geworden zu sein, aber ich wusste auch, dass ich mir das auch nach fünfzig Minuten noch einbilden würde. Also griff ich zum Handtuch und rubbelte mich ab. Uns Privatpatienten stand ein Set hochwertiger, herrlich flauschiger Handtücher in den verschiedensten Größen zur Verfügung. Holger beneidete mich immer darum. Er behauptete, die Standardtücher würden seine Haut schädigen und Ausschlag verursachen. Deshalb hatte er von zu Hause ein eigenes Badetuch mitgebracht, das er jede Woche für teures Geld in eine Reinigung nach Volkach brachte. Wobei, wenn man es recht bedachte, müsste bei seiner Körpergröße eigentlich auch ein Waschlappen genügen.

Ich schlüpfte in ein frisches Hemd, das laut meiner Schwester besonders gut mit meiner Augenfarbe harmonierte, und in eine beigefarbene Hose. Natürlich zog ich das Hemd nicht deswegen an, weil Marie heute zum ersten Mal dabei war, sondern weil ich es schon länger nicht mehr getragen hatte. Kaum hatte ich das gedacht, hinterfragte ich mein Motiv schon wieder. Zwecklos. Wenn einem schon unangenehm auffällt, dass man sich vor sich selbst rechtfertigt, dann steht das Ergebnis meist von vornherein fest. Ich versuchte, das als Fortschritt in meiner Therapie zu sehen. Wenn ich anfing, mich für Frauen zu interessieren, war mein Gehirn zumindest nicht ständig mit Schmutz und Flecken beschäftigt.

Ich ließ das Hemd also an und öffnete versuchsweise sogar den obersten Hemdknopf. Das kam mir dann aber doch zu gewagt vor, und ich knöpfte ihn wieder zu. Nun war ich bereit für die Gruppentherapie.

Diesmal war ich nicht als Einziger übertrieben pünktlich. Marie schien vor dem Zimmer gewartet zu haben, bis es genau neun Uhr dreißig war, sodass wir den Raum dicht hintereinander betraten. So weit ging meine Gedankenspinnerei dann doch nicht, dass ich mir einbildete, sie hätte vielleicht auf mich gewartet. Oder doch?

Anne saß schon da, ein Wollknäuel in zahllosen Blauschattierungen im Schoß, und Irmela stand mit Mäuschen am Fenster. Die beiden brachen immer wieder in Entzückensrufe aus, die den neugeborenen Lämmern draußen galten. Ich wollte ihnen vorsichtshalber nicht verraten, dass man sie von meinem Balkon aus noch besser sehen konnte.

Frau Hempel kam, gemeinsam mit Dr. Jacobi, keuchend um eins nach halb zehn, und dann fehlte nur noch Holger, der es auf fünf Minuten Verspätung brachte. Dafür musste er Marie dann die Gruppenregeln erklären: Pünktlichkeit, Schweigepflicht über die in der Gruppe besprochenen Themen, Ausredenlassen und Selbstfürsorge.

»Wenn dir eine Übung mal zu viel wird oder du dich nicht gut fühlst, dann darfst du die Gruppentherapiesitzung auch vorzeitig verlassen«, leierte Holger herunter, »aber denk dran, dass dir dann keiner der Therapeuten folgen wird, denn sie sind mit der Gruppe beschäftigt. Du musst also so weit für dich selbst sorgen, dass du dir im Stationszimmer oder in der medizinischen Zentrale Hilfe holst, falls du sie brauchst.«

Frau Hempel nickte Holger zu. »Danke, das haben Sie schön zusammengefasst, Herr Hustenbrecher.« Sie wandte sich Marie zu. »Frau Sommer, es ist üblich, dass ein neues Gruppenmitglied sich kurz vorstellt. Bitte erzählen Sie uns in ein paar Sätzen, warum Sie hier sind.«

Marie Sommer, was für ein klangvoller Name. Ich überlegte, ob ich meinen Hemdknopf nicht doch noch öffnen sollte.

Marie räusperte sich und blickte uns alle nacheinander an. Durch ihre kurzen, vom Kopf abstehenden Stoppelhaare leuchtete das Sonnenlicht hindurch und blendete mich. Trotzdem schaute ich nicht weg.

»Hallo, Leute, ich bin Marie Sommer, achtundzwanzig Jahre alt, wohnhaft in Bochum, Schuhgröße 37, Beruf: Arzthelferin, ledig, kinderlos, abgebrannt. Ich hoffe, das befriedigt eure Neugier, ansonsten fragt mich und wundert euch nicht, wenn ihr keine Antwort kriegt.«

Ich beobachtete die beiden Therapeuten. Frau Hempel musterte ihre Fingernägel, als überlege sie, ob sie einen Termin bei der Maniküre benötigte, Dr. Jacobi lächelte herzlich und warm. Der falsche Hund.

»Ein freundliches Willkommen in der Gruppe. Bitte sagen Sie noch, warum Sie hier sind.«

»Ich habe eine Zwangsstörung.« Ich erwartete ein Kichern von ihr, das nicht kam. »Ich ordne Dinge in übertriebener Art und Weise. Deshalb bin ich hier.«

Wir alle öffneten unsere Münder.

»Hallo, Marie!«, kam es im Chor. Das gefiel mir am Begrüßungsritual am meisten. Da kam ich mir immer vor wie in einem schlechten Film über eine Drogen-Selbsthilfegruppe.

»Wir wollen heute ein wichtiges Thema besprechen, das ganz entschiedenen Einfluss auf unseren Alltag hat.« Frau Hempel ließ endlich ihre Fingernägel Fingernägel sein. Stattdessen verschränkte sie jetzt ihre Hände über der Batikbluse mit den Holzknöpfen. Wahrscheinlich wollte sie von uns nicht bei zwanghaftem Verhalten ertappt werden und versteckte ihre abgekauten Nägel. Dabei machten so kleine Macken einen Therapeuten doch erst menschlich und damit irgendwo glaubwürdig.

»Heute geht es um den Selbstwert«, fuhr sie fort. »Sie werden zunächst in Zweiergruppen besprechen, was für Sie Selbstwert eigentlich bedeutet und wovon er abhängt. Jede Gruppe gestaltet ein kleines Plakat.«

Um mich herum sah ich wenig motivierte Gesichter. Außer Irmela, die sich immer freiwillig für die Flipchart-Anschriften meldete, malten, gestalteten und schrieben wir alle eher ungern. Uns blieb allerdings keine Zeit zur Gegenwehr, denn Frau Hempel teilte bereits die Gruppen ein. Marie sollte mit Anne zusammenarbeiten, Irmela mit Holger, und Mäuschen kam zu mir. Wir rückten unsere Stühle ans Fenster. Die Sonne schien durch das Fensterkreuz und warf helle Rechtecke auf den Boden. Ich sah, dass Marie auf der anderen Seite des Raumes ihren Stuhl parallel dazu ausgerichtet hatte. Machte sie das ganz automatisch? Oder achtete sie so sehr auf ihre Umwelt, dass sie zufällig erscheinende geometrische Muster bewusst wahrnahm?

Mäuschen räusperte sich, und ich wandte ihr den Kopf zu und lächelte sie entschuldigend an. Es war schon ziemlich unhöflich, eine andere Dame anzustarren, während ich mit Mäuschen zusammenarbeiten sollte.

Schnell sagte ich: »Okay, Frage eins: Was ist für uns Selbstwert?«

»Selbstwert bedeutet, dass ich mich selbst wertschätze. Dass ich mir selbst Gutes tue«, sagte Mäuschen. Für ihre Verhältnisse war das schon ein ziemlich eloquenter Redebeitrag.

Trotzdem fand ich ihre These nicht ganz überzeugend. »Wirklich? Ist das nicht eher Selbstliebe oder so was?«

»Aber geht das nicht Hand in Hand? Wenn ich mich selbst so annehme, wie ich bin, und mich selbst liebe, dann tue ich mir auch gern etwas Gutes, mache einen Wellnesstag oder kaufe beim Konditor meine Lieblingstorte.«

Ich musterte sie. Sie sah in ihrer blassen Magerkeit weder so aus, als hätte sie sich jemals einen Wellnesstag gegönnt, noch, als äße sie gern Torte. Wenn sie gerade aus ihrer eigenen Situation heraus gesprochen hatte, dann schätzte sie sich selbst wohl nicht sonderlich wert.

»Hmmm«, machte ich.

»Ich weiß ja auch nicht genau.« Die Worte kamen schnell aus ihrem spitzen Mündchen. Sie war rot geworden. »Was ist für dich denn Selbstwert?«

Nun war es an mir, zu überlegen. »Dass ich weiß, dass ich gute Arbeit leiste, zum Beispiel«, antwortete ich schließlich. »Wenn ich Erfolge, die ich erziele, mir selbst zuschreibe, dann steigt dadurch mein Selbstwert. Also angenommen, ein Kollege macht mich darauf aufmerksam, dass ich einige Bücher falsch einsortiert habe. Dann ist das schlecht für meinen Selbstwert.

Wenn derselbe Kollege mich aber lobt, weil ich das neue Katalogsystem auf effiziente Weise ausgearbeitet habe, und ich habe mir dazu wirklich viele Gedanken gemacht, dann gibt das Selbstwert-Pluspunkte.«

»Dann machst du dich ja total abhängig von anderen Personen! Es soll doch nicht drum gehen, was die von dir halten, sondern was du selbst von dir hältst.«

Mäuschen sah geradezu grimmig aus. Hatte ich da einen wunden Punkt bei ihr erwischt? Ihr kuscheliger Pullunder über dem grauen Shirt sträubte seine Polyesterfasern nach allen Seiten.

»Aber das hängt doch auch von der Anerkennung durch andere ab«, entgegnete ich. »Wonach sollte sich das sonst richten? Ich brauche ja einen Bezugspunkt.«

»Also ich …« Mäuschen verstummte, als Dr. Jacobi zu uns trat und uns schleimig zulächelte.

»Hier ist ja eine richtige Diskussion im Gange«, merkte er an. »Das ist schön, freut mich, freut mich.«

Kümmer du dich lieber um deine ehebrecherischen Aktivitäten, dachte ich und zwinkerte Mäuschen zu.

Sie sah es nicht, da sie den Boden anstarrte, wie immer, wenn andere Leute als unsere vertraute Runde dabei waren. Jetzt kam auch noch Frau Hempel dazu.

»Na, geht es voran?«

»Wir versuchen eigentlich gerade noch, Selbstwert zu definieren. Das ist gar nicht so einfach«, erklärte ich.

»Der Selbstwert setzt sich aus vier Säulen zusammen …«, begann Dr. Jacobi, bevor er von Frau Hempel unterbrochen wurde.

»Lieber Kollege, das sollen sie doch erst mal selbst erarbeiten. Später, nach der Besprechung der Ergebnisse, können Sie dann noch Ihren Vortrag halten.«

Oje, das klang aber nicht besonders nett. Gab es da etwa interne Spannungen zwischen unseren beiden Therapeuten?

Jacobi öffnete den Mund zu einer Entgegnung, schloss ihn dann aber gleich wieder und rauschte zu Anne und Marie hinüber, um sie mit seinem Wissensvorsprung zu beeindrucken.

Sein mintgrünes Hemd über der engen Jeans und dem Ledergürtel leuchtete durch den ganzen Raum. Ein richtig eitler Gockel war das. Bloß gut, dass die Hempel'sche Kampfhenne ihm nicht so einfach das Feld überließ.

»Also gut, dann machen Sie mal weiter.«

Frau Hempel wollte sich schon umwenden, als Mäuschen leise, aber deutlich verständlich sagte: »Wir können uns so schlecht konzentrieren. Ich muss ständig an Herrn Brunner denken, an die Beerdigung und alles.«

»Das hat Sie alle natürlich sehr mitgenommen.« Frau Hempel seufzte. »Mir ging es nicht anders. Herr Brunner war ein toller Kollege und Mentor. Ich habe sehr viel von ihm gelernt und gern mit ihm zusammengearbeitet.« Wir alle drei warfen einen Blick auf Jacobi, der über Marie gebeugt dastand und seinen Po herausstreckte. Ich erlaubte mir, ein klein wenig die Augen zu verdrehen.

»Aber …« Mäuschen hatte den Blick nun gehoben und schaute ernst in Frau Hempels warme braune Augen. »Wir waren so überrascht, dass Dr. Goldig mit der ganzen Familie da war. Jemand hat sogar gesagt, dass die beiden verwandt waren, also Herr Goldig und Herr Brunner.«

Frau Hempel nickte. »Das stimmt, wer auch immer da getratscht hat. Die beiden waren Halbbrüder. Ludwigs Mutter hat in zweiter Ehe einen Herrn Goldig geheiratet, und da kamen dann auch noch zwei Kinder.«

»Wie schrecklich für Herrn Goldig, seinen Bruder so zu verlieren.« Mäuschen traten tatsächlich Tränen in die Augen. Entweder war sie eine begnadete Schauspielerin oder eindeutig zu nahe am Wasser gebaut.

»Na ja, sie standen sich nicht so besonders nahe, nicht so nahe zumindest, wie sich zwei Brüder eigentlich stehen sollten. Damals, als der Chefarztposten ausgeschrieben war … wir haben eigentlich alle auf Herrn Brunner getippt. Er hatte zwar keinen Doktortitel, aber er war ja auch Arzt und Therapeut in einem, hatte eine Menge publiziert, war in der Forschung weit vorne dabei und von der ganzen Qualifikation her …« Frau

Hempel blickte kurz um sich, und als sie sah, dass Jacobi am anderen Ende des Raumes stand, beugte sie sich verschwörerisch wieder zu uns hinunter. »Dann erst haben wir erfahren, dass Ludwig sich gar nicht beworben hatte. Er wollte lieber mit den Patienten arbeiten, als sich um die Verwaltung zu kümmern und Chefarztvisiten abzuhalten. Deswegen hat Dr. Goldig dann den Zuschlag bekommen.« Frau Hempel seufzte tief. »Er ist auch ein guter Arzt und ein sehr verständnisvoller Chef, aber er hat es wohl nie ganz vergessen können, dass wir alle lieber Ludwig auf seinem Posten gesehen hätten.«

Mäuschen wischte sich über die Augen, und ich sagte ganz in Gedanken: »Dann ist er jetzt vielleicht sogar froh ...«

Doch Frau Hempel unterbrach mich mitten im Satz. »Unsinn, das ist er ganz bestimmt nicht. Ich habe viel zu viel geschwätzt. Vergessen Sie das bitte wieder. Das führt ja zu nichts.«

Eilig ging sie zu ihrem Platz zurück.

Mäuschen sah mich mit großen grauen Augen an. »Ich hätte nie gedacht, dass Dr. Goldig ein Motiv haben könnte. Das ist ja ...«

»... ganz schön spannend«, beendete ich ihren Satz. »Und aufschlussreich.«

Frau Hempel beendete die Gruppenarbeit, und wir kehrten auf unsere Plätze im Stuhlkreis zurück. Außer Mäuschen und mir hatten alle ein vollgeschriebenes Plakat vorzuweisen. Nacheinander trugen wir unsere Ergebnisse zusammen, wobei ich zumindest weitschweifig unsere Anfangsdiskussion wiedergab. Dann stand Dr. Jacobi auf, räusperte sich und spazierte zum Flipchart nach vorn. Unsere Blicke folgten ihm mehr oder weniger freiwillig.

»Der Selbstwert setzt sich aus vier Säulen zusammen.« Jacobi stellte sich vor dem Flipchart in Position und malte einen griechischen Tempel mit vier ionischen Säulen auf. Das Dach, das er darübersetzte, trug die Aufschrift »Selbstwert«. Er betrachtete seine Malerei einen Moment lang und kam dann anscheinend zu dem Entschluss, dass er sich genug verkünstelt hatte, denn er wandte sich wieder seinem Publikum zu.

»Betrachten wir diese Säulen mal etwas genauer. ›Selbstakzeptanz‹ bedeutet, dass man zufrieden mit sich ist und sich selbst wertschätzt. Das haben Sie beide ja bereits sehr schön dargelegt.« Er nickte zu Mäuschen und mir herüber. Mäuschen strahlte. Es war schön, sie so zufrieden zu sehen. Das war bestimmt gut für ihren Selbstwert. Haha, wie schnell ich doch lernte.

Jacobi fuhr fort: »Wenn Sie eine positive Einstellung zu ihren eigenen Fähigkeiten und Leistungen haben, dann sprechen wir von ›Selbstvertrauen‹. Und da ist es vollkommen egal, ob es um sportliche oder berufliche Dinge geht oder um Tätigkeiten wie Handarbeiten, Kochen oder Backen. Sogar wenn Sie finden, dass Sie gut putzen können, fördert das Ihr Selbstbewusstsein.«

Super, da fühlte ich mich ja so was von überhaupt nicht angesprochen. Der Putzfreak, der sein Selbstvertrauen aus seinen Wasch- und Scheuerfähigkeiten bezieht. Tolle Wurst.

Ich sah, dass Irmela auf einem Blatt eifrig mitkritzelte. Marie saß ganz ruhig und konzentriert da. Niemand hätte sagen können, was ihr gerade durch den Kopf ging. Und Anne betrachtete ihr Strickzeug, als eröffne es ihr ganz neue Perspektiven.

»Kommen wir zu den anderen beiden Säulen. Hier besagt die ›soziale Kompetenz‹ zunächst, dass wir uns überhaupt als kontaktfähig erleben, dass wir mit Menschen umgehen können und Nähe und Distanz regulieren können. Ein wichtiger Baustein ist zudem unser ›soziales Netz‹. Das bedeutet, dass wir uns in positive soziale Beziehungen eingebunden fühlen, das kann eine befriedigende Partnerschaft sein oder auch verlässliche Freundschaften und Familienkontakte. Wichtig ist, dass wir uns auf andere verlassen können und auch erleben, dass wir für andere wichtig sind.«

Ich blickte mich in der Runde um. Soweit ich wusste, sah es das soziale Netz betreffend bei den meisten von uns schlecht aus. Über Mäuschens Familie wusste ich schon gleich gar nichts, das Gleiche galt für Marie. Anne war mal verheiratet gewesen, aber die Ehe war an ihrem Sammelzwang zerbrochen. Holger lebte noch bei seinen Eltern, aber die waren vermutlich auch nicht mehr gerade die Jüngsten, also würde er auch irgendwann allein dastehen. Einzig Irmela hatte einen absolut unübersichtlichen Kreis von Freunden, Bekannten, Verwandten, ehemaligen Kollegen, Schützlingen, Nachbarn, Kirchenchormitsängern und fühlte sich sicherlich nie einsam.

Dr. Jacobi stand immer noch vorn und grinste uns selbstzufrieden an. Frau Hempel dankte ihrem »lieben Herrn Kollegen« und wandte sich an uns: »Das, was Sie erlebt haben und was oft mit einer Zwangsstörung zusammentrifft, ist, dass einige dieser Säulen bröckeln oder womöglich ganz in sich zusammenstürzen. Das kann durch einen Umzug, durch besonders belastende Lebenssituationen, Traumata, Berufswechsel oder andere ungünstige Faktoren der Fall sein. Oder dadurch, um das Wort noch einmal zu bemühen, dass diese *Säulen* überhaupt noch nie ausgebildet wurden, da entsprechende Lernvorgänge und Erlebnisse in der Kindheit und Jugend dies verhindert oder zumindest nicht gefördert haben. Damit wackelt dann auch der Selbstwert, was häufig mit einer Depression Hand in Hand geht.«

Ich starrte auf die Narben an meinen Händen. Wie sollte man sich damit wertvoll fühlen? Das wäre doch alles nie passiert, wenn meine Kindheit normal verlaufen wäre, wenn Oma nicht … Schnell versuchte ich, den Gedanken wieder zu verdrängen. Ich war schließlich hier, um etwas zu lernen. Um zu lernen, wie ich unter dem großen Haufen Scheiße, den ich in meinen bisherigen Lebensjahren so erfahren hatte, ein Goldstück ausbuddeln konnte. Oder zumindest daran zu glauben lernte, dass eines darunterlag.

Halb elf, die Gruppentherapie war offiziell beendet. Als das allgemeine Stühlerücken einsetzte, meldete Frau Hempel sich noch einmal zu Wort.

»Hausaufgabe bis zur nächsten Stunde: Machen Sie sich Gedanken, wie Sie Ihren Selbstwert leistungsunabhängig steigern können. Alles klar?«

Allgemeines Nicken. Irmela schrieb die Aufgabenstellung natürlich fein säuberlich auf ein leeres Blatt, das sie später in ihrer praktischen Therapiemappe anheften würde. Das war gut für uns, da sich so kein anderer die Hausaufgaben merken musste. Man musste nur Irmela fragen.

Nach der Therapie ging ich erst einmal in mein Zimmer und setzte mich mit einem Buch, diesmal Thomas Manns beeindruckender Legende um die jugendlichen Wirren des Papstes Gregorius, auf den Balkon. Inzest, Wunder über Wunder und eine gehörige Portion Schuld und Sünde, so mochte ich meine Lektüre. »Der Erwählte« war wie für mich gemacht. Außerdem gab es wenig, was mich so sehr zu beruhigen vermochte wie ein paar der Mann'schen Endlossätze mitsamt allen Abschweifungen und tiefsinnig philosophischen Gedanken, die jeder vernünftige Mensch übersprang. »Der Zauberberg« hatte mich ein halbes Jahr lang jeden Abend getreulich in den Schlaf gewiegt, im »Erwählten« passierte zwar deutlich mehr, aber entspannend fand ich es trotzdem. Genau richtig jedenfalls, um mich auf meinem Privatbalkon auf dem Liegestuhl auszustrecken, die Socken nach unten zu krempeln und die Lehne um eine Winzigkeit zu kippen. Natürlich hatte ich vorher überprüft, ob nicht etwa ein Vogel etwas Unschönes auf der Liege hinterlassen hatte, trotzdem musste ich noch ein paarmal aufstehen und es kontrollieren. Lieber so, als dann mit einem unguten Gefühl und voller Unruhe auf der Liege zu liegen und dauernd daran denken zu müssen, dass ich etwas übersehen haben könnte. Dummerweise war es meist einfacher, dem Zwang nachzugeben, als sich ihm entgegenzusetzen.

Fäkalien waren für mich etwas besonders Furchtbares, und viele meiner Zwangsgedanken kreisten darum. Undenkbar, etwa eine öffentliche Toilette zu benutzen oder barfuß über einen Hundestrand zu laufen. Das hatte meinen Alltag schon ziemlich eingeschränkt, da ich an unbekannten Orten schwer oder gar nicht aufs Klo gehen konnte und sämtliche Einkaufstouren oder Abendveranstaltungen immer danach ausrichten musste, dass sie nicht zu lange dauerten oder nicht zu weit von mir entfernt stattfanden. Auf der Arbeit hatte ich Putzmittel, Gummihandschuhe, Bürsten, Schwämme und Desinfektionsmittel bereitstehen, mit denen ich jeden Tag die Toilette schrubbte, bevor ich sie benutzte, und meine Kollegen mit Argusaugen beobachtete und belauschte, ob sie auch wirklich die Klobürste benutzten und sich die Hände wuschen. Das hatte mich schnell zu einem Außenseiter gemacht. Es wunderte mich deshalb überhaupt nicht, dass in dem halben Jahr, seit dem ich nun krankgeschrieben war, nicht mehr als eine lahme Gute-Besserungs-Karte eingetrudelt war. Angerufen hatte kein Einziger, vorbeigeschaut auch niemand. Von Jacobis sozialem Netz keine Spur. Die Bücher waren wirklich meine einzigen Gefährten.

Ich wandte mich meiner Lektüre zu und bewunderte gerade einen acht Zeilen überdauernden Satz, als ich von unten Stimmen hörte und leises Lachen. Mein Zimmer befand sich im zweiten Stock auf der Rückseite der Klinik, sodass ich einen Blick auf die erwähnte Obstbaumwiese mit den Schafen hatte. Leider führte die Staatsstraße auf dieser Seite dicht am Klinikgelände vorbei, weshalb ich bei geschrägtem Fenster die Autos hören konnte. Das war aber auch schon das Einzige, was die Idylle störte. Direkt neben den Apfelbäumen lag ein kleiner Meditationsgarten mit Barfußpfad, der von einem nicht mehr als knöcheltiefen Rinnsal geteilt wurde. Außerdem standen Holzwürfel zu Grüppchen geschart, die man herumtragen und auf die man sich, zur Sonne hin ausgerichtet, setzen konnte. Außerdem bevölkerten kleine getöpferte Mutmacher, von unzähligen hoch motivierten Patientengenerationen angefertigt, die Beete und Wege. Um diese Uhrzeit war dort meist nicht viel los, schließlich brannte die Sonne auch recht heiß vom Junihimmel, und die Achtsamkeitsgruppen, die dort vor allem herumstiefelten, fanden frühmorgens oder spätnachmittags statt.

Weiteres Gemurmel. Ich stand auf und schielte über die Brüstung. Am Beginn des Barfußpfades stand Angie, die Leinenhose bis zu den Knien aufgerollt. Sie trug ein ungewöhnlich weit ausgeschnittenes Top mit Farbverlauf von Zitronengelb bis Karmesinrot. Wie ein Sonnenaufgang. Um die Augen hatte sie ein buntes Seidentuch geknüpft, das sie anscheinend daran hindern sollte, zu sehen, was sie da erwartete. Neben ihr stand Dr. Jacobi. Er hielt ihre rechte Hand in seiner und stützte mit der anderen ihren Ellbogen. Depressionspatienten mussten oft solche Achtsamkeitsübungen machen, um sich, ihren Körper, ihre Umgebung und den Augenblick als solchen wieder als wertvoll wahrzunehmen. Ich wollte mich schon wieder meinem Buch zuwenden, als mir etwas einfiel. Wieso war Angie mit Dr. Jacobi hier draußen? Normalerweise übernahmen Co-Therapeuten solche Trainingseinheiten. Dafür brauchte man schließlich keinen ausgebildeten Psychiater.

Ich beobachtete, wie Jacobi Angie langsam den Pfad entlangführte. Sie hielt einen Fuß immer tastend vorgestreckt. Die beiden schienen sich prächtig zu amüsieren. Standen sie nicht näher beisammen als eigentlich nötig? Da, jetzt flüsterte er ihr sogar etwas ins Ohr! Ich war mittlerweile so weit wie möglich in die Hocke gegangen, um rechtzeitig abtauchen zu können, falls Jacobi den Kopf hob und mich auf meinem Beobachtungsposten entdecken sollte. Aber darum hätte ich mir keine Sorgen zu machen brauchen. Jacobi war viel zu beschäftigt damit, Angie zu umgarnen. Sie waren am Bachlauf angelangt. Als Angies Zehen mit dem Wasser in Kontakt kamen, kreischte sie leise auf und zog den Fuß zurück. Dabei hätte sie das Murmeln des Wassers doch hören müssen. Worauf konzentrierte die sich denn bitte? Jacobi ging in die Knie und umfasste ihren Fuß, um ihn noch einmal langsam an das Wasser heranzuführen. Diesmal ließ Angie es zu. Sie stand ganz still. Womöglich verabreichte Jacobi ihr gerade eine Unterwasser-Reflexzonen-Massage oder sonst was Unanständiges.

Ich spurtete ins Zimmer und zu meinem Schreibtisch, wo ich im linken Seitenfach meine Kamera eingelagert hatte. Schnell prüfte ich Akkuladestand und Speicherplatz, dann kehrte ich zu meinem Beobachtungsposten zurück und schoss eine Fotoserie von den beiden. Nach ein paar Minuten, als mir die Sache zu langweilig zu werden begann, legte ich die Kamera weg. So, wie das aussah, würden sie noch eine ganze Weile mit Tasten und Tuscheln beschäftigt sein. Ich hatte jedenfalls genug gesehen.

Nach getaner Arbeit kontrollierte ich wieder Zentimeter für Zentimeter meiner Liege, fand sie wie erwartet sauber vor, setzte mich hinein, stand wieder auf, schaute noch einmal auf die Oberfläche und auf meine Kleidung und setzte mich schließlich wieder hin. Wenn mich jemand dabei unterbrochen hätte, hätte ich noch einmal von vorn beginnen müssen. Wieder einmal war ich froh, ein Einzelzimmer zu haben. Dann nahm ich endlich mein Buch zur Hand und begann zu lesen. Gregorius lernte gerade in aufsehenerregender Schnelligkeit Latein. Die paar Minütchen gepflegte Langeweile hatte ich mir jetzt wirklich verdient.

\*\*\*

Es war spät geworden, trotzdem hatte Jacobi keine Lust, nach Hause zu gehen. Daheim wartete Dorothee auf ihn, mit ihrer Fürsorglichkeit und ihrer ehrlichen, stetigen Zuneigung, die er nicht verdient hatte. Es war anstrengend, sich normal benehmen zu müssen, so zu tun, als wäre sein Leben nicht gerade am Auseinanderbrechen. Sie durfte nichts merken, sie wäre so verletzt, so fassungslos. Er würde das Heimfahren noch etwas hinausschieben. Lieber holte er sich erst mal noch einen Kaffee und nahm etwas in Angriff, was er schon seit ein paar Tagen vor sich herschob: die Unterlagen in Brunners Büro durchgehen.

Brunner war dafür bekannt gewesen, dass er der modernen Technik nicht allzu wohlwollend gegenüberstand. Die Aufzeichnungen über seine Patienten hatte er nur sporadisch und sehr gekürzt in die Computerdatei eingegeben, auf die alle zugreifen konnten. Da Jacobi nun aber einige Patienten von Brunner übernommen hatte, wollte er sichergehen, dass er nichts übersah, was für die Therapie wichtig sein konnte. Zu dem Zweck hatte er Goldig auf der Beerdigung kurz beiseitegenommen und gefragt, ob er Brunners Aufzeichnungen in dessen Büro durchsehen durfte. Dieser hatte nicht gerade erfreut gewirkt, dann aber schnell seine Zustimmung gegeben.

Jetzt stand Jacobi also in der Tür, einen Plastikbecher mit schwarzem Kaffee in der linken Hand, und kam sich vor wie ein Eindringling. Das Büro war so deutlich von Brunners Präsenz geprägt, dass es schwer vorstellbar war, dass er nie wieder hierher zurückkommen würde. Überall standen und lagen Bücher, auch in chaotischen Stapeln um den Schreibtisch herum. Jacobi fragte sich, wie die Putzfrauen hier eigentlich ihre Arbeit verrichten konnten. Über der Sitznische, dem einzigen Ort, der aufgeräumt war, hing genau wie in Jacobis eigenem Büro die Zeichnung eines Patienten. Allerdings hatte Brunner sie lose mit Klebestreifen befestigt. Jacobi ging um den Schreibtisch herum und stellte seine Tasse mitten auf dem Zettelwust ab. Sie passte viel besser hier hinein als er selbst. Er ließ sich auf den rückenfreundlichen Drehstuhl fallen und atmete erst einmal tief ein und aus. Er war da, er tat seine Arbeit, daran war nichts Unrechtes.

Aufs Geratewohl schlug er eine rote Kladde auf, die vor ihm lag. Es handelte sich um Brunners Kalender. Hier hatte er seine Termine vermerkt. Die Sitzungen der Zwangsgruppe, Einzeltherapiesitzungen, Meetings und auch private Arztbesuche und Verabredungen zum Essen oder zum Wandern mit Freunden. Jacobi blätterte oberflächlich darin herum, sah dann aber ein, dass ihm das nicht weiterhelfen würde. Was hoffte er eigentlich zu finden? Bestimmt hatte die Polizei alles mitgenommen, was ihnen relevant für den Fall erschien. Oder war es heutzutage üblicher, einfach Fotos oder Kopien zu machen? Dann konnte das Chaos hier auch von diesem Dietlinger stammen. Er legte die Kladde zur Seite und stöberte weiter. Auf einem Klemmbrett war noch ein Blatt eingespannt. Jacobi überflog die Notizen. Es handelte sich um Aufzeichnungen über ein Gespräch mit Will Klien, dem jungen Waschzwängler. »Bisher kaum Aufarbeitung der Kindheitserlebnisse möglich«, stand da und: »Sehr vorsichtig vorgehen. Bettnässtrauma. Tendenz zur Selbstverletzung.«

Jacobi runzelte die Stirn. Er würde das Blatt an Gabi Hempel weitergeben, die Herrn Klien als Patienten übernommen hatte. Er war froh, dass ihm das erspart geblieben war, so misstrauisch, wie der ihn immer musterte. Natürlich hatte er es nicht leicht. Zwangsstörungen begleiteten die Patienten oft ihr ganzes Leben lang und schränkten den Alltag mal stärker, mal schwächer ein. Diesen Klien schien es besonders schlimm erwischt zu haben. Wenn Brunner hier eine Warnung zur Vorsicht aufgeschrieben hatte, sollten sie das vielleicht auch noch einmal im Team besprechen. Jedenfalls musste Gabi Hempel davon erfahren. Er steckte das Blatt in seine Tasche und nahm einen Schluck von seinem Kaffee, der inzwischen nur noch lauwarm war. Egal, ein Kaffee zum Arbeiten musste einfach sein.

Als Nächstes fielen ihm aufgeschlagene und mit Bleistiften, einem Lineal oder Kaugummipapieren markierte Nachschlagwerke über Zwangs- und Angststörungen in die Hände. Jacobi entfernte die Einmerker – Brunner würde sie nicht mehr brauchen – und stapelte die Bücher auf dem Boden. Jetzt sah das Ganze doch schon viel ordentlicher aus. Sogar der Pfeifenhalter neben der Schreibtischlampe war wieder sichtbar. Fünf Pfeifen in verschiedenen Größen und Formen steckten darin.

Jacobi nahm eine heraus, mit der er Brunner besonders oft gesehen hatte. Sie sah aus wie die Pfeife auf René Magrittes Gemälde »Ceci n'est pas une pipe«. Der Kopf aus warmem, mahagonifarbenem Holz ging in eine besonders sanfte Biegung des Halses über, und dann kam hinter einem schmalen goldfarbenen Streifen das schwarze Mundstück. Jacobi dachte, dass Brunner selbst gut in die Zeit des Surrealismus gepasst hätte. Dass er diese Kunstrichtung mochte, zeigte das Plakat, das er an die Innenseite seiner Bürotür geklebt hatte. Dalís Kunstwerk mit dem ungewöhnlichen Titel »Traum, verursacht durch den Flug einer Biene um einen Granatapfel, eine Sekunde vor dem Aufwachen« zeigte eine nackte schlafende Frau, die von zwei aus dem Rachen eines Fisches entsprungenen Tigern angefallen wurde, während im Hintergrund ein Elefant mit absurd langen, stelzenartigen Beinen über den Ozean stakste. Jacobi fragte sich, was Angie wohl zu dem Bild sagen würde. Ob es ihr gefiel? Schließlich mochte sie Elefanten. Allerdings vielleicht nicht unbedingt surreale.

Dass Brunner ein solches Bild in seinem Büro aufhängte, war typisch für ihn gewesen. Die Faszination des Unterbewussten, die Verbindung zwischen Traum und Seele, das waren Themen, die ihn interessiert hatten. Wahrscheinlich hätte er einen hervorragenden Psychoanalytiker abgegeben. Dafür fehlte hier eigentlich nur noch die Couch, auf der die Patienten in ihre Kindheit zurückreisen konnten. Warum Brunner trotzdem eine verhaltenstherapeutische Klinik als Arbeitsplatz gewählt hatte, wusste Jacobi nicht. Er wusste so vieles nicht, und jetzt konnte er ihn nicht mehr fragen. Vielleicht hatte Brunner auch nur seinem Bruder zuliebe hier gearbeitet. Wobei, hatte er nicht einmal gehört, dass Brunner vor Goldig in der Klinik angefangen hatte? Er musste Gabi Hempel mal ein bisschen aushorchen. Die war recht gut mit Brunner befreundet gewesen, zumindest besser als er selbst.

Jacobi wandte sich wieder von dem Plakat ab und dem Schreibtisch zu. Ein kleines schwarzes Notizbuch fiel ihm auf. Er zog es unter einem Stapel von Dienstsitzungsprotokollen hervor und schlug es auf.

Anscheinend hatte hier Brunner alles kreuz und quer notiert, was ihm durch den Kopf gegangen war. Jacobi fand Zitate aus Freuds Traumdeutung und anderen Schriften, offensichtlich mit einer gewissen Belustigung notiert, da mit einem lachenden Gesicht versehen. Bei jedem anderen hätte Jacobi das »Smiley« genannt, aber Brunner schien nicht der Typ zu sein, der Smileys in sein Notizbuch malte. »Dosen, Schachteln, Kästen, Schränke, Öfen entsprechen dem Frauenleib, aber auch Höhlen, Schiffe und alle Arten von Gefäßen«, stand da als Erklärung für den geschilderten Traum eines Patienten und: »Wir Menschen fußen auf unserer tierischen Natur, wir werden nie göttergleich werden können. Die Erde ist ein kleiner Planet, eignet sich nicht zum ›Himmel‹.«

Jacobi brauchte lange, um die Wörter zu entziffern, da Brunner wenig sorgsam und mit leicht verwischender Tinte geschrieben hatte. Im hinteren Drittel des Büchleins gab es eine Spalte mit Hausaufgabenaufträgen für die Patienten. Darunter war beispielsweise vermerkt: »Eine Woche auf jede Frage erst einmal mit Nein antworten und dem Gegenüber beim Sprechen ins Gesicht schauen und seine Augenfarbe feststellen.« Dazu ein Satz, den Jacobi aus der Achtsamkeitsmeditation kannte: »Die Ruhe der Welt beginnt in mir.«

Bald überflog Jacobi die Einträge nur noch. Er wollte das Büchlein schon weglegen, als er auf einen in roter Farbe geschriebenen Eintrag stieß. »Wer damals Opfer? Bs Prozess überprüfen!!!« Das war alles. Keine weitere Erläuterung und die folgenden Seiten waren leer. Jacobi starrte die Worte lange an. Die rote Farbe verlieh ihnen eine Dringlichkeit, die sie mit immer mehr Bedeutung aufzuladen schienen. Bs Prozess ... was meinte Brunner damit? Hatte er einen Sohn, der straffällig geworden war? Oder einen Patienten? Aber da stand auch »damals«, das schien darauf hinzudeuten, dass es schon länger her war. Außerdem hatte Jacobi auf der Beerdigung keine Kinder Brunners entdeckt. Natürlich, falls ein Sohn gerade im Gefängnis saß ... Aber das wüsste man doch, oder nicht?

Mit dem Notizbuch in der Hand stand Jacobi auf und begann, im Zimmer hin und her zu laufen. Dabei stieg er über Bücherstapel und blieb am Fenster stehen. Die Sonne ging gerade unter. Der Wald stand wie eine dunkle bedrohliche Masse vor dem roten Himmel.

»Wer damals Opfer?« Was war Brunner durch den Kopf gegangen, als er das aufgeschrieben hatte? Hatte er etwas entdeckt, etwas, das ihm schließlich den Tod brachte?

\*\*\*

Holz, Schaf, feuchtes Stroh. Holz, Schaf, feuchtes Stroh. Ich hatte die Augen geschlossen und versuchte mich darauf zu konzentrieren, die Zwangsgedanken wegzuschieben. Holz, Schaf, feuchtes Stroh. Was roch ich sonst noch? Wiese, saftiges Gras, sicher ein Festmahl für die Schafe tagsüber. Dann war da noch etwas, ein sauberer, sicherer Geruch. Nivea-Creme. Kam wahrscheinlich von Irmela, die dicht neben mir stand.

Holz, Schaf, feuchtes Stroh, Wiese, Gras, Nivea. Ich atmete tief durch. Vielleicht konnte ich meine Ängste damit eine Zeit lang in Schach halten. Sonst wäre ich gezwungen, zur Klinik zurückzukehren und meine Waschrituale durchzuführen. Und ich wollte nicht zurück, denn ich war hier, um Holger zu helfen.

Irmela, Anne, Mäuschen, Marie und ich standen dicht an die Wand des Schafstalls gepresst und versuchten mitzubekommen, was vor sich ging. Als ich die Örtlichkeiten am Vortag ausgekundschaftet hatte, war mir der Platz durchaus geeignet erschienen. Hinter dem fachmännisch aufgetürmten Holzstoß nebst landwirtschaftlichem Gerümpel konnten wir uns verstecken, wenn einer der Pokerspieler auf dem Weg zum Treffen einen genaueren Blick in die Umgebung warf. Und es gab sogar einen Spalt zwischen den Brettern, der ungefähr der Breite meiner Nase samt Nasenflügel entsprach, durch den wir beobachten konnten, was drinnen vor sich ging. Als Holger mit der Nachricht ankam, dass eine weitere Spielrunde stattfinden würde, schlug ich deshalb vor, dass ich mitkommen könnte. Irmela erfuhr davon und erklärte sofort, ebenfalls dabei sein zu wollen. Außerdem bestand sie darauf, Anne mitzunehmen. Und dann konnten wir auch Marie und Mäuschen nicht daheim lassen. Deshalb war es hinter dem Schafstall jetzt recht kuschelig geworden.

Ein geflüstertes »Vorsicht, da kommt jemand!« ließ mich zusammenzucken. Irmela drängte sich noch enger an mich heran, und ich meinte, auch Mäuschens spitze Schulter an meinem Oberarm zu spüren. Wir beobachteten mit angehaltenem Atem, wie eine Gestalt sich aus dem Schatten der Bäume löste, mehrmals um sich blickte und dann mit schnellen Schritten näher kam. Die schwarze Maske über dem Kopf erinnerte an einen mittelalterlichen Henker, und auch die übermäßig große breitschultrige Figur passte dazu. Unwillkürlich lief mir ein Schauer über den Rücken.

Das musste Bernie sein, denn zwei solche Riesen gab es auf der Vogelsburg bestimmt nicht. Obwohl ich wusste, dass er auf unserer Seite stand und in den Plan eingeweiht war, musste ich den Drang bekämpfen, mich furchtsam hinter dem Holzstoß zusammenzukauern. Die dunkle Kleidung strahlte etwas Unheilvolles aus, und unter der Maske war es kaum möglich, zu erkennen, in welche Richtung er gerade blickte.

Als er auf halbem Weg zum Schafstall war, betrat ein weiterer Mitspieler die Wiese. Mit einem kurzen Blick über die Schulter vergewisserte ich mich, dass Irmela, Anne, Mäuschen und Marie gut verborgen waren, dann ließ ich mich auf die Knie nieder und schob den Kopf nur so weit vor, dass ich mit einem Auge am Holz vorbeilugen konnte.

Nun erschien einer nach dem anderen. Dunkelblau, schwarz und grau gekleidete Menschen, mit Kapuzen über den Köpfen und diesen grässlichen Masken vor dem Gesicht. Soweit ich sehen konnte, sprachen sie nicht miteinander. Jeder ging für sich.

Ich musste an Holger denken, den wir in seinem Jogginganzug vor Aufregung zitternd im Schafstall zurückgelassen hatten. Wie musste er sich fühlen, wenn diese unheimlichen Gestalten nacheinander durch die Tür kamen?

Einer von ihnen hatte ihm den Drohbrief geschrieben, ein Brief, der angesichts dessen, was mit Herrn Brunner passiert war, alles andere als komisch wirkte. Solange er seine Schulden nicht bezahlte, war Holger in Gefahr, und womöglich noch viel mehr, wenn jemand herausfand, dass er uns eingeweiht hatte. Was würde dann mit unserem kugeligen kleinen Freund passieren? Derjenige, der hinter diesen Ereignissen steckte, war gewalttätig und unberechenbar. Die Kälte, die ich plötzlich spürte, kam nicht von der kühlen Abendluft.

Irmela berührte mich leicht an der Schulter. Ich nahm es als Zeichen, meinen Beobachtungsposten aufzugeben, und zog den Kopf zurück. Wir lauschten mit angehaltenem Atem. Leise Schritte im Gras kündigten an, dass die Spieler nun schon ganz nahe waren. Dann folgten geflüsterte Begrüßungen, ein kieksender Laut von Holger, der seine Aufregung anscheinend noch immer nicht unter Kontrolle hatte, ein Räuspern und Rascheln, als sie sich zum Spiel niederließen.

Theoretisch hätten wir durch den Spalt auch ausreichend Sicht auf die Geschehnisse drinnen gehabt. Das Problem war nur, dass die Leute so gut wie gar nicht sprachen, eher vor sich hin murmelten und sich außerdem ringsum über den provisorischen Pokertisch beugten. Ihre mit Masken bekleideten Köpfe versperrten uns die Sicht auf Einsätze und Karten. Somit hatten wir keine Chance, mitzubekommen, ob Holger gewann oder verlor.

Leider hing unser weiteres Vorgehen davon ab, ob es Holger gelang, das Geld zurückzugewinnen, das er während der letzten Pokersessions verspielt hatte. Dann würde er aus der ganzen Sache aussteigen und nie mehr eine Spielkarte in die Hand nehmen, wie er uns hoch und heilig geschworen hatte. Wir alle hatten versucht, ihn davon abzubringen, heute weitere Verluste zu riskieren, aber Holger war stur geblieben.

»Einmal muss ich doch schließlich auch Glück haben!«, hatte er beteuert. »Außerdem habe ich mit Bernie geübt. Ich hab jetzt ein paar Tricks auf Lager.«

Da ich wusste, dass auch Bernie alles andere als ein Profi war, schien das doch eher Selbsttäuschung als ein wirklich aussichtsreiches Vorgehen zu sein. Mir klang die Stimme des Mesners noch in den Ohren, der gesagt hatte, man solle nicht spielen, wenn man sich das Verlieren nicht leisten könne.

Ich zog den Kopf zurück und lehnte mich vorsichtig an die Wand. Das gebückte Starren durch einen Bretterspalt war auf Dauer ganz schön anstrengend. Mäuschen übernahm die Beobachterposition. Sie war klein genug, um bequem aufrecht stehend hindurchsehen zu können. Ihr Gesicht sah konzentriert, aber nicht ängstlich aus. Die kleine, etwas spitze Nase, die mich jetzt im Profil an die Comiczeichnungen von Kleopatra erinnerte, reckte sich aufmerksam den Brettern entgegen. Ich suchte den Blickkontakt mit den anderen. Marie malte ein Victory-Zeichen in die Luft und setzte ein spiegelverkehrtes

Fragezeichen dahinter. Ich zuckte nur mit den Schultern. Drinnen konnte gerade so ziemlich alles vor sich gehen. Vielleicht verspielte Holger sein letztes Hemd, vielleicht gewann er aber auch gerade den BMW des Mesners.

»Ich gehe mit!«, erklang es plötzlich deutlich hörbar aus der Hütte.

Wir sahen uns an. Das war eindeutig Holgers aufgeregte, etwas zu hohe Stimme. Jetzt ging es also richtig zur Sache. Ich ballte die Fäuste und grub mir dabei die Fingernägel in die Handflächen. Toi, toi, toi, dass es unser kleines Dickerchen schaffte, sich am eigenen Haarschopf aus dem Schuldensumpf zu ziehen.

»All in«, verkündete jemand, unterbrochen von einem trockenen Husten.

»Ich bin raus.« Das war Bernies tiefe Stimme. Er brummte mehr, als dass er sprach.

»Will sehen.«

Nach dieser Ankündigung herrschte sowohl drinnen als auch bei uns draußen für einen Moment atemlose Stille.

Mäuschen trat zur Seite, um mir Platz zu machen. Ich quetschte mein Auge so dicht an den Spalt, dass ich die Holzsplitter an meiner Haut spüren konnte. Trotzdem sah ich nur unzureichend beleuchtete Schemen. Ich ärgerte mich, dass Holger nicht darauf achtete, Kommentare von sich zu geben, die uns halfen, herauszufinden, was drinnen vor sich ging. Er musste doch wissen, dass wir ohne seine Mithilfe wenig Chance hatten, dem Spielverlauf folgen zu können.

Eine dunkle Gestalt langte über den Tisch und zog eine beachtliche Menge an Spielchips zu sich herüber. Holger konnte es nicht sein, dafür war sie zu schlank. Der fränkische Mesner vielleicht? Oder war er heute gar nicht dabei? Frustriert über dieses Rätselraten gab ich auf und lehnte mich lieber wieder an die Wand.

Anne löste mich ab. Minuten vergingen. In der Hütte wurde nun nur noch geflüstert. Langsam wurde es hier unbequem und auch langweilig. Marie drehte einen Strohhalm zwischen den Fingern und kitzelte Irmela damit an der Wade. Mäuschen kaute auf ihren Nägeln herum und ließ es erst bleiben, als ich ihr mit dem Finger drohte.

Nur Anne behielt die Vorgänge drinnen im Auge. »Sie stehen auf. Ich glaube, sie gehen gleich.«

»Sollen wir jetzt, oder sollen wir nicht?« Mäuschen wisperte mit weit aufgerissenen Augen.

Alle sahen mich an, als wäre ich derjenige, der hier die Entscheidungen traf. Wir hatten geplant, den einzelnen Pokerspielern zu folgen und ihre Identität herauszufinden, um notfalls etwas in der Hand zu haben, mit dem wir sie unter Druck setzen konnten. Wie sollten wir Holger sonst helfen? Andererseits sah der Plan auch vor, dass wir ganz still und unauffällig blieben, wenn Holger diesmal gewann, denn dann würde er einfach aussteigen, und wir konnten die ganze Poker-Geschichte hinter uns lassen. Nur hatten wir jetzt absolut keine Ahnung, ob Fortuna ihm heute hold gewesen war oder nicht.

Ich überlegte noch, als bereits der Erste den Stall verließ. Wir lugten um die Ecke, sahen eine dunkle Gestalt mit langen Schritten über die Wiese gehen. Sie war schlank und komplett schwarz gekleidet.

»Die Lady in Black«, raunte Irmela.

Ich beobachtete ihre Bewegungen, konnte das Schrittmuster aber weder einem Mann noch einer Frau eindeutig zuordnen. Es sah hauptsächlich sportlich aus, wie er oder sie davonging, gänzlich ohne Hüftbetonung.

»Marie, gib ihr ein bisschen Vorsprung und dann geh ihr nach!«

Marie nickte zum Zeichen, dass sie mein Flüstern verstanden hatte, und richtete sich aus ihrem Schneidersitz auf. Doch als Marie die ersten Schritte machte, bückte sich die Frau auf der Wiese plötzlich und hob ein Mountainbike auf. Dann ging alles ganz schnell. Sie schwang sich darauf, trat in die Pedale und warf im Wegfahren einen Blick zurück. Ich war sicher, dass die Lady Marie nicht übersehen konnte. Marie stand einige Meter von der Scheune entfernt unschlüssig da und rannte dann plötzlich los.

Anscheinend versuchte sie, der Frau den Weg abzuschneiden. Doch mit dem Mountainbike konnte diese auch gut querfeldein fahren. Schnell steigerte die Lady ihr Tempo und entfernte sich. Marie gab auf und kam mit hängenden Schultern zu uns zurück. Ich zog sie am Arm zurück an die Stallwand.

»Mist, die hat mich gesehen.« Marie fuhr sich genervt mit der Hand durch die raspelkurzen Haare. »Und entkommen ist sie auch noch.«

Irmela war sofort da, um sie tröstend zu umarmen. »Das war Pech. Du kannst ja nicht einem Fahrrad hinterherrennen.«

Ich beneidete Irmela etwas, dass sie Marie so zwanglos nahekommen konnte. Ich hätte sie auch gern umarmt, obwohl ich Körperkontakt zu anderen Menschen sonst nicht besonders schätzte.

»Still, da kommen die anderen!«, warnte Anne.

Holger und Bernie tauchten zusammen auf. Die große, muskulöse Gestalt redete heftig auf die kleine, dicke ein. Dicht hinter ihnen folgte ein dritter Mann, der sich die Kapuze vom Kopf zog, kaum dass er im Freien stand. Ich erkannte den fränkischen Mesner. Wenn er kein Problem damit hatte, erkannt zu werden, dann mussten wir uns auch nicht verstecken. Ich verließ die Deckung und ging mit schnellen Schritten zu Holger. Er trug seinen Lieblingsjogginganzug mit den lila Streifen an den Ärmeln und dazu die alberne Maske. Da der Stoff seine Stimme dämpfte, verstand ich nicht, was gesprochen wurde.

Bevor ich Holger und Bernie erreichte, hatte Irmela mich schon überholt und rüttelte an Holgers Schulter.

»Und? Und?«

Anne, Marie und Mäuschen schlossen langsam zu uns auf. Der Mesner war stehen geblieben und musterte uns. Anscheinend war ihm die Versammlung nicht ganz geheuer. Ich nickte ihm kurz zu. Er zog seine Brille aus der Tasche und setzte sie auf. Dann erst erwiderte er meinen Gruß. Ich fragte mich, wie er im Zwielicht des Stalles überhaupt die Karten erkannt hatte.

»Und? Jetzt sag schon!« Irmela verlor langsam die Geduld.

Von Holger kam nur ein erstickter Laut. Bernie hielt ihm eine

Taschentuchpackung hin, und Holger wollte sich schnäuzen, bis er bemerkte, dass das mit Maske schwierig war. Langsam rollte er sie am Hals beginnend nach oben. Sein rotes, von Tränen nasses Gesicht kam zum Vorschein.

»Ist es nicht gut gelaufen?«, fragte Mäuschen ganz zaghaft.

»Nein, es ist ... alles weg ... verloren ... alles ...«

»Es war do gloar, dass da Bua blöfft. Sie häddnn sich da ned drauf einlassen solln«, mischte der Mesner sich ein.

Aus Holgers braunen Seehundaugen kullerten dicke Tränen. Ich schaute weg, um ihn nicht zu beschämen. Trotzdem bekam ich mit, wie Bernie mit zwei Schritten beim Mesner war und ihn am Hemdkragen packte.

»Sie sind mal ganz still, Sie mit ihren billigen Tricks. Immer nur abwarten, Hauptsache, nix riskieren.«

»Griffel wech! Des derlaub i Ihna ned!« Der Mesner versuchte, sich aus dem Griff zu winden. Ich entdeckte erste Schweißperlen auf seiner hohen Stirn.

Bernie packte noch fester zu. Der Mesner gab ein Ächzen von sich, und ich erwartete, dass seine Füße jeden Moment ein paar Zentimeter vom Boden abhoben.

»Ich ... jeda muss do auch ä weng auf sich selba schaun ... worer bleibd.«

»Genau, und du bleibst uns in Zukunft gefälligst vom Leib.« Bernie zischte es drohend.

Ich genoss die Szene zwar, wollte aber keine zusätzlichen Verwicklungen riskieren, falls Bernies Testosteronspiegelanstieg ihn dazu verleitete, ein wenig zu fest zuzudrücken. Also stellte ich mich neben Bernie und bat ihn höflich darum, den Mesner loszulassen. Bernie blickte aus seiner beeindruckenden Höhe auf mich hinunter. Fast erwartete ich, dass er mit der zweiten Hand nun mich packen würde. Stattdessen schüttelte er den Mesner noch ein wenig und ließ dann von ihm ab. Dieser trat vorsichtshalber sofort ein paar Schritte zurück. Dann strich er seinen Kragen glatt und eilte beleidigt vor sich hin murmelnd davon.

Anne, Mäuschen, Irmela und Marie standen zu viert um Holger herum und versuchten, ihn zu trösten. Doch selbst diese geballte weibliche Mitleidsaktion konnte ihn nicht aufmuntern.

»Ich hab mir von Bernie tausend geliehen, damit ich das andere wieder zurückgewinnen kann. Aber jetzt ist das auch weg. Und ich kann nichts davon zurückzahlen.« Er klang ganz verstört. »An wen hast du das Geld verloren, Holger?« Anne schien von den Ereignissen gänzlich unberührt. Ihre Stimme war gefasst, sie dachte bereits daran, wie man den Schaden begrenzen konnte. Ich war froh, sie dabeizuhaben. Ihre Ruhe würde sich nach und nach auch auf uns übertragen.

»Das war der eine, der immer so viel hustet.«

Ich blickte mich um, zählte die Anwesenden. »Die Frau ist fort, der Mesner ist hier und ihr beide auch. Aber ihr wart doch fünf. Es fehlt einer. Wo ist er hin?«

»Dahinten!« Marie streckte den Arm aus und deutete genau hinter mich. Ich schnellte herum. Auf halber Strecke bergan, zwischen Schafstall und Staatsstraße, konnte man gerade noch eine Gestalt erahnen. Mehr brauchte ich nicht. Ohne mich um die anderen zu kümmern, rannte ich los.

Zum Glück war es noch nicht komplett dunkel. Sonst hätte ich mich nicht getraut, in diesem Tempo den Feldweg langzustürmen. Von der morgendlichen Walkingrunde wusste ich nur zu gut, dass es hier eine Menge Unebenheiten und Löcher gab. Bei einem Sturz konnte man sich schnell verletzen. So achtete ich mehr auf den Boden direkt vor mir als darauf, wo der Pokerspieler sich befand. Ich hob nur ab und zu den Kopf, um die Richtung zu überprüfen und ob er nicht irgendein Ausweichmanöver versuchte.

Deshalb war ich überrascht, als ich aufblickte und bemerkte, dass der Abstand zwischen uns sich bereits deutlich verringert hatte. Es ging stetig bergan, und anscheinend verfügte der andere nicht über meine durch die täglichen Sportstunden erworbene Kondition. Eine Art Euphorie erfasste mich. Ich verfolgte ganz allein einen Mann, der meinen Freund abgezockt und ihm vielleicht auch gedroht hatte. Vielleicht war er gefährlich, wartete nur darauf, dass ich näher kam, um mich auszuschalten.

Aber das kümmerte mich in diesem Moment überhaupt nicht. Ich fühlte mich wie der rechtschaffene Sheriff in einem Western, der für das Gute kämpft. Und, was mir besonders gefiel, ich galoppierte schneller als dieser Bösewicht.

Dabei schien er bemerkt zu haben, dass ich hinter ihm her war. Ich sah ihn immer wieder den Kopf drehen, und an seinen Armbewegungen erkannte ich, dass er ebenfalls rannte. Dennoch holte ich auf. Noch dreißig Meter. Der Unbekannte verschwand zwischen den Bäumen, die die Straße begrenzten. Jetzt war die Frage, ob er den Weg Richtung Astheim hinunter einschlug oder in die entgegengesetzte Richtung zur Vogelsburg lief.

Ich befürchtete, dass er hinter einer Biegung verschwinden könnte, bis ich die Straße erreicht hatte, und strengte mich an, noch schneller zu rennen. Nun brach auch ich durch das Buschwerk. Zweige schlugen mir ins Gesicht, und ich setzte zum Sprung an. Ich landete knapp auf der anderen Seite des Straßengrabens, ließ mich aber sofort zurückfallen, als Scheinwerfer blendend hell in meine Augen stachen. Ein Auto raste vorbei, genau an dem Punkt, wo wenige Sekunden zuvor noch mein Kopf gewesen war. Einen Moment lang blieb ich wie betäubt liegen und sah den Rücklichtern nach, die in der Dunkelheit verglommen. Dann rappelte ich mich auf und lief weiter. Ich dachte gar nicht mehr darüber nach, ob das hier Sinn ergab oder nicht. Ich wollte nur einfach nicht aufgeben.

Auf gut Glück schlug ich den Weg ein, der Richtung Prosselsheim führte, immer darauf bedacht, so dicht am Rand der Straße entlangzulaufen, dass ich im Notfall wieder in den Graben springen konnte. Leider trug ich dunkelblaue Jeans und eine dunkle Kapuzenjacke. Ein Autofahrer würde mich viel zu spät erkennen.

Hier zwischen den Bäumen war es zu dunkel, um besonders weit sehen zu können. Trotzdem starrte ich geradeaus, als könnte ich den Mann sichtbar machen, wenn ich nur lange genug hinschaute. Jetzt hätte mir eine Wärmebildkamera gute Dienste geleistet. Wenigstens ging es stetig bergab, sonst hätte ich vielleicht schon aufgegeben. Allzu lange würde ich dieses Tempo nicht mehr durchhalten. Mein Körper war durch die regelmäßigen Fitnesseinheiten hier zwar wieder in einigermaßen guter Verfassung, aber direkt sportlich war ich nie gewesen. Schnelligkeit spielte in meinem Alltag sowieso keine Rolle, war ich doch immer bemüht, alles langsam und methodisch anzugehen, um keine Fehler zu riskieren. Außerdem schmerzte mein Knie, seit ich über den Graben gesprungen war, und im linken Turnschuh schien sich einiges an Wasser gesammelt zu haben. Es quietschte leise bei jedem Schritt.

Der Baumbestand linker Hand lichtete sich, und ich konnte über das Maintal hinwegblicken. Da sah ich auch die schwarze Gestalt vor mir herstolpern, gar nicht so weit entfernt, wie ich gedacht hatte. Sie hatte den Weg eingeschlagen, der links hinunter nach Escherndorf führte. Ich holte weiter auf. Vielleicht noch zwanzig Meter. Ich hörte mich selbst keuchen und dachte, dass ich vermutlich bald Seitenstechen bekommen würde. Regelmäßige Atmung war nicht mehr drin. Stattdessen schien jeder Atemzug in meiner Lunge zu brennen. Aber ich durfte nicht aufgeben, Holger brauchte meine Hilfe. Ich hatte es ihm versprochen. Wenn mir dieser Typ entwischte, dann war alles umsonst. Dann würden wir vielleicht niemals herausfinden, wer hinter dieser ganzen Sache steckte. Holger würde weiterhin Angst haben, sich bedroht fühlen, Schulden und Schuldgefühle haben.

Zehn Meter. Das Blut rauschte in meinen Ohren, es pulsierte und schien mit jedem Herzschlag mehr Druck in meinem Schädel aufzubauen. Meine Überzeugung, dass ich das Richtige tat, ließ nach. Das war doch ein Himmelfahrtskommando. Was wollte ich allein ausrichten? Ich war weder so stark wie Bernie noch so besonnen wie Anne. Ich wusste ja gar nicht, was ich zu dem Typ sagen sollte. Selbst wenn ich ihn stellte, würde er mich auslachen und stehen lassen. Und ich hätte keine Ahnung, wie ich ihn aufhalten sollte.

Hinter einer Biegung tauchte Escherndorf auf. Rechts kam eine kleine Kapelle in Sicht, und ich konnte die Silhouetten der großen Weinfässer erahnen, die dahinter gelagert wurden. Der Besitzer hatte sie zu gemütlichen Miniaturhütten ausgebaut, in denen man bei Regen wunderschön sitzen und einen Escherndorfer Lump verkosten konnte. Die berühmte fränkische Weinlage befand sich direkt am Hang und zog jeden Sommer und Herbst eine beträchtliche Anzahl an Touristen und Feinschmeckern an.

Nur noch sieben Meter. Der Mann setzte seine Schritte unregelmäßig. Es sah eher wie ein Stolpern aus. Wahrscheinlich war seine Langsamkeit tatsächlich nur vorgetäuscht. Innerlich machte er sich bereits zum Kampf bereit. Überlegte, wo er mir sein Messer hinstechen sollte.

Fünf Meter. Der Mann vor mir wurde plötzlich langsamer und blieb unvermittelt stehen. Direkt am Parkplatz unterhalb der Kapelle, wo sich ein mit wildem Wein bewachsener Durchgang befand, stand er nun, die Hände auf die Oberschenkel gestützt, leicht nach vorn gebeugt. Die Straßenbeleuchtung tauchte die Szenerie in blaustichiges Licht. Als ich mich vorsichtig näherte, hörte ich sein Husten und Schnaufen. Ich machte noch ein paar Schritte. Er blickte nicht einmal auf, keuchte nur. Ich streckte die Hand aus und zog die Maske mit einem Ruck vom Kopf. Darunter kam ein schmales, blasses Jungengesicht zum Vorschein, mit einer blau schimmernden Ader an der Stirn, die heftig pochte. Er ging in die Knie und stützte sich mit einem röchelnden Laut am Boden ab.

»Kei-ne Luft!«

War das ein Trick? Würde er gleich auf mich losgehen?

Viel zu hektisch sog er den Atem ein und aus. Für meine Ohren klang das ziemlich ungesund. Er tastete blind nach seinem Rucksack, der neben ihm auf dem Boden lag. Sein Mund stand weit offen, als versuche er, so an möglichst viel Luft zu kommen. Die Lippen hatten einen leicht bläulichen Farbton. So etwas konnte man nicht vortäuschen. Er hatte wirklich ein Problem. Es sah so aus, als würde er nicht mehr lange durchhalten, bevor er ohnmächtig wurde.

Ich riss ihm den Rucksack aus der Hand und begann, darin

herumzuwühlen. Wahllos schleuderte ich eine Trinkflasche, Sweatshirt und Geldbeutel hinaus. Sie blieben im Matsch liegen.

Der Mesner hatte gesagt, dass ein Asthmatiker dabei war. Wenn das dieser Junge war, dann musste er doch irgendein Spray dabei haben. Irgendwas, das ich ihm geben konnte. Ich musste ihm helfen. Er war nahe am Ersticken.

»In-hala-tor, bit-te!« Er stieß die Wortsilben unter Keuchen hervor.

Also lag ich richtig. Er hatte ein Notfallmedikament dabei. Nur wo? Zum Teufel, wo?

Ich merkte, wie seine Panik mich anzustecken begann. Zum dritten Mal kontrollierte ich das kleine Außenfach, obwohl nichts darin war außer Kleingeld und lose herumpurzelnden Kaugummis. Schneller, schneller. Da musste was sein, irgendwas. Noch mal die Haupttasche öffnen, das Futter nach außen stülpen. Ein Handy und eine alte McDonald's-Tüte kamen zum Vorschein. Die Tüte wurde sofort vom Wind davongetragen und torkelte über den Parkplatz.

Dann, endlich, stießen meine Fingerspitzen auf einen kleinen gebogenen Gegenstand aus Plastik. Ich zog den Inhalator heraus und drückte ihn dem Jungen in die Hand. Er kniete mit verwirrtem Blick auf dem Feldweg. Sein Röcheln war das ungesündeste Geräusch, das ich je gehört hatte. Doch der Selbsterhaltungstrieb funktionierte offenbar noch. Er führte den Inhalator zum Mund und schloss die Lippen darum. Zwei-, dreimal pumpte er mit geschlossenen Augen. Dann ließ er den Arm sinken.

Ich sprang hinzu und riss seinen Arm wieder hoch. »Freundchen, das reicht doch niemals. Los, gleich noch mal. Hast du das Ding vorher überhaupt geschüttelt? Und den Kopf nach hinten gelegt? Der Wirkstoff bleibt in den oberen Lungenabschnitten hängen, statt in die Bronchien vorzudringen, wenn du das nicht ordentlich machst.«

Im Stillen dankte ich Holger für seinen ausführlichen Vortrag über den sachgemäßen Umgang mit Asthmasprays. Damals hatte er mich tödlich gelangweilt, aber jetzt hatte ich zumindest ein klein wenig das Gefühl, zu wissen, was ich da gerade tat.

Ich schüttelte das Spray und hielt es dem Jungen wieder hin.
»So, jetzt tief einatmen und dabei den Sprühknopf drücken!«
Er tat wie befohlen und setzte den Inhalator dann erneut ab. Diesmal ließ ich es zu. Endlich schien wieder Sauerstoff in seine Lungen zu kommen. Das Keuchen beruhigte sich etwas. Er setzte sich aufrechter hin, wohl um den Lungenflügeln mehr Raum zum Atmen zu geben.

Ich ging neben ihm in die Hocke, nachdem ich den Untergrund kurz gescannt hatte. Wir waren weit genug von der Schlammpfütze entfernt, um hier nicht direkt dreckig zu werden.

»Geht's wieder?«

Er nickte. Brachte ein Lächeln zustande. »Sind Sie – Arzt?«

»Ich beantworte keine Fragen, bis dein Gesicht einen halbwegs normalen Farbton angenommen hat. Du konzentrierst dich jetzt erst mal darauf, hier nicht umzukippen.«

Er schloss wieder die Augen. Ich versuchte, eine einigermaßen bequeme Stellung auf dem Boden einzunehmen. Langsam machten sich das Wettrennen und der überstandene Schreck bemerkbar. Meine Knie zitterten. Ich hätte nichts dagegen gehabt, mich sofort in meinem Bett auszustrecken, vielleicht sogar ohne vorheriges Duschen. Na ja, oder nach einer Art Katzenwäsche, wie die normalen Leute sie praktizierten.

Ich wartete noch einen Moment und kontrollierte dabei mehrmals seine Atmung und den Puls am Handgelenk. Als er mir stabil genug erschien und die bläuliche Zombiegesichtsfärbung gewichen war, beschloss ich, zur Befragung überzugehen. Ich hatte ja auch nicht die ganze Nacht Zeit. Ganz zu schweigen davon, dass meine durchgeschwitzten Klamotten dringend in die Wäsche mussten.

»Du hast mich ganz schön erschreckt.«

»Das ist mein – Hob-by, mit jedem Asthmaan-an-fall wird es ein bisschen dra-matischer. Ich überlege, ob ich mich damit mal – bei einer Schauspielagentur bewerben sollte.« Er sprach langsam, mit längeren Pausen zwischen den Wörtern, die er mit gierigem Atmen füllte.

»Vielleicht wäre Stand-up-Comedy eher was. Ganz im Ernst, Bürschchen, es ist vielleicht keine so gute Idee, sich nachts in irgendwelchen dubiosen Hütten herumzutreiben und dann wegzurennen, wenn man schweres Asthma hat.«

Er sah mich an, als bezweifle er, dass ich das Recht hatte, ihn Bürschchen zu nennen. »Ich wäre nicht gerannt, wenn Sie mich nicht verfolgt hätten.«

»Wie alt bist du überhaupt?« Ich musterte seine schmalen Handgelenke, die bartlosen Wangen, die Pickel an der Stirn.

Er seufzte. »Sechzehn.«

»Dann darfst du eh noch nicht um Geld spielen.«

»Aber ich bin gut. Besser als die anderen.« Er stellte das sehr sachlich fest, keinesfalls überheblich.

»Lass mich raten. Deine Eltern haben keinen Schimmer, was du so treibst.«

»Meine Mum weiß es nicht. Meinen Vater würde es nicht interessieren, selbst wenn er es wüsste.«

»Du bist nicht der einzige Mensch mit einer verkorksten Kindheit. Das heißt noch lange nicht, dass man sich auf dubiose Machenschaften einlassen sollte. Ich glaube nicht, dass deine Mutter möchte, dass du dich in schlechter Gesellschaft herumtreibst, mein Junge.«

»Hören Sie endlich auf mit diesem Mein-Junge-Gequatsche. Sie sind doch selbst nicht viel älter als ich.«

»Oh doch, das bin ich. Und außerdem lebe ich momentan in einer psychosomatischen Klinik. Also ich würde mich an deiner Stelle nicht provozieren.«

»Und? Was wollen Sie jetzt machen? Mich verpetzen, oder wie?«

»Nein, ich möchte wissen, wie du zu dieser Pokerrunde dazugekommen bist.«

Er musterte mich mit zusammengekniffenen Augen. Ich hielt seinem Blick stand.

»Also gut, ich habe ja wohl keine andere Wahl.« Er griff nach seinem Inhalator und wiegte ihn in der Hand. Dann begann er bereitwillig zu erzählen. »Ich habe früh Pokern gelernt, von meinem großen Bruder und seinen Kumpels. Dann ist er ausgezogen, und ich habe online weitergespielt. Ich musste heimlich den Ausweis meiner Mutter einscannen und ihre Kontoverbindung angeben, um zum Spielen zugelassen zu werden. Aber es hat ganz gut funktioniert. Online setze ich immer nur Minimalbeträge, das fällt dann auf dem Kontoauszug gar nicht so auf. Meiner Mum geht es nicht so gut, seit mein Vater weg ist. Deswegen kümmere ich mich momentan um Versicherung und Banksachen.«

Er hielt inne, als warte er auf einen Einwand meinerseits. Ich sagte nichts dazu. Er war klug genug, um selbst zu wissen, dass er seine Mutter nicht hintergehen sollte. Wenn er es trotzdem tat, war das seine Angelegenheit.

»Dann hat mich eines Tages ein anderer Spieler kontaktiert. Das war in einem Pokerraum für Spieler hier aus der Region. Hat gefragt, ob ich nicht mal Lust hätte, an einem echten Turnier teilzunehmen. Ich habe immer wieder abgesagt, das fand er wohl verdächtig. Hat mich damit konfrontiert, dass ich bestimmt minderjährig sei und er das melden würde. Na ja, und dann kam der Vorschlag, dass er nichts unternehmen würde, wenn ich dafür bei seiner anonymen Pokerrunde mitmache und einen Teil meiner Gewinne an ihn abtrete. Es war seine Idee mit den Masken. Er behauptet, das sei nur, damit niemand sieht, wie alt ich bin, aber ich glaube, er will selbst auch nicht erkannt werden.«

»Und du hast keine Ahnung, wer das ist?«

»Nee, ich schicke das Geld immer an ein Postfach in München. Da wird er es dann wohl abholen. Aber es muss einer von denen sein, die immer dabei sind. Er weiß nämlich immer ganz genau, wie viel ich gewonnen habe. Einmal habe ich weniger Geld geschickt, da kam dann prompt eine Online-Nachricht mit der Aufforderung, den Rest klarzumachen.«

Er stand langsam auf. Ganz sicher schien er noch nicht zu sein, ob seine Beine ihn auch tragen würden. »Kann ich jetzt gehen, Mann?«

»Nein.«

»Was denn noch?« Er gab sich Mühe, genervt zu wirken, aber die Unsicherheit klang merklich hindurch.

»Hast du jemals Drohbriefe geschrieben, wenn ein Mitspieler seine Spielschulden nicht bezahlt hat?«

»Wie denn? Ich kenn die Leute doch nicht.«

Das stimmte. Wenn er im Dorf wohnte, hatte er keinen Zugang zu der Klinik. Es war unwahrscheinlich, dass er wissen konnte, wo Holgers Zimmer lag.

»Wenn jemand nicht bezahlt, dann sprech ich ihn in versammelter Runde drauf an. Das ist den meisten peinlich genug. Sie bringen das Geld beim nächsten Treffen in einem Umschlag mit. Aber es kam auch schon ein paarmal vor, dass jemand einfach nicht mehr aufgetaucht ist. Dachte vielleicht, wenn er nicht mehr hingeht, kann ihm keiner was. Aber darum hat sich der Typ, der mich angeworben hat, dann immer gekümmert.«

»Was meinst du mit ›Er hat sich darum gekümmert‹?«

Der Junge zuckte mit den Schultern. »Keine Ahnung, Mann, das fehlende Geld war irgendwann einfach da.«

»Wie viel schuldet der kleine dicke Mann dir?«

»Mit heute? Tausendsiebenhundert Euronen.«

»Wärst du bereit, darauf zu verzichten?«

»Spinnen Sie?«

»Das ist sowieso illegal. Du kannst ihn also schlecht verklagen, wenn er dir nichts zahlt.«

»Machen Sie das mit dem Typ aus, der mich da mit reingebracht hat. Ich glaube, der ist schwerer zu überzeugen als ich.« Er sammelte seine Sachen auf und stopfte sie zurück in den Rucksack.

Ich nahm ihm den Inhalator aus der Hand. »Den tust du bitte ganz oben drauf, wo du schnell hinkommst.«

Der Junge lächelte. Bevor er nach dem Inhalator greifen konnte, hielt ich ihn ein Stück höher und fügte hinzu: »Und wenn ich dir einen Tipp geben darf: Rede mit deiner Mum und erzähle ihr alles. Zieh dich aus dieser Gruppe lieber zurück. Wenn Leute dir ihr Gesicht nicht zeigen wollen, dann ist das meistens kein gutes Zeichen.«

Er verdrehte nur die Augen und grinste. Wahrscheinlich fand er die ganze Sache einfach spannend, machte sich wenig Gedanken darum, welche Konsequenzen es geben konnte. Ich überlegte, ob ich noch etwas hinzufügen sollte, ließ es dann aber bleiben. Wann hat die Jugend je auf die Weisen gehört?

Der Junge streckte die Hand aus und wartete, bis ich zögernd einschlug. »Danke, Mann, dass Sie mir geholfen haben, das war nett von Ihnen.«

»Keine Ursache.« Ich blickte ihm nach, wie er mit dem Rucksack auf dem Rücken davonschlenderte. Sein trockener Husten war noch nach Minuten zu hören.

# 8
## WHAT IF I FALL? – OH, MY DARLING, WHAT IF YOU FLY?

*Ein Einblick in Annes unberührte und originalverpackte Küchenausstattung*

- *Butterbällchenroller*
- *tragbarer Smoothie-Mixer*
- *Eierschalensollbruchstellenverursacher*
- *Waffeleisen mit Star-Wars-Motiven*
- *Vakuumierer*
- *Pizzabäcker aus Lavagestein vom Vesuv*
- *Hamburgerpresse in Herzchenform*
- *Avocadoschneider*
- *Schwippischwappi-Edelstahl-Weinbelüfter*
- *magnetischer Küchenschwammhalter*
- *selbstfahrender Ketchupspender-Roboter*
- *Salami-Guillotine*
- *Bluetooth-Bratenthermometer*

Wir saßen im Kreis. Zwölf erwachsene Menschen auf bunten Yogamatten. In unserer Mitte eine Vase mit Getreidehalmen darin. Vermutlich sollten sie das Leben symbolisieren. Der ewige Kreislauf des Blühens und Welkens, die Einheit von Yin und Yang oder gar die Verschmelzung von Mensch und Natur. Herr Schnabel hatte sich heute Verstärkung mitgebracht. Eine knochige, braun gebrannte, in einen indischen Sari gehüllte Dame in seinem Alter, die sich als Frau Meyer-Sensa vorstellte. Ein Doppelname, wie sollte es anders sein? Gemeinsam war beiden das Brillenband, das in bunten Knötchen um ihre Hälse hing und offenbar als praktisch angesehen wurde. Meines Wissens war dieser Trend bereits in den Neunzigern zu Grabe getragen worden, aber vielleicht gab es ja ein Revival. Todesmutig jedenfalls, sich mit so was zu schmücken.

Wir, die zwölf Achtsamkeitsapostel, saßen in unterschiedlich bequemen Varianten des Yogasitzes da, hatten die Knie mit Kissen unterstützt – ganz wichtig für Meditationsanfänger! – und blickten schweigend auf den Weizen. Das Bier wäre mir lieber gewesen, dachte ich heute nicht zum ersten Mal. Marie saß wieder schräg hinter mir, was einerseits schade war, da ich sie so nicht sehen konnte, andererseits schön, da ich mir ihrer Nähe sehr wohl bewusst war.

Ich fragte mich nicht zum ersten Mal, wonach die Therapeuten eigentlich auswählten, wer welche Gruppentherapien besuchen sollte. Warum hatten sie ausgerechnet Holger und mich in diesen Achtsamkeitsquatsch hineingezwungen und nun auch noch Marie dazu? Ich als alter Skeptiker konnte damit logischerweise nicht besonders viel anfangen. Irmela dagegen hätte bestimmt mit Freude und Inbrunst vor sich hin meditiert und in ihre Zehen hineingespürt. Wahrscheinlich gab es gar kein System dahinter, und sie steckten die Patienten einfach nach purem Zufall in die verschiedenen Therapiegruppen. Platzangst? Da könnte doch Kunsttherapie helfen. Trauma? Wie wär's mit meditativem Tanzen? Depression? Da kann eine Körperwahrnehmungsgruppe nicht schaden …

In meine Überlegungen hinein schlug Frau Meyer-Sensa die Klangschale an und begrüßte uns zum frühmorgendlichen Achtsamkeitstraining. Dienstags versammelten wir uns immer schon um sechs Uhr dreißig, absolvierten nacheinander Atembetrachtung, Gehmeditation und eine weitere, meist völlig bizarr anmutende Übung, und dann ging es zum schweigsamen Frühstück. Es hieß schweigsames Frühstück, weil wir dabei schweigen sollten. Dieser Teil der Achtsamkeit war mir der liebste. Ich redete sowieso nicht gern beim Essen und fasste es regelrecht als Erholung auf, nicht zu belanglosen Sätzen, Begrüßungen und Reaktionen gezwungen zu sein. Ein paarmal hatte ich sogar beim normalen Frühstück schon vorgeschützt, das schweigsame Frühstück üben zu wollen, und war Holgers und Irmelas Geplapper damit entkommen. Anne schien zwar zu ahnen, dass keineswegs eine besonders streberhafte Motivation hinter meinem Wunsch nach Schweigen steckte, aber sie würde mich nicht verraten.

Mit einem weiteren Gongschlag begann die Atembetrachtung, in der wir nichts weiter taten, als auf unseren Atem zu lauschen. Einatmen, Pause, ausatmen. Pause, einatmen, Pause, ausatmen. Und so immer weiter. Ganz zu Beginn des Kurses hatte sich ein Patient einmal beschwert, dass die Minigong-Schläge genau auf Tinnitusfrequenz seien und bei ihm großes Unbehagen auslösten. Seitdem schleppte Herr Schnabel immer den großen Gong mit, der tiefer und deutlich angenehmer klang.

Wie immer schweiften meine Gedanken schon nach den ersten Atemzügen ab. Warum auch nicht? Schließlich war der menschliche Körper darauf trainiert, ganz von selbst zu atmen. Da musste das Gehirn sich ja langweilen. Heute gab es allerdings auch besonders viel, worüber ich nachdenken musste. Zum Glück sahen Menschen im halbherzigen Yogasitz während einer Atembetrachtung alle gleich aus, egal, worüber sie nachdachten. Um den Effekt zu unterstützen, schloss ich die Augen. So, jetzt würde Herr Schnabel mich für den eifrigsten Kursteilnehmer aller Zeiten halten. Einatmen, Pause, ausatmen.

Ich hatte das Gefühl, dass ich vor lauter Geheimnissen, Verdächtigungen und Mutmaßungen mittlerweile ziemlich den Überblick verloren hatte. Seit Herrn Brunners Tod war viel geschehen, über das es nachzudenken galt. So etwas waren unsere von der heilen Klinikwelt verwöhnten Denkorgane gar nicht mehr gewohnt. Da waren einerseits die verwirrenden Ereignisse von gestern Nacht. Ich hatte den jungen Asthmatiker als Mitspieler identifiziert, von ihm aber nur erfahren, dass da jemand anders im Hintergrund die Fäden zog. Er hatte gesagt, dass einer der anderen Teilnehmer der Organisator sein musste. Holger und Bernie schieden aus. Der Mesner auch, weil er als Patient ebenfalls nur begrenzte Zeit in Windach weilte und die Pokergruppe wohl schon länger bestand. Dann blieben nur die Lady in Black und der blonde Sporttherapeut, der gestern gar nicht dabei gewesen war. Einem von ihnen musste der Anker-Anhänger gehören, den ich im Schafstall gefunden hatte. Solange wir die beiden nicht auf frischer Tat ertappten, konnten wir nicht sicher sein, ob die Drohungen gegen Holger nun ein Ende fanden. Da wir die Gruppe aber faktisch gesprengt hatten, sah ich keine Möglichkeit, an die anderen heranzukommen.

Wie lange mussten wir hier noch rumsitzen? Versuchsweise bewegte ich die Zehen. Schon zu oft waren mir bei dieser Übung die Beine eingeschlafen, und ich musste sie später unter ärgerlichem Kribbeln und Ameisenlaufen wieder zum Leben erwecken. Ich blinzelte aus halb zusammengekniffenen Augen hervor. Alle Übrigen saßen immer noch vorbildlich in ihre Atmung vertieft da. Herr Schnabel und die indische Dame auch. Also konnte ich getrost noch eine Weile an den wirklich wichtigen Dingen knobeln.

Auch Irmela hielt uns momentan auf Trab, da sie in Dr. Jacobis Büro ein gebrauchtes Kondom entdeckt hatte, was auf eine Affäre unseres eitlen Herrn Doktors schließen ließ. Ich hatte Jacobi beim recht vertraulichen Umgang mit Angie ertappt, die wiederum geheimen Kummer zu haben schien, zumindest hatte ich vor ein paar Tagen ihren Heulanfall mitbekommen. Ein Beweis war das leider noch nicht, aber ich würde die Sache auf jeden Fall im Auge behalten. Schon allein wegen Angie, der Vogelsburg'schen Antwort auf Lara Croft.

Was war noch passiert? Marie hatte gleich an ihrem ersten Tag ein Gespräch belauscht, das auf Unregelmäßigkeiten bei der Medikamentenausgabe schließen ließ. Davon hatten wir seitdem aber nichts mehr gehört. Vielleicht war an der ganzen Sache ja auch gar nichts dran gewesen. Dafür wussten wir jetzt aber, dass Dr. Goldig und Herr Brunner Halbbrüder waren und eine gewisse Konkurrenz zwischen beiden geherrscht hatte. Frau Hempel hatte da ganz schön aus dem Nähkästchen geplaudert. Trotzdem hielt ich es für nicht besonders wahrscheinlich, dass Herr Goldig seinen Bruder umgebracht haben sollte, nur weil den manche lieber auf dem Posten des Chefarztes gesehen hätten.

Ich war so in meine Überlegungen vertieft, dass ich zuerst gar nicht mitbekam, wie Herr Schnabel die Übung mit einem weiteren Gongschlag für beendet erklärte. Erst als Holger mich antippte, öffnete ich die Augen. Ich hasste es, wenn er das tat, und entsprechend böse blickte ich ihn jetzt auch an. Menschen mit ungewaschenen Fettfingern waren mir ein Gräuel. Außerdem brauchte Holger sich gar nicht so aufzuspielen. Bei den Dienstagstreffen verschlief er normalerweise die erste Stunde und kam dann abgehetzt und mit spatzenkleinen Triefaugen in den Gymnastikraum geschlichen. Heute war er also ausnahmsweise einmal wach. Und natürlich hatte er sich neben mich gesetzt und brauchte gleich schon wieder Beachtung.

Herr Schnabel verkündete, dass die Gehmeditation zugunsten einer anderen Achtsamkeitsübung heute entfallen würde. Enttäuschte »Ooohs« kamen auf. Schnabel begann sich weitschweifig zu rechtfertigen und schwitzte dabei sein blau kariertes knitterfreies Kurzarmhemd voll. Das war einer der Gründe, warum ich lieber mit geschlossenen Augen meditierte. Die Trainer waren einfach nicht besonders ansehnlich. Wobei die Blautöne von Frau Meyer-Sensas Sari zugegebenermaßen mit Schnabels Hemdfarbe harmonierten. Ob die beiden sich wohl abgesprochen hatten?

»Ich habe Ihnen etwas mitgebracht. Etwas, das Sie vielleicht schon zu kennen glauben, das Sie hier und heute aber ganz neu entdecken werden.«

Bei dieser großartigen Ankündigung blieb Herr Schnabel in der Mitte des Raumes dicht neben den Getreidehalmen stehen, während Frau Meyer-Sensa mit einer Tasse herumging und jedem Teilnehmer einen kleinen Gegenstand in die geöffnete Handfläche legte. Bei jedem ihrer Schritte klingelten kleine Glöckchen an ihren Fußgelenken. Ich musterte das Ding, das sie mir gab. Es war eine Rosine.

Herr Schnabel schlich um die Weizenvase herum und instruierte uns währenddessen.

»Nun schließen Sie zunächst einmal die Augen und lassen Sie sich ganz auf die Rosine ein. Atmen Sie tief ein und aus.

Spüren Sie in Ihre Handfläche hinein. Fühlen Sie das Gewicht der Rosine und an welcher Stelle sie auf Ihrem Handteller liegt?«

Tatsächlich spürte ich das Gewicht keineswegs. Ich öffnete die Augen, um zu überprüfen, ob sie wirklich noch da lag oder Holger sie mir vielleicht in der Zwischenzeit geklaut hatte. Der alte Fresssack. Aber nein, sie lag noch da, ganz unschuldig und unbeweglich. Ich schloss die Augen wieder, versuchte, sie zu spüren. Hmmm. War eine Rosine nicht eigentlich zu leicht, um sie bewusst als Gewicht wahrzunehmen?

Ich dachte noch darüber nach, als Herr Schnabel bereits weitere Herausforderungen verkündete: »Nun gehen wir zum ersten unserer Sinne über. Öffnen Sie die Augen und betrachten Sie die Rosine in aller Ruhe. Was sehen Sie, und was sehen Sie nicht? Sieht die Rosine so aus, wie Sie erwartet haben?«

Meine Rosine war entschieden hässlich. Dunkelbraun mit schwärzlichen Einschlüssen und irgendwie faltig. Kaum zu glauben, dass das mal eine saftstrotzende Traube gewesen sein sollte. Nur ein kleiner gebogener Stiel zeugte davon, dass sie tatsächlich einmal an einem Rebstock gehangen hatte. Als ich mich an meiner Rosine sattgesehen hatte, wandte ich meine Aufmerksamkeit meinen Mitpatienten zu.

Eine Frau in engen Leggings mir direkt gegenüber hatte ihre Stirn in beeindruckende Denkerfalten gelegt und starrte auf ihre Rosine, als enthielte sie alle Rätsel dieser Welt. Holgers Augenlider waren auf halbmast herabgesunken. Rosine hin oder her, ich war mir sicher, dass er gleich einschlafen würde. Marlies, die ich von der Rückengymnastik kannte, hielt die Rosine so weit von ihrem Gesicht entfernt wie nur möglich und sah aus, als würde sie sie am liebsten fallen lassen, und Marie – Marie balancierte die Rosine auf ihrer Nase.

Beifällig musterte ich ihren schlanken Körper und die harmonische Linie ihres überstreckten Halses. An diesem Morgen trug sie einen Hoodie der Rolling-Stones-Tour vom vergangenen Jahr in Uruguay. Die Augen waren ungeschminkt, was wohl an der frühen Uhrzeit lag. So sah sie viel jünger aus. Jünger und irgendwie verletzlicher. Ich hätte gern einen Arm um sie gelegt, über die raspelkurzen Haare gestrichelt – ob sie sich wohl borstig anfühlten? Ob sie kitzelten oder ganz weich waren? – und mit ihr zusammen über Schnabels Rosineneinfälle gelacht.

In der Realität blieb mir nur übrig, leise Beifall zu klatschen, woraufhin sie die Rosine mit einem kurzen Ruck des Kopfes emporschleuderte und mit der Hand wieder auffing. Dann deutete sie eine Verbeugung an und zwinkerte mir zu. Irgendwo in meiner Herzgegend wurde es ganz warm, und es zog ein kleines bisschen. Schnell drehte ich mich wieder um und blickte sinnend auf meine eigene Rosine.

Offensichtlich vertraute Schnabel seiner Gehilfin genug, um sie nun übernehmen zu lassen. Frau Meyer-Sensa spazierte zwischen den Yogamatten hindurch und flüsterte dabei: »Wir wollen den Gegenstand nun mit unserem Tastsinn erfassen. Nehmen Sie ihn dazu zwischen Daumen und Zeigefinger und rollen Sie ihn hin und her. Spüren Sie die Oberfläche, die Rillen und Vertiefungen, die nachgiebige Konsistenz?«

Ich spürte vor allem, dass meine Finger zu kleben begannen. Verstohlen wischte ich meine Hand an der Matte ab. Dann drückte ich Schnabel zuliebe noch etwas auf der Rosine herum. Sie war weich, leicht klebrig, warm. Eigentlich fand ich die ganze Sache langsam ziemlich eklig. Aber es reichte unseren Therapeuten noch nicht.

»Natürlich wollen wir die Rosine auch riechen! Führen Sie die Rosine langsam an Ihre Nasenöffnung heran. Atmen Sie ganz normal. Ab welchem Abstand können Sie den Duft wahrnehmen? Wird er intensiver, wenn sie mit der Rosine noch näher kommen?«

Kollektives Schnaufen in der Runde. Ich roch tatsächlich etwas. Süß duftete es und ein bisschen fruchtig.

»Was löst dieser Geruch bei Ihnen aus? Denken Sie an Kaiserschmarrn oder Rosinenkuchen? Läuft Ihnen vielleicht sogar der Speichel im Mund zusammen?« Ich habe »Speichel« immer für ein ganz schreckliches Wort der deutschen Sprache gehalten. Speichellecker, Speichelabsonderung, einspeicheln … nichts davon klang auch nur im Mindesten attraktiv. Der Appetit auf Kuchen verging mir sofort. »Oder löst der Duft vielleicht eine Erinnerung bei Ihnen aus? Haben Sie ein Bild vor Augen? Das Bild einer Person oder eines Ortes?«

Ich musste nur ständig daran denken, dass meine Finger pappten, und so rochen sie auch.

»Halten Sie die Rosine mal vor das rechte Nasenloch und dann vor das linke. Ziehen Sie die Luft durch die Nase ein. Ganz tief ein und aus.«

Ich grinste. Wenn Holger weiter so tief schnaufte, dann würde die Rosine gleich in seinem Nasenloch feststecken.

»Nicht zu heftig einatmen, bitte.« Herr Schnabel übernahm wieder. »Nicht dass Ihnen noch schwindelig wird.« Er strich sich über die Glatze. Sicher wollte niemand hier im Kurs ohnmächtig werden und sich dann von ihm wiederbeleben lassen. »Stattdessen wollen wir jetzt einmal ganz bewusst auf die Rosine lauschen. Dafür halten Sie sie bitte an ihr linkes Ohr.«

War das sein Ernst? Von hinten schräg rechts von mir kam ein prustendes Geräusch. Ich öffnete die Augen und blickte Marie vorwurfsvoll an.

Sie schnitt mir eine Grimasse und flüsterte: »Meine Rosine ist kaputt, sie sagt gar nichts.«

Auch ich hielt die Rosine an mein linkes Ohr, dann an mein rechtes. Wie erwartet hörte ich absolut – nichts.

»Drücken Sie mal ein bisschen drauf rum. Na, wie klingt das? Wie klingt das?«

Wenn er weiter so bescheuertes Zeugs redete, würde ich die Mitarbeit verweigern. Egal, ob Herr Brunner das hier wichtig für mich gefunden hatte oder nicht. Das war ja nicht auszuhalten.

Jetzt war wieder Frau Meyer-Sensa dran. Ihr Sari wallte an mir vorbei. Die Glöckchen klingelten mit ihrer Stimme um die Wette.

»Nehmen Sie das Ding zwischen die Lippen. Rollen Sie es hin und her und legen Sie es dann auf der Zunge ab. Lutschen Sie daran.«

Marie kicherte schon wieder. Eine verdorbene Phantasie hatte diese Frau.

Ich fand das einfach nur eklig, die Rosine jetzt auch noch abzuschnullen, nachdem ich sie an sämtliche Gesichtsöffnungen herangeführt und dabei ständig in der schwitzigen Hand gehalten hatte. Igitt! Marlies auf der anderen Raumseite saß unbeweglich da. Ihre Rosine machte ich als winziges Pünktchen zehn Zentimeter von ihrer Yogamatte entfernt auf dem Boden aus. Da hatte wohl jemand noch weniger Lust als ich. Widerwillig stieß ich mit der Zunge ein paarmal gegen die Rosine. Sie konnte ja nichts dafür, dass ich sie so ablehnte. Ich schmeckte etwas verdorbene, alte, fruchtige Süße. Irgendwie honigartig, nicht besonders angenehm, zumindest für mich nicht.

Holger neben mir schnaufte begeistert. Anscheinend war dieser kulinarische Quickie zu viel für ihn. Frau Meyer-Sensa klang ebenfalls erregt.

»Und nun beißen! Mehrfach zubeißen, die Rosine zerkleinern, zerstückeln! Schmecken Sie das Aroma? Spüren Sie, wie die Stückchen beim Schlucken durch Ihre Speiseröhre gleiten und im Magen verschwinden?«

Marie lachte inzwischen hemmungslos. Holger hustete. Kein Wunder, er brauchte normalerweise länger zum Kauen. Wahrscheinlich war seine Speiseröhre solch riesige Brocken nicht gewöhnt. Ich spürte weniger meine Verdauungsorgane als vielmehr den Drang, mir endlich die Hände zu waschen. Inzwischen kam ich mir komplett klebrig und dreckig vor. Ein Zustand, den ich schleunigst ändern musste.

Frau Meyer-Sensa erlöste uns nach einer weiteren quälenden Minute, während der wir alle wie die Kühe wiederkäuend auf unseren Matten saßen und glotzten, mit einem Dreifachanschlag auf die Klangschale. Wir durften die Übung beenden, und ich nutzte die Gelegenheit, um rasch auf der Toilette zu verschwinden.

Bei der anschließenden Feedbackrunde sagte Holger überhaupt nichts. Er hatte sich auf seiner Yogamatte zusammengerollt und schlief wie ein Baby. Allerdings um einiges hörbarer. Es klang wie eine Truppe wild gewordener Sägeblatttester. Ich hätte mich gern danebengelegt. Er hatte ja so recht.

\*\*\*

Jacobi war spät dran. Als der Wecker geklingelt hatte, war er nicht wie sonst gleich aus dem Bett gesprungen und duschen gegangen. Stattdessen hatte er sich zu Dorothee hinübergelegt und ihr eine Weile übers Haar gestrichelt, was sie mit seligem Lächeln und leisen Schnurrlauten quittiert hatte. Danach hatte ihn das schlechte Gewissen so geplagt, dass er Shampoo und Duschgel vertauschte und seinen Kaffee verschüttete. Deshalb fuhr Jacobi nun schneller als sonst die wenigen Kilometer bis zur Klinik. An einer roten Ampel erkannte er vor sich Goldigs schwarzen Porsche Cayenne. Gut, wenn der Chef selbst zu spät kam, durfte er das auch mal. Er trommelte mit den Zeigefingern auf das Lenkrad. Trotzdem wäre es unangenehm, wenn sie am Parkplatz aufeinandertreffen würden und Goldig ihn vielleicht fragte, weshalb er so spät dran war. Vielleicht sollte er etwas Abstand zu dem Cayenne halten.

Da wechselte die Ampel auf Grün, und Goldig beschleunigte. Jacobi sah das Kennzeichen mit den Initialen »BG« davonziehen. Er ließ sich Zeit und bog trotzdem noch eine Minute vor acht in den Parkplatz ein. Erst als er beim Einparken nochmals Goldigs Nummernschild im Rückspiegel sah, wurde ihm bewusst, was er da anstarrte. »BG« stand für Benjamin Goldig. »Bs Prozess überprüfen!!!«, hatte Brunner notiert. Jacobi blieb fassungslos im Auto sitzen. Jetzt war es ihm egal, ob er zu spät kam. Goldigs Vergangenheit schien einige Geheimnisse bereitzuhalten, und er würde sie lüften.

Statt zur Dienstbesprechung lenkte er seine Schritte zu der kleinen Kirche Mariä Schutz, zu der vom Innenhof der Burg aus einige Steinstufen hinaufführten. Er mochte diesen Ort, fand in der Hektik des Alltags aber viel zu wenig Zeit, um sich hierher zurückziehen zu können. Doch jetzt hatte er eine derart starke

Sehnsucht nach Ruhe und Frieden, dass er das Meeting dafür sausen ließ. Er konnte Goldig heute nicht gegenübersitzen und sich dabei die ganze Zeit fragen, was dieser in der Vergangenheit vielleicht verbrochen hatte. Lieber fing er sich einen Rüffel ein, als dass er zwei quälende Stunden voller Verstellung absolvierte. Davon hatte er in seinem Privatleben momentan schon genug.

Die Tür öffnete sich lautlos und hieß ihn in einer Welt aus Dunkelheit und Weihrauch willkommen. Schon zu Zeiten der Karolinger hatte hier, auf dem Mons Dei, dem Berg Gottes, eine Kirche gestanden und die Menschen drunten im Tal beschützt. Von der über tausendjährigen Geschichte sah man der Kirche aber nichts mehr an. Nach der Zerstörung im Bauernkrieg konnte sie erst 1704 neu errichtet werden, um dann vor wenigen Jahren noch einmal generalsaniert zu werden.

Jacobi schlich – in Kirchen verspürte er immer den Drang, bloß keine Geräusche zu verursachen – zu einem der dunkelgrauen Stühle und rückte ihn zurecht. Die typischen Kirchenbänke gab es hier drinnen seit der völligen Neugestaltung des Innenraumes nicht mehr. Das fand er schade, da das stabile Holz, auf dem unzählige Generationen von Gläubigen gesessen und gekniet hatten, für ihn Trost und Sicherheit bedeutet hatte. Auch wenn man selbst keinen sonderlich guten Draht zu Gott hatte, konnte man vielleicht von den Gebeten und Lobpreisungen profitieren, die einst von gläubigen Christen gesprochen worden waren und noch immer mit unsichtbarer Beständigkeit über der Kirchenbank zu schweben schienen.

Jacobi spürte, wie langsam mit jedem Atemzug der Druck von ihm abzufallen begann, der inzwischen stündlich, minütlich und an schlimmen Tagen sekündlich auf seinen Schultern lastete. Wie Atlas schien er das ganze Gewicht der Welt mit sich herumzuschleppen. Die Last des schlechten Gewissens, die er paradoxerweise nur dann nicht fühlte, wenn Angie bei ihm war. Bei ihrem Anblick fühlte er so etwas wie einen bittersüßen Schmerz, der durch seine Organe, seine Adern zuckte. Diesem Schmerz konnte er nur beikommen, wenn er sie küsste, sie berührte, ihre Wärme durch seine Fingerspitzen aufnahm und davon noch zehrte, wenn sie längst weggegangen war und er allein in seinem Auto saß und sich dazu durchzuringen versuchte, nach Hause zu fahren.

So war es noch mit keiner Frau gewesen, und es machte ihm Angst, nicht zu wissen, wo all dies hinführen sollte. Er heftete seinen Blick auf die hölzerne Madonnenstatue im Altarraum der Kirche. Jemand hatte eine Kerze auf einem Silbertellerchen vor ihr aufgestellt, wollte ihr und dem neugeborenen Kind vielleicht Wärme spenden in diesem kühlen Kirchenraum. Maria war auch eine Frau gewesen, eine ganz besondere Frau. Eine, die gewusst hatte, was richtig war und was falsch, und ihr Leben danach ausgerichtet hatte. Jacobis Problem war, dass er zu so einem sicheren Urteil nicht mehr fähig war. Er kannte die Normen der Gesellschaft, nach denen es falsch war, seine Frau zu betrügen und eine Affäre mit einer Patientin zu haben. Aber da gab es auch diese innere Stimme, die empört protestierte, wenn er in Gedanken das Wort »Affäre« benutzte, weil das, was ihn mit Angie verband, so viel tiefer ging.

Jacobi versuchte, den unbequemen Gedanken wegzuschieben. Auf der Suche nach etwas, an dem er sich festhalten konnte, blieb sein Blick zunächst am Altar aus Muschelkalk hängen, doch dessen hellgraue Behäbigkeit bot keine Ablenkung. Er konzentrierte sich stattdessen auf ein Fensterbild, das ihm schon immer besonders gefallen hatte. Augustinus, der mit Federkiel und Buch parat zum auferstandenen Jesus hinaufblickt, dessen eine Hand zum Vater empor- und die andere, segenspendende, zur Erde und den Menschen hinunterwies. Augustinus war Jacobi hier schon immer wie ein Wissenschaftler vorgekommen, wie einer, der alles aufschreibt, um es zu bewahren, und vielleicht auch, um es später genauer analysieren zu können. Mit so einem Heiligen konnte Jacobi sich gut identifizieren, und besonders entzückte ihn, dass der Erschaffer des Fensterbildes die Landschaft rund um die Vogelsburg mit verarbeitet hatte. Die Rebstöcke und Trauben waren unverkennbar.

Jacobi erinnerte sich, dass auch Dorothee davon begeistert gewesen war, als er sie ganz zu Beginn seiner Arbeit auf der Vogelsburg einmal mitgenommen hatte, damit sie seinen Arbeitsplatz kennenlernte. Er war sehr stolz gewesen, sie zwischen den in sauberem Weiß gestrichenen Gebäuden, dem modernen Neubau auf Säulen und der trutzigen Kirche herumführen zu können. Dorothee hatte innegehalten, um die Aufschrift auf den im Hof verteilten Steinstelen lesen zu können, denen Jacobi bis dahin keine Beachtung geschenkt hatte. Es waren Aussprüche von Augustinus, da die Vogelsburg ein halbes Jahrhundert lang auch einer Abordnung von Augustinusschwestern Zuflucht geboten hatte. »›Wunder gibt es, um uns zu lehren, überall das Wunderbare zu erkennen‹«, hatte Dorothee laut vorgelesen und: »›Unruhig ist unser Herz, bis es Ruhe findet in dir, oh Gott.‹«

Dieser zweite Satz irrte nun in seinem Kopf herum, schuf den Wunsch nach väterlicher Nähe, nach Vergebung. Vielleicht war das Prinzip der Beichte doch nicht so blöd, dachte Jacobi, schließlich waren Therapeuten auch oft so etwas wie Beichtväter, und den Patienten schien das gutzutun. Nur er konnte sich niemandem anvertrauen. Sonst wäre nicht nur seine Ehe gefährdet, sondern auch sein Arbeitsplatz. Unter diesen Umständen schien es unmöglich, Ruhe finden zu können.

Jacobi stand auf und ging in den hinteren Teil der Kirche hinüber. Er musste einige Stühle zur Seite räumen, aber dann lag es vor ihm. Das Labyrinth, mit goldenen Linien in den Terrazzoboden geritzt. Er musste an einen Spruch denken, den er in einem Kirchenführer gelesen hatte. »Im Labyrinth verliert man sich nicht ... Im Labyrinth findet man sich.«

Vorsichtig setzte er den Fuß auf den Eingangspfad. Der Weg lag – obschon in vielen Windungen und Umwegen – doch klar vor ihm. Jacobi wusste, dass das Kirchenlabyrinth im meditativen Sinne verlangte, dass man nicht stetig voranging, sondern dass man jeweils zwei Schritte vor- und dann einen zurückmachte. Die Herausforderung bestand darin, nicht vorschnell aufzugeben, vielmehr die Zeit, die man für den Weg benötigte, als notwendig und damit sinnvoll wahrzunehmen. Jeden Schritt als einen, der ihn letztendlich dem Ziel näherbrachte. Der Weg mit allen seinen Kehrtwendungen und Richtungsänderungen als Sinnbild des Lebens, auf das man sich einlassen musste.

Nun war Jacobi alles andere als ein geduldiger Mensch. Nicht selten verdross es ihn, dass seine Patienten jahrelang nicht weiterzukommen schienen, dass man über Wochen hinweg immer wieder die gleichen Themen besprach und der einzige Fortschritt darin bestand, dass sie die Theorie irgendwann auswendig kannten. Aber jetzt, als er auf das Labyrinth starrte und den Weg in seiner seltsamen Schrittfolge antrat, verstand er plötzlich, dass er als Therapeut überhaupt nicht beurteilen konnte, ob es voranging oder nicht. Er hatte schließlich nie das große Ganze vor Augen, und für jemanden, der ihn gerade jetzt beobachtete, musste es so aussehen, als würde er den Weg rückwärts beschreiten, statt voranzukommen, obwohl doch der eine Rückwärtsschritt notwendig war, um zwei weitere nach vorn gehen zu können.

\*\*\*

Nach dem Mittagessen – Buttermilchkaltschale, gefüllte Paprika mit Reis und Stachelbeercreme – wandelten wir alle mehr oder weniger zielstrebig Richtung Zen-Garten. Als ich ankam, saßen Mäuschen und Anne bereits nebeneinander auf einer Bank, Irmela hatte ihren Sitzklotz in den Schatten gerückt, und Marie saß im Schneidersitz auf dem Boden und wühlte mit den Fingern im Kies. Die Lämmchen waren nicht da, sonst hätten die Mädels wieder allesamt am Zaun gestanden. Ich schleppte zwei weitere Holzwürfel heran und platzierte mich zwischen Marie und Anne. Nun fehlte nur noch Holger. Als ich mit dem Essen fertig gewesen war, hatte er noch mit dem Serviermädchen diskutiert, ob er nicht noch einen Nachschlag bekommen könne. Wobei »diskutiert« eigentlich das falsche Wort war, ebenso wie »Serviermädchen«. Die Bedienung war eine stattliche, kurz vor der Rente stehende Matrone mit Damenbart, und Holger sprach sie erst gar nicht an, sondern verfolgte sie mit sehnsüchtigen Blicken und bittend ausgestreckten Händen durch den ganzen

Speisesaal, bis sie nachgab und in der Küche nach einer übrig gebliebenen Portion fragte.

Da ich nicht ohne Holger anfangen wollte, schoss ich stattdessen ein paar Fotos: Mäuschen mit fragendem Gesichtsausdruck und über den Ohren zu Schnecken gedrehten Haaren. Maries lange schmale Finger zwischen den Kieselsteinen. Anne in Betrachtung einer Blume, die sie in Händen hielt, und Irmela vor einer blühenden Ligusterhecke, während sie in die Sonne blinzelte. Dann folgten Aufnahmen von den verschiedenen Materialien des Barfußpfades, von Rindenmulch und Sandkörnern neben bröckeliger Erde und Pflastersteinen. Ich fotografierte auch eine Weinbergschnecke, die ihr Häuschen in aller Seelenruhe die Sandsteinmauer hinaufschleppte und zwischen den Ritzen verschwand. Das Mäuerchen strahlte so viel Wärme ab, dass ich fast damit rechnete, auch Eidechsen zu sehen, aber wenn es sie hier gab, dann ließen sie sich jedenfalls nicht blicken. Dafür schnaufte endlich Holger heran. Seinem roten Gesicht und dem Soßenfleck auf seinem T-Shirt konnte ich entnehmen, dass er die Bedienung erfolgreich belagert hatte.

»Hallo, Leute«, begrüßte er uns und ließ sich auf den Holzklotz fallen, den ich eigentlich für mich reserviert hatte. »Was gibt's?«

Ich schlenderte zu ihm hinüber und hielt ihm das Display meiner Kamera unter die monströse Nase. »Ich habe gestern ein paar interessante Fotos schießen können und wollte euch die gern mal zeigen.«

Bei einem der Bilder zoomte ich heran, damit Holger die Gesichter erkennen konnte.

Er grunzte. »Ist das ... Angelika? Du hast unsere Schönheitskönigin gestalkt? Das mag zwar unterhaltsam sein, aber was sollen wir damit anfangen?«

»Ich habe gar niemanden gestalkt«, empörte ich mich. »Schau lieber mal genauer hin, mit wem sie da Händchen hält.«

Nun versammelten sich auch die anderen um uns herum. Anne beugte sich über meine Schulter, um auch etwas zu sehen, und Marie war aufgestanden und versuchte, durch unsere

Hände und Holgers aufgeregt fuchtelnde Finger hindurch einen Blick auf das Display zu erhaschen.

Irmela war die Erste, der ein Licht aufging. »Dr. Jacobi!«, rief sie. »Was macht er da? Streichelt er sie?«

»Er führt sie den Barfußpfad entlang«, korrigierte ich, »aber ich finde auch, dass sie etwas sehr viel Hautkontakt haben.«

»Zeig mal die anderen Fotos.« Mäuschen streckte den Zeigefinger aus und drückte die Pfeiltaste nach rechts. Nacheinander sahen wir zu, wie Jacobi Angie die Augen verband, ihr das Haar hinter die Ohren strich, sie bei der Hand nahm und mit dem Finger ihren Fuß entlangwanderte, bevor er ihn vorsichtig in das knöcheltiefe Bächlein setzte. »Er schaut die ganze Zeit nur sie an.« Mäuschen schüttelte den Kopf. »Es wirkt so, als habe er überhaupt nicht daran gedacht, dass ihm jemand zuschauen könnte. Entweder es ist ihm egal, weil er ein reines Gewissen hat und sie nur therapieren will, oder er geht das Risiko bewusst ein, oder …«

»Oder er ist ein mieser geiler Bock, der sich an seine Patientin ranmacht«, sagte Anne heftig. Sie wandte sich von uns ab und atmete zweimal tief durch. »Der Drecksack.«

»Aber so was können wir doch nicht über einen Therapeuten sagen.« Irmela fühlte sich anscheinend zur Verteidigung berufen. Sie gestikulierte wild mit den Händen. Schnell brachte ich meine Kamera außer Reichweite. »Das ist doch … Das können wir einfach nicht machen. Dr. Jacobi ist doch immer so nett und … und außerdem ist es seine Aufgabe, behutsam mit den Patienten umzugehen und ihnen Achtsamkeit im Alltag nahezubringen … und so was ist doch eine gute Übung, eine super Übung sogar, das machen viele Therapeuten mit den Patienten. Ich war auch schon mal auf dem Barfußpfad!«

»Klaaaar, eine super Übung, so eine kleine Streicheleinheit«, kam es höhnisch von Anne.

Nun mischte sich Marie ein, die der Diskussion bisher schweigend zugehört hatte: »Erstens sind – soweit ich das bisher mitgekriegt habe – für Achtsamkeitsübungen eher Co-Therapeuten zuständig. Und zweitens gibt es für Psychotherapie eine

Art ungeschriebenes Gesetz, einen Kodex, an den die Therapeuten sich halten sollten. Und dazu gehört, dass sie ihre Patienten möglichst nicht berühren. Das ist genauso ein No-Go wie persönliche oder private Kontakte. Hat den einfachen Grund, dass eine gesunde Distanz zum Therapeuten für den Therapieerfolg wichtig ist.«

»Da hast du wohl recht.« Ich legte die Kamera beiseite. »Außerdem gibt es da noch was, das ich euch erzählen muss.« Ich berichtete von Angies Weinattacke und dass sie mir nicht hatte sagen wollen, was los war. »Tja, und dann bin ich eben gegangen, da sie offensichtlich allein sein wollte«, schloss ich etwas hilflos. »Zu dem Zeitpunkt wusste ich ja noch nicht, dass da vielleicht was mit Jacobi läuft. Aber jetzt so im Nachhinein mache ich mir natürlich Gedanken. Könnte doch sein, dass es das ist, was sie so durcheinanderbringt.«

»Hast du sie denn schon gefragt?«, wollte Holger wissen.

»Wie stellst du dir das bitte vor? Hallo, Angelika, schön dich zu sehen, sag mal, poppst du zufällig mit deinem Therapeuten?« Ich zeigte ihm den Vogel.

»Wir sollten das auf jeden Fall im Auge behalten. Also die beiden.« Mäuschen kaute auf einem Zopfende herum. Ihre kunstvolle Frisur hatte sich schon wieder gelöst. »Könnte doch sein, dass Herr Brunner das auch mitgekriegt hat und Jacobi anzeigen wollte und dann ...« Sie strich mit dem Zeigefinger quer über ihre Kehle.

»Ist das nicht etwas weit hergeholt?«, fragte Holger. »Wegen so 'ner kleinen Sache bringt man doch niemanden um.«

»Für dich und Jacobi ist es vielleicht eine kleine Sache, aber für Angelika ...« Maries ruhige Bemerkung machte uns alle nachdenklich.

Dann ergriff Irmela das Wort. »Aber Moment mal!« Sie war blass geworden. »Das Kondom, das ich bei Jacobi gefunden habe ... Denkt ihr denn, dass das auch von den beiden ...?«

»Klar« und »Sicherlich«, sagten Marie und ich gleichzeitig. Wir grinsten uns an. »Wäre zumindest 'ne Möglichkeit«, schob ich hinterher.

Ein leichter Wind kam auf und kühlte unsere von der Sonne und der Diskussion erhitzten Gesichter. Ich schloss die Augen. Warme Strahlen, die einen roten Schein hinter den Augenlidern erzeugen, Ruhe, Frieden, der Duft nach Heu und frisch gemähtem Gras. Das war der Sommer, wie ich ihn liebte und wie ich ihn gern auf der Haut spürte. Sie roch dann auch ganz anders. »Die Haut riecht nach Sonne«, sagte meine Schwester dazu. Das fand ich genauso angenehm wie den Geruch alter Bücher oder frisch gemahlenen Kaffees.

»Alles okay, Anne?« Maries Frage ließ mich die Augen wieder öffnen.

Anne war tatsächlich sehr still gewesen und sah blass und irgendwie verstört aus, mit großen, dunklen Pupillen. Die Hände hatte sie über der Brust gekreuzt und die Fäuste geballt.

»Mir wird ganz schlecht, wenn ich das alles höre und sehe. Dieses verdammte Arschloch! Wie kann er sich nur an so an sie heranmachen?«

»Angelika ist immerhin erwachsen.« Holger gähnte. Ihn schien die ganze Sache nicht sonderlich zu interessieren. »Klar, sie ist seine Patientin, aber ansonsten wäre das eine ganz normale schäbige Affäre.«

Annes Stimme wurde noch lauter und hitziger, sodass ich kontrollierende Blicke in die Umgebung warf, ob nicht vielleicht jemand in Hörweite stand. »Sie ist in einer absolut hilflosen Lage, ja, seht ihr das denn alle nicht? Wie soll sie sich denn gegen ihn wehren?«

Anne sprang auf und begann, hin und her zu laufen.

»Anne, hey, ganz ruhig, wir haben Angie in den letzten Tagen doch öfter mal gesehen. So weit scheint es ihr doch wieder gut zu gehen.«

Ich tauschte einen beunruhigten Blick mit Irmela, die sich bereits halb von ihrem Holzwürfel erhoben hatte und sicher gleich auf Anne zustürzen würde. Wahrscheinlich hielt sie nur das Wissen zurück, dass Anne ganz sicher nicht bemuttert werden wollte.

»Das ist schlecht für den Blutdruck, Anne.« Nun sah auch

Holger beunruhigt aus. »Wenn man sich so aufregt, kann eine Ader im Gehirn platzen!« Er fasste sich an die Stirn. »Komisch, mein Kopf tut irgendwie gerade weh. Glaubt ihr, das könnte von so was kommen? Schließlich ist es auch so heiß, und ich habe recht viel gegessen.«

Wir überließen es Mäuschen, beruhigend auf ihn einzuwirken, und kümmerten uns lieber um Anne. Ich erkannte die kühle, überlegte Strickerin kaum wieder, wie sie jetzt mit rotem Gesicht herumstapfte, die Haare strähnig in die Stirn fallend, die Augen vor Zorn verdunkelt. Oder war es etwas anderes? War es Angst?

»Anne, bitte rede mit uns.« Irmela klang aufgeregt.

Anne unterbrach ihre Wanderung abrupt und blickte uns der Reihe nach an. »Ich verstehe einfach nicht, wie ihr da so ruhig bleiben könnt. Wir sollten Jacobi anzeigen, wenn er so was macht. Das ist doch verboten! Da muss man doch was tun!«

»Ist es wirklich verboten oder nur so eine ethische Norm?«, fragte Marie.

Weiter konnten wir nicht diskutieren, da nun Holger wieder losplärrte.

»Vielleicht sollte ich mich hinlegen? Oder ist das schlecht, weil dann noch mehr Blut in den Kopf fließt? Und wenn sowieso schon eine Ader geplatzt ist …?«

Er war anscheinend in Hochform. Ich bemerkte, dass die allgemeine Unruhe und Holgers Nervosität auch auf mich überzuspringen drohten. Ein Teil meines Gehirns beschäftigte sich bereits mit der Frage, ob an dem Holzwürfel nicht vielleicht Hundekacke geklebt haben könnte, auf der ich jetzt direkt draufsaß. Noch konnte ich den Zwang, aufzuspringen und mich auf Dreck hin zu untersuchen, unterdrücken, aber ich wusste, dass das nicht mehr lange dauern würde, wenn ich jetzt nicht bald eine Ruhepause bekam.

»Hör bitte auf damit, Holger«, kam es von Marie.

»Ich kann nicht.« Er war dem Weinen nahe. »Mein Kopf tut so weh. Das macht mir Angst.«

Irmela stand auf und ging zu ihm hinüber. »Okay, komm,

ich bring dich zur medizinischen Zentrale. Es ist zwar sicher nichts Ernstes, aber dann bist du zumindest beruhigt.« Sie hakte Holger unter und ging langsam mit ihm davon.

»Sorry, Leute, ich pack das auch nicht, ich brauch jetzt grad ein bisschen Abstand.«

Bevor wir das Thema Jacobi noch einmal aufgreifen konnten, wirbelte Anne herum, ergriff ihre Tasche und ging raschen Schrittes Richtung Straße davon. Es sah aus, als wolle sie jeden Moment losrennen.

»Wir können sie doch nicht einfach so …« Nach einem kurzen Blick in die Runde lief Mäuschen ihr nach.

Ich sah ihnen mit einem unguten Gefühl im Bauch hinterher. Jetzt saßen Marie und ich allein da. Irgendwie war das alles nicht so gelaufen, wie ich erwartet hatte.

## 9
## AUCH AUF DEM HÖCHSTEN THRON SITZT MAN AUF DEM EIGENEN HINTERN.

*Wills Tagebuch*

*Wollte vor dem Schlafengehen noch einen Abendspaziergang machen. Habe im Garten Herrn Brunner getroffen. Er saß mit einer Zigarette in der Hand unter dem Apfelbaum, hat übers Feld geschaut. Zuerst bin ich mit einem kurzen Gruß an ihm vorbeigelaufen, dann, als er meinen Namen genannt hat, bin ich noch mal zurück. »Setzen Sie sich und hören Sie mal auf die Geräusche«, hat er gesagt. Am Anfang habe ich nur daran gedacht, ob das Gras keine Flecken auf meine Hose macht oder ob der Boden schmutzig ist, ob ich mich vielleicht irgendwo reingesetzt habe. Ich bin nervös hin- und hergerutscht. Herr Brunner ist einfach still hocken geblieben und hat geraucht. Irgendwann habe ich versucht, mich wirklich zu konzentrieren. Da waren verschiedene leise und lautere Vögel, die Straße nebenan als konstantes Rauschen, der Wind in den Getreidehalmen, das Murmeln des Bächleins im Zen-Garten, Satzfetzen der Leute auf den Balkonen. Es gab wirklich viel zu hören. Ich habe die Augen zugemacht. Irgendwann hat Herr Brunner zu sprechen begonnen. Er hat von seiner Kindheit erzählt, wie er als kleiner Junge den Vögeln Nester aus Moos und Stoffresten auf seinem Fensterbrett gebaut hat, damit sie nahe bei ihm wohnen und er zum Einschlafen ihre Lieder hören kann. Und einmal hat er einen kleinen Kuckuck auf dem Waldweg gefunden und mit nach Hause genommen. Von da an haben seine Geschwister ihn »Kuckuckskind« gerufen. Das Küken ist gestorben, aber der Name blieb. Wir saßen lange so da. Er hat geraucht, ich habe gelauscht. Und ich war ganz zufrieden.*

Eine Weile saßen Marie und ich schweigend im Zen-Garten, jeder hing seinen Gedanken nach. Ich ging auf meiner Kamera noch einmal die Fotos von Angie und Jacobi durch. Marie legte den Kies zu komplizierten Mustern und zupfte zwischendurch an ihrem einzelnen Ohrring, heute ein kleines Holzschiff mit winzigen blutroten Segeln.

Ich suchte nach einem Gesprächsthema, doch sie kam mir zuvor.

»Kann ich eventuell ... noch ein wenig mit zu dir? Also noch ein bisschen quatschen oder so?«

»Klar.« Ich versuchte mich an einem Witz, damit sie nicht merkte, wie verlegen ich war. »Damit hätten wir das ›Zu dir oder zu mir?‹ zumindest schon mal geklärt.«

Marie warf eine Handvoll Kieselsteine nach mir. Ich duckte mich weg und grinste sie an. Meine Ohren fühlten sich glühend heiß an, hoffentlich leuchteten sie nicht zu auffällig.

»Also los.«

Sie stand auf und wischte sich den Staub von der kurzen schwarzen Hose. Wir schlenderten nebeneinander zum Haupteingang zurück, erklommen die Treppe im Glastreppenhaus, liefen durch den Verbindungsgang und stiegen die Treppe zu meinem Stockwerk empor.

»Nobel, nobel«, kommentierte Marie und strich mit dem Zeigefinger über das Kunstblumenarrangement im Gang. »So was setzen sie uns gesetzlich Versicherten natürlich nicht vor die Haustür.«

»Albern, stimmt's? Dieses Zwei-Klassen-System. Ich fühle mich auch unwohl dabei, so bevorzugt zu werden.«

»Das ist jetzt nicht dein Ernst, oder?« Marie boxte mir gegen den Oberarm. »Du musst das doch genießen. Wenn man in 'ner Klinik schon mal ein bisschen Luxus bekommt, dann muss man das ausnutzen. An deiner Stelle würde ich zehn kostenfreie Kaffees am Tag trinken und auf meinem ein Meter zwanzig breiten Bett Trampolin springen!«

»Das kannst du gern machen.« Ich hielt ihr die Tür zu meinem Zimmer auf. »Aber ohne Schuhe«, fügte ich vorsichtshalber hinzu. Nicht dass sie mein Angebot noch annahm und ich dann Straßendreck auf dem Laken hätte.

»Herrlich, so viel Platz!«

Marie stellte sich in die Zimmermitte und drehte sich wie ein Kreisel, sodass das Segelschiff um ihren Kopf sauste und die Arme wild schlackerten. Ich war versucht, dicht an sie heranzutreten und die Hand hochzuhalten, um sie bei jeder Umdrehung abzuklatschen, beschloss dann aber, dass ich Körperkontakt besser vermeiden sollte. Man wusste ja nie, welche Erfahrungen sie hierhergebracht hatten. Außerdem konnte sie mich für kindisch halten. Oder für aufdringlich. Oder für plump. Maries Tempo ließ nach, bis sie schwankend zum Stehen kam. Ihre Augen, die unter den dunklen Brauen eine erstaunliche Bandbreite an Mischfarben aufwiesen, blickten etwas entrückt. Ich sah, wie sie meine Putzmittelbatterie musterte, die strenge Ordnung, die das Zimmer fast unbewohnt wirken ließ. Sie drehte sich zu mir um.

»Fällt dir das leicht? Menschen in deine Wohnung zu lassen?«

»Ganz und gar nicht.« Ich zögerte. »Eine Zeit lang ging es überhaupt nicht mehr. Mich durfte niemand besuchen, nicht einmal meine Schwester. Ich habe so eine Art Desinfektionszone um meine Wohnung errichtet. Habe Straßenkleidung schon an der Tür ausgezogen und in eine Plastiktüte zum Waschen gepackt, dann sterile Kleider angezogen, und erst dann habe ich die Zimmer betreten. Irgendwann konnte ich die Wohnung dann gar nicht mehr verlassen. Die Zwänge waren so stark, dass ich nicht mal mehr einkaufen gehen konnte, geschweige denn zur Arbeit.«

»Und dann?«

Maries scharf gezeichnete Lippen formulierten die Worte sehr kurz, sehr klar, sodass ich mich zu einer ehrlichen Antwort gezwungen fühlte. Der Lippenstift passte zum Farbton der blutroten Segel ihres Ohrringschiffes.

»Dann habe ich mich selbst in die Psychiatrie eingewiesen. Ich bin in einem Plastikschutzoverall ins Taxi gestiegen und habe mich vor der Klinik absetzen lassen. Ich habe die Ärzte in der Notaufnahme angefleht, mir zu helfen. Ich habe es einfach nicht mehr ausgehalten. Ich konnte ja gar nichts mehr, nicht mehr lesen, nicht mehr schlafen, nicht mehr essen.«

»Wie lange warst du in der Psychiatrie?«

»Drei Monate. Danach bin ich hierhergekommen. Und das ist schon ein gewaltiger Unterschied.«

Marie musterte mich stumm.

»Ich weiß«, sagte sie schließlich. »Ich kenne das. Psychiatrie ist nicht schön.«

»Deswegen bin ich so dankbar, dass ich hier sein kann.« Erst als ich die Worte ausgesprochen hatte, wurde mir bewusst, dass ich noch nie so ehrlich zu mir selbst gewesen war. Die Vogelsburg war ein Geschenk für mich. Allein die Möglichkeit, mit anderen Zwänglern zusammenzutreffen, sich nicht als Ausgestoßener zu fühlen, mitten in der Natur zu wohnen, das waren wunderbare Dinge für mich. Ganz neue Dinge.

»Danke, dass du mir das erzählt hast, Will.« Marie lächelte mich an. »Das finde ich sehr mutig von dir.«

»Du bist eine gute Zuhörerin.« Um keine Gesprächspause aufkommen zu lassen, bot ich ihr den Schreibtischstuhl an und fragte, ob sie Wasser wollte.

»Nein, danke.« Marie setzte sich und sah mich ernst an. »Ich wollte mit dir noch kurz was besprechen, was unser weiteres Vorgehen als Detektive angeht.«

»Aha?« Kurz war ich enttäuscht. Also wollte sie gar nicht unbedingt Zeit mit mir verbringen, es ging sozusagen ums Geschäft.

»Ja, ich habe überlegt, ob wir uns nicht aufteilen sollten. Ich verliere nämlich langsam den Überblick, was hier in der Klinik eigentlich so alles abgeht. Und wir haben mittlerweile zwar so einige lose Enden aufgesammelt, aber der Faden, der zu Brunners Tod führt, war wohl noch nicht dabei. Oder sagen wir besser: Es wäre sinnvoller, die einzelnen Fäden voneinander zu trennen, um zu sehen, wo sie jeweils hinführen.«

»Hmmm.« Ich war mir nicht sicher, was ich davon halten sollte. Geistesabwesend griff ich nach einem meiner Staublappen und wischte über die Schreibtischfläche. Marie nahm den Arm von der Platte, um mir Platz zu machen.

»Einer könnte sich um Jacobi und Angelika kümmern und die beiden beobachten, ein anderer forscht wegen der Pokersache genauer nach, der Dritte versucht, mehr über das Verhältnis zwischen Brunner und Goldig rauszufinden …«

»Verhältnis?«, unterbrach ich sie mit einem Grinsen.

»Familienkonstellation, Bruderzwist, Rivalität, nenn es, wie du willst.«

»Vielleicht ist das gar keine so schlechte Idee, uns zu spezialisieren. Ich muss nur ganz ehrlich sagen, dass ich unseren Gruppenmitgliedern sehr unterschiedliche Fähigkeiten zutraue, was Spionage anbelangt. Anne würde ihre Fährte bestimmt sehr konsequent verfolgen, aber Irmela? Oder Holger?«

»Deswegen halte ich es für sinnvoll, Gruppen zu bilden. Mäuschen und Anne, Irmela und ich, Holger und du …«

»Garantiert nicht Holger und ich!«, protestierte ich und schlug mit dem Wischlappen nach ihr. »So was kann sich nur ein ganz niederträchtiger Charakter ausdenken!«

»Dann kommt Holger eben zu Anne und Mäuschen zu dir.«

Marie rollte mit den Augen, die katzenartig grün-schwarz geschminkt waren. Sie sah damit ein bisschen aus wie eine ägyptische Göttin. Sie konnte bestimmt auch sehr elegant durch den Wüstensand schreiten, eine Kobra um die nackten Schultern gelegt und … An diesem Punkt verbot ich mir das Weiterdenken. Stattdessen eilte ich mit meinem Lappen zum Waschbecken, um ihn auszuwaschen, und öffnete dann die Balkontür, um ihn zum Trocknen hinauszuhängen. Marie kam mir nach.

»Also, was hältst du von meinem Vorschlag?«, fragte sie leise. Wahrscheinlich wollte sie verhindern, dass meine Balkonnachbarn lauschten.

Ich räusperte mich. »Eigentlich eine ganz gute Idee. Lass uns morgen mal die anderen fragen, ob sie damit einverstanden wären.«

»Gut, mehr wollte ich gar nicht. Dann lass ich dich jetzt mal in Ruhe putzen und gehe schlafen.«

Marie drehte sich um und steuerte auf die Zimmertür zu. Ich folgte ihr mit Bedauern. Während der wenigen Schritte, die ich hinter ihr herging, sah ich auf der Innenseite ihres Handgelenks ein weiteres Tattoo. Dort waren acht Zahlen mit zwei Leerstellen dazwischen eingestochen.

»Gute Nacht, Will.« Sie machte Anstalten, mich zu umarmen.
»Was ist das für ein Tattoo auf deinem Arm?« Ich deutete darauf. »Ein Datum?«
Maries Miene verfinsterte sich augenblicklich. »Nichts«, antwortete sie brüsk.
»Tut mir leid, ich wollte nicht …«
»Schon gut. Ich rede nur nicht gern darüber.« Ganz in Abwehrhaltung zog sie die Schultern nach oben und verschränkte die Arme vor der Brust, sodass das Tattoo nicht mehr sichtbar war. »Ich sollte jetzt wirklich gehen.«
»Soll ich dir in Zukunft lieber keine Fragen mehr stellen?«
»Doch, natürlich, also … klar.« Sie stieß den Atem zwischen zusammengepressten Lippen hervor, sodass es ein leises Pfeifen gab. »Normalerweise kannst du schon fragen. Ich bin da nur nicht so wie du, so offen mit meiner Geschichte.«
Sie hielt mich also für eine Plaudertasche, jemand, der mit seiner Leidensgeschichte hausieren ging. Es tat weh, das zu hören. »Alles klar«, sagte ich kühl.
»Gute Nacht.«
Sie drehte sich um und verschwand schnell den Gang hinunter. Ich blickte ihr noch ein paar Sekunden nach, bevor ich die Tür schloss. Der leichte Kokosduft, den Marie zurückgelassen hatte, lag noch in der Luft. Ich schnupperte und wedelte ihn dann mit der Hand weg. Heute war einfach kein guter Tag.
In meiner niedergedrückten Stimmung war ich leichte Beute für die Zwangsgedanken. Mein Kopf war eine Autobahn. Die Gedanken strömten hindurch, monströs aufgebläht, überholten einander, kamen zurück, immer schneller, setzten sich mit quietschenden Bremsen fest. Ist das was …? Hab ich da was …? Könnte das …? Ein beunruhigendes Rauschen als Hintergrundmusik. Ein Gefühl, als könnte ich nicht mehr atmen. Ein Gefühl,

als müsste ich rennen und rennen und rennen, um zu entkommen. Nur dass ich gar nicht wusste, wovor ich davonlief. Nur diese Angst, die mir im Genick saß und Löcher in meinen Kopf bohrte, durch die sie Gedanken schoss. Das Rauschen trieb mich an, ließ mich nicht zur Ruhe kommen. Ich nahm Dinge in die Hand, legte sie woanders wieder ab, lief durch das Zimmer, lief nach draußen, aber mein Kopf war immer dabei. Er gab nie Ruhe. Dem konnte ich nie entkommen, egal, wo ich war, egal, was ich machte.

Der eigene Kopf kann Gefängnis und Folterkammer zugleich sein. Und für manche wird er zur Todeszelle.

Die folgende Nacht war noch miserabler als der Abend. Ich wachte immer wieder auf, geplagt von kuriosen Alpträumen, mit den Geistern der Vergangenheit ringend, und tat mich dann schwer, wieder einzuschlafen. Um sechs Uhr gab ich es endgültig auf. Nachdem ich eine Weile unruhig im Zimmer hin und her getigert war, beschloss ich, schwimmen zu gehen. Die Schwimmhalle öffnete streng genommen zwar erst um acht Uhr, aber der Hausmeister drückte meist ein Auge zu, wenn man davor schon ein paar Bahnen kraulte. Abgeschlossen war sowieso so gut wie nie. Und ich brauchte dringend etwas Ablenkung von meinen verwirrenden Gedanken. Also zog ich meine stylishen Badeshorts an und schlüpfte in den Bademantel, der genauso weiß und flauschig war wie die Handtücher hier auf der Privatstation. Meine Zimmerkarte steckte ich einfach in die Tasche. Badelatschen, Shampoo und Duschgel und dann ging es mit schlurfenden Geräuschen den Flur entlang und die Treppe hinunter.

Ich hängte meinen Bademantel in der Herrenumkleide an einen Haken und duschte mich kurz ab. Dann betrat ich die Schwimmhalle. Leise plätscherndes Wasser und der Geruch nach Chlor empfingen mich. Chlor und … da war noch irgendwas, ein ungutes Aroma. Irgendetwas alarmierte mich, machte mich sofort wach. Die Liegen und das Becken waren leer, das Wasser spiegelte die Beleuchtung und malte Lichtpunkte an die Decke, die sich leise bewegten und nie ganz stillstanden. Durch die verglaste Wand konnte ich nach draußen sehen, auf die Weinberge und den darunterliegenden Hang. Es dämmerte gerade erst. Natürlich war niemand unterwegs. Doch dicht am Fenster, auf der anderen Seite des Beckens, lag etwas auf dem Boden. Schmal und länglich. Still.

Ich stand ebenso still. Schaute angestrengt übers Wasser. Meine Zehen ragten über die Beckenkante hinaus. Nach drüben waren es vielleicht acht Meter, das Becken war nicht sonderlich breit. Aber die Lichtreflexe und die schlechte Beleuchtung in Verbindung mit dem spiegelnden Panoramafenster machten es nicht einfach, Genaueres zu erkennen. Meine Brille legte ich vor dem Schwimmen immer ab.

Etwas Kaltes schien in meinen Magen zu kriechen. Da lag etwas. Ich sollte nachsehen, einfach rübergehen. Was sollte da schon groß liegen? Ein Bademantel, ein vergessenes Handtuch. Es konnte alles Mögliche sein.

Eine Befürchtung hielt mich zurück. Ich konnte nicht richtig denken, hatte nur so ein Gefühl. Ein schlechtes Gefühl. Ich kniff die Augen zusammen. Da lag etwas. Zusammengekrümmt. Reglos. Totenstill.

Warum kam mir ausgerechnet dieses Wort in den Sinn?

Schritt für Schritt ging ich los. Das Wasser zu meiner Linken gluckste leise. Alles in mir schrie danach, wieder umzukehren. Mich dem nicht zu stellen. Endlich konnte ich sehen, was da lag. Mit einem Schlag war die Panik da. Ich rannte los und glitt mit meinen nassen Füßen auf den Fliesen aus, kämpfte mich wieder hoch und fiel neben dem leblosen Körper auf die Knie.

Eine kleine, zarte Gestalt, auf der Seite liegend, den linken Arm über das Gesicht gelegt. Auch ohne die geflochtenen und mit einer weißen Schleife zusammengebundenen Zöpfe hätte ich sofort gewusst, wer es war. Ich rüttelte so heftig an Mäuschens Schulter, dass sie seitlich auf den Rücken kippte. Die grauen, in Nähe des Pools fast hellblau wirkenden Augen blickten leer. Der Mund stand offen, ich konnte auf Zunge und Backenzähne sehen. Die rechte Hälfte ihres Gesichtes war rot, an der Stirn fast schwarz gefärbt, durch die plötzliche Bewegung rann es an ihrem Hals hinab zu Boden. Reflexartig sprang ich zurück.

Da war Blut, überall Blut. Ich blickte an mir hinab, sah meine blutigen Hände, die bespritzten Knie. Ich wischte die Finger an meiner Badehose ab, hielt inne, wischte stärker. Alles war dreckig, ich war dreckig. Mäuschen lag in all dem Blut. Ich griff unter ihre Achseln und zog sie ein Stück das Becken entlang. Ihre Jeans schleifte durch die Pfütze, hinterließ eine rote Spur auf den Kacheln. Waschen, ich musste das wegmachen, alles war schmutzig. Ich kroch zum Beckenrand, schöpfte Wasser in der hohlen Hand. Von meinen Fingern verbreiteten sich rosa Schlieren, zogen durch das Becken. Das Wasser rann mir sinnlos durch die Hände. Ich kehrte zu der Blutlache zurück, rubbelte über den Boden, verschmierte alles. Spürte das Kleben an meiner Haut, roch Eisen, roch Urin, hatte das Gefühl, dass es auch in meinem Mund war, ich tastete danach, spuckte aus. Du machst alles dreckig.

Ich muss das schnell wegmachen. Mäuschen liegt da. Mäuschen ist tot. Mäuschen ist tot. Bekam keine Luft, keuchte. Blut. Pisse. Überall Schmutz. Ich bin dreckig. Mäuschen ist tot. Strafe. Ich kratzte über meinen Arm, nur das wegmachen, muss sauber sein. Dreck. Wegkratzen, bloß weg. Blut.

Dann ein Schrei. Ein Echo hallt durch den Raum. Trampelnde Füße. Ein Schrei, weinen, eine Stimme: »Will, was hast du bloß getan!«

Ich blicke auf, Irmelas weißes Gesicht.

Es wird schwarz, alles wird schwarz. Der Boden krümmt sich, kommt näher. Ein Poltern. Mäuschens Haarschleife war das Letzte, was ich sah.

Ich lag in einem Krankenhausbett. Über mir ein Tropf, der gleichgültig eine durchsichtige Flüssigkeit in meinen Arm entlud. Rechts des Bettes einige Monitore, die Kurven zeichneten. Mein Blick wanderte weiter. Die Tür zum Bad, angelehnt. Daneben die Eingangstür, breit genug, um ein Bett hindurchzuschieben, ein Kalender mit einer untergehenden Sonne an der Wand. Links das Fenster. Und davor, auf einem Holzstuhl, Kommissar Dietlinger. Er trug eine ähnlich unauffällige Kombi wie bei unserer ersten Begegnung: beigefarbenes Polohemd, braune Cordhosen, beigefarbene Stoffschuhe. Sein Gesichtsausdruck hatte sich allerdings gewandelt. Statt einem ausdruckslosen Buddha blickte ich heute einer lauernden, zum Explodieren bereiten Gewitterwolke in die Augen.

»Hallo«, sagte ich. Höflich musste man schließlich bleiben. »Nett, dass Sie mich besuchen.«

»Es ist kein Freundschaftsbesuch, Herr Klien.« Dietlinger strich sich über den beträchtlichen Schnurrbart.

»Das habe ich mir fast gedacht.« Ich schloss kurz die Lider, öffnete sie aber sofort wieder, als das Bild von Mäuschens leblosem Körper vor meinem inneren Auge erschien. Wie sollte ich jemals damit umgehen können, das jemals vergessen? Egal wie forsch ich mich dem Kommissar gegenüber gab, innerlich war mir hundeelend zumute. Das Entsetzen lauerte ganz dicht unter der Oberfläche.

»Frau Turner ist vor wenigen Stunden getötet worden. Wo ist die Tatwaffe?«

Zuerst wusste ich nicht, wovon er sprach. Dann dämmerte es mir. Mit Frau Turner meinte er Mäuschen, und er verdächtigte mich, sie ermordet zu haben. Schließlich war ich auf frischer Tat ertappt worden, als ich versuchte, das Blut aufzuwischen. Das alles kam mir so haarsträubend verkehrt vor, dass ich nicht wusste, wie ich reagieren sollte.

»Ich war das nicht!«, brachte ich schließlich hervor.

»Ach nein?« Dietlinger beugte sich zu meinem Bett vor, »Können Sie dann erklären, weshalb Sie versucht haben, die Spuren zu beseitigen?«

»Ich konnte nicht anders, das viele Blut ... Ich bin in Panik geraten.«

Ich wollte mir in die Wange kneifen, um mich aufzuwecken, etwas gegen die Benommenheit zu tun, damit ich mich richtig verteidigen konnte. Dabei bemerkte ich, dass meine Arme verbunden waren. Weißer Verbandsstoff von der Schulter bis zum

Handgelenk. Natürlich. Ich hatte versucht, das Blut von meiner Haut abzukratzen.

»Damit hatten Sie wohl nicht gerechnet, dass ein Mensch so viel blutet, wenn man ihm die Halsschlagader durchschneidet.«

»Nein, ich ...« Wie sollte ich das erklären? Er würde mich doch für verrückt halten, wenn er das nicht eh schon tat. »Ich habe sie bloß gefunden. Sie war schon tot. Sie lag da auf dem Boden, und ich ... vielleicht hatte ich einen Schock.«

»Soso, einen Schock.« Dietlinger stieß ein Lachen aus, dass wie ein Schnauben klang. »Was auch sonst?«

Er glaubte mir nicht. Natürlich glaubte er mir nicht. »Mäuschen ... Frau Turner war eine Freundin. Ich mochte sie sehr«, murmelte ich.

»Trotzdem sind Sie nicht auf die Idee gekommen, Erste Hilfe zu leisten oder jemanden zu holen. Nein, Sie sahen es als am wichtigsten an, zunächst einmal die Blutspuren zu beseitigen. Weshalb?«

Erste Hilfe?

»Sie war doch tot!« Ich merkte, wie schrill meine Stimme klang, und verstummte.

»Und Sie haben sie umgebracht!« Er donnerte mir den Satz richtiggehend entgegen. Er sah gefährlich aus, mit seinem großen, dicken Körper, den zusammengekniffenen Augen und dem gesträubten Schnurrbart. Er sah aus wie jemand, mit dem nicht gut Kirschen essen war. Wie jemand, dem ich gern aus dem Weg gegangen wäre. Nur dass ich hier in diesem Bett lag und nicht wegkonnte. Aber egal, was ich sagte, es würde mich nur noch verdächtiger machen. Dietlinger schien überzeugt zu sein, dass ich der Schuldige war. Wahrscheinlich hatte er mich nur deshalb noch nicht verhaftet, weil ich zuerst ärztlich behandelt werden musste. Aber sicher würde er einen Polizeibeamten Wache vor meiner Tür stehen lassen, damit ich nicht flüchten oder noch jemanden attackieren konnte.

»Ich möchte gern mit einem Anwalt sprechen«, flüsterte ich nach einer Minute, in der wir uns stumm angestarrt hatten.

»Natürlich, natürlich.« Dietlinger lachte höhnisch. »Sie wollen auf Unzurechnungsfähigkeit plädieren, das ist mir schon klar. Aber das werde ich ...«

In diesem Moment flog die Tür auf, krachte gegen die Wand, und eine eindeutig wütende Frau Hempel stampfte herein. Jacobi wie ein großer dunkler Schatten in ihrem Schlepptau.

»Was fällt Ihnen eigentlich ein?«

Frau Hempel baute sich vor Dietlinger auf und fuchtelte mit den Händen. Sie trug ein griechisch anmutendes Gewand und graue halblange Leggings und sah damit aus wie eine Rachegöttin aus einer bemüht modernen Theaterinszenierung. Sofort fühlte ich mich nicht mehr ganz so ausgeliefert, denn ganz offensichtlich war Frau Hempel mit Dietlingers Vorgehensweise nicht einverstanden. Ich setzte mich etwas aufrechter hin.

»Herr Klien braucht dringend therapeutische Betreuung!«

»Das hier ist eine polizeiliche Untersuchung! Es geht immerhin um einen Mordfall.«

»Mit dem dieser Patient nichts Näheres zu tun hat.«

»Ach, Sie wissen also, wer Frau Turners Halsschlagader durchgeschnitten hat?« Dietlinger gab sich sarkastisch, was ihm überhaupt nicht stand. Sarkasmus und dieser unsägliche Schnurrbart waren unvereinbar.

Frau Hempel sah das anscheinend genauso. Sie stemmte die geballten Fäuste in die Hüften.

»Nein, das weiß ich nicht, und das ist auch nicht meine Aufgabe. Meine Aufgabe ist es, bestmöglich für meine Patienten zu sorgen. Und es ist ungeheuerlich, dass Sie Herrn Klien so kurz nach diesem Schock ganz allein verhören. Es gab bei der Einlieferung eine ganz klare Absprache mit dem diensthabenden Arzt. Und daran müssen Sie sich halten! Sonst hätten wir ihn nie nach Würzburg bringen lassen.« Frau Hempel deutete mit dem Zeigefinger auf Dietlinger, als wolle sie ihn damit aufspießen.

»Er ist dringend tatverdächtig«, protestierte Dietlinger, der sich mittlerweile von seinem Stuhl erhoben hatte. Wahrscheinlich wollte er Frau Hempels Zorn etwas Masse entgegensetzen.

»Dringend tatverdächtig, dass ich nicht lache!« Die Therapeutin bewegte sich nun um mein Bett herum auf Dietlinger zu und kam ihm immer näher. Ihr Kleid bauschte sich um ihre Knie wie die Gischt um eine Felsklippe. Dabei sprach sie ohne Unterbrechung. »Dieser Mann war einfach nur zur falschen Zeit am falschen Ort. Wissen Sie eigentlich, dass psychisch Kranke sehr viel häufiger Opfer von Straftaten werden, als dass sie Täter sind? O-p-f-e-r!«

Dietlinger wich ans Fenster zurück. »Er wurde auf frischer Tat ertappt, als er versucht hat, seine Spuren zu beseitigen.« Es klang verständnisheischend.

»Herr Klien leidet unter einer Zwangsstörung. Für ihn war das ein ganz logisches Verhalten.«

Nun sah Dietlinger wieder Licht am Horizont. Das passte ja in seine Theorie. »Sehr richtig, er ist vermutlich in Panik geraten, nachdem er Frau Turner getötet hatte.«

Auch Frau Hempel stutzte kurz bei der Erwähnung des für uns ungewohnten Nachnamens. »Ach, glauben Sie doch, was Sie wollen, aber lassen Sie meinen Patienten mit Ihren Verdächtigungen in Ruhe. Er muss sich erholen und ist nicht vernehmungsfähig. Dass Sie das überhaupt versucht haben, ist ein Skandal!«

»Dann bleiben Sie eben mit hier, wenn es unbedingt sein muss«, kam es in nörgelndem Ton von Dietlinger. Er hatte große Schweißflecke unter den Armen, dafür war ein beigefarbenes Hemd dann doch nicht so praktisch. »Aber wie gesagt, es muss geklärt werden, was vorgefallen ist und wie Herr Klien damit in Zusammenhang steht.«

»Dazu gibt es noch etwas anzumerken«, schaltete sich nun Jacobi ein. Er stand noch immer an der Tür und hatte mich nur mit einem kurzen Nicken begrüßt. Seine Stimme klang neben Dietlingers und Hempels Gekeife wohltuend ruhig. »Erstens leidet Herr Klien unter einer Zwangsstörung, die bestimmte Wasch- und Putzvorgänge zum Thema hat. Innerhalb der Zwänge handeln die Patienten durchaus logisch, und ihr Verhalten ist berechenbar, wenn man sich mit der Symptomatik auskennt. Er hätte ganz sicher nie eine Tötungsart gewählt, die eine starke Blutung verursacht. Das passt einfach nicht zusammen. Genauso wenig wie ein Spinnenphobiker sich eine Tarantel als Haustier zulegen würde. Und zweitens liegt hier ganz offensichtlich eine massive Überforderung des Patienten vor, ausgelöst durch das traumatische Auffinden der Leiche einer guten Freundin. In einer solchen Ausnahmesituation reagieren Menschen ganz unterschiedlich. Bei Herrn Klien hat das Gehirn versucht, Schock und Trauer abzuwehren, indem es auf bewährte Verhaltensmuster zurückgriff. Nämlich den Wasch- und Putzzwang. Was er gesehen oder gehört hat, können Sie jetzt sowieso nicht von ihm erfahren, da er eine Weile brauchen wird, um sich zu regenerieren. Sein Kopf ist momentan noch von Stresshormonen überflutet, da kann er Ihnen gar nichts Sinnvolles erzählen.«

Einen Moment blieb es still. Frau Hempel nickte frenetisch, während der Kommissar ächzte. Jacobi beachtete die beiden nicht und wandte sich mir zu.

»Ist es auszuhalten?«, fragte er. »Oder möchten Sie ein Beruhigungsmittel zum Einschlafen? Sie haben zwar schon etwas bekommen, aber wenn es nicht geht, dann läuten Sie bitte nach der Schwester.«

»Ich weiß nicht.« Meine Stimme klang heiser. Jetzt, wo etwas Ruhe eingekehrt war, wurde mir nur zu deutlich bewusst, wieso wir eigentlich hier waren. Was passiert war. Dass Mäuschen tot war. Dass sie verblutet war. Ich holte zitternd Luft. »Ich …«

Frau Hempel trat ans Bett und legte mir ein Taschentuch auf die Bettdecke.

»Nur dass Sie Bescheid wissen«, sagte sie, »Sie wurden sehr gründlich gewaschen und desinfiziert, als Sie hier aufgenommen wurden. Sie sind jetzt absolut sauber.«

Ich betrachtete meine verbundenen Arme und nickte.

»Wir gehen dann mal.« Frau Hempel sah Dietlinger so drohend an, dass er schleunigst auf die Tür zusteuerte. Dann drückte sie mir die Hand und wünschte mir eine ruhige Nacht. Ich sah, dass ihre abgekauten Fingernägel inzwischen von falschen Nägeln mit Glitzerrand ersetzt worden waren. Es fühlte sich unangenehm an, trotzdem erwiderte ich den Händedruck.

»Morgen schaue ich noch mal nach Ihnen«, versprach sie und folgte Dietlinger in den Flur.

Jacobi suchte den Blickkontakt mit mir und lächelte. Man sah noch immer zu viele seiner weißen Zähne, aber ich war zu kaputt, um mich auch nur in Gedanken darüber lustig zu machen.

»Das kriegen wir schon alles wieder hin«, sagte er, »das Wichtigste ist jetzt, dass Sie gesund werden.«

Nachdem auch er gegangen war, wurde es still. Nur das Überwachungsgerät neben meinem Bett piepte in regelmäßigen Abständen leise vor sich hin. Ich lehnte mich ins Kissen zurück.

»Mäuschen«, flüsterte ich, »es tut mir so leid. Es tut mir so leid, dass ich nicht früher gekommen bin, dass ich nicht da war, um dir zu helfen. Es tut mir alles so leid.«

Ich schloss die Augen. Endlich Ruhe.

## 10
## WIE WÜRDEST DU DEIN LEBEN MIT EINEM EINZIGEN WORT BESCHREIBEN? — HÄ?

*Irmelas Brief an ihre Großgroßcousine*

*Liebe Gabriele,*
*wie geht es Hansi, Holger, Heinrich und vor allem meiner lieben Schwester Irmtrud?*
*Ich hoffe, ihr seid alle gesund und esst nicht wieder diese scheußlichen Fertiggerichte. Ich habe dir ja schon gesagt, wie wichtig eine ordentliche Mahlzeit für die Drillingsbuben ist. Sie werden erst übernächstes Jahr vierzig und sind noch im Wachstum.*
*Hier ist es schön. Alles erinnert mich ein wenig an unser kleines Dorf, da reden auch alle immer übereinander, und ein paar Zurückgebliebene gibt es ja auch. Wo doch die Krämers untereinander so eng verwandt sind.*
*Sport machen wir auch viel. Einmal hatte ich einen riesigen blauen Flecken vom Völkerball, fast so wie damals, als der Opa mich mit dem Bulldog angefahren hatte. Aber ich sag ja immer: Unkraut vergeht nicht!*
*Es grüßt dich deine liebe Tante*
*Irmela*

*PS: Schick mir doch das Häkelmuster von den schönen bunten Topflappen. Ich möchte zum Abschied für alle Therapeuten hier ein kleines Geschenk machen. Da freuen sie sich bestimmt. Wie Onkel Theo schon immer sagte: »Handgemacht und mundgeblasen sind die besten Geschenke.«*

»Guten Morgen, Lars, was für eine nette Überraschung, dass du anrufst.« Die Stimme am Telefon klang warm und hatte einen ganz leichten französischen Akzent.

Jacobi räusperte sich. »Na ja, nicht ganz so nett eigentlich.

Du, Elolie, ich habe einen Anschlag auf dich vor, ich bräuchte sozusagen deine Hilfe.«

Elolie lachte, und er konnte ihren breiten fröhlichen Mund mit den weißen Zähnen dabei regelrecht vor sich sehen. »Wie lange haben wir uns nicht gesprochen, Lars?«

»Ich glaube, ich habe dir zum Geburtstag eine SMS geschickt, oder?«

»Vorletztes Jahr vielleicht.«

»Oh. Tatsächlich?«

»Tatsächlich.«

Er wusste, dass sie ihm nicht böse war und ihn einfach gern aufzog, trotzdem hatte er ein schlechtes Gewissen, weil er sich so lange nicht gemeldet hatte. Nach der Heirat mit Dorothee hatte er die meisten seiner weiblichen Bekannten aus seinen Freizeitaktivitäten gestrichen. Elolie hatte noch ein paarmal gefragt, ob er Lust hätte, was trinken zu gehen oder an den Main zu fahren, aber irgendwann hatte sie aufgehört zu fragen. Und er war ganz froh darüber gewesen. Schließlich war sie attraktiv, und bei ihren wenigen Treffen hatte immer die Frage im Raum gestanden, ob nicht doch mehr hätte laufen können. Eine Frage, die Jacobi eine Zeit lang ziemlich beschäftigt hatte und mit der er nicht mehr konfrontiert werden wollte, als Dorothee in sein Leben getreten war.

»Ich mach das wieder gut.« Er schlug seinen Terminkalender auf. »Du wirst auf den größten Eisbecher eingeladen, den du verzehren kannst.«

Wieder lachte sie. »Wie gern ich anderen Leuten ein schlechtes Gewissen einrede ...«

»Mit Sahne und Schirmchen und allem Pipapo!«, versprach Jacobi.

»Du musst meine Hilfe wirklich nötig haben. Worum geht's?«

»Ich möchte ungern am Telefon darüber reden.«

»In Ordnung, wann machst du Mittagspause?

»Um zwölf. Aber heute kann ich in der Mittagspause nicht, du hast nicht zufällig jetzt gerade Zeit?«

Es war zumindest einen Versuch wert. Als Journalistin hatte Elolie keine festen Arbeitszeiten, und er hatte sich den Vormittag frei gehalten, um Bürokram zu erledigen.
»Sag mal, arbeitest du überhaupt noch was?«
»Selten.«
»Das nenn ich mal ein Leben. Arzt hätte man werden sollen. Okay, ich hol dich ab. Warte am Haupteingang auf mich. Mein Autole kennst du ja noch, oder?«
Elolie legte auf. Jacobi schmunzelte. Elolies gelber Mini Cooper war schwer zu übersehen, genauso wie sie selbst. Aber sie war nicht nur eine äußerst attraktive Frau, sondern auch eine ausgezeichnete Journalistin. Wenn sie nichts über Benjamin Goldigs ominösen Prozess herausbekam, dann würde das niemand.

Fünfundzwanzig Minuten später saß Jacobi auf dem Beifahrersitz von Elolies Mini Cooper und behielt vorsichtshalber die Geschwindigkeitsanzeige im Auge. Der Tacho des Minis war mittig angebracht und schwer zu übersehen. So entging Jacobi auch nicht, dass Elolie von Geschwindigkeitsbegrenzungen generell wenig zu halten schien. Sie ließ schon auf dem Parkplatz den Motor aufheulen und jagte das kleine Auto dann mit hundertzwanzig über die Landstraße Richtung Kürnach. Mit einem Blick auf Jacobis gequältes Gesicht erklärte sie fröhlich: »Das gibt die Straße doch locker her.«
Beim Wechsel auf die B 19 betete Jacobi, dass die anderen Autofahrer einfach freiwillig zur Seite fuhren, wenn sie im Rückspiegel Elolies kleine Rennsemmel auf sich zurasen sahen, sonst würde sie garantiert noch anfangen, eine Überholserie zu starten. Doch wider Erwarten kamen sie ohne größere Komplikationen in Würzburg an. Elolie hatte nur einmal ein Hupkonzert veranstaltet, als sie einen vor ihr fahrenden Z4 zu einem Wettrennen auffordern wollte. Da dieser nicht auf ihr Ansinnen einging und stoisch weiter seine Geschwindigkeit hielt, hatte sie Jacobis Seitenfenster heruntergefahren und »Du bringst es einfach nicht, du Lusche« hinausgebrüllt. Jacobi

hatte derweil das Gesicht in den Händen verborgen und darauf gewartet, dass sie jeden Moment von der Straße abkamen und an der Seitenbegrenzung entlangschrammten. Stattdessen hatte Elolie Gas gegeben und nach dem Z4 auch noch einen Lkw überholt, während sie den Mittelfinger in den Rückspiegel hielt.

Jacobi war heilfroh, als das Ortsschild in Sicht kam, und verfluchte sich gleichzeitig, dass er nicht darauf bestanden hatte, einfach beim nächsten Bäcker um die Ecke ein Eis zu kaufen. Um Ruhe bemüht dirigierte er sie durch die Innenstadt und auf einen freien Platz in der Tiefgarage am Marktplatz und stieg langsam aus, obwohl er am liebsten aus dem Auto gesprungen und weit weggerannt wäre.

Elolie hakte sich bei ihm unter und zog ihn durch das Parkhaus hindurch Richtung Marktplatzausgang. Ihre dunkle Haut glänzte im Schein der Tiefgaragenbeleuchtung, und die großen schwarzen Augen schimmerten unternehmungslustig. Sie hatte die Haare zu einem Bob geschnitten, was ihr gut stand, und trug ihre Lieblingsfarbe, Gelb, in Form einer bananenförmigen Riesenhandtasche, Kreolenohrringen und sonnengelben Sneakers mit sich spazieren.

Wie jedes Mal blieb Jacobi am Ausgang des Tunnels kurz stehen, um den Ausblick auf die schön renovierten schmalen Häuschen, die Marienkapelle und das dahinterliegende Falkenhaus mit der prunkvollen Barockfassade zu genießen. Früher einmal ein Wirtshaus, das mit seinem auffälligen Äußeren Kundschaft angelockt hatte, beherbergte das Falkenhaus nun die Stadtbibliothek und diente nebenbei als Fotomotiv für Touristen aus aller Herren Länder. Würzburg war mehr als Wein- und Universitätsstadt, es war auch ein herrliches Fleckchen für einen Kurzurlaub.

Elolie, die seit einigen Jahren in der Nähe wohnte, zog ihn weiter durch schmale Gässchen und an dem über und über verschnörkelten blauen Briefkasten am Rathaus zum Main hinunter. Sie schleppte Jacobi zu ihrem Lieblingscafé, das Würzburger Bestlage zu bieten versprach und dieses Versprechen auch mehr als erfüllte. Es lag direkt neben der alten Mainbrücke, gegenüber dem kürzlich restaurierten Rathausturm, den die Würzburger liebevoll Grafeneckart nannten. Seine schlanke weiße Silhouette bildete zusammen mit den Domtürmen, den Kuppeln von Stift Haug und Neumünster sowie der Marienkapelle das unverwechselbare Würzburger Altstadtpanorama. Während Jacobi sich zusammen mit Elolie in die Schlange vor dem Eiscafé stellte, genoss er auch den Blick auf den Kiliansdom, der ihm durch seine Schlichtheit schon immer besonders gefallen hatte. Gerade, hohe Türme, Spitzdächer und eine italienisch anmutende beige-rosafarbene Fassade weckten in Jacobi den Wunsch nach Urlaub in der Toskana.

Währenddessen änderte Elolie alle fünf Sekunden ihre Meinung, welche Eissorten sie denn nun nehmen sollte. »Vanille oder Mango passen am besten zu meinem Nagellack, aber Pistazie ist eigentlich mein Lieblingseis, und Mokka habe ich schon lange nicht mehr probiert.«

Jacobi sah sie ernst an. »Du solltest aber auch bedenken, dass Cookiecream die Sorte der Saison ist und Himbeersahne vor Kurzem den deutschen Schmackofatzinnovationspreis bekommen hat.«

»Haha. Diesen Preis gibt es gar nicht.« Elolie stocherte mit ihrem spitzen Ellbogen in seiner Rippengegend herum, bis Jacobi lachend ausweichen musste. »Aber da du es selbst vorgeschlagen hast, nehme ich einfach alle diese Sorten, denn du hast ja versprochen, mich einzuladen.«

»Oje, da hätte ich mein dickeres Portemonnaie mitnehmen sollen.«

»Ihr Ärzte verdient doch wohl genug. Da kannst du es dir ruhig mal leisten, eine arme Journalistin einzuladen, die kläglich von ihrer Hände Arbeit leben muss.«

Jacobi lächelte sie an. »Ich kann es mir auf jeden Fall leisten, eine gute Freundin einzuladen.«

Elolie vergrub ihr Gesicht in den dunkelbraunen Händen. »Oh Lars, nicht den Hundeblick. Du weißt, dass ich Männern mit solchen Augen schwer widerstehen kann.«

»Ich glaube eher, dass du Männern im Allgemeinen schwer widerstehen kannst.«

»Das ist ein Argument.« Elolie nahm mit koboldhaftem Grinsen die Hände wieder vom Gesicht.

Jacobi kaufte ihr die größte Eiswaffel, die das Café anbot, und bat die Verkäuferin, Smarties und Schokostückchen über den Eisberg zu streuen und ein Glitzerschirmchen hineinzustecken. Mit strahlendem Gesicht hakte Elolie sich bei ihm ein und zog ihn auf die alte Mainbrücke hinaus, an deren Brüstung sie andächtig stehen blieben, um zur Festung emporzublicken. Die Würzburger Sehenswürdigkeiten konnten Elolie aber nicht lange fesseln, wenn es gleichzeitig einen Berg Eis zu vertilgen galt. Sie steuerte auf einen Akkordeonspieler zu, der französische Chansons intonierte, und ließ sich dicht neben ihm mit gekreuzten Beinen auf dem Pflaster nieder. Jacobi folgte ihr kopfschüttelnd.

Irgendwie passte der heutige Tag perfekt zu Elolie Otumba, die, solange Jacobi sie kannte, immer eine Vorliebe für Tumult und Action gehabt hatte. Kaum zu glauben eigentlich, dass es sie ausgerechnet in die fränkische Provinz verschlagen hatte. Dunkelhäutige Menschen waren hier eher die Ausnahme, und Elolie musste sich sicherlich viele neugierige Blicke gefallen lassen. Jacobi war klar, dass sie das nicht im Mindesten störte, sondern dass sie die Aufmerksamkeit wohl eher als Herausforderung ansah, weshalb sie immer wieder zu so ausgefallenen Accessoires wie ihrer Bananenhandtasche griff.

Jacobi lehnte sich gegen die Statue von Totnan, einem Gefährten des heiligen Kilian, der mit seinem Freund Kolonan und anderen illustren Persönlichkeiten die alte Mainbrücke zierte. Sein Eis blieb vorerst unberührt. Irgendwie war ihm nach dieser Fahrt überhaupt nicht nach Essen zumute.

Als sie das Eis im Eiltempo verzehrt, den Akkordeonspieler eine Weile mit ihrer dunklen Stimme begleitet, was ihm ein beträchtliches Anwachsen seines Verdienstes bescherte, und sich anschließend eine Zigarette angezündet hatte, lehnte Elolie sich gegen die Brüstung zurück und fixierte Jacobi.

»Also, Lars, was ist los? Wobei soll ich dir helfen?«
»Die Sache müsste unter uns bleiben.«
»Heißt das, es gibt keine Story für mich?«
»Vielleicht irgendwann, wenn wirklich was Größeres dahintersteckt. Vorerst brauche ich einfach nur ein paar Infos, um die Lage besser einschätzen zu können.«
»Die Lage einschätzen, soso.« Sie blies Rauchkringel zu ihm hinüber.

Er wedelte sie nicht weg, sondern rutschte nun ebenfalls in eine sitzende Position halb im Schatten der Statue. »Ich bin da auf was gestoßen. Auf ein Notizbuch, das ich eigentlich nicht hätte öffnen sollen. Aber jetzt ist es zu spät. Ich habe darin eine Bemerkung gelesen, die nahelegt, dass der Chefarzt unserer Klinik, Dr. Benjamin Goldig, irgendwann einmal in einen Prozess verwickelt war. Ich muss dir aber gleich sagen, dass ich weder weiß, worum es damals ging, noch, wann das überhaupt war.«

»Und das soll ich jetzt für dich rausfinden?«
»Genau. Ich will wissen, was es damit auf sich hat und ob das eine Sache ist, die vielleicht bewusst unter den Tisch gekehrt wurde.«

Er verstummte, als der Akkordeonspieler mit einer Schachtel Pralinen und einer Verbeugung für Elolie zurückkehrte. Sofort stürzte sie sich auf die Süßigkeiten, und Jacobi beobachtete fasziniert, wie schnell Kugel um Kugel zwischen ihren blitzenden Zähnen verschwand.

»Hat das was mit euren Klinikmorden zu tun?« Ihre Aussprache war etwas undeutlich, weil sie eine große Portion Sahnetrüffel im Mund hatte.

»Wohl eher nicht. Ich will nur wissen, woran ich bin. Vielleicht wird das irgendwann ja noch wichtig.«

Er hielt es für besser, ihr nicht von seinem unmittelbaren Verdacht zu erzählen, dass es das Letzte sein konnte, was Brunner vor seinem Tod notiert hatte. Schließlich war sie Journalistin, und wenn sie eine Story witterte …

»Da möchte wohl jemand befördert werden?« Sie gab ihm

einen spielerischen Klaps auf den Arm. »Erpressung hat aber noch niemanden glücklich gemacht.«

»Erpressung? Um Gottes willen, so was habe ich bestimmt nicht vor. Wenn ich befördert werde, dann, weil ich gut bin.«

»Gut worin?« Elolie zwinkerte ihm zu. »Schade, dass es keine weibliche Chefärztin ist. Sonst könntest du dich hochschlafen.«

»Schade, dass du nicht bei uns arbeitest, mit diesen Prinzipien würdest du bestimmt extraschnell Karriere machen.«

Sie leckte den letzten Rest Schokolade von ihrem Finger auf und sah ihn dabei an. »Ach Lars, es ist so lustig mit dir, warum können wir das nicht öfter machen?«

»Weil es dann nicht mehr so viel Spaß machen würde.«

Sie verdrehte die Augen und nannte ihn einen Spielverderber. Dann wurde sie wieder ernst. »Also gut, ich übernehme deinen Auftrag. Aber ich kann nichts versprechen, womöglich ist er nur als unbedeutender Zeuge aufgetreten, oder es handelt sich um Scheidung oder so was Banales.«

»Da wäre ich sogar irgendwie erleichtert«, erklärte Jacobi und meinte es auch so. Er krempelte seine Hemdsärmel nach oben, um seinen Armen etwas Sonne zu gönnen, und sah dabei aus den Augenwinkeln eine große, sportliche Frau auf der Mainbrücke vorbeigehen. Er sprang auf und rief Elolie zu, er käme gleich zurück. Dann spurtete er hinter der Frau her und rief ihren Namen.

»Isabella, warte mal kurz.«

Die Frau drehte sich zu ihm um. »Lars, was machst du denn hier?«

»Ich war mit einer Freundin Eis essen.«

Isabella Siebenlists Blick flackerte zu Elolie hinüber, die neugierig zu ihnen hinsah, auf den Ehering an Jacobis Hand hinunter und wieder zu Jacobis Gesicht zurück. In ihm wallte Ärger auf, doch er gab sich Mühe, es nicht zu zeigen.

Sie rang sich ein Lächeln ab. »Schön, dann haben wir wohl beide gerade frei. Ich wollte ein bisschen in der Stadt bummeln gehen.« Nach einer Shoppingtour sah sie aber nicht gerade aus.

Sie trug weder eine Handtasche bei sich noch eine Einkaufstüte, nur einen recht großen Rucksack. Jacobi dachte, dass sie eigentlich ziemlich gestresst wirkte. Blass und ungeschminkt, die Haare zu einem unordentlichen Pferdeschwanz zurückgebunden. Dadurch traten die kantigen Linien um ihre Mundwinkel herum deutlicher hervor.

»Ich wollte dich nur kurz fragen, ob du wegen der fehlenden Medikamente schon irgendwas herausgefunden hast.«

»Ich habe gestern erst gezählt. Momentan hat alles seine Ordnung.« Nervös strich Isabella sich eine rötlich blonde Haarsträhne aus dem Gesicht. Ein Armband klimperte an ihrem Handgelenk. »Wahrscheinlich war es doch nur ein Versehen.«

»Wir sollten trotzdem weiter aufpassen«, meinte Jacobi ernst, »vor allem jetzt, nach dem zweiten Mord. Anscheinend läuft so einiges falsch in der Klinik.«

»Klar, das machen wir … Na dann … bis demnächst auf der Arbeit.« Isabella hob die Hand und wollte sich schon abwenden, als Jacobi plötzlich fragte: »Was hältst du davon, wenn wir ihm eine Falle stellen?«

Sie hielt inne und blickte ihn neugierig an. Ihre Augen strahlten neben einer gewissen Gehetztheit vor allem Intelligenz aus, und Jacobi dachte, dass der anstrengende Job an den meisten doch nicht spurlos vorüberging. Isabella war eine engagierte und sehr verantwortungsbewusste Ärztin, trotzdem war sie auf der Arbeit ein ganz anderer Mensch als jetzt, bei dieser zufälligen Begegnung. Vielleicht war es ihr auch einfach unangenehm, so privat und im Freizeitoutfit angetroffen worden zu sein.

»Was meinst du genau mit ›Falle‹?«, fragte sie nach einem Moment des Zögerns.

»Ich dachte, dass man zum Beispiel eine Kamera in der Nähe des Schrankes installieren könnte und dann vor möglichst vielen Leuten darüber redet, dass eine frische Medikamentenlieferung eingetroffen ist. Dann warten wir ab, was passiert, und wenn der Dieb sich an dem Schrank zu schaffen macht, dann lässt sich leicht überprüfen, wer es war.«

»Dafür werden wir wohl kaum eine Erlaubnis bekommen. Schließlich ist das in einem Raum, wo ständig andere Angestellte arbeiten. Das wäre ja, als würde man die kontrollieren.«
»Nein, das stimmt.« Jacobi lächelte. »Aber man könnte es inoffiziell machen.«
»Ohne mich!« Isabella zog die Augenbrauen so weit hoch, dass sie fast unter dem strähnigen Haaransatz verschwanden. »Im Ernst, Lars, auf so was lasse ich mich nicht ein.«
»Okay.« Jacobi hob beschwichtigend die Hände. »War ja nur eine Idee.«
»Ja, und zwar eine schlechte.«
»Sorry. Soll nicht wieder vorkommen.«
Nach einer peinlichen Pause fingen beide gleichzeitig wieder an zu sprechen.
»Also ich muss dann mal ...«, sagte Isabella, während von Jacobi ein »Das wird sich schon auch so alles aufklären« kam. Sie verabschiedeten sich förmlich, und Isabella bog in die nächste Gasse ein. Jacobi blickte ihr nach. Der Rucksack hüpfte mit ihrem schnellen Laufschritt am Rücken auf und ab. Es sah aus, als wolle sie ihm möglichst schnell entkommen. Jacobi zuckte die Achseln. Das war ja wohl verdammt merkwürdig gewesen. Und zu allem Überfluss musste er nun auch noch mal Elolies Kamikaze-Fahrstil über sich ergehen lassen. Heute blieb ihm auch wirklich nichts erspart.

*\*\**

Nach zwei Tagen durfte ich wieder heim, besser gesagt: zurück in die Klinik. Angeblich bestand keine akute Suizidgefahr. Interessant, wie fremde Menschen so was bei anderen einzuschätzen versuchten. Natürlich hatte ich schon oft über den Tod nachgedacht. Alle Menschen mit psychischen Problemen tun das, zumindest, wenn sie gerade mal einigermaßen klar im Kopf sind. Das Schwierige war, dass die meisten Todesarten doch mit einer ziemlichen Sauerei verbunden waren. Blut, Körperflüssigkeiten, Erbrochenes, Urinabsonderung im Todeskampf.

Das alles machte es mir nicht gerade leicht. Ich konnte mich schlichtweg nicht von einem Zug überrollen lassen oder mir die Pulsadern aufschneiden. Das hinterließ Schmutz. Schmutz war schlecht. Ich durfte keinen Schmutz machen.

Wenn ich mir über so etwas Gedanken machte, dann war es merkwürdigerweise mein Zwang, der mich ablenkte, sozusagen wieder auf die Spur zurück in Richtung Leben brachte. Das war schon eine besonders sadistische Spielart der Natur, eine Krankheit zu erfinden, die einem das Entkommen schier unmöglich machte. Gläubige Menschen würden es vielleicht einen Segen nennen. Mit diesen Leuten würde ich zu gern einmal tauschen. Vielleicht verstünden sie dann, dass es vollkommen gleichgültig wäre, ob ich wegen eines Suizids in die Hölle käme. Ich lebte ja schon seit Jahren darin.

Das Abendessen war das beste Beispiel dafür. Es war fürchterlich.

Irmela begrüßte mich zu laut, zu fröhlich. Es war klar, dass sie sich entsetzlich schämte für das, was sie zu mir gesagt hatte. Ihr »Will, was hast du getan?« stand zwischen uns. Anne redete überhaupt nicht, starrte nur auf ihren Teller und hielt krampfhaft einen Teigschaber auf ihrem Schoß umklammert. Sie sah schlimm aus, mit dunklen Ringen unter den Augen und herausgewachsenem Pony. Holger brach in Tränen aus, als er mich sah, und wollte mich unbedingt umarmen, was mich in Panik versetzte, da er Salatdressing auf die Jacke seines Jogginganzuges getropft hatte. Ich hielt ihn auf Armeslänge von mir entfernt, was er mir übel nahm. Den Rest des Abends antwortete er auf Irmelas und Maries bemüht harmlose Fragen nur sehr einsilbig und vermied den Blickkontakt zu mir. Marie war die Einzige, die sich wie immer benahm. Still schnitt sie ihr Brot zu Bahnen und legte ein achsensymmetrisches Muster daraus, zu dem sie an ausgewählten Stellen Cocktailtomaten hinzufügte. Seltsamerweise beruhigte es mich, ihr dabei zuzusehen.

Und Mäuschen – sie war in unseren Gedanken, unseren Blicken, unseren Gesprächspausen, aber ihr Stuhl blieb leer. Ich hoffte inbrünstig, dass nicht irgendwann ein Fremder ihren Platz einnehmen würde. In diesem Fall, so schwor ich mir, würde ich Radau schlagen, bis man den Störenfried entfernte.

Das Essen ging größtenteils schweigsam vorüber, und ich war froh, als ich danach in meinem Zimmer verschwinden konnte. Unser allwöchentliches Gruppentreffen in der Cafeteria ließ ich einfach ausfallen. Es würde sowieso keiner mit mir rechnen.

Ich brauchte lange fürs Duschen, länger, als ich es nach der Vereinbarung mit Brunner durfte. Aber er würde mich ja nicht mehr danach fragen, also war es egal, alles war egal. Mäuschen war tot. Ich war nicht rechtzeitig da gewesen, um sie zu retten. Ich war durchgedreht. Ich hatte versagt. Die Kratzer an meinen Armen begannen wieder zu bluten, als ich sie mit Seife und Wurzelbürste traktierte, und ich musste warten, bis es aufhörte, bevor ich aus der Dusche zu steigen wagte. Das Handtuch durfte ja keine Flecken abbekommen. Vorsichtig tupfte ich den Arm trocken, dann schlüpfte ich in meinen Schlafanzug, wickelte eine Mullbinde um die Verletzungen und legte mich ins Bett.

Ich starrte auf die Holzmaserung meiner Bettumrandung. Jemand hatte die Putzmittel zur Seite geräumt, während ich weg gewesen war. Also hatte ich jetzt unverstellten Blick auf die Bretter. Wohltuend war das, etwas Natürliches zu sehen in all dem Weiß. Auch der Fußboden bestand aus Holzdielen, und die Vorhänge waren aus elfenbeinfarbenem, schwerem Leinen. Ein schönes Zimmer. Trotzdem schien die dumpfe Schwere in meinem Kopf mit jedem Moment zuzunehmen. Auch mein Körper fühlte sich schwer an. Schwer und unfähig, sich zu irgendeiner Bewegung aufzuraffen. Warum war ich eigentlich noch hier? Ich würde sowieso niemals ein normales Leben führen können, das alles brachte doch nichts. Jeden Tag dieser Kampf, dieses Aufraffen, diese Anstrengung. Und wozu? Die Zwänge würden mich nie in Ruhe lassen. Ich sollte ihnen einfach nachgeben. Ich konnte nicht mehr. Mir war alles so egal, dass es an ein Wunder grenzte, dass ich überhaupt noch atmete. Es gab nicht einmal mehr Gedanken in meinem Kopf. Alles war leer und dumpf.

Ich lag auf dem Bett. Ich starrte die Wand an. Ich atmete ein, ich atmete aus. Ein, aus. Ein. Pause. Aus.

***

In der Mittagspause hatte Jacobi sich mit Angie im Wald bei Köhler getroffen. Deswegen hatte er das Treffen mit Elolie auch vorziehen wollen. Er war sich wie ein Schuljunge vorgekommen, der heimlich eine Zigarette rauchte, so verstohlen hatte er sich weggeschlichen. Und genauso aufregend fand er das Ganze auch. Auf einem alten Jagdsitz hatte er Angie lange im Arm gehalten. Den Duft ihres Haares eingesogen, ihre langen Wimpern bewundert, die Schatten auf die zarte Haut unter den Augen warfen. Hier konnten sie sitzen und in die Ferne schauen, ohne Gefahr, entdeckt zu werden. Langsam war seine Hand an ihrem Hals entlang nach unten gewandert, hatte einen Rhythmus in die Haut gestreichelt, sie geneckt, sie verwöhnt. Gesprochen hatten sie nicht. Das war vielleicht das Schönste gewesen. Dass sie sich so wortlos verstanden. Dass ein Blick, eine Berührung so viel Bedeutung haben konnte. Er war einfach nur glücklich, sie bei sich zu haben.

Doch die Momente waren zu schnell verflogen und hatten eine heftige Sehnsucht zurückgelassen, die Jacobi zu verdrängen versuchte. Er brachte den Rest des Arbeitstages irgendwie hinter sich, war vielleicht etwas geistesabwesender als sonst, aber professionell genug, um die Therapien wie gewohnt durchzuziehen. Dann fuhr er nach Hause.

Als Jacobi die Haustür öffnete und Dorothee ihm in einem hellblauen Kleid mit Wasserfallausschnitt, das er noch nie an ihr gesehen hatte, entgegenkam, dachte er zuerst, er hätte etwas vergessen. Waren sie irgendwo zum Essen eingeladen? Hatten sie Jahrestag? Geburtstag? Doch sosehr er auch überlegte, ihm fiel nichts ein. Dann sah er den Esszimmertisch. Dorothee hatte das gute Geschirr mit dem Goldrand herausgeholt, obwohl sie das sonst selten verwendete, weil man es nicht in die Spülmaschine stecken konnte. Neben den Tellern lagen cremefarbene

Servietten. Echte Bienenwachskerzen in silbernen Leuchtern zauberten einen warmen Schein auf die Tafel. Sogar frische Blumen hatte sie besorgt.

»Ist heute ... was Besonderes?«, fragte er seine Frau verunsichert.

Sie lachte und gab ihm einen Kuss auf die Wange. Er spürte einen Hauch Lipgloss an seiner Haut haften bleiben. »Brauch ich denn einen Anlass, um meinen Mann mal ein bisschen zu verwöhnen?«

Es gab Kürbiscremesuppe, dann Lachs in Dillsoße mit Salzkartoffeln und Rucolasalat. Jacobi verbrauchte so viel Energie dafür, Dorothee für das Essen zu loben und sich für den ganzen Aufwand zu bedanken, dass er die Gerichte gar nicht richtig schmeckte. Aber er nahm an, dass es lecker war, schließlich schmeckte ihm fast immer, was sie kochte.

»Wie war's auf der Arbeit?«

Dorothee lächelte ihn an und prostete ihm mit ihrem Mineralwasser zu. Jacobi überkam plötzlich heftige Sehnsucht nach einem Bier und einer Tiefkühlpizza. Er hätte sich am liebsten in uralten gammeligen Jogginghosen auf dem Sofa gefläzt und einen Actionfilm mit Jackie Chan angeschaut. Aber das konnte er unmöglich sagen, nicht, wenn sie sich so große Mühe gegeben hatte, ihn zu überraschen. Also würden sie wie zivilisierte Erwachsene gepflegte Konversation betreiben und das Feinschmecker-Essen genießen.

»Tja, die Arbeit ... also heute war nicht viel los. Alle stehen irgendwie noch unter Schock, seitdem die Leiche gefunden worden ist und die Polizei im Haus herumschleicht und Leute verhört. Wir versuchen, möglichst viel Normalität für die Patienten aufrechtzuerhalten, aber das ist schwierig. Die Leute reden natürlich. Und fürs Erste fallen alle Wassergymnastikkurse aus. Das wäre irgendwie unangemessen, dort rumzutoben, wo sie gestorben ist ...«

»Schrecklich, sich das vorzustellen. Wie muss es erst dem armen Mann gehen, der sie gefunden hat?«

»Ja, den hat es wirklich ziemlich mitgenommen. Er ist erst

heute Nachmittag wieder aus dem Krankenhaus gekommen, und soviel ich weiß, hat Gabi Hempel dann gleich ein Krisengespräch mit ihm geführt. Er will vorerst hierbleiben, aber natürlich ist das so ziemlich das Blödeste, was passieren kann. Da kommt er hierher, um gesünder zu werden, und dann so ein Schock.«

»Hat man denn schon irgendeine Ahnung, wer …?«

»Mein Schatz, die Polizei hat mir leider nicht das Geringste verraten.«

»Ja, die machen natürlich auch nur ihre Arbeit. Sie werden den Täter sicher bald finden.«

»Du meinst, an Geistesgestörten gibt es bei uns ja genug Auswahl?«

Dorothee starrte ihn an. »Natürlich habe ich das nicht gemeint, wie kommst du denn jetzt auf so was?«

»Entschuldigung. Das war blöd von mir. Die Sache nimmt mich wohl mehr mit, als mir selbst bewusst ist.«

Jacobi versuchte die leichte Gereiztheit abzuschütteln, die ihn so plötzlich überkommen hatte. Das war unfair von ihm, Dorothee einen Vorwurf zu machen. Sie hatte es gut gemeint und konnte nichts dafür, dass er sich gerade in Gedanken ganz woandershin wünschte.

Sie beugte sich zu ihm hinüber und strich ihm über die Wange. »Hey, alles gut. Mach dir keine Sorgen, das klärt sich schon alles. Hast du Lust auf Nachtisch?«

Da Jacobi nachmittags schon ein Stück Apfelkuchen mit Sahne in der Klinik-Cafeteria verdrückt hatte, war ihm gerade nicht so besonders nach Süßem. Trotzdem rang er sich ein begeistertes »Wow, gern« ab und half, die Teller zusammenzustellen und Platz auf dem Tisch zu machen.

»Und jetzt … gibt's noch ein bisschen Selbstgebackenes.« Dorothee stellte einen Teller mit Gebäck in die Tischmitte. Es sah aus wie ein Haufen chinesischer Glückskekse, in der Mitte geknickt und an den Enden zusammengefaltet.

»Nun nimm dir schon einen.« Sie zwinkerte ihm zu. »Wir wollen doch wissen, was das Schicksal für dich bereithält.«

Jacobi zog einen Keks unter dem Haufen hervor und brach ihn auseinander. Der Zettel darin war weiß, schmal und mit Bleistift beschriftet. Er musste ihn nahe an die Kerzenflamme halten, um lesen zu können, was darauf stand. Zuerst erkannte er Dorothees bestimmte bogenförmige Handschrift. Er wollte schon einen Witz darüber machen, ob sie neuerdings mit Vornamen Fortuna hieß. Dann erst begriff er langsam den Sinn der Worte. Er brauchte einen Moment. Las den Satz noch einmal. Schluckte.

»Du wirst Papa«, stand auf dem Zettel.

## 11
### DAS SIND KEINE AUGENRINGE. DAS SIND DIE SCHATTEN GROSSER TATEN.

*Wills Tagebuch*

*In meinem Bauch wütet ein Wolf. Ich bin aufgewacht mit dem Gefühl, dringend aufs Klo zu müssen. Einen Moment lang habe ich gedacht, da sei etwas Nasses, Warmes zwischen meinen Beinen, und die Panik ließ mich stumm und starr daliegen. Ich habe es nicht einmal gewagt, das Laken anzufassen und mich zu vergewissern. Es ist nicht wahr, habe ich gedacht. Es kann nicht sein. Nichts ist passiert. Ich trinke nie etwas in den letzten zwei Stunden vor dem Schlafengehen, den restlichen Tag über auch nicht übermäßig viel. Trotzdem gehe ich immer noch mehrmals aufs Klo, um sicherzugehen, dass meine Blase leer ist. Sonst kann ich sowieso nicht schlafen.*
*Es ist dunkel im Zimmer gewesen, aber ich habe die Hexe ganz deutlich vor mir gesehen und jeden Moment erwartet, dass sie mich aus dem Bett zerrt, um mir das nasse Laken ins Gesicht zu drücken. »Schau, was du gemacht hast, du elendes Dreckschwein!«*
*Die Tränen sind mir von ganz allein über die Wangen gelaufen und aufs Kopfkissen getropft. Aber ich darf nicht weinen. Das tun nur Schwächlinge, und das macht Oma nur noch wütender. Früher habe ich heimlich Handtücher ins Bett gelegt und dafür gebetet, dass sie niemand bemerkt. Wenn sie voll geworden sind, habe ich sie mit der Hand gewaschen und zu den anderen Sachen an die Leine gehängt. Waschen habe ich früh gelernt. Oma hat mich die Laken auch immer sofort schrubben lassen. Damit ich merke, wie böse ich bin und was ich ihr für Arbeit mache. Einmal bin ich dabei eingeschlafen. Da hat sie mir den Arm weggezogen, auf den ich gestützt war, und ich bin auf*

*die Fliesen geknallt. Es hat wehgetan, aber das Schlimmste war, dass meine Nase geblutet hat und noch mehr Flecken auf das Laken gemacht hat. Blut bekommt man so schwer raus aus einem weißen Laken.*

Jacobi hatte die Nacht hellwach neben seiner selig schlummernden Frau verbracht. Dorothee war so glücklich über die Schwangerschaft, dass sie Jacobis verhaltene Reaktion gar nicht bemerkt hatte. Oder zumindest hoffte er, dass es so war. Natürlich hatte er sie in den Arm genommen und vorsichtig gedrückt und gesagt, wie sehr er sich freue, aber als sie dann über Namen und Kinderzimmerdeko zu sprechen begonnen hatte, war er geistig ausgestiegen. Er hatte an Angie gedacht, wie sie jetzt wohl in ihrem Bett lag und dem Geschwätz ihrer beiden Zimmerkolleginnen durch Musikhören mit Kopfhörern zu entkommen versuchte. Sie hatte ihm erzählt, dass sie früh schlafen ging. Sie lag nämlich in einem Dreibettzimmer mit zwei älteren Damen, die sämtliche Quizshows im Fernsehen verfolgten. Angie hatte so schön gelächelt, als sie von den beiden berichtet hatte und von den täglichen Diskussionen über Günther Jauchs neueste Krawatte. Als Entschädigung wurde sie von Rosemarie und Britta täglich mit Keksen und Gebäck versorgt – »Kind, du bist viel zu dünn« –, und eine der beiden hatte ihr bereits ein Paar selbst gestrickte Strümpfe geschenkt.

Während Dorothee schlief, die Hände beschützend auf ihren Bauch gelegt, hatte Jacobi gegrübelt, wie es weitergehen sollte. Er konnte seine Frau doch nicht betrügen, wenn sie schwanger war. Das machte ihn zu einem noch viel größeren Arschloch, als er sowieso schon war. Aber er konnte, wollte, durfte auch von Angie nicht lassen. Bei ihr konnte er er selbst sein, fühlte sich frei, männlich, glücklich. So etwas aufzugeben fiel schwer. Ganz zu schweigen davon, wie Angie darauf reagieren würde. Sie war schließlich nicht zum Spaß in der Klinik, sondern wegen einer mittelschweren Depression. Wer wusste schon, wie ein solcher Schock ihren Zustand verschlechtern konnte.

Nein, er durfte ihr auf keinen Fall die Wahrheit sagen. Er

brauchte mehr Zeit. Musste einen Vorwand finden, sie vielleicht auf die Zeit vertrösten, wenn sie nicht mehr seine Patientin wäre, und dann würden sie weitersehen. Vielleicht löste sich bis dahin die beiderseitige Anziehung ja auf, so etwas gab es. Wenn man sich schnell verliebte, konnte man sich wahrscheinlich auch schnell wieder entlieben.

Um sechs Uhr hielt er es nicht mehr aus. Er packte ein paar Sportsachen zusammen und schrieb einen Zettel für Dorothee, dass er im Fitnessstudio sei. Dann setzte er sich ins Auto und fuhr los. Zwischen den Weinstöcken hing noch der Morgennebel fest, die ersten Sonnenstrahlen verirrten sich darin. Nach wenigen Minuten sah er bereits die weißen Burgmauern auf dem Berg vor sich aufragen. Er fuhr am normalen Parkplatz vorbei, bog Richtung Escherndorf ab und lenkte den Wagen auf einen Feldweg. Rumpelnd näherte er sich dem Waldstück, in dem er hin und wieder seine Mittagspause verbrachte, wenn er allein sein wollte. Oder eben einen geheimen Treffpunkt brauchte. Als er das Handy hervorzog, fiel ihm ein, dass es vielleicht nicht gerade die günstigste Zeit für ein heimliches Treffen war. Wahrscheinlich schlief Angie noch, davon abgesehen, dass ihr Handy nachts vermutlich ausgeschaltet war. Trotzdem suchte er ihre Nummer heraus und rief an. Schon nach dem dritten Klingeln nahm sie ab.

»Hallo?« Es klang überhaupt nicht müde.

»Warum schläfst du nicht?«, fragte Jacobi.

Sie lachte leise. »Schlafstörungen sind ein typisches Merkmal einer Depression, das solltest du eigentlich wissen.«

»Das ist nicht gut, da müssen wir drüber sprechen. Vielleicht sollten wir deine Medikamentenzusammensetzung noch mal ändern.«

»Jawohl, Herr Doktor.« Er konnte förmlich sehen, wie sie in sich hineingrinste. »Hast du mich deswegen angerufen?«

»Natürlich, nur aus ärztlicher Besorgnis. Und da du schon mal wach bist, verordne ich dir jetzt ein erfrischendes Morgen-Work-out. Schnapp dir dein Rad und komm zum Waldrand. Da wartet jemand auf dich.«

»Okay, ich versuch mich möglichst leise anzuziehen, damit Britta und Rosemarie nicht wach werden.« Angie flüsterte jetzt. »Ich komme gleich.«

Jacobi sah sie schon von Weitem den Weg entlangfahren. Sie trug ein rotes Kleidchen, Sandalen und eine zu große Wollstrickjacke gegen die morgendliche Kühle. Die letzten Meter sprang sie ab und lief neben dem Fahrrad her. Er ging ihr entgegen und schloss sie in die Arme. Er sog ihren Vanilleduft in sich auf, strich durch das lange dunkelbraune Haar, das heute offen über ihre Schultern fiel.

»Du hast mir gefehlt.«

»Du mir auch!« Angie legte ihr Fahrrad am Wegesrand ab, nahm sein Gesicht in ihre Hände und küsste ihn.

»Lass uns ein Stück gehen.« Jacobi drehte sich um und holte eine Picknickdecke aus dem Wagen. »Wir suchen uns ein schönes Plätzchen und machen es uns gemütlich.« Er griff nach ihrer Hand und zog sie mit sich.

»So stürmisch, Herr Doktor?« Angie lachte. »Das ist ja schon romantisch, so ein morgendlicher Überfall mit Waldspaziergang. Fehlt nur noch das Sektfrühstück.«

»Ich könnte stattdessen ein Wildschwein für dich erlegen«, schlug er vor.

»Ich hätte eher auf einen Elch gehofft.«

»Elche haben gerade Brunftzeit. Da ist das Würgen mit bloßen Händen leider verboten.«

»Du bist verrückt, ein wunderbarer, lieber, unwiderstehlicher Verrückter.«

Sie wuschelte ihm durch Haar. Eng aneinandergeschmiegt gingen sie den Waldweg entlang, machten sich gegenseitig auf Beeren und Pilze am Wegesrand aufmerksam und lauschten auf Vogelstimmen im erwachenden Wald.

»So, hier ist es schön, hier bleiben wir«, beschloss Jacobi bei einem kleinen Bächlein, das sich glucksend zwischen Baumwurzeln und Kieselsteinen hindurch einen Weg bahnte. Sie breiteten die Picknickdecke über dem Moos aus und setzten sich darauf.

Angie zog ihre Sandalen aus und grub mit den Zehen im Waldboden.

Jacobi ließ sich auf den Rücken fallen und blickte zu den Baumwipfeln empor. Angie kuschelte sich an seine Brust. Er legte den Arm um sie, spürte ihre Wärme an seinem Körper. Am liebsten wäre er ewig so liegen geblieben. Aber das konnte er nicht. Es waren gestohlene Momente, die sie hier verbrachten. Also setzte er sich auf.

Angie schien den Stimmungsumschwung bemerkt zu haben. Sie zog die Strickjacke enger um sich. Ihm fiel nicht zum ersten Mal auf, dass sie sich unbewusst so zu kleiden schien, dass ihre Schönheit und ihre vollkommene Figur nicht zu sehr auffielen. Ob das aus Selbstschutz geschah? Weil sie nicht ständig von Männern angebaggert werden oder nicht jede Frau gleich zur Feindin bekommen wollte?

»Ich muss was mit dir besprechen«, sagte er und merkte, dass er schon wieder so idiotisch grinste. Seine Mundwinkel schienen sich ganz von selbst nach oben zu ziehen und seine Zähne freizugeben. Es fühlte sich falsch an und war außerdem ein absolut ungünstiger Zeitpunkt dafür. Schließlich war das, was er zu sagen hatte, nicht besonders lustig.

»Okay«, antwortete sie nur.

Ihre grünen Augen, in denen er kürzlich bronzefarbene Sprenkel entdeckt hatte, blickten ernst. Wieder konnte er den Blick kaum abwenden. Sie hatte etwas Hypnotisches an sich, das war ihm ja schon bei der ersten Begegnung aufgefallen. Oder ging es nur ihm so? Reagierten sein Körper und sein Geist einfach ungewöhnlich heftig auf ihre Gegenwart? Da gab es doch Theorien, dass bestimmte Pheromonkombinationen besonders gut zueinanderpassten und eine besondere Anziehungskraft entfachten.

Jacobi wartete, bis er seine Mimik wieder unter Kontrolle hatte, und kniff sich dazu fest in den Arm.

»Ich wollte dir vorschlagen, dass wir unsere Treffen aussetzen, zumindest so lange, bis du nicht mehr offiziell Patientin hier bist. Diese Heimlichtuerei fühlt sich einfach falsch an, und ich müsste mir dann nicht immer Sorgen machen, dass uns jemand sieht. Sobald du deinen Entlasstermin hast, können wir dann weiterschauen, ob ich dich öfter mal besuche oder wir uns zu zweit irgendwo treffen.«

Angie drehte ein Gänseblümchen zwischen den Fingern. Während er noch sprach, hatte sie damit begonnen, ein Blütenblatt nach dem anderen abzuzupfen. Jacobi zählte heimlich mit. Er liebt mich, er liebt mich nicht, er liebt mich … Schließlich wusste er nicht, was er sonst noch sagen sollte, und verstummte. Angie zupfte unbeirrt weiter.

»Er liebt mich nicht.« Das letzte Blütenblatt segelte auf den Boden. Angie hob den Kopf. Sie blickte ihn ruhig an. »Und jetzt sag mir die Wahrheit.«

»Welche Wahrheit, ich …«

»Du bist gern mit mir zusammen, du bist glücklich, wenn ich bei dir bin, wir sind vorsichtig, es ist niemandem etwas aufgefallen. Warum solltest du es plötzlich aufschieben wollen? Es liegt an etwas anderem.«

»Angie … ich weiß nicht, was ich sagen soll, verstehst du denn nicht …?«

»Lars, ich glaube, ich habe es verdient, dass du ehrlich zu mir bist.«

»Dorothee ist schwanger.«

Jacobi blickte angestrengt auf das samtene Grün des Mooses. Er traute sich nicht, sie anzusehen. Fast rechnete er damit, dass sie ihn wieder anschreien würde, wie damals im Büro, aber nichts geschah. Sie schluckte nur, angestrengt und mehrmals hintereinander. Es klang sehr laut durch den Wald.

Schließlich flüsterte sie: »Dann ist die Lage wohl eindeutig. Wir werden uns nicht nur momentan nicht mehr treffen, sondern gar nicht mehr. Ich werde einem Kind ganz bestimmt nicht den Vater wegnehmen. Weder jetzt noch später irgendwann. Es war mit deiner Frau schon schwierig genug, aber das … das geht einfach nicht.«

Gar nicht mehr? Hatte sie »Gar nicht mehr« gesagt? Jacobi schloss die Augen. In seinem Kopf brummte alles.

Ohne ihn zu beachten, fuhr sie fort: »Pass auf, wir machen das folgendermaßen. Du gibst an den Oberarzt weiter, dass es mir schon viel besser geht und ich baldmöglichst die Klinik verlassen möchte. Solange komme ich noch ganz normal zu dir in Therapie, damit niemand Verdacht schöpft. Wir werden dabei nicht über unser Privatleben reden, sondern uns auf die Therapie konzentrieren. Es gibt sicher ein paar Sachen, die ich noch lernen und trainieren kann, ohne dass es persönlich wird. Und allzu lange wird es sicher nicht dauern, die Klinikplätze sind ja begehrt, und wenn ich freiwillig früher gehe ...«

»Das kannst du nicht machen. Vor allem jetzt nicht, wenn es dir nicht gut geht.« Jacobi öffnete die Augen wieder und wollte nach ihrer Hand greifen. »Du brauchst Hilfe.«

Angie entzog sie ihm. »Glaubst du ernsthaft, ich kann weiter hierbleiben und so tun, als wäre nichts passiert und als wäre ich nicht in dich verliebt? Wie stellst du dir das vor? Ich brauche keine Hilfe und deine schon gar nicht. Ich brauche bloß so schnell wie möglich Abstand, sonst gibt es gar keine Chance, dass ich das durchstehe.«

Angie stand auf, nahm ihre Sandalen in die Hand und rannte barfuß davon.

Jacobi sah das rote Kleid zwischen den Bäumen verschwinden. Es tat so weh, dass er das Gefühl hatte, keine Luft mehr zu kriegen.

\*\*\*

Der Samstag verging in einem unruhigen Dämmerschlaf. Ich war nachts kaum zur Ruhe gekommen, hatte mich nur sinnlos von einer Seite auf die andere gewälzt und war mehrmals aufgestanden, um mich zu waschen und das Bett neu zu beziehen. Das gab mir zumindest einen kurzen Moment der Ruhe. Morgens war ich dann so müde, dass ich einfach weiter vor mich hin döste. Den Tag verbrachte ich fast ausschließlich in meinem Zimmer. Ich ging nicht einmal zum Essen hinunter, sondern aß eine Packung Kekse, die meine Schwester mir auf die Vogelsburg mitgegeben hatte und die bisher im hintersten Eck der Schublade geschlummert hatte. Richtigen Hunger hatte ich sowieso nicht, und vor allem wollte ich die anderen nicht sehen. Gezwungener Small Talk, während man auf die Suppe wartete? Nein, danke. Da war ich schon lieber für mich. Ich schlich mich nur kurz hinaus, um meine Medikamente abzuholen, kehrte danach aber sofort wieder in mein Zimmer zurück.

Am Abend lag ich immer noch im Bett, inzwischen mit ziemlichen Kopfschmerzen. Es war gegen halb acht, als plötzlich jemand an der Tür klopfte. Zuerst eher zaghaft, dann, als ich nicht reagierte, wurde ein zunehmend wütenderes Hämmern daraus.

»Will, mach sofort die Tür auf!« Ich erkannte Maries Stimme. Sie klang richtig ärgerlich. Da öffnete ich lieber nicht, bevor ich mir auch von ihr noch Vorwürfe anhören durfte.

»Ich weiß, dass du da bist! Also hab zumindest so viel Anstand, mir zu antworten!«

Dass sie mich für unhöflich hielt, wollte ich dann doch nicht.

»Mir ist gerade nicht so nach Gesellschaft. Ich brauche etwas Zeit für mich«, rief ich zurück.

Statt sich zurückzuziehen, pochte sie nochmals mit den Fingerknöcheln gegen das Holz. Ob das nicht wehtat?

»Du warst den ganzen Tag für dich! Jetzt machst du mir gefälligst die Tür auf, und wir unterhalten uns kurz wie zivilisierte Leute. Danach darfst du dich meinetwegen wieder in deiner Höhle verbarrikadieren.«

»Nein.« Mehr gab es dazu nicht zu sagen. Warum konnte sie mich nicht einfach in Ruhe lassen?

»Will Klien, ich sage es zum letzten Mal, mach sofort diese verdammte Tür auf!«

Bestimmt konnte man ihre Stimme im ganzen Flur hören. Was die anderen Patienten wohl dachten? Ich lauschte auf das Klopfen. Sie war so hartnäckig, dass ihr wirklich etwas daran zu liegen schien, dass ich mit ihr sprach. Na gut, eine Minute konnte ja nicht schaden. Ich stand ächzend aus dem Bett auf und öffnete die Tür. Marie hielt mitten in der Bewegung inne, sonst hätte sie mir einen Faustschlag verpasst. Ihr kurzes Haar stand aggressiv nach allen Seiten ab, die violett geschminkten Augen funkelten mich an.

»Du hast dir aber ganz schön Zeit gelassen!« Sie schob mich einfach beiseite und durchquerte mein Zimmer, um ein Fenster zu öffnen. »Und einen ganz schönen Mief hast du hier auch drin. Ein bisschen Sauerstoff wirkt manchmal Wunder.« Sie drehte sich zu mir um und grinste plötzlich. »Schickes Outfit übrigens.«

Ich blickte an mir herab. Ich trug einen langärmligen Frotteeschlafanzug in Hellbraun mit bunten Karos auf der Brust. Die Hose hatte ich mehrmals umgekrempelt, da sie mir an den Beinen zu lang war. Widerwillig holte ich den Klinikmorgenmantel aus dem Bad und schlüpfte hinein. Das war ja wohl Zugeständnis genug, wenn sie mich in meinem Zimmer überfiel. Was hatte sie denn erwartet? Dass ich geschniegelt und gespornt aus dem Bett sprang?

Nachdem ich den ganzen Tag liegend verbracht hatte, war das Stehen unangenehm, und ich fühlte mich leicht schwindelig. Ich sank auf den Schreibtischstuhl. Besser, wir brachten das schnell hinter uns, damit ich wieder ins Bett konnte.

»Was willst du?«

Marie lehnte sich mit überkreuzten Beinen gegen den Fensterrahmen. Sie trug einen kurzen grauen Rock und darunter Leggings mit gestrickten Wadenwärmern. Für den Sommer auch nicht unbedingt die passendste Kleidung.

»Ich will, dass du aufhörst, dich hier zu verkriechen, und wieder ganz normal mit uns redest.«

»Nichts ist normal. Mäuschen ist tot. Vielleicht hätte ich sie retten können, wenn ich rechtzeitig dort gewesen wäre, aber ich bin komplett durchgedreht. Und du willst, dass wir einfach zum Alltag zurückkehren? Das kann mir gestohlen bleiben, wirklich.«

»Niemand macht dir einen Vorwurf, Will. Es ist was Schlimmes passiert, was Entsetzliches, aber gerade deshalb müssen wir doch jetzt zusammenhalten. Und du hättest nichts ändern können. Schuld ist ihr Mörder, nicht du.«

»Irmela dachte sofort, dass ich ihr das angetan habe. Sie hat es mir gesagt.«

»Das war aus dem Schock heraus, das muss dir doch klar sein. Du warst völlig blutüberströmt und hieltst Mäuschens Leiche in den Armen. Sie konnte in dem Moment überhaupt nicht klar denken.«

»Vielleicht hatte sie recht, als sie gefragt hat, was ich getan habe. Vielleicht lebte Mäuschen noch, als ich kam. Ich weiß es ja nicht mal, ich war so durcheinander.«

»Unsinn. Sie war tot. Du hättest nichts tun können!«

»Das weißt du doch nicht! Was gibt dir das Recht, hierherzukommen und solche Sachen zu behaupten, nur damit ich mich besser fühle?«

»Mit welchem Recht ich das mache? Mit dem Recht, dass wir in derselben Therapiegruppe sind. Dass wir uns gegenseitig unterstützen und helfen sollen, wenn einer mal ein Tief hat. Und dein Tief ist gerade so was von unübersehbar …«

»Mir geht es gut«, behauptete ich trotzig.

Marie seufzte. In ihrem Blick war nichts mehr von dem Ärger, mit dem sie gesprochen hatte, zu sehen. Stattdessen war da Ernüchterung, vielleicht auch Hoffnungslosigkeit. Sie drehte sich zum Fenster und blickte lange hinaus. Dann schien sie einen Entschluss zu fassen. Sie stellte sich direkt vor mich hin, fixierte mich.

»Siehst du das hier?« Marie drehte mir ihr rechtes Handgelenk zu. Darauf war ein Datum tätowiert, der 29.09.2014. Ich hatte sie schon einmal nach dem Datum gefragt, doch damals hatte sie nicht darüber reden wollen.

»Ich erzähle dir jetzt meine Geschichte. Das werde ich nur ein einziges Mal tun, ich hasse es nämlich, darüber zu sprechen, und wenn du nicht zuhörst, bist du selbst schuld.« Sie holte tief Atem. Ich schaute stur geradeaus. Sollte sie doch sagen, was sie wollte. Schuld war nichts Neues für mich, und ich war absolut nicht in der Verfassung, mir eine »Es wird alles wieder gut«-Rede anzuhören.

Marie begann nervös im Zimmer auf und ab zu gehen. »Die

Geschichte spielt Ende September, es war schon ziemlich kalt draußen, und ich war in eine neue Wohnung gezogen. Eine Altbauwohnung, recht notdürftig saniert, aber ich fand sie cool, vor allem den großen Balkon. Mein kleiner Bruder Moritz kam zu Besuch, um mir beim Herrichten der Küche zu helfen. Ich wollte eine Wand dunkelgrün streichen, mit dem Schattenriss eines Baumes darauf, und dann Papiervögel draufkleben.«

Ein Baum in der Wohnung, das passte irgendwie zu ihr. Ich hätte mir auch ein Sofa aus Weinkisten und Matratzenteilen zusammengebastelt vorstellen können oder einen grünen Lampenschirm mit schädelförmigen Troddeln dran.

»Am ersten Tag kamen wir ganz gut voran, über Nacht sollte die Farbe dann trocknen, und wir zogen ein bisschen um die Häuser, nichts Großes, aber so, dass wir ein bisschen beschwipst nach Hause kamen. Moritz schlief auf dem Sofa im Wohnzimmer. Am nächsten Tag war er gar nicht fit, hatte Kopfweh, und schwindelig war ihm auch. Ich habe Tabletten aus der Apotheke geholt und ihm Tee gekocht. Wir dachten, dass es der Kater ist oder dass er eine Grippe kriegt. Deswegen habe ich gesagt, dass er viel schlafen soll und ich allein weitermache. Damit habe ich ihn umgebracht.«

Sie verstummte für einen Moment. Ich sah ihr an, dass es ihr schwerfiel, weiterzusprechen. Als sie fortfuhr, klang ihre Stimme flach und emotionslos.

»Die Gasheizung im Wohnzimmer war defekt, da gab es einen Abgasrückstau, und Kohlenmonoxid strömte aus. Ich wäre nie auf die Idee gekommen, dass so etwas sein kann. Ich habe ihm das Bett genau in dem Raum gemacht, wo die Luft ihn vergiftet hat. Abends ging es ihm noch schlechter. Er fühlte sich schwach, hatte überall Muskelschmerzen, war benommen. Ich habe gesagt: ›Wenn es morgen nicht besser ist, bringe ich dich zum Arzt.‹ Ich wusste doch nicht ... Ich habe die Heizung noch aufgedreht, damit er nachts nicht friert. Statt dass ich ihm mein Bett angeboten hätte, wenn er doch so krank war. Wie egoistisch kann man eigentlich sein? Wieso habe ich das nicht gemacht? Dann könnte er jetzt noch leben!«

Sie schlug mit der Faust auf meinen Schreibtisch, sodass die Putzmittelflaschen bebten. Ich wusste, dass ich sie jetzt nicht unterbrechen durfte.

»Er hat die ganze Nacht in der giftigen Luft geschlafen.« An ihrer Stimme merkte ich, dass sie ein Schluchzen unterdrückte. Am liebsten wäre ich aufgestanden, um sie in den Arm zu nehmen, aber sie war noch nicht fertig.

»Am Morgen habe ich ihn dann gefunden, er lag vor dem Sofa auf dem Boden, mit Schaum vor dem Mund. Ich dachte zuerst, er hat irgendeinen Anfall, aber in Wirklichkeit war er tot. Der Rechtsmediziner hat mir erklärt, was passiert ist. Er hat bei der Obduktion bemerkt, dass das Blut so hell war, da haben sie meine Wohnung überprüft und die kaputte Heizung gefunden. Meine Mutter hatte mir beim Einzug gesagt, dass ich die Geräte prüfen lassen soll. Sie hatte Angst wegen des Herds, dass der in die Luft fliegt, weil das doch alte Sachen waren. Aber ich habe es nicht gemacht. Dachte, das hat noch Zeit. Und: Es funktioniert doch alles.«

Ich zog eine Schublade auf und reichte ihr schweigend ein Taschentuch. Marie nahm es, behielt es jedoch einfach in der Hand und starrte wie abwesend darauf. An ihren Augenwinkeln liefen Tränen hinunter und zogen eine schwarze Mascarabahn über ihre Wange.

»Ich habe keine Familie mehr. Meinen Bruder habe ich umgebracht, die Mutter kann mir das nicht verzeihen, sie fängt an zu weinen, wenn sie mich sieht. Jedes Mal. Mein Vater kümmert sich um sie. Und ich, ich kann mir das selbst nicht vergeben. Ich habe versucht, mich umzubringen, habe mir in der Badewanne die Pulsadern aufgeschnitten. Der Länge nach. Aber es hat nicht geklappt. Ich bin in die Psychiatrie gekommen. Dann haben die Zwänge angefangen. Ich habe alles hundertmal kontrolliert. Ich konnte nicht mehr aus dem Haus gehen, weil ich das Gefühl hatte, der Herd ist an oder der Kühlschrank kriegt einen Kurzschluss. Dann habe ich alle Elektrogeräte entsorgt, alles weggegeben, nur noch kaltes Dosenzeug gegessen. Ich hatte Panik, die Kontrolle zu verlieren. Es wurde immer schlimmer.

Dann wieder Psychiatrie, noch stärkere Medikamente, Therapie, Reha. Ich habe mir das Tattoo stechen lassen, damit ich nie vergesse, was ich getan habe. Damit ich jeden Tag vor Augen habe, was passiert, wenn ich nicht achtgebe. Die Zwänge sind immer noch da, aber nicht mehr so schlimm. Ich kontrolliere vieles, muss immer alles übersichtlich und klar haben. Ich strukturiere mein Essen, meine Umgebung, meine Kleidung, weil ich denke, dass etwas Schlimmes passiert, wenn ich nicht aufpasse. Aber die Therapie hat mich weit gebracht. Ich kann wieder Kontakt zu anderen Menschen haben, kann auch mal lachen, manchmal weinen. Der Klinikalltag tut mir gut. Das ist etwas, woran man sich festhalten kann.«

Sie trat an mich heran und legte die Hand auf meinen Arm. »Verstehst du, Will. Die Klinik ist eine Chance. Ich bin so dankbar, dass ich hier sein kann, dass ich hier zu einer Gruppe gehöre, dass ich lernen kann, mit mir selbst zurechtzukommen. Aber du, wenn du so weitermachst, dich abkapselst, dich selbst kaputtmachst, dann haben sie keine andere Wahl, als dich in die Geschlossene einzuweisen. Dann musst du weg von hier, verstehst du?«

Ich stand auf und nahm sie in den Arm und wiegte sie sanft hin und her. Ihre Haarstoppeln kitzelten mich am Kinn, trotzdem ließ ich nicht los. Ich strich mit der rechten Hand ihren Rücken hinauf und hinunter und murmelte dabei beruhigende Worte vor mich hin. Marie schluchzte an meiner Brust, ich fühlte, wie sich ein nasser Fleck auf meinem Schlafanzugoberteil ausbreitete, aber es war mir egal.

»Es wird alles wieder gut«, sagte ich. »Ich bleibe hier, das verspreche ich.«

\*\*\*

Am Abend – Jacobi hatte sich gerade ein Bier aufmachen und damit auf die Terrasse setzen wollen – klingelte plötzlich sein Telefon. Elolie rief an, um ihm mit aufgeregter Stimme mitzuteilen, dass es etwas zu besprechen gab.

»Wir müssen uns unbedingt sehen!«, rief sie ins Handy.
»Jetzt?« Jacobi blickte traurig auf sein Bier hinunter.
»Also hör mal, zuerst wolltest du unbedingt ein Treffen, damit ich für dich Nachforschungen anstelle, und dann kriegst du deinen Hintern nicht hoch, um dir meine Ergebnisse anzuhören…«
Er überlegte kurz. »Weißt du was, komm doch einfach zu mir ins Büro. Wenn du zum Haupteingang der Klinik reingehst, dann ist auf der linken Seite der Empfang. Die freundlichen Damen dort werden dir beschreiben, wie du mein Büro findest. Ich komme auch gleich.«
»Hui, ich krieg dein Allerheiligstes zu sehen, das nenn ich ja mal ein intimes Date.«
»Arbeitsdate«, verbesserte Jacobi.
»Spielverderber«, maulte Elolie. Dann lachte sie. »Nenn es, wie du willst, dir werden die Augen aus dem Kopf fallen und auf deiner Schreibtischunterlage Samba tanzen, wenn du siehst, was ich herausgefunden habe!«
»Ich bin gespannt, lass mich nicht so lange warten.«
»Unsinn, mit meiner kleinen Rennsemmel bin ich im Nullkommanix bei dir.«
Schaudernd dachte Jacobi daran, wie viele Verkehrsregeln sie auf dem Weg zur Klinik höchstwahrscheinlich brechen würde, und beglückwünschte sich dazu, dass er dieses Mal nicht mit ihr in dem Höllengefährt sitzen würde. Dann legte er auf und ging zu Dorothee in die Küche, um ihr zu sagen, dass er noch mal wegmusste. Sie blätterte in einem Buch mit Rezepten für selbst gemachten Babybrei und küsste ihn nur zerstreut auf die Wange.
»Komm nicht zu spät heim. Ich würde heute gern noch die Schwangerschafts-Doku mit dir anschauen. Da gibt's eine Menge Sachen, die man beachten muss. Keine Salami mehr und keinen Rohmilchkäse.«
»Alles klar, Schatz. Ich denk dran.«
Er tauschte die Jogginghose gegen dunkelblaue Jeans, schnappte seine Outdoorjacke vom Haken und machte sich auf den Weg zur Klinik.

Nicht einmal eine halbe Stunde später klopfte es an seiner Bürotür. Elolie stand davor. Sie hatte einen neongelben Minilaptop unter den Arm geklemmt und in der Hand zwei Flaschen Radler.

»Wenn wir schon arbeiten, dann wenigstens so, dass wir Spaß dabei haben.«

Kopfschüttelnd nahm Jacobi ihr die Getränke ab. In Ermangelung eines Flaschenöffners entfernte er die Kronkorken mit Druck an der Kante seines Schreibtisches. Elolie beobachtete ihn mit gespielt bewunderndem Augenaufschlag und verzückten Seufzern.

Jacobi reichte ihr ein Radler. »Auf die Detektivarbeit!«

»Und auf das schärfste Detektivduo seit Holmes und Watson!«, ergänzte sie.

Dann zog sie einen der Stühle von Jacobis Gesprächsecke heran und schubste seinen rückenfreundlichen Schreibtischstuhl beiseite. Sie legte ihren Laptop mitten auf seine Unterlagen, klappte ihn auf und ließ ihn mit einem Druck auf den Startknopf mit einem freundlichen Surren zum Leben erwachen. Jacobi parkte seinen Stuhl dicht neben ihr.

»Aaaalso, was ich gefunden habe, ist Folgendes ...«

Sie öffnete eine PDF-Datei, die einen gescannten Zeitungsartikel enthielt. Jacobi beugte sich vor, um besser sehen zu können.

»Hey, du sollst dir die Überraschung doch nicht verderben!« Sie drehte den Bildschirm von ihm weg. »Zuerst muss ich an dieser Stelle noch mal festhalten, was für unendliche Mühen ich auf mich genommen habe, um an die gewünschte Information zu gelangen. Das war nämlich gar nicht so einfach. Ich musste einem Ex-Flirt von mir schöne Augen machen und ihm ein Date in Aussicht stellen, damit er mir half. Zufälligerweise ist der Gute Polizist mit einer Vorliebe für exotische Schönheiten, also lohnt es sich auf jeden Fall, ihn warmzuhalten.«

»Wie ich dich kenne, dürfte dir das nicht weiter schwergefallen sein«, bemerkte Jacobi trocken.

Elolie lächelte geschmeichelt. »Das nicht gerade, nein. Aber zuvor musste ich ja noch rausfinden, wie und wo Goldig auf-

gewachsen ist, wo er studiert und gearbeitet hat, wann er umgezogen ist und so weiter. Denn wir wussten ja nicht, in welchem Zeitraum und an welchem Ort der Prozess stattfand. Theoretisch konnte das in ganz Deutschland oder sogar irgendwo im Ausland gewesen sein. Ich habe dann seine Kindheit und Jugend erst mal ausgeklammert und mich auf die Studienzeit und alle nachfolgenden Karriereschritte konzentriert. Dass er der Halbbruder von eurem toten Brunner ist, weißt du, oder?«
Ein scharfer Blick traf Jacobi, der stumm nickte. »Das hättest du mir übrigens ruhig im Vorfeld erzählen können. Es war doch etwas überraschend, das zufällig herauszufinden.«

»Tut mir leid«, sagte Jacobi. Er hatte bei dem Treffen mit Elolie in der Eisdiele selbst nicht mehr daran gedacht.

»Schon gut.« Sie nahm einen Schluck von ihrem Radler. Die neongelben Fingernägel auf der braunen Flasche sahen so unpassend aus, dass Jacobi unwillkürlich grinsen musste. Heute trug sie zu allem Überfluss auch noch pfirsichfarbenen Lidschatten und hatte ein Tuch in allen Farben des Sonnenuntergangs um den Hals geschlungen. »Dann habe ich meinen Bekannten mal ein bisschen recherchieren lassen, und er ist tatsächlich mit einem Datum und einem Ort für mich rausgerückt. Ich wusste also, dass Goldig am 22. August 1998 in München in einem Prozess angeklagt und freigesprochen worden war. Mehr wollte er aber nicht ausplaudern, also habe ich die Zeitungsarchive durchstöbert, ob in den Tagen darauf irgendjemand darüber berichtet hat, und ich hatte Glück. Der Münchner Merkur schreibt über einen Fall von Missbrauch einer Schutzbefohlenen ...«

Sie drehte den Bildschirm wieder gerade, sodass Jacobi den Artikel nun endlich lesen konnte. Es ging um einen Studenten der Medizin und Psychologie, der die Tochter eines Bekannten unentgeltlich wegen ihrer Höhenangst behandelt hatte. Irgendwann hatte das Mädchen behauptet, es sei während der Therapie zu sexuellen Übergriffen gekommen, sodass die Staatsanwaltschaft Anklage erhob. Da das Mädchen jedoch nur unklare Angaben machte, die nicht zu beweisen waren, und sich dabei mehrmals widersprach, endete der Prozess mit einem klaren Freispruch des Mannes.

Jacobi stützte den Kopf in die Hände. »Das ist ganz schön starker Tobak«, murmelte er. »Wenn das wirklich Goldig betrifft, ist es kein Wunder, dass er das geheim hält.«

»Das Mädel war anscheinend nicht sehr glaubhaft.« Elolie sah ihn an. Ihre dunklen Augen glänzten, was nicht nur an den Glitzerpartikeln in ihrem Lidschatten lag. »Ihr Name steht natürlich nicht im Artikel, sonst hätte ich sie ja zu gern ein bisschen ausgequetscht. Aber was wir bisher haben, ist ja schon interessant genug. – Irgendwas ist da doch faul. Allein schon diese komische Abmachung. Dass ein Student, der noch gar keine offizielle Zulassung als Therapeut hat, eine Minderjährige privat behandelt, nur als Gefälligkeit für die Eltern, die er kennt ...«

»Dass er sich darauf überhaupt eingelassen hat ...« Jacobi runzelte die Stirn. »Ein solches Arrangement fordert Schwierigkeiten doch geradezu heraus. Er hat als Bekannter auch gar keine professionelle Distanz zu dem Mädchen.«

»Vielleicht war ihm damals nicht klar, was für Scherereien er sich da einhandelt. Und dass das Mädel später behauptet, er hätte sie missbraucht, war ja wohl nicht vorherzusehen.«

»Natürlich nicht.« Jacobi leerte sein Radler und wischte sich den Schaum vom Mund ab. »Oder er hat sie als Versuchsobjekt gesehen, wollte sich schon mal als Therapeut üben und fand das deswegen sehr praktisch.«

»Ja, das ist auch eine Erklärung.« Elolie starrte auf das Dokument. »Leider können wir nur mutmaßen. Und wir wissen trotzdem nicht, wer das Opfer war. Das war ja die eigentliche Frage, die Brunner aufgeschrieben hatte, oder?«

»Stimmt.« Jacobi sah sie düster an. »Keine Ahnung, wie wir das jemals rausfinden sollen.«

»Ich hätte da schon eine Idee ...« Elolies Blick bekam etwas Lauerndes.

»Und die wäre?«

»Also, einen Menschen gibt es, der die Identität des Opfers

sicher kennt … Du müsstest nur deinen werten Herrn Chefarzt danach fragen.«

»Wie stellst du dir das vor? Hallo, Herr Goldig, wie hieß doch gleich die Minderjährige, die Sie vor zwanzig Jahren vergewaltigt haben?«

»Du bist zwar ein Mann, aber ein klein wenig mehr Raffinesse hätte ich dir trotzdem zugetraut.«

»Elolie, ich weiß nicht, egal, wie diplomatisch ich das angehe, der schmeißt mich doch hochkant raus.«

»Okay, du musst es ja nicht machen. War nur ein Vorschlag.« Elolie packte ihre Sachen zusammen und verabschiedete sich mit einem Küsschen auf die Wange von Jacobi. An der Tür drehte sie sich noch einmal um. »Aber falls du's doch tust, halt mich auf jeden Fall auf dem Laufenden!«

Sie zwinkerte und verschwand mit wehendem Rüschenrock durch die Tür.

Jacobi wollte sie hinter ihr schließen, blieb jedoch mit der Hand am Türknauf stehen. Draußen im Gang stand Angie mit einem seltsam distanzierten Gesichtsausdruck. Freude durchströmte ihn. War sie zu ihm gekommen? Wollte sie ihn sehen? Erst als sie von ihm zu Elolies hüftwackelndem Hinterteil schaute und wieder zurück, wurde ihm klar, wie die Situation auf sie wirken musste. Er öffnete den Mund, um es ihr zu erklären, doch sie hatte sich bereits umgedreht und verschwand mit schnellen Schritten in die entgegengesetzte Richtung.

Jacobi hätte ihr am liebsten hinterhergerufen oder wäre ihr nachgegangen, doch er wusste, dass er das nicht riskieren konnte. Hier hatten die Wände Augen und Ohren, und sein Ruf wäre schneller zerstört, als er »Entschuldigung« sagen konnte. Also sperrte er sein Büro ab und ging langsam hinunter. Draußen lugte der Mond über einen Wolkenkokon hinab auf die Erde. Es war spät geworden, Dorothee wartete bestimmt schon auf ihn. Jacobi schlüpfte in sein Jackett und eilte mit schnellen Schritten über den Parkplatz. Er drückte auf den Knopf, um den Wagen zu entsperren, und wollte die Fahrertür öffnen, als er plötzlich stutzte. Langsam ging er ein paar Schritte um das Auto herum.

Er kniff die Augen zusammen und wartete darauf, dass mehr Mondlicht durch die Wolken fiel. Auf seiner Windschutzscheibe lag ein toter Vogel. Kein Spatz, sondern ein größeres Tier mit schwarzem Gefieder und merkwürdig verrenktem Hals. Der eine Flügel stand senkrecht von der Scheibe ab. Es war wohl eine Krähe oder so etwas Ähnliches. War sie gegen sein Auto geflogen und dabei verunglückt?

Jacobi überquerte eilig die Straße, auf der nachts sowieso kaum ein Auto fuhr, verschwand im Schatten der Bäume und kehrte mit einem Stock zurück. Er stupste den Vogel an, bis dieser mit einem hässlichen Klatschen auf das Pflaster fiel. Dann untersuchte er seine Scheibe, konnte aber keinen Kratzer entdecken, der darauf hätte schließen lassen, dass die Krähe dagegengeflogen war. Wahrscheinlich nur ein dummer Zufall. Es konnte doch unmöglich sein, dass ihm jemand mit Absicht einen toten Vogel aufs Auto gelegt hatte, oder? Nicht einmal Elolie traute er einen solchen Scherz zu. Witzig war das ja nun wirklich nicht. Trotzdem würde er sie bei Gelegenheit mal danach fragen.

Mit einem unguten Gefühl im Magen stieg Jacobi ins Auto ein. Beim Ausparken achtete er darauf, ja nicht über die Krähe zu fahren. Die Scheinwerfer schnitten Lichtkegel in die Dunkelheit. Der Vogel blieb auf dem Parkplatz zurück, wie eine Warnung. Seine toten Augen starrten zum Mond empor.

## 12
## LÄUFT BEI MIR. ZWAR RÜCKWÄRTS UND BERGAB, ABER LÄUFT.

*Dorothees (heimliche) Leseliste*

- *Chanukka? Scheidung? Neues Auto? 111 Dekotipps für wirklich jede Gelegenheit*
- *Babykleidung selbst häkeln – inklusive bunter Wolle für zarte Babyhaut*
- *Mode für die mollige Mami – auch in anderen Umständen attraktiv und begehrenswert*
- *Gärtnern für die aktive Frau ab 30*
- *Die Supermami – eine zwölffache Mutter erzählt aus ihrem Leben*
- *Rrrrrr – weck den Tiger in ihm! Wie Sie trotz Schwangerschaft Spaß im Bett haben*
- *My home is my castle – mit einfachen Mitteln ein Zuhause schaffen*
- *Schwups, und schon war es draußen ... – Geburtsvorbereitung leicht gemacht*

Am nächsten Morgen fühlte ich mich zwar nicht besonders ausgeschlafen, war aber weit von meinem hoffnungslosen Zustand am Tag zuvor entfernt. Ich hatte sogar richtigen Hunger, als ich um halb acht die Augen aufschlug. Also beschloss ich, mir ein reichhaltiges Frühstück zu Gemüte zu führen. Wie jeden Tag ging ich dabei zuerst an der medizinischen Zentrale vorbei, um meine Medikamente abzuholen. Vor beiden Ausgabefenstern hatte sich eine Schlange von Patienten gebildet, sodass ich einen Moment warten musste. Vor mir stand Angie, die mir mit rot geweinten Augen zunickte und leise »Hallo« sagte. Betreten grüßte ich zurück. Offensichtlich ging es ihr alles andere als gut. Wessen Schuld das war, war mir nur allzu klar. Jacobi, dieses Schwein, setzte sie also immer noch unter Druck. Als sie mit den Pillen in der hohlen Hand davonschlurfen wollte, trat ich aus der Reihe und hielt sie am Ellbogen fest.

»Du musst das öffentlich machen, was passiert ist«, flüsterte ich, »du kannst dir das nicht gefallen lassen!«

Sie schaute mich erschrocken an. »Ich weiß nicht, was du meinst.«

»Jacobi ist ein Arsch, und es ist verboten, was er da macht.«

»Du hast doch keine Ahnung, wovon du redest!«

Sie zog ihren Ellbogen aus meinem Griff und ging schnell davon. Ich schaute ihr nach. Der Anblick ihrer wohlgeformten Beine in den Jeansshorts war über die Maßen angenehm, trotzdem hatte ich kein gutes Gefühl dabei. Es machte mich betroffen, dass sie so schroff reagiert hatte. Warum wollte sie sich bloß nicht helfen lassen? War sie emotional von Jacobi abhängig? Hatte er sie so manipuliert, dass sie das Ganze für richtig hielt?

Noch ganz in Gedanken trat ich an den Schalter und nannte meinen Namen und die Stationsnummer. Die Schwester, die sonst frühmorgens immer die Medikamente ausgab, war gerade mit dem Ordnen von Patientenfragebögen beschäftigt, deshalb suchte eine der Ärztinnen nach meinem Tablettenbehälter. Sie war groß und hatte für eine Frau überraschend breite Schultern, dazu trug sie einen rötlich blonden Pferdeschwanz, der über ihren Arztkittel hinabbaumelte.

»Klien, Klien…«, murmelte sie und fuhr die Namen mit dem Zeigefinger entlang, »H, I, J, K, da haben wir's ja.« Sie griff nach einem der blauen Plastikschälchen und schob es auf, um mir die Pillen in die Hand zu kippen. Dabei glitt ihr Armbändchen an ihrem Handgelenk nach unten. Ganz automatisch folgte ich ihm mit den Augen. Da hingen zwei silberne Anhänger, ein silbernes Herzchen und ein künstlerisch gestaltetes Kreuz mit einer Rose am Querbalken. Glaube und Liebe, ganz klar. Nur der Hoffnungsanker fehlte. Und ich wusste auch, wo der lag. Nämlich gut versteckt in einer meiner Schreibtischschubladen. Ich hatte ihn schließlich in dem Schafstall gefunden, den die Pokerclique für ihre nächtlichen Treffen nutzte.

Ich schloss die Hand um die Medikamente und bedankte mich. Meinen Blick hielt ich fest auf ihr Namensschildchen geheftet. »Dr. I. Siebenlist«, stand dort. Wir zwei würden uns noch mal ausführlicher unterhalten müssen.

Als ich den Speisesaal betrat, sah ich schon von Weitem Irmela, Anne und Marie an unserem Tisch sitzen. Holger wankte schlaftrunken am Büfett entlang und stapelte Essen auf seinem Teller. Ich zog es vor, mir zunächst einmal ein Croissant zu sichern, da es die nur sonntags gab, und eine Tasse Kaffee durchlaufen zu lassen. Dann holte ich noch Himbeer- und Stachelbeermarmelade und ein Eckchen Käse mit ein paar Weintrauben. So ausgerüstet kehrte ich zum Tisch zurück. Alle musterten mich mit gleichzeitig besorgten und erwartungsvollen Mienen.

»Wie geht es dir?«, fragte Irmela tastend. »Hast du gut geschlafen?«

»Ganz gut, danke der Nachfrage.« Bei meinen Worten entspannte sie sich sichtlich und hörte auch auf, Krümel vom Tisch zu wischen.

Anne beugte sich über den Tisch. »Will, wir wollten dir noch mal sagen, dass es uns allen sehr leidtut, dass du Mäuschen so finden musstest und es dir dann so schlecht ging. Aber wir glauben, dass es deswegen jetzt noch wichtiger ist, dass wir zusammenhalten. Wir müssen einfach rausfinden, was da vor sich geht.«

Marie und Irmela nickten unisono. Holger legte mir von hinten seine Hand auf die Schulter. Ich zwang mich dazu, stillzuhalten und sie nicht sofort wegzuwischen.

»Schön, dass du wieder da bist, Mann!« Er strahlte mich an. Zwischen seinen Schneidezähnen steckte ein Stück Petersilie. Weiß der Himmel, wo er die aufgetrieben hatte.

»Ich finde es auch schön«, ich räusperte mich, »und ich komme nicht mit leeren Händen …« Ich erzählte ihnen von meiner Entdeckung bei der Medikamentenausgabe und dass ich Dr. Siebenlist in Verdacht hatte, eine der Poker-Mitspielerinnen zu sein.

»Sie wäre also dann diese ominöse Frau, die unter einer der Kutten steckt.« Marie knabberte an einem Stückchen Apfel. »Aber was fangen wir mit dieser Information an? Sollen wir sie damit konfrontieren?«

»Auf keinen Fall!« Irmela war ganz aufgeregt. »Das wäre viel zu gefährlich! Denkt doch nur mal dran, was mit Mäuschen passiert ist. Nein, ab jetzt sind wir alle doppelt vorsichtig, keine Alleingänge, bitte.«

»Diese Frau, das ist eine ganz ausgebuffte!« Holger hatte sich neben mich gesetzt und stopfte eine Schinken-Käse-Semmel, die obendrein mit Leberwurst garniert war, in sich hinein. Da er mit vollem Mund sprach, konnten wir alle den Zerkleinerungsvorgang seines Frühstücks live miterleben. »Die hat immer am meisten Geld gewonnen. Bei der habe ich auch Schulden, tausenddreihundert Euro.«

»Glaubst du, sie hat den Erpresserbrief geschrieben?«, fragte Irmela ihn.

Er verzog das Gesicht und schluckte lautstark. »Kann ich mir fast nicht vorstellen. Ich meine, wenn sie eine Ärztin ist, kann sie das Geld ja wohl nicht so dringend brauchen.«

»Vielleicht hat sie sich ein Schloss gekauft und kann die Raten nicht begleichen«, warf ich düster ein.

»Oder sie möchte damit ihren alten kranken Vater unterstützen, damit er nicht in ein Pflegeheim muss«, phantasierte Irmela.

Wir gingen erst gar nicht darauf ein. Dass in Irmelas Augen kein Arzt etwas falsch machen konnte, hatten wir ja schon zur Genüge gehört.

Marie tätschelte beruhigend Irmelas Hand. »Irgendwas müssen wir aber unternehmen. Jetzt, nach Mäuschens Tod, wird die Drohung gegen Holger ja doch noch mal realer.«

»Wieso, hat sie auch um Geld gespielt?«, fragte Holger verwirrt.

»Nein, aber das zeigt ganz eindeutig, dass ein Mörder in der Klinik herumläuft, der nichts zu verlieren hat«, erklärte Anne ihm. »Ich habe auch direkt eine Idee«, fuhr sie fort. »Was haltet ihr davon, wenn wir diese Frau Dr. Siebenlist so gut es geht beschatten? Wir könnten Schichten einteilen und sie so rund um die Uhr beobachten.«

»Oh ja!« Holger sah von seinem Teller auf. Um seine schlecht rasierten Mundwinkel klebten Krümel. Ich wandte schaudernd den Blick ab. Er war offensichtlich begeistert von der Idee. »Wir überwachen sie und schauen, was sie so treibt. Vielleicht können wir sie auf frischer Tat ertappen?«

»Auf frischer Tat wobei?«, wollte ich wissen.

»Bei … etwas Illegalem«, antwortete Holger vage.

»Gerade du darfst ihr aber nicht zu nahe kommen«, warnte Anne ihn, »dich kennt sie schließlich von den Pokerrunden.«

»Aber morgen ist Montag, da haben wir alle wieder ziemlich volle Stundenpläne. Wir können doch nicht die Therapien schwänzen.« Irmela schien unglücklich zu sein. »Ich will ja helfen, aber ich will nichts Verbotenes tun.«

»Das ist auch gar nicht nötig.« Marie lächelte ihr zu. Ihr Lidschatten glitzerte heute in vornehmem Mitternachtsblau. Dazu trug sie ein Jeans-Top mit einer bunten Stoffblume als Brosche. »Sind wir doch mal ganz ehrlich: Solange Frau Dr. Siebenlist hier in der Klinik Dienst hat, kann sie sowieso nichts Nennenswertes machen. Sie muss ja auch arbeiten, und die Ärzte schieben wirklich keine ruhige Kugel, sondern sind immer auf Zack. Das heißt, dass die Beschattung erst nach Dienstschluss Sinn ergibt. Deshalb bin ich dafür, dass wir uns an ihre Fersen heften, wenn sie das Gebäude verlässt, und zwar so lange, bis wir wegen der Nachtruhe zurück in unseren Zimmern sein müssen.«

»Dann bin ich gern dabei«, sagte Irmela. Erleichtert nahm sie den letzten Schluck ihres Kamillentees. »Wir können auch mein Auto nehmen. Das ist klein und unauffällig.«

»Mit meinem können wir auch fahren«, bot Anne an. »Ich schlage vor, dass wir uns immer zu zweit auf den Weg machen. Dann ist es erstens nicht so langweilig, und zweitens kann sich einer aufs Fahren konzentrieren, und der andere kann ihn lotsen oder die Beobachterrolle einnehmen.«

»Dann, meine Freunde, haben wir jetzt wieder eine gemeinsame Aufgabe.« Ich hob mein Croissant zum Zeichen der Verbundenheit. »Lasst uns Dr. Siebenlist beschatten und ihr das Handwerk legen!«

\*\*\*

Jacobi fuhr mit einem flauen Gefühl im Magen zu Goldigs Haus. Er war auf einer Grillfeier für die Ärzte der Klinik schon einmal dort im Steinbachtal gewesen, und damals hatte ihm das moderne Holzhaus mit den großzügigen Fenstern sehr gut gefallen. Allerdings tauchte er jetzt uneingeladen auf und – noch schlimmer – mit bedenklichen Fragen.

Trotzdem glaubte er, hier in Goldigs vertrauter Umgebung seine Reaktion besser einschätzen zu können. Zumindest konnte er ihm hier deutlicher klarmachen, was alles auf dem Spiel stand, wenn Goldigs Vergangenheit herauskäme. Das Haus kam in Sicht, schmuck und einladend, mit Geranien an den Fenstern und einem Sonnensegel über der Terrasse. Gegen die Villen ringsum war es jedoch ein eher bescheidenes Häuschen.

Als Jacobi vor dem Gartenzaun parkte, kam ein Golden Retriever über den Rasen auf ihn zugeschossen. Jacobi kannte ihn schon und wusste, dass Goldigs älteste Tochter ihn im Überschwang der Gefühle Snoopy getauft hatte. Danach war der Hund von einem tapsigen Miniwelpen zu einer zentnerschweren, stets gut gelaunten Fressmaschine herangewachsen. Er gebärdete sich wie ein Wilder, bis Jacobi über den Zaun langte und ihn hinter den Ohren kraulte. Da war Snoopy plötzlich sanft wie ein Lämmchen. Er drückte sich an die weiß gestrichenen Holzlatten und steckte seine Nase durch die Lücke.

Goldigs Frau Kordula kam hinter ihrem Hund her und reichte Jacobi über den Gartenzaun die Hand. Sie trug eine alte Jeans voller Erdflecken, Clogs und eine Gärtnerschürze, die an der Taille einschnitt. In der Hand hielt sie eine kleine Blumenhacke.

»So eine Überraschung«, sagte sie und lachte ihn an. »Wir haben uns auch schon länger nicht mehr gesehen.«

»Na ja, auf der Beerdigung neulich …«

»Stimmt.« Ihre Stirn umwölkte sich. Sie strich mit dem Handgelenk ihre blonden Haare zurück. »Sie wollen sicher zu Benni, oder? Ich wusste gar nicht, dass er Besuch erwartet.«

»Er weiß es auch noch nicht. Aber ich hätte etwas Wichtiges mit ihm zu besprechen.«

»Benniiii«, schrie sie quer durch den Garten. »Besuch für dich!«

Kurz darauf kam Dr. Goldig persönlich um die Hausecke, auch er leger gekleidet mit Shorts und einem einfachen schwarzen T-Shirt. Währenddessen hielt Kordula Snoopy zurück, der sich am liebsten auf Jacobi gestürzt und ihn von oben bis unten mit Hundespeichel bedeckt hätte.

Goldig schien deutlich weniger erfreut als sein Golden Retriever. Er reichte Jacobi kurz und förmlich die Hand und bat ihn, mit in die Gartenlaube zu kommen, wo er gerade einen neuen Briefkasten zimmerte, auf dem der Nachname der Familie in geschwungenen Lettern stand. Jacobi lobte die fachmännische Ausführung der Buchstaben, obwohl er keine Ahnung von Holzarbeiten hatte. Das sah er als Deko an, und es fiel damit in Dorothees Ressort.

»An so etwas Selbstgemachtem hat man doch viel mehr Freude als an einem gekauften Gegenstand«, improvisierte er, »und dann so ein Stück Holz in der Hand zu halten und damit zu arbeiten, das ist immer wieder ein ganz besonderes Erlebnis.« Er grinste wie ein Honigkuchenpferd und hätte sich gleichzeitig am liebsten für sein schleimerisches Getue geohrfeigt. Die Situation machte ihn einfach nervös. Er wusste überhaupt nicht, wie er vorgehen sollte.

»Ja, ja, schon gut«, brummte Goldig, »was führt Sie hierher, ausgerechnet an einem Sonntag?« Er betonte das letzte Wort und machte damit deutlich, dass Jacobi überhaupt keinen Anspruch darauf hatte, ihn in seiner Privatsphäre zu stören.

Jacobi sah sich um und ließ sich dann auf einer dunkelgrünen Holzbank nieder, die zur Hälfte von Efeu überwachsen war. »Es geht sozusagen um den Nachlass Ihres Bruders …«

Er hatte beschlossen, Goldig nichts von seinen heimlichen Nachforschungen zu erzählen. Lieber dehnte er die Wahrheit etwas aus. »Ich habe doch in Ludwigs Büro nach seinen Aufzeichnungen über die Patienten gesucht. Und dabei bin ich auf einen Zeitungsartikel und handschriftliche Notizen von ihm gestoßen.«

Goldig musterte ihn mit zusammengekniffenen Augen und versteinertem Gesicht. Jacobi musste den Blick abwenden, um fortfahren zu können. Statt zu seinem Chef sprach er nun mit der Hauswand.

»Die Unterlagen machen deutlich, dass Sie vor Jahren einmal in einen Prozess wegen des sexuellen Missbrauchs einer Schutzbefohlenen verwickelt waren. Ludwig scheint deswegen beunruhigt gewesen zu sein. Er hat aufgeschrieben, dass er herausfinden muss, wer damals das Opfer war. Und da das in seinem Notizbuch ziemlich an letzter Stelle steht, mache ich mir natürlich Sorgen, dass es was mit seinem Tod zu tun haben könnte.«

Goldig, der einen guten Meter von ihm entfernt auf der Tischkante hockte, hatte ihm mit zusammengepressten Lippen zugehört. Jetzt sprang er auf.

»Sie sind wahnsinnig! So eine Beleidigung sucht ihresgleichen!«

»Benni?«, kam es fragend aus dem vorderen Teil des Gartens. Anscheinend war Goldigs Stimme bis zu seiner Frau gedrungen.

»Was erlauben Sie sich eigentlich? Schnüffeln in den Sachen meines Bruders herum! Aber das wird Konsequenzen haben, Jacobi, das kann ich Ihnen versprechen!« Goldig schüttelte die Faust, und Jacobi wich hinter den Holztisch zurück, so weit er konnte.

»Benni!« Kordula kam in Sicht, mit Snoopy auf den Fersen und besorgtem Gesichtsausdruck.

»Kein Wort zu meiner Frau!«, zischte Goldig. Eine Ader an seiner Stirn pochte besorgniserregend.

»Was macht ihr denn?« Kordula stemmte die Arme in die

Hüften. Erdbrocken krümelten von ihrer Schürze und fielen ins Gras. »Was soll der Krach? Streitet ihr etwa?«

»Nein, nein, Schatz, alles in Ordnung. Dr. Jacobi hat mir nur gerade Neuigkeiten aus der Klinik gebracht, über die ich mich nicht gerade freue.«

»Muss das wirklich sein? Jetzt, am Wochenende?«

»Bitte entschuldigen Sie vielmals.«

Es hätte nicht viel gefehlt und Jacobi hätte eine Verbeugung vor Kordula Goldig gemacht. Er war froh über ihr Auftauchen, hatte es doch verhindert, dass die Situation richtig ungemütlich wurde und womöglich mit einer gebrochenen Nase auf seiner Seite endete. Andererseits konnte er kaum hoffen, Goldig ausfragen zu können, solange seine Frau anwesend war.

»Geh ruhig wieder nach vorne, Schnecke. Das hier wird nicht mehr lange dauern.«

Goldig sah Jacobi so drohend an, dass dieser sich beeilte, hinzuzufügen: »Überhaupt nicht lange, gnädige Frau. Wir sind gleich fertig.«

Kordula nickte Jacobi zu, pfiff nach Snoopy und ging wortlos zurück an ihre Gartenarbeit.

»Sie trauen sich was, Jacobi, das ist schon ein starkes Stück!« Goldig knetete seine massigen Hände, als müsse er sich davon abhalten, Jacobi damit an die Gurgel zu gehen.

»Ich wollte Sie wirklich in keiner Weise beleidigen. Ich bin nur besorgt. Deshalb bin ich zu Ihnen gekommen. Damit wir die Sache klären können.« ... bevor ich mit der Polizei darüber spreche, stand unausgesprochen im Raum.

»Das sind doch alles Phantastereien!«

»Das stimmt nicht, und das wissen Sie.« Jacobi bemühte sich, so ruhig wie möglich zu sprechen.

Goldig sackte erkennbar zusammen. Er trat hinter die Bank, wo er mit den Händen nervös über die Holzlehne fuhr. »Diese Dinge sind so lange her ... Das würde alles kaputtmachen, ich beschwöre Sie, Mann, lassen Sie das ruhen!«

Das schwarze T-Shirt spannte über seinem Bizeps, und Jacobi fragte sich nicht zum ersten Mal, ob der Chefarzt im Fitnessstudio trainierte. Vielleicht sollte er das auch mal probieren. Vielleicht würde er sich in einer solchen Situation dann nicht ganz so unterlegen fühlen. Andererseits war das hier Goldigs Terrain, und er war der unerwünschte Besucher. Das war an sich schon kein guter Ausgangspunkt für ein entspanntes Gespräch.

Jacobi hätte am liebsten das Thema gewechselt. Stattdessen musste er weiterbohren. »Was ist denn damals eigentlich passiert?«

Der Chefarzt zögerte. Jetzt! Jetzt war er dicht davor, zu erzählen. Jacobi drückte die Nägel in seine Handballen und betete, dass Goldig sich endlich überwand. Sein Chef holte tief Atem, als versuche er, sich zu erinnern, und sah dabei zum Blätterdach der Laube hinauf, durch das Sonnenstrahlen drangen und Kringel auf den Tisch malten. Jacobi konnte eine lichte Stelle im Haar an Goldigs Hinterkopf erkennen, was ihn gleich etwas bemitleidenswerter machte.

»Das Mädchen war wohl labiler, als ich dachte. Als es mit der Therapie nicht recht voranging, hat sie mir die Schuld daran gegeben und sich in eine Art Opferrolle hineingesteigert. Das ging so weit, dass sie irgendwann behauptete, ich hätte sie körperlich bedrängt. Natürlich ist niemals etwas Derartiges vorgefallen, und das Gericht hat mich dann auch freigesprochen, aber ein solcher Vorwurf bleibt an einem kleben.«

»Warum haben Sie sie denn überhaupt als Patientin angenommen? Soweit ich weiß, hatten Sie damals Ihr Medizinstudium doch noch gar nicht abgeschlossen?«

Jacobis Neugier war geweckt. Jetzt wollte er es schon genau wissen.

»Ach, das waren eben Bekannte, Nachbarn, um genau zu sein. Und ich brannte darauf, mich therapeutisch auszuprobieren. Heute würde ich einen solchen Fall natürlich ganz anders beurteilen, aber damals fehlte mir eben die Erfahrung. Und als es erste Anzeichen gab, dass sie in mir mehr sah als einen flüchtigen Bekannten ihrer Eltern, der ihr zu helfen versuchte, da habe ich das ignoriert und versucht, mich auf ihre Höhenangst zu konzentrieren. Ich hätte sofort einen Schlussstrich ziehen müssen, aber ich wollte die Leute halt nicht enttäuschen und dachte, ich hätte alles unter Kontrolle. Na Pustekuchen, gar nichts hab ich gerafft.«

»Das ist wirklich unglücklich gelaufen«, sagte Jacobi, da von ihm wohl so etwas wie Mitgefühl erwartet wurde. »Zum Glück konnten Sie das geheim halten.«

»Offensichtlich nicht geheim genug«, meinte Goldig mit einer Spur Selbstironie.

»Tjaaaa, ich bin ja auch nur durch Zufall darauf gestoßen. Aber ich denke trotzdem, dass wir es der Polizei melden sollten.«

»Jacobi, was reden Sie da?« Goldig ging mit großen Schritten um die Bank herum und blieb dicht vor Jacobi stehen, der den Hals in den Nacken legen musste, um Blickkontakt zu halten. »Das wäre das Allerletzte! Wenn die Kripo erst anfängt, darin herumzuschnüffeln, erfahren es doch alle. Dann würde der Klinikvorstand bestimmt nicht zögern, mich loszuwerden. Überlegen Sie bitte mal, was Sie mir damit antun würden!«

»Aber es könnte wichtig sein, um den Täter zu finden.«

»So eine alte Geschichte kann doch nichts mit dem Mord an meinem Bruder zu tun haben, und unsere junge Klinikpatientin passt da erst recht nicht rein. Nein, Jacobi, da sind Sie auf dem falschen Dampfer.«

»Ich würde das trotzdem gern die Polizei entscheiden lassen«, beharrte Jacobi. Es war ihm egal, ob er sich störrisch anhörte oder nicht. Goldig musste endlich merken, dass es wichtigere Dinge gab als seine Karriere.

»Wie kann ich Sie denn überreden ... Was wollen Sie? Eine Beförderung, ist es das?«

»Unsinn.« Jacobi hätte fast zu lachen begonnen, so absurd kam ihm die Situation vor. »Ich bin nicht hier, um Sie zu erpressen. Ich bin einfach auf der Suche nach Antworten.«

Goldig hob hilflos die Hände. »Mehr habe ich Ihnen aber nicht zu geben.«

»Doch. Sie könnten mir sagen, wie das Mädchen damals geheißen hat.«

»Wozu wollen Sie das wissen?«

»Wenn Sie partout darauf bestehen, die Polizei nicht einzuschalten, dann werde ich eben ein bisschen nachforschen. Das ist unauffälliger, als wenn zwei Kommissare an der Haustür klingeln. Ich könnte mit der Familie sprechen, herausfinden, ob Ludwig Brunner vielleicht ebenfalls bei ihnen vorbeigeschaut hat und was er wissen wollte.«

Goldig überlegte kurz. Schließlich schien er erkannt zu haben, dass ihm keine andere Wahl blieb. »In Ordnung. Sie hieß Margit Braunecker. Die Familie hat in München gewohnt, in der Humboldtstraße. Ich weiß aber nicht, ob sie inzwischen umgezogen sind oder wo Margit lebt.«

»Das finde ich schon heraus.« Jacobi stand auf. »Danke für die Auskunft. Ich wünsche Ihnen noch einen schönen Sonntag.« Mit einem letzten Blick auf den halb fertigen Briefkasten – vielleicht sollte er auch einmal ein solches Projekt wagen, natürlich nur mit entsprechender Schutzausrüstung – verabschiedete er sich.

Goldig nickte nur und brachte Jacobi zum Gartentor, wo dieser beinahe wieder von Snoopy über den Haufen gerannt worden wäre. Der Hund trug inzwischen einen roten Gummiball im Maul und ließ ihn bei Jacobis Anblick fröhlich quietschen. Goldig fasste den Hund am Halsband und hielt ihn davon ab, durch das offene Fenster in Jacobis Wagen zu springen. Derweil blickte Jacobi sich nach der Hausherrin um. Kordula Goldig winkte ihm mit einer Hand zu, sie stand inmitten eines Berges frisch abgeschnittener Zweige und rief einen Abschiedsgruß herüber. Nicht nur ihr Mann schien erleichtert zu sein, dass Jacobi wieder ging.

»Und bitte – in der Klinik kein Wort davon!«, raunte Goldig noch, bevor Jacobi ins Auto stieg.

Jacobi nickte seinem Chef pflichteifrig zu und fuhr davon. Der Chefarzt und sein Hund sahen ihm hinterher. Der eine bedauernd, der andere besorgt.

Jacobi achtete nicht darauf.

»Einen Namen«, triumphierte er im Stillen, »ich habe einen Namen!«

\*\*\*

Der Nachmittag, an dem Susa mich besuchen kann, war strahlend hell, sonnig und so klar, dass man weit über die Weinberge, Felder und Äcker der Mainschleife hinwegblicken konnte. Ich wartete unter dem Ginkgobaum auf sie, denn für einen Bibliothekar gibt es kaum einen passenderen Aufenthaltsort – außer seiner Bibliothek natürlich. Der Ginkgo war ein Wunderbaum der Literatur. Goethe hatte ihn umfassend bedichtet und war von seinen zweigeteilten Blättern fasziniert gewesen. »Ist es ein lebendig Wesen, / das sich in sich selbst getrennt? / Sind es zwei, die sich erlesen, / dass man sie als eines kennt?«

In Weimar stand ein riesiger, alter Ginkgo direkt gegenüber der wunderschönen Anna-Amalia-Bibliothek. Ich war nicht viel gereist in meinem Leben, aber die Stadt Goethes und Schillers war ein absolutes Muss gewesen. Damals hatte Susa, die meine ekstatischen Begeisterungsausbrüche angesichts von Schillers Wohn- und Goethes Gartenhaus nicht im Geringsten nachvollziehen konnte, aber einfach Spaß daran hatte, das Nachtleben einer neuen Stadt zu entdecken, mich überredet, mir einen Bonsai-Ginkgo für daheim zuzulegen. Wir hatten ihn umständlich im Zug nach Hause transportiert, und er hatte brav im Herbst seine Blätter geworfen und im Frühjahr neue hellgrüne Triebe entwickelt.

Einige Jahre hatte mich diese beruhigende Stetigkeit durch die Jahreszeiten begleitet, dann war meine Krankheit immer schlimmer geworden, und ich konnte den Ginkgo nicht mehr bei mir behalten, weil der Gedanke an die Erde im Blumentopf mich nicht mehr in Ruhe ließ. Susa hatte den Ginkgo abgeholt – damals hatte sie schon mit einem Plastikoverall meine Wohnung betreten müssen –, und ich hoffte, dass er gut bei ihr aufgehoben war. Auch wenn ihm wahrscheinlich die allabendlichen

Gedichte fehlten, die ich ihm in strenger Auswahl vorgelesen hatte.

Um kurz nach drei Uhr an diesem Sonntag rauschte Susa durch die Eingangstür, am Empfang mit den drapierten Blumen vorbei, hinaus in den Garten des Klinikcafés und direkt in meine Arme.

Susanne Klien, Susa, einen Meter siebzig groß, sechsunddreißig Jahre alt, Sternzeichen Zwilling, Altenpflegerin. Sie liebte Himbeertörtchen und duftete auch immer etwas nach ihnen. Frisch, fruchtig, cremig, süß, beerig. Ihre glatten, langen blonden Haare wurden von einem einfachen Plastikhaarreif zurückgehalten. Die Augen waren dunkelblau, wie Veilchen. Trotz ihrer schlanken Figur in Jeans und einem löchrigen T-Shirt wirkte sie irgendwie sehr fraulich. Selbst ich als ihr Bruder merkte das.

Im Gegensatz zu mir hatte sie schon immer gewusst, was sie vom Leben wollte. Bei ihr war das Freiheit, Freiheit und noch mal Freiheit. Sie lebte nach dem Grundsatz, dass das Leben zu kurz war, um etwas davon zu verpassen. Früher waren das Partys gewesen, Festivals, durchtanzte Nächte, Koks und LSD. Oft hatte ich sie nachts aus dem Fenster klettern sehen, als sie noch mit mir bei den Großeltern wohnte. Immer mit einem Lächeln, mit vom Abenteuer funkelnden Augen und dem Finger auf den Lippen. »Pssst, schlaf gut, Will, morgen, wenn du aufwachst, bin ich wieder da.«

Wo ich zögerlich und unentschlossen war, stürmte sie voran. Das bedeutete auch so manche Niederlage, Streit und zerbrochene Beziehungen, die sie mit rot geweinten Augen, aber trotzig emporgereckter Nase meisterte. Es gab immer Männer, die sie so lange toll fand und für die Liebe ihres Lebens hielt, bis sie versuchten, sie im Zaum zu halten. Dann schlug sie aus, biss um sich, galoppierte mit schreckensweiten Augen davon, ließ alles hinter sich, ein Wildpferd auf der Flucht. Auch eine Abtreibung hatte es gegeben, wofür sie sich so lange Vorwürfe machte, bis ich ihr sagte, dass ich ihre Entscheidung richtig fand. Die Macken, die wir mit uns herumtrugen, würden jede Erziehung in einen Alptraum verwandeln, egal wie sehr sie sich bemühte, eine gute Mutter zu sein.

Susa, die Starke, die Mutige, die Macherin. Ich hatte sie immer bewundert und auch etwas beneidet. Und eine Zeit lang hatte ich sie gehasst. Als sie trotz ihres Versprechens nicht wiedergekommen war und ich Nacht für Nacht mit meinem Kuscheltier im Arm vor dem Fenster Wache stand. Susa hatte mich alleingelassen, als ich sie am meisten brauchte. Darum vertraue ich Menschen nicht. Sie lassen dich im Stich, sie sind sich selbst am nächsten, sie tun dir weh.

Trotzdem umarmte ich Susa heute ganz fest. Sie war meine Schwester und damit die Einzige, die mich fast mein ganzes Leben lang irgendwie begleitet hatte. Nicht immer so, wie ich es mir gewünscht hätte, aber so, wie es ihr möglich war.

»Gut schaust du aus.« Susa hielt mich auf Armlänge von sich weg. »Ein fescher junger Mann.«

Ich trug ein violettes T-Shirt mit dem Schattenriss überdimensionaler Kokospalmen darauf. Susa hatte es mir zum Geburtstag geschenkt. Sie meinte immer, meine Garderobe könne etwas mehr Jugendlichkeit vertragen. Nun zog ich diese Geschenke immer an, wenn wir uns trafen, um ihr eine Freude zu machen.

»Wie geht es dir? Hast du schon Fortschritte gemacht? Wie sind die anderen Patienten so? Und die Therapeuten? Schmeckt das Essen?« Sie zog mich Richtung Ausgang. »Komm, wir wollen doch ein bisschen die Sonne genießen. Du kannst nicht die ganze Zeit über deinen geliebten Büchern hocken oder im Schatten verkümmern. Du hast eh schon eine Hautfarbe wie ein blinder Höhlenfisch.«

Widerstandslos ließ ich mich abführen. Große Schwestern sind Naturgewalten, denen man schwer etwas entgegensetzen kann, und Susa war der Tornado unter den Wirbelstürmen. Wir schlenderten zu Susas kleinem dunkelgrünen Ford Fiesta, der auf den Namen »Gurki« hörte, da er auf der Autobahn eine ähnliche Endgeschwindigkeit erreichte wie ein schnell wachsendes Gemüse.

Susa verteilte sowieso freigebig Namen. Als kleines Mädchen hatte sie ihre Kuscheltiere mit Vor- und Zunamen getauft und jedes Mal einen Tobsuchtsanfall bekommen, wenn jemand die Namen verwechselte oder nur von »dem Pinguin« sprach statt von »Icy Pete«. Auch heute noch erhielten Handtaschen, Elektrogeräte, Möbelstücke und fahrbare Untersätze Namen, die sie sich mit verblüffender Exaktheit merkte, während ihr Namensgedächtnis bei realen Bekanntschaften deutlich zu wünschen übrig ließ.

»Wir machen heute einen kleinen Ausflug, Brüderchen.« Susa hielt mir die Beifahrertür auf und hüpfte dann auf ihrer Seite ins Auto.

»Wohin soll's gehen? Zum Wildwasserrafting? Fallschirmspringen? Bungee-Jumping?« Ich machte mich auf das Schlimmste gefasst.

»Das wirst du dann schon sehen«, verhieß sie mir mit geheimnisvollem Zwinkern.

Also fragte ich nicht weiter nach. Susa liebte Überraschungen, und ich war der Allerletzte, der ihr die Freude daran nicht gönnte. Auch wenn ein klitzekleines bisschen Sorge um Leib und Leben meine eigene Freude in Grenzen hielt.

Wir kurvten eine halbe Stunde durch die Hügel und Wälder Mainfrankens, kamen an Erdbeerfeldern vorbei und beobachteten Störche, die durch die Wiesen stapften und nach saftigen Fröschen Ausschau hielten. Schließlich erreichten wir Würzburger Stadtgebiet. Susa schaffte es auf Anhieb durch den gefürchteten zweispurigen Kreisel am Berliner Ring, was mich in meiner Meinung bestärkte, dass heute einfach ein großartiger Tag war. Na ja, oder zumindest annehmbar. Nicht schlecht immerhin.

Wir brausten an dem Gebäude vorbei, wo Wilhelm Conrad Röntgen 1895 die nach ihm benannten Strahlen entdeckt hatte. Schon in den ersten Jahren hatte seine Entdeckung für Furore gesorgt. Nicht nur Ärzte wandten die Strahlen an, sondern auch Schuhgeschäfte, um den Sitz von Kinderschuhen zu überprüfen. Es kam sogar die Idee auf, dass Männer sich mit Hilfe von Röntgenstrahlen die tägliche Rasur sparen könnten. Man hatte nämlich beobachtet, dass intensive Bestrahlung zu Haarausfall führte. Aus heutiger Sicht ein lebensgefährlicher Einfall, aber Röntgens Ruhm tat dies keinen Abbruch. 1901 wurde ihm für seine Entdeckung der Nobelpreis verliehen, was die Würzburger in Form einer kleinen Gedenkstätte am Röntgenring auch heute noch feierten.

Ich hätte das alles gern meiner Schwester erzählt, aber wie so oft war ich mir nicht sicher, ob sie mich dann nicht für völlig abgedreht halten würde. Lesescheue Menschen neigen dazu, büchervernarrte Menschen als leicht seltsam bis mittelgradig verrückt anzusehen. Also ließ ich es lieber bleiben. Wir überquerten den Main Richtung Zellerau, und Gurki machte sich an den Aufstieg auf den Festungsberg. Er röhrte unruhig unter meinem Hintern, aber Susa tätschelte nur einige Sekunden lang das Armaturenbrett und trat das Gaspedal weiter durch.

Susa hielt auf dem Parkplatz direkt unterhalb der Festung und kramte auf dem Rücksitz des Autos herum. Mit einer Decke und einem zugedeckten Korb kam sie wieder zum Vorschein.

»Picknick!«, rief sie strahlend und stürmte an mir vorbei an den Festungsmauern entlang, gegen die während des Bauernkrieges eine verzweifelte Handvoll Männer, mit Dreschflegeln und Sensen bewaffnet, vergebens angerannt waren. Ich folgte ihr langsamer, jedoch mit einem Lächeln. Susas Begeisterung war einfach ansteckend.

Währenddessen reckte ich den Hals, um einen Blick auf den Bergfried oder das Brunnenhaus mit der angeblich hundert Meter tiefen Zisterne zu erhaschen. Man sah der Burg und der gesamten Festungsanlage an, dass über Jahrhunderte hinweg an ihr gebaut worden war. Hier ein Türmchen, dort ein Wall, warum nicht eine weitere Mauer und ein Fürstengarten? Es hieß, die ersten burgähnlichen Bauten hätten hier bereits im 8. Jahrhundert gestanden.

Kein Wunder, dass die Festung Marienberg inzwischen solche Ausmaße angenommen hatte. Schön für die Würzburger, die sommers wie winters drunten auf der alten Mainbrücke standen und sich bei einem guten Glas Frankenwein den Blick auf ihre Festung gefallen ließen.

Susa winkte mir ungeduldig zu, und ich beeilte mich, zu ihr zu kommen. Gemeinsam breiteten wir die Picknickdecke auf der Mauer aus, die in einen steil abfallenden Rasenhang überging und dann irgendwann auf Weinberge traf. Susa stapelte ganze Heerscharen von Tupperdosen darauf. Genauer gesagt handelte es sich um Vanilla, Rudolf, Eberhard, Cookie und Snow White, wie Susa mich belehrte. Ich überließ ihr die Aufzählung der Namen und machte mich lieber daran, die Behältnisse zu öffnen und sämtliche Köstlichkeiten auf meinem Pappteller zu stapeln.

Mein Schwesterchen hatte sich selbst übertroffen. Es gab Nudelsalat, gekochte Eier, Trauben-Käse-Spieße, gefülltes Baguette und zum Nachtisch schwedische Zimtschnecken. Kurz stellte ich mir Holgers neidisches Gesicht vor und schwelgte ebenso im Essen wie in der Vorstellung, ihm die Köstlichkeiten heute Abend in allen Einzelheiten zu beschreiben. Bekanntermaßen macht Essen noch viel mehr Spaß, wenn jemand anders dabei leer ausgeht.

Dann sprach ich ein Thema an, das mir seit dem Morgen auf dem Herzen lag. Das Leid der schönen Angie. Schließlich war Susa eine Frau. Vielleicht konnte sie mir einen Tipp geben, wie ich Angie überreden konnte, dass sie dieses Ekel Jacobi zum Teufel jagte. Während ich die Brösel und Schinkenstückchen, die aus meiner Hälfte des gefüllten Baguettes gefallen waren, fein säuberlich vom Teller pickte, berichtete ich, was sich zugetragen hatte.

Susa hörte mir aufmerksam zu. Man sah ihr an, dass ihr der Kliniktratsch gefiel. Bei ihren alten Leutchen auf der Arbeit gab es solche Vorfälle vermutlich seltener. Umso mehr interessierten sie nun meine Beobachtungen der verbotenen Liaison.

»Und dieser ominöse Arzt ist gleichzeitig einer der Therapeuten in deiner Zwangsgruppe?«, fragte sie schließlich.

Ich nickte.

Susa kratzte einen Rest Nudelsalat aus Eberhards roten Plastikecken. »Dann würde ich das Thema an deiner Stelle ganz offen während einer eurer Gruppensitzungen ansprechen. Du kannst ja andeuten, dass du wegen einer Freundin fragst, und dabei möglichst unschuldig tun. Die Therapeuten müssen dann natürlich den Standpunkt vertreten, dass Beziehungen zwischen Therapeut und Patientin moralisch absolut verwerflich sind.«

»Das wäre sozusagen ein Schuss vor den Bug des notgeilen Schlachtschiffes Jacobi«, sagte ich nachdenklich. »Er würde sich selbst als Regelbrecher bezeichnen müssen.«

»Genau, damit bringst du ihn zum Kentern. Du gibst ihm zu verstehen, dass du Bescheid weißt. Vielleicht macht er dann einen Rückzieher.«

Nachdenklich blickte ich über das tief unter uns liegende Würzburg hinweg. Es hatte etwas Meditatives, von hier oben die Welt plötzlich wie eine Spielzeugstadt wahrzunehmen. In diesen Straßen und Gassen wuselten Menschen herum, winzige Autos schoben sich an Ampeln heran, und vor der Residenz strömte sicherlich gerade eine Ladung Japaner aus dem nächsten Reisebus. Alles sah so friedlich aus, als ginge es mich überhaupt nichts an, was da unten geschah. Plötzlich schien auch der Klinikalltag so weit weg zu sein. All diese Menschen mit ihren Fragen und Problemen. Was kümmerte mich das schon? Natürlich gab es Leute, denen ich helfen wollte. Leute wie Angie.

Ich sah Susa zweifelnd an. »Und wenn Jacobi seine Wut dann an Angie auslässt? Weil er denkt, sie hätte geplaudert?«

»Dann zeigst du ihn an, und er kann sich vor der Polizei verantworten.«

»Stimmt. Und ich könnte Angie ja anbieten, dass ich sie beschütze, wenn es ein Problem geben sollte.«

Meine Schwester grinste. »Ist sie denn hübsch, diese Angie?«

Ich spürte, wie ich rot wurde. »Schon, ja, aber nicht mein Typ.«

»Was ist denn dein Typ?«

Ich dachte an Maries raspelkurze Haare und ihre zwanghaft symmetrisch geschnittenen Toastbrote. »Mehr so ... unkonventionelle Frauen«, antwortete ich unverbindlich.

»Verstehe.« Susa klopfte sich auf den vollen Magen. »Vielleicht stellst du mir über kurz oder lang ja mal eine vor, ganz unverbindlich natürlich.« Sie stand auf und zog auch mich aus meiner bequemen halb liegenden Haltung empor. »Sei nicht so träge. Los jetzt. Ich hab noch was Besonderes mit dir vor. Keine Sorge, es ist nicht mehr weit und dauert außerdem nicht lang. Ich bring dich pünktlich zum Abendessen in die Klinik zurück.«

Wir fuhren noch eine weitere Stunde, und Susa warf mir zwischendurch immer wieder lauernde Blicke zu. »Na, kommt dir die Gegend bekannt vor?«

Ich blickte aus dem Fenster, sah in der Ferne einen undurchdringlichen Wald, in der Nähe die ersten Häuschen eines kleinen fränkischen Dorfes. Mit einem eiskalten Gefühl im Magen wurde mir klar, dass wir durch unseren Heimatort fuhren. Dort, wo wir aufgewachsen waren, oder besser: dort, wo ich aufgewachsen war und wo Susa als Jugendliche abgehauen war. Ich drückte mich in den Autositz.

»Was soll das? Was willst du hier?«, fragte ich. Meine Stimme klang gepresst. Der Ansturm längst vergessen geglaubter Erlebnisse überforderte mich.

Susa steuerte auf die kleine Kirche zu und hielt neben dem Friedhofstor. »Ich denke, es ist Zeit, dass wir vergeben und vergessen«, sagte sie schlicht.

»Du willst *was*?«

»Ich möchte mit dir das Grab von Oma und Opa besuchen. Ich habe einen Kranz gekauft, er liegt im Kofferraum, den können wir gemeinsam niederlegen.«

»Ohne mich!«

»Warst du denn jemals an ihrem Grab?«

»Ich würde zu diesem Grab nur deswegen gehen, um darauf zu pissen«, rief ich mit so viel Hass in der Stimme, dass Susa zurückzuckte.

»Wir sind doch jetzt erwachsen«, brachte sie hervor. Ihre Lippen bebten.

»Dieses Monster hat mein Leben zerstört!«

Susa starrte mich an. »Aber Opa war doch ganz nett. Weißt

du nicht mehr, die Schokolade, die er immer in seinem Geheimfach im Schreibtisch hatte?«

»Er war ein Verräter. Er hat nie ein Wort gesagt, hat nie Anstalten gemacht, mir zu helfen, mich gegen sie zu verteidigen. Seine Süßigkeiten waren ein billiger Versuch, sich freizukaufen von seiner Schuld.«

»Von welcher Schuld redest du eigentlich?«

»Hast du denn alles vergessen? Die Beschimpfungen, die Schläge auf den Hintern mit dem Teppichklopfer, das Ausspionieren, die nächtlichen Kontrollen? Du hast es dir ja leicht gemacht, bist einfach abgehauen, hast mich bei ihnen zurückgelassen. Ich habe so gebetet, dass du zurückkommst und mich mitnimmst. Aber du hast natürlich nicht einmal dran gedacht.«

»Doch Will, das habe ich, ganz oft sogar, aber ich wusste doch, dass sie dich nicht bei mir wohnen lassen würden. Ich war ja auch nur ein paar Jahre älter als du. Das hätten die Behörden doch nie erlaubt.«

»Dann hättest du eben das Jugendamt informieren müssen, damit sie mich da rausholen!«, brüllte ich. Der ganze Zorn und die Enttäuschung, die sich seit meiner Kindheit in mir aufgestaut hatten, brachen sich Bahn. Ich fühlte mich wieder von ihr verraten. Verraten und verlassen. »Was glaubst du denn, warum ich in einer Klinik bin? Die haben mich krank gemacht. Die haben mich kaputtgemacht!«

Susa schluchzte jetzt. Die Tränen quollen nur so aus ihren Veilchenaugen. Es war mir egal. In diesem Moment hasste ich sie, und wenn mir noch mehr eingefallen wäre, hätte ich sie weiter angebrüllt, weiter auf sie eingeschrien. Stattdessen stieß ich die Autotür auf, rannte zur Friedhofsmauer und trat mit dem Fuß dagegen, so fest ich konnte. Dann noch einmal und noch einmal. Der Schmerz tat gut, und ich hatte ein klein bisschen das Gefühl, mich symbolisch damit auch an meinen Großeltern zu rächen.

Erst als ich außer Atem war und merkte, wie lächerlich mein Wutanfall war, ging ich wortlos zurück zum Auto, schnallte mich an und schloss die Tür. Susa sagte mehrmals meinen Namen, doch ich reagierte nicht darauf, sodass sie schließlich aufgab und losfuhr. Schweigend brachten wir die ganze Strecke bis zur Klinik hinter uns.

Als ich immer noch schweigend aussteigen wollte, hielt Susa mich am Arm zurück. »Will«, sagte sie bittend, »ich habe es nur gut gemeint. Ich dachte, das hilft dir bei deiner Therapie, wenn du einen Schlusspunkt unter das Ganze setzen kannst.«

»Die eigene Kindheit kann man nicht auslöschen, egal wie viele hundert Therapiestunden man macht. Die Vergangenheit ist einfach immer da. Durch sie bin ich ein anderer Mensch geworden. Ein Mensch, der nicht verzeihen und vergessen kann, wie du dir das wünschst. Wenn du das nicht akzeptierst, brauchst du gar nicht mehr herzukommen.«

Ich schlug die Autotür zu. Familien waren einfach zum Kotzen. So viel wusste ich, dass ich selbst nie eine gründen würde, niemals!

## 13
## VERGISS DIE WELT. FRISS DAS GLÜCK.
## ATME DEN WAHNSINN.

*Maries Mail an ihre Eltern*

*Sehr geehrte Frau Sommer, sehr geehrter Herr Sommer, kurz: liebe Eltern,*
*vielleicht erinnert ihr euch, dass ihr einmal eine Tochter gehabt habt. Wenn nicht, kann ich es verstehen, aber die Therapeuten sagen, ich muss das hier trotzdem tun.*
*Die letzten Jahre ging es mir sehr schlecht, ihr wisst, warum. Ich habe eine Schuld auf mich geladen, die ich niemals wieder abtragen kann. Aus irgendeinem grausamen Grund lebe ich weiter und er nicht. Dabei wäre es mir andersherum so viel lieber.*
*Ich wollte euch informieren, dass ich in einer Klinik bin. In Unterfranken. Auf der Vogelsburg. Vielleicht kommt ihr ja einmal zu Besuch. Ruft dann aber bitte vorher an. Ich könnte euch sonst für Fremde halten.*
*Es grüßt euch aus der Ferne*
*Marie Sommer*

Am Montag ging Jacobi mit einem unguten Gefühl zur Arbeit. Ständig erwartete er, Angie in einem der Gänge über den Weg zu laufen. Er wusste nicht einmal genau, ob er sich davor fürchtete oder sich insgeheim darauf freute. Klar war nur, dass es ihn nervös machte, sie im Haus zu wissen. Am Morgen hatte er sich mit besonders großer Sorgfalt rasiert und angezogen. Er hatte ein Hemd gewählt, von dem er fand, dass es seine leichte Sommerbräune betonte und die weißen Zähne zur Geltung brachte. Auf Dorothee zumindest hatte es seine Wirkung nicht verfehlt. Sie war beim Frühstück um ihn herumgestrichen wie eine streichelbedürftige Katze und hatte sich zum Abschied an ihn geschmiegt, wie sie das sonst nur selten tat.

Bestimmt war die Schwangerschaft daran schuld. Menschen wurden schließlich von Hormonen gesteuert, und es lag eben im Interesse einer schwangeren Frau, dem Versorger gegenüber besonders anhänglich zu sein, damit er sie auch ja nicht im Stich ließ. Natürlich hatte er nichts dergleichen zu ihr gesagt. Sie tat das sicherlich nicht bewusst. Nur war es ein seltsames Gefühl, so umschmeichelt zu werden, wenn man selbst überhaupt nicht das Bedürfnis danach hatte. Konnte sie sich nicht einfach mal damit zufriedengeben, dass er ihr ein Kind gemacht hatte?

Aber nein, so etwas zu denken war natürlich höchst unfair. Unfair und unangebracht und machomäßig. Jacobi wollte kein Macho sein und strengte sich extra an, auch nicht wie einer zu denken. Nur manchmal, da tauchten eben solche Gedanken auf, bevor sie von seinem Über-Ich zensiert werden konnten. In solchen Momenten dachte er auch »Geiler Arsch«, wenn ihm eine junge Frau in hautengen Jeans über den Weg lief, oder »Die alte Schnepfe ist ja wohl chronisch untervögelt«, wenn die Achtsamkeits-Co-Therapeutin Frau Meyer-Sensa auf die unbefriedigende Yin-Yang-Verteilung aufgrund des hohen Männeranteils im Ärztestab hinwies.

Bisher hatte Jacobi das für ganz normal gehalten. Insgeheim war er davon überzeugt gewesen, dass selbst der Chefarzt – oder: besonders der – manchmal solche moralisch völlig inkorrekten Gedanken hatte. Wenn er jetzt aber daran dachte, dass irgendein Mann bei Angies Anblick einen solchen Kommentar bringen könnte, überfiel ihn unvermittelt eine heftige Wut. Es gab einfach Dinge, die tabu waren. Und Angie sah er in gewisser Weise als seinen Besitz an, sogar mehr als Dorothee, obwohl er mit ihr doch verheiratet war. Dass sie ihn vorgestern so im Wald hatte stehen lassen, kränkte ihn mehr, als er sich selbst eingestehen wollte. Es machte ihm Angst, dass sie vielleicht so tief verletzt war, dass sie außerhalb der Therapietreffen tatsächlich nichts mehr mit ihm zu tun haben wollte. Deswegen brannte er darauf, sie zu sehen und in ihren Augen lesen zu können, ob sie noch etwas für ihn empfand.

Entsprechend ging er nicht besonders motiviert zum Treffen

der Zwangsgruppe. Da Angie nicht zu den Zwänglern gehörte, würde sich zwei Stunden lang keinerlei Gelegenheit bieten, sie zu sehen. Stattdessen musste er die Gruppe gemeinsam mit Gabi Hempel halten, die ihn immer wieder deutlich spüren ließ, dass er keinen adäquaten Brunner-Ersatz darstellte. Auch so eine, nun ja, im Privatleben nicht ganz ausgelastete Dame.

Jacobi betrat den Raum überpünktlich und mit einem breiten Lächeln auf den Lippen. Er setzte sich auf den Stuhl in Türnähe und blickte alle Patienten der Reihe nach aufmerksam an. Anne Schmidt saß über ihr Strickzeug gebeugt in wenig rückenfreundlicher Haltung da. Sie trug eine schwarze Hose und eine dunkelblaue Schluppenbluse. Nicht sehr farbenfroh, wie immer. Will Klien starrte ihn aggressiv an. Sie maßen sich eine Zeit lang mit Blicken, bis Klien letztendlich doch wegschaute. Schade, wenn es solche Spannungen in der Gruppe gab. Das machte es Klien bestimmt nicht leicht, seine Ratschläge anzunehmen. Jacobi hoffte, dass sich das zeitnah geben würde. Als Klien im Krankenhaus gelegen war, hatte Jacobi eigentlich das Gefühl gehabt, dass sie auf einer Wellenlänge waren, doch nun stellte sich die Situation wieder ganz anders dar. Nun, er würde mit Gabi einmal darüber sprechen müssen.

Jacobi ließ den Blick weiter schweifen. Neben Klien saß die junge Marie Sommer. Sie trug dicke Wollsocken und hatte den linken Fuß unter den rechten Oberschenkel gesteckt, vermutlich um ihn aufzuwärmen. Vielleicht saß sie aber auch einfach gern so da. Einfach ein klein bisschen aus der Reihe fallend. Ein prustendes Geräusch durchbrach die Stille. Holger Hustenbrecher trompetete in ein überdimensionales Stofftaschentuch, das er halb aus seiner Hosentasche gezogen hatte. Ein nicht unbeträchtlicher Teil musste außerdem in seinen Nasenlöchern stecken, so energisch, wie er die Finger hineinbohrte. Wahrlich kein besonders erfreulicher Anblick.

Jacobi richtete seine Aufmerksamkeit stattdessen auf die Letzte in der Runde, Irmela Ohnesorg, deren graue Löckchen apart vom Kopf abstanden. Sie lächelte ihn als Einzige freundlich und offen an. In ihren Händen hielt sie ein aufgeschlagenes

Notizbuch, bereit, sofort mitzuschreiben, sobald er ein Wort von sich gab.

Die Uhr zeigte eine Minute vor halb zehn, als auch Gabi Hempel atemlos eintrudelte. Ihre Halskette aus bunten Holzklötzen, die sie von ihrem Enkelkind geklaut zu haben schien, hing halb über den Rücken hinunter, statt vorn über die Bluse zu fallen. Sie nickte Jacobi zu und strich ihren Rock glatt, bevor sie sich auf den Stuhl neben ihm gleiten ließ.

Jacobi begrüßte die Teilnehmer zur Therapiegruppe und bat Anne Schmidt, die Befindlichkeitsrunde zu beginnen.

»Ich gebe mir heute eine Vier«, begann sie. Die Patienten sollten ihr Befinden in Schulnoten ausdrücken und dann kurz erläutern, was der Hintergrund war. »Ich fühle mich ziemlich unruhig und habe Rückenschmerzen, deswegen ist es heute nicht so optimal.«

»Was können Sie heute noch tun, damit es Ihnen besser geht?« Auch das war eine absolut übliche Frage. Die Patienten sollten zur Selbstfürsorge erzogen werden und an positive Dinge denken, statt in ihrem schlechten Zustand zu verharren.

»Ich werde noch etwas spazieren gehen, vielleicht kriege ich dann den Kopf frei.« Anne nickte der neben ihr sitzenden Marie Sommer zu.

Diese zog ihren Fuß unter dem Oberschenkel hervor und setzte sich aufrecht hin. »Ich gebe mir heute eine Zwei. Ich habe gut geschlafen und fühle mich ausgeruht.«

»Fällt Ihnen trotzdem noch etwas ein, das Sie tun könnten, um aus der Zwei eine Eins zu machen?« Jacobi fand es manchmal entnervend, dass die Leute immer wieder mit diesem winzigen Sätzchen ermuntert werden sollten. Die meisten waren lange genug hier, um das Spiel in- und auswendig zu kennen.

Marie fuhr sich über die Haarstoppeln. »Ich gehe heute Abend aus«, verkündete sie mit einem schüchternen Lächeln. »Darauf freue ich mich.«

Sie blickte dabei Will Klien an, der es jedoch gar nicht bemerkte, da er zu sehr damit beschäftigt war, Jacobi herausfordernd anzufunkeln. Nun war aber er dran.

»Ich gebe mir eine Drei. So weit passt alles«, sagte er kurz. »Wobei ich da noch eine Frage hätte.«

»Ja, bitte stellen Sie sie«, ermunterte Gabi Hempel ihn.

»Eine Freundin von mir, die momentan in einer anderen Klinik ist, hat eine Beziehung zu ihrem Therapeuten begonnen, also eine körperliche. Sie ist labil und leicht beeinflussbar, und der Kerl hat ihr anscheinend alle möglichen Versprechungen gemacht. Ich mache mir große Sorgen um sie und wollte deshalb fragen, ob es da nicht irgendwelche Regelungen gibt, die so was verbieten.«

Jacobi spürte, wie ihm das Blut ins Gesicht schoss. Garantiert bemerkte es auch jeder andere, der ihn gerade beobachtete. Hastig täuschte er einen Hustenanfall vor. Dieser Will Klien wusste von Angie. Er hatte es eindeutig auf Jacobi abgesehen, wollte ihn vielleicht sogar ans Messer liefern mit seinen kruden Andeutungen. Warum hatte Angie geredet? Denn woher konnte Klien sonst seine Informationen haben? Aber wenn Klien Bescheid wusste, wer dann wohl noch? War die Affäre vielleicht bereits allgemein bekannt? Jacobi wurde ganz schlecht bei dem Gedanken, was auf ihn zukommen konnte.

»Eine Beziehung zwischen Therapeut und Patientin während der laufenden Behandlung?« Gabi Hempel war erkennbar empört. »Wenn das wirklich wahr ist, dann sollte Ihre Freundin das dringend bei der Klinikleitung melden. Ein solcher Therapeut ist eine Schande für unsere Berufsgruppe!«

Will Klien nickte zustimmend. Ein hämischer Blick traf Jacobi. »Aber wenn er es einfach abstreitet? Wer soll ihr denn dann glauben?«

»Natürlich muss der Vorfall untersucht werden. Aber wenn Ihre Freundin glaubhafte Details nennen kann, dann steht der Untersuchungsausschuss sicher auf ihrer Seite. Sie sind zwar in einer psychosomatischen Klinik, aber wir nehmen alle Berichte von Patienten dennoch durchaus ernst und gehen erst mal nicht davon aus, dass sie uns anlügen.«

Jacobi fand es an der Zeit, auch einmal etwas zu sagen. Nicht dass Gabi Hempel seine Zurückhaltung noch als verdächtig empfand. »Sie haben recht. Sexuelle Beziehungen zwischen Patient und Therapeut sind nicht so einfach entschuldbar. Aber wir kennen jetzt natürlich nicht die näheren Umstände. Dazu müsste man sich schon eingehender mit dem Fall befassen. Vielleicht haben Sie Ihre Freundin ja auch falsch verstanden?«

Will Klien blickte ihm trotzig direkt in die Augen. »Ganz sicher nicht.«

»Das ist dann natürlich bedauerlich. Ich hoffe, die Sache klärt sich schnell.«

Jacobi wollte das Thema möglichst rasch vom Tisch haben. Hoffentlich kam Gabi Hempel nicht auf die Idee, es ausführlicher besprechen zu wollen. Aber nein, sie nickte nur ernst und forderte Holger Hustenbrecher auf, mit der Befindlichkeitsrunde fortzufahren. Jacobi überstand die Sitzung mehr schlecht als recht. Er war unaufmerksam und nervös und überließ es größtenteils seiner Kollegin, die Anfangsmeditation und die Gruppenarbeit anzuleiten.

Als die Stunde endlich vorbei war, entschuldigte er sich hastig und ging im Laufschritt davon. Nach wenigen Metern bog er rechts in einen Gang ab und blieb so hinter einer Säule stehen, dass er auf den ersten Blick nicht zu erkennen war. Er sah Gabi Hempel auf ungewöhnlich hohen Hacken vorbeistolpern, und dann kamen auch schon die Patienten ungeordnet in einem Pulk.

Will Klien steuerte auf die Treppe zu und verschwand dann im Gang Richtung Privattrakt. Jacobi brauchte nicht lange, um ihn einzuholen. Er wartete, bis Klien im zweiten Treppenhaus angelangt war, dann packte er ihn von hinten an der Schulter und drückte ihn gegen die Wand. Verblüfft und erschrocken blickte Klien zu ihm auf. Die braunen Augen verengten sich zu Schlitzen, als er Jacobi erkannte. Die Haltung wurde starr, die Fäuste ballten sich unmerklich.

»Halten Sie sich da raus!«, zischte Jacobi. »Das ist nicht Ihre Sache, es geht Sie absolut nichts an!«

»Und ob es das ist. Angie sieht mit jedem Tag schlechter aus, das ist ganz allein Ihre Schuld!«

Einen Moment lang fragte Jacobi sich, ob Klien recht hatte.

Aber was hätte er daran schon ändern sollen? Die Dinge lagen zu kompliziert, als dass er irgendetwas hätte tun können.

»Es ist sowieso längst vorbei. Vielleicht hätten Sie sich mal ein bisschen besser informieren sollen, bevor Sie hier so großmäulig auftreten.«

»Ich glaube Ihnen kein Wort.« Klien machte sich mit einer ruckartigen Bewegung frei.

»Es ist mir egal, was Sie glauben. Aber wehe Ihnen, wenn Sie noch einmal solche halb garen Bemerkungen in der Gruppe fallen lassen.«

»Sie drohen mir?«

Der zierliche Mann mit dem ordentlich geknüpften Hemd versuchte sich vor Jacobi aufzubauen. Man sah ihm jedoch nur zu deutlich an, dass er mit körperlicher Konfrontation überhaupt keine Erfahrung hatte, sondern ein typischer Büchermensch war. Er schien das selbst zu bemerken, denn er schnaubte nur durch die Nase und wandte sich ab.

Im Weggehen rief er über die Schulter: »Lassen Sie bloß die Finger von Angie! Sonst kriegen Sie richtig Probleme!«

Jacobi sah ihm schwer atmend nach. Er fragte sich, ob er nicht gerade einen großen Fehler gemacht hatte.

*\*\**

Marie blieb auf dem Treppenabsatz stehen. Sie trug ein bodenlanges dunkelgrünes Samtkleid. Als sie sich kokett auf der Stufe drehte, sah ich, dass es einen erfreulich tiefen Rückenausschnitt darbot. Ich pfiff durch die Zähne. Kein BH-Träger zu sehen, hatte sie etwa keinen an? Die Taille betonte ein schmaler Ledergürtel. Ihre Augen waren lapislazulischwarz geschminkt, und der Kajalstrich war weit nach außen gezogen, was ihre Augen schräger wirken ließ und ihrem Gesicht etwas Elfenhaftes verlieh. Dazu trug sie wieder die Rabenfeder im Ohr. Ich fand, dass sie wie eine Märchenfee aussah und die raspelkurzen Haare ihre Zerbrechlichkeit noch betonten. Dagegen kam ich mir in Jeans, Hemd und Sneakern direkt underdressed vor.

»Wow!« Ich blickte bewundernd zu ihr auf.

»Ich hatte einfach mal wieder Lust, mich hübsch zu machen«, verkündete sie etwas atemlos, mit vor Aufregung roten Wangen.

»Das ist dir auch gelungen. Falls wir einem arabischen Scheich begegnen, könnte ich für dich bestimmt eine ganze Herde Kamele bekommen«, scherzte ich.

Marie stieg langsam die Stufen hinunter. »Wenn ich schon mal die große Ehre habe, mit einem Privatpatienten auszugehen, dann möchte ich auch angemessen gekleidet sein.«

»Du hast recht. Ein Privatpatient ist auch viel besser als ein Scheich!«

Ich bot ihr meinen Arm an und geleitete sie an der verblüfften Empfangsdame vorbei zum Ausgang. Ich war unglaublich froh und stolz, dass ich mich getraut hatte, Marie zu fragen, ob sie mit mir ausgehen wollte. Es hatte mich einiges an Überwindung gekostet, doch letztendlich hatte der Besuch von Susa den Ausschlag gegeben. Ich wollte nicht immer derjenige sein, an dem das Leben vorbeirauschte, während er unbeteiligt am Ufer saß und noch nicht einmal Stöckchen ins Wasser warf. Während meiner frühmorgendlichen Walkingrunde, die ich mit den Scorpions im Ohr absolvierte, hatte ich mir die richtigen Worte zurechtgelegt. Und dann hatte ich Marie heute nach dem Frühstück direkt gefragt – natürlich erst, nachdem Holger und die anderen außer Hörweite waren –, und sie hatte mit nur ganz leisem Kichern Ja gesagt. Den ganzen Tag über hatte ich versucht, mir nicht zu große Hoffnungen zu machen, sondern den Abend entspannt und locker anzugehen. Wenigstens heute wollte ich mal so cool sein, wie mein erträumtes perfektes Ich es ständig war.

Marie fuhr nach Würzburg hinein, wo ich bei einem schicken Italiener am Sternplatz einen Tisch reserviert hatte. Zwar tranken wir nur Wasser, fühlten uns in unserer Nische bei Kerzenschein und umgeben vom feinen Duft nach Pasta und Pizza aber endlich einmal wie ganz normale Menschen, nicht wie Klinikpatienten auf Freigang.

Nach dem Essen wartete ich, bis Marie die Toilette aufsuchte, dann winkte ich dem Kellner, um die Rechnung zu begleichen. Ich war mir nicht sicher, ob Marie eine von den Frauen war, die sich genierten, wenn sie von einem Mann eingeladen wurden, und wollte diese Diskussion vermeiden. Mit frisch nachgezogenem Lippenstift kam sie zurück. Ich half ihr in ihr Cape und teilte ihr nur kurz mit, dass ich bereits gezahlt hätte. Wie erwartet wollte sie protestieren, doch ich ließ es nicht zu, sondern erklärte ihr, dass sie den schönen Abend nicht durch unnötigen Widerstand verderben solle. Sie verzog das Gesicht so gekränkt, dass ich lachen musste.

»Außerdem habe ich noch eine Überraschung für dich …« Mein Herz klopfte, als ich das verkündete. Ich hatte noch nie eine Überraschung für eine Frau geplant. Vielleicht war das auch gar keine so gute Idee, wie ich zuvor gedacht hatte. Vielleicht gefiel es ihr nicht, dann würde es peinlich werden. Überhaupt hätte ich es lieber dabei belassen sollen. Ein Abendessen war doch genug Wagnis für einen Tag.

»Ich liebe Überraschungen!«, sagte Marie und lächelte mich an.

Meine Zweifel schmolzen dahin wie Schlagsahne auf heißem Kakao. Sie hakte mich unter, und so spazierten wir quer durch die Altstadt, über den Marktplatz an der Marienkapelle mit ihrem charakteristischen roten Turm vorbei. Ich wusste, dass es darin einige Figuren von Tilman Riemenschneider gab, hatte sie aber bislang noch nicht gesehen. Durch enge Gässchen, die vor der Zerstörung durch die amerikanischen Bomben bestimmt noch enger und malerischer gewesen waren, gelangten wir zum Kongresszentrum. Jetzt übernahm ich stillschweigend die Führung.

Immer mehr junge Leute kamen uns lachend und scherzend entgegen, als wir über die Brücke der Deutschen Einheit auf die andere Mainseite zugingen. Ich versuchte, den Gedanken an meine Schwester zu verdrängen. Erst gestern war ich mit ihr und Gurki über diese Brücke gefahren. Der Sommerwind trug Fetzen von Musik zu uns herüber. Meine Nasenflügel identifizierten den Duft von Zuckerwatte und Brathähnchen.

Marie schaute mich immer wieder von der Seite an, doch ich wahrte ein unbeteiligtes Gesicht, bis wir in einer Schlange vor der Taschenkontrolle standen. Das Talavera-Gelände war mit Bauzäunen abgesperrt, und ein großes Schild über dem Eingang verkündete, dass hier gerade das »Umsonst & Draußen«-Festival stattfand.

»Ein Festival? Wie cool!« Marie klang ernsthaft überrascht. Ich grinste. »Klar. Ich dachte, das könnte dir gefallen.« Ich bemühte mich, möglichst lässig zu klingen, freute mich insgeheim fast so sehr wie damals, als ich mir selbst die Sammelausgabe von Schillers Dramen zu Weihnachten geschenkt hatte. Meine Schwester Susa hatte während unseres Picknicks von dem Festival erzählt, und wenn Susa etwas cool fand, dann war es mit Sicherheit auch wirklich absolut angesagt.

»Und der Eintritt ist echt umsonst? Das ist ja mal ein super Konzept, warum gibt's das bei uns nicht? Oh schau mal, die Afrikanerin mit dem riesigen Turban. Und da, der große Hund. Er hat sich eine Eiswaffel geschnappt.«

Marie plapperte fröhlich vor sich hin. Ich rückte noch etwas näher an sie heran. Nur, damit wir uns unter den vielen Studenten und Familien nicht verloren, selbstverständlich.

Wir schlenderten an Verkaufsständen voller selbst gebatikter Ökoshirts und Holzohrringe vorbei, und fast war ich versucht, dabei Maries Hand zu halten. Aber das schaffte ich noch nicht. Ich hatte schon lange nicht mehr die Haut eines anderen Menschen berührt, und wenn, dann schon gar nicht an den Händen, die erwiesenermaßen besonders bakterienbefallen waren.

Ein Zauberkünstler holte eine Rose aus Maries Ohr, und ich kaufte sie ihm für den Wucherpreis von fünf Euro ab. Heute wurde mal nicht aufs Geld geschaut. Heute wollten wir das Leben genießen! Insgeheim freute ich mich, dass ich es geschafft hatte, den Geldschein anzufassen, ohne danach die Finger desinfizieren zu müssen. Das musste ich in der nächsten Sitzung unbedingt Frau Hempel berichten. Eine Weile lauschten wir den wackeren Teilnehmern eines Poetry-Slams in einem großen Zelt, dann zog Marie mich weiter.

Dicht am Main standen Buden mit Musikinstrumenten, ein Lesezelt und einige Essensstände. Von Heuballen zum Draufsetzen eingerahmt gab es auch eine kleine überdachte Tanzfläche. Ein paar Gestalten hüpften lautlos durcheinander. Ein mit Bambusstangen gerahmtes Schild verkündete, dass es sich um eine »silent disco« handelte. Neugierig gingen wir näher. Unter einem bunt gestreiften Pavillondach lag die Tanzfläche aus dicht aneinandergefügten Brettern. Allerdings herrschte völlige Stille, und es gab auch keine Boxen oder Lautsprecher. Stattdessen trug jeder Tänzer silberfarbene Kopfhörer, manche hielten sie mit den Händen fest und pressten sie regelrecht an ihre Ohren. Wir beobachteten die Leute ein paar Minuten lang. Alle schienen zu unterschiedlichen Rhythmen zu tanzen. Manche standen nur herum und nickten rhythmisch mit dem Kopf, andere fegten über die Tanzfläche und zappelten dabei mit Armen und Beinen, und ein Pärchen tanzte langsam und selbstvergessen eine Rumba.

Marie nahm meine Hand und zog mich zu dem Infoschalter. Ein junger Mann mit Rastalocken stand dahinter und lächelte uns breit entgegen.

»Na, auch mal probieren?«

»Wie funktioniert das?«, fragte Marie erwartungsvoll.

»Ihr lasst euren Personalausweis als Pfand bei mir und bekommt dafür Kopfhörer. Wenn ihr die aufsetzt, könnt ihr zwischen drei Kanälen wählen. Auf jedem wird ganz unterschiedliche Musik gespielt. Und dann – ja, dann bewegt euch, wie ihr lustig seid. Hier ist abspaggen angesagt.«

Marie brauchte gar nichts zu sagen. An den funkelnden Lichtpunkten in ihren Augen erkannte ich bereits, was sie wollte. Also kramte ich meinen Personalausweis hervor und nahm gleichzeitig mit Marie ein Paar Kopfhörer in Empfang. Ich drehte versuchsweise an einem Rädchen und stellte fest, dass die Musik dadurch lauter oder leiser wurde. Ein anderer Knopf war dafür da, den Sender einzustellen.

Eine Weile wechselte ich zwischen den Sendern hin und her, machte unbeholfene Tanzschritte und hüpfte zusammen mit den anderen Tänzern umher. Marie hatte mich am Hemdsärmel gefasst, unsere Arme schaukelten wild hin und her, da ich ein rockiges Lied hörte und Marie einem ganz anderen Rhythmus zu folgen schien.

Sie lächelte, strahlte regelrecht. Plötzlich machte mir die Sache auch Spaß. Blamieren konnte man sich hier zumindest nicht, denn jeder machte sowieso, was er wollte, ob das nun ästhetisch aussah oder nicht.

Marie forderte mich mit einer Geste dazu auf, den Kanal zu wechseln. Ich probierte herum und fragte mich, welches Lied sie wohl meinen könnte. Dann schaltete ich auf Kanal drei und wusste schon bei den ersten Takten, dass es das richtige war. Schlagzeug und Bass setzten ein, danach ein verspätetes Gitarren-Picking. Die Gitarre machte wieder Pause. Dafür sang eine weiche, einsame Männerstimme in mein Ohr.

> *You can tell by the way*
> *She walks that she's my girl*
> *You can tell by the way*
> *She talks, she rules the world.*

Der Synthesizer setzte aus, die Gitarre übernahm. Der Bass begleitete sie durch ein fallendes Thema hindurch. Der Gesang nahm an Kraft zu, die Stimme schraubte sich schmerzhaft empor.

> *And then she'd say, »It's okay*
> *I got lost on the way*
> *But I'm a supergirl*
> *And supergirls don't cry.«*

> *And then she'd say, »It's alright*
> *I got home late last night*
> *But I'm a supergirl*
> *And supergirls just fly.«*

Marie breitete die Arme aus und drehte sich mit geschlossenen Augen im Kreis. Ihr Cape war halb von den Schultern gerutscht, das Kleid flatterte um die Knöchel. Ich beobachtete sie fasziniert.

Woran sie wohl gerade dachte? An Moritz, ihren verstorbenen Bruder? An die Familie, zu der sie nicht mehr gehörte? An die Momente, in denen sie nicht mehr sie selbst gewesen war und in der Psychiatrie das Essen verweigert hatte? Sie sah so lebendig aus, wie sie da tanzte, so fern von allem anderen. Als würde sie ein unsichtbarer Zaun umgeben. Zum ersten Mal verstand ich, weshalb Tragik einen Menschen über die anderen hinausheben kann. Harte Zeiten können dich fertigmachen. Aber sie können dir auch dazu verhelfen, ein neuer Mensch zu werden. Ein besserer vielleicht. Ganz sicher ein anderer.

Marie war eine Kämpferin. Sie kämpfte jeden Tag, genauso wie ich und Holger und Irmela und Anne und Angie und sogar der riesige Bernie.

Die Gitarre schwieg, doch dafür setzte der Synthesizer wieder ein. Der Sänger klang ruhig und verträumt, mit tiefer Stimme.

*And then she'd say*
*That nothing can go wrong*
*When you're in love*
*What can go wrong?*

*Then she'd laugh*
*The night time into day*
*Pushing her fear*
*Further along.*

»Yes, she's a supergirl, a supergirl ... my supergirl.« Marie bewegte die Lippen, als würde sie die letzten Zeilen mitflüstern.

Ich hätte es ihr gern nachgesprochen, es direkt zu ihr gesagt, aber ich traute mich nicht. Das wäre vielleicht zu aufdringlich gewesen. Hätte dem Moment eine Bedeutung verliehen, deren

Auswirkungen ich nicht vorhersehen konnte. Was wusste ich schon, wie Marie fühlte und dachte? Sicher mochte sie mich, aber sie hatte mir in keiner Weise zu verstehen gegeben, dass sie sich mehr erhoffte. Ich wollte ihr nicht sagen, wie gern ich sie hatte, denn das hätte eine Antwort von ihr verlangt und unweigerlich dazu geführt, dass der Zauber des Abends verloren ging. Also schwieg ich und schob ihr nur behutsam das Cape über die Schultern, damit sie sich nicht erkältete. Dann stand ich am Rand und beobachtete Marie beim Tanzen, erwiderte ihr Lächeln, wenn sie zu mir schaute, ließ sie einfach glücklich sein.

Später, wir saßen wieder im Auto, fuhr Marie nicht gleich los, sondern berührte mich am Arm. Ich blickte in ihre seltsam blaugrüngrauen Augen, die immer eine andere Farbe zu haben schienen, je nachdem wie sie sie schminkte und wie das Licht darauf fiel.

»Danke, Will.« Sie lächelte. »Das war ein sehr schöner Abend.«

»Für mich auch.«

Der Kloß in meinem Hals sorgte dafür, dass meine Stimme etwas rau klang.

Schweigend machten wir uns auf den Rückweg zur Klinik, doch es war ein ganz anderes Schweigen als am Tag zuvor mit Susa. Vertraut, zufrieden und in gewisser Weise auch erwartungsvoll. Ich sah die Lichter der anderen Autos an uns vorüberziehen und fragte mich, wohin all die Menschen wohl unterwegs waren. Ob auch nur einer von ihnen einen solch besonderen Abend erlebt hatte wie ich heute?

In meine Gedanken hinein schrillte ein Handyklingeln. Marie warf mir einen bedauernden Blick zu. »Das war es wohl mit dem entspannten Abend ... Kannst du rangehen? Ich will beim Fahren nicht telefonieren.«

Ich schnappte mir ihr Handy, das in der Mittelkonsole lag, und nahm ab.

»Hallo? Marie? Endlich erreiche ich dich, hier geht es gerade richtig zur Sache!« Ich erkannte Holgers näselnden Tonfall sofort. Vermutlich hatte er wieder einen Heuschnupfenanfall oder brütete eine Nebenhöhlenentzündung aus.

»Hier ist Will. Was ist los?«

»Will? Aber ich habe doch Marie angerufen. Seid ihr etwa ...«

»Sie fährt gerade«, unterbrach ich seine Spekulationen, die, wie ich wusste, sogleich unmoralische Wege einschlagen würden.

Am anderen Ende raschelte etwas. Wahrscheinlich hielt Holger seine dicken Schweißfinger über das Mikrofon, um Irmela den neuesten Klatsch und Tratsch mitzuteilen. Stell dir vor, Will und Marie ...

»Gibt es einen speziellen Grund für deinen Anruf?«, fragte ich lauter als nötig.

»Ja, wir haben es auch schon bei Anne und dir versucht, aber keiner geht an sein Handy. Schöne Freunde seid ihr.« Es klang vorwurfsvoll. »Dabei sitzen wir seit Stunden in Irmelas Auto und fahren hinter dieser Irren her. Wir waren bei ihr zu Hause, im Fitnessstudio, im Supermarkt, wieder zu Hause ...«

Das hatte ich ja ganz vergessen, Irmela und Holger waren an diesem Abend dran, Dr. Siebenlist zu beschatten.

»Wollt ihr abgelöst werden? Oder denkt ihr, sie wird das Haus jetzt nicht mehr verlassen? Denn dann könntet ihr auch ruhig schlafen gehen.« Ich gähnte, um ihn daran zu erinnern, dass es schon recht spät war und wir das Gespräch lieber auf den nächsten Tag verschieben sollten.

Holger ignorierte mich. »Das ist es ja gerade. Sie ist nicht daheim. Sie ist zu einem Spielcasino gefahren. Dadrin geht jetzt wahrscheinlich die Lutzi ab.«

Marie lachte. Irgendwann heute im Laufe des Abends hatte sie ihr Kleinmädchenkichern abgelegt. Sie klang jetzt viel selbstbewusster, mehr wie sie selbst. Holger sprach laut genug, dass sie jedes Wort verstehen konnte. Ich hielt das Handy sowieso schon ein Stück vom Ohr weg, um keinen Tinnitus zu bekommen. Ich dachte fieberhaft nach.

»Wo seid ihr genau?«

Holger seufzte. »Wir sind ihr bis nach Bad Kissingen nachgefahren, da ist ein richtig großes Casino in der Nähe des Kurparks. Die Leute, die hier reingehen, sehen auch ziemlich nobel aus.«

Dagegen kam Holger mit seiner Jogginghose natürlich nicht an. Kein Wunder, dass er lieber im Auto sitzen blieb.

»Hier gibt es auch diese berühmte Therme. Holger will mich dauernd bequatschen, dass wir zusammen in die Sauna gehen. Allein traut er sich nicht«, verriet Irmela.

»Petze!« Holger klang beleidigt. »Ich habe ja nur gedacht, dass man das auch ausnützen könnte, jetzt, wo wir schon mal hier sind.«

»Rührt euch nicht vom Fleck, wir fahren vorbei. Unternehmt so lange nichts. Außer sie kommt wieder raus, dann müsst ihr natürlich hinterher.«

Ich blickte zu Marie hinüber, die stumm nickte und den Blinker setzte, um umzukehren.

Fünfundzwanzig Minuten später hielten wir neben Irmelas weinrotem Opel Corsa an und stiegen aus. Holger starrte uns mit runden Kinderaugen an.

»Ihr seht aber schick aus!«

»Wir wollen ja auch ins Casino gehen.« Marie lächelte ihn an. Ich wäre gern an Holgers Stelle gewesen, der Maries Kleid ungeniert von oben bis unten musterte. Aber so was gehörte sich für einen Gentleman nun mal nicht.

Als Holger genug von seinem Gespanne hatte, wiederholte er die Geschichte seines anstrengenden Abends noch einmal, wahrscheinlich wollte er von Marie gelobt werden. Die jedoch wandte sich an Irmela.

»Mein Kompliment, dass du es geschafft hast, der Siebenlist nachzufahren. Das war bestimmt gar nicht so leicht über eine längere Strecke hinweg.«

»Ach, das war gar nicht so schlimm. Holger hatte ja sein Fernglas dabei und hat sie im Auge behalten, wenn wir mal an einer Ampel halten mussten.«

»Trotzdem toll gemacht.«

»Und? Wollt ihr jetzt wirklich da reingehen?« Irmela war nervös. Sie zupfte an ihren Clips-Ohrringen herum, als wolle sie damit echte Löcher in ihre Ohrläppchen bohren.

»Klar, wozu wären wir sonst hergekommen?«

Ich gab mich lockerer, als ich mich fühlte. Tatsächlich hatte ich noch nie ein Casino betreten. Spielhöllen kannte ich nur aus James-Bond-Filmen, und dort ging es immer um einen Riesenhaufen Geld. Musste man denn mitspielen, wenn man drin war? Im Pokern war ich eine absolute Niete, und ich sah vor meinem geistigen Auge bereits mein gespartes Bankguthaben an einem Roulettetisch verschwinden.

»Kann ich mit?«, fragte Holger hoffnungsvoll. »Ich kann euch Tipps geben, wie ihr spielen müsst, ich bin ja jetzt geübt.«

»Hast du bei euren geheimen Pokersessions nicht immer verloren?« Marie sprach aus, was ich dachte.

Holger sah beleidigt aus. »Das war nur eine Pechsträhne, kann doch jedem mal passieren.«

»Das Casino ist sicherlich klimatisiert. Ich weiß nicht, ob das für deine Nebenhöhlen so gut ist …«

Holger hasste Klimaanlagen wie die Pest. Er hielt sie für ebenso gesundheitsschädigend wie Asbestwände oder Quecksilberthermometer.

»Ja, und außerdem glaube ich ehrlich gesagt nicht, dass du mit deinem Jogginganzug an den beiden Gorillas vorbeikommst«, sprang Marie mir bei.

Mit »Gorillas« meinte sie zwei Türsteher, die vor dem Eingang des Casinos Wache standen. Wahrscheinlich sollten sie verhindern, dass Minderjährige und abgebrannte Habenichtse die heiligen Hallen betraten.

Das Luitpold-Casino war ein beeindruckendes Bauwerk aus der Zeit um 1800. Ich hatte dank meines Smartphones schnell herausgefunden, dass wir hier vor der ältesten Spielbank Bayerns standen. Das Haupthaus erinnerte an einen griechischen Tempel, auf dessen flach zulaufendem Dach sich geflügelte Pferde und andere Statuen tummelten. Riesige Bogenfenster boten Einblick in den oberen, wohl rot gestrichenen oder vielleicht sogar mit Damast bespannten Saal. Der Schein eines überdimensionalen Kronleuchters ließ die Farben leuchten. Trotz der steinernen Balkonbrüstung konnten wir im ersten Stock Damen und Herren mit Sektgläsern in der Hand durch den Saal wandeln sehen.

Es reichte jedoch nicht, um Siebenlist unter ihnen zu erkennen, geschweige denn, um herauszufinden, was sie da trieb. Wenn wir wissen wollten, in welche finanziellen Abenteuer sich Siebenlist gerade stürzte, mussten wir ihr schon folgen.

Mir war ganz und gar nicht wohl zumute. Die Umgebung sah einfach viel zu nobel für uns aus. Beim Näherkommen verstärkte sich dieser Eindruck noch. Laternen im vorgelagerten Garten und geschickt angebrachte Leuchten an der Wand warfen einen warmen Schein auf die Sandsteinfarbe des Gebäudes. Die Seitenflügel erstreckten sich etliche Meter nach links und rechts und bildeten selbst wieder kleinere Häuser mit reizenden Steinbalkonen. Dazwischen öffneten sich Torflügel, durch die ich im Geiste Pferdekutschen rumpeln sah. Vor hundertfünfzig Jahren waren hier Herren im Gehrock und Damen in furchtbar komplizierten Kleidern vorbeispaziert, hatten vom Quellwasser getrunken und die berühmte Bad Kissinger Therme mit ihrem Besuch beehrt. Und jetzt entweihten wir, ein bunt gemischter Haufen wenig alltagstauglicher Irrer, diese Stätte mit unseren Turnschuhen und Jogginghosen. Ich hegte den Verdacht, dass auch die heutige Klientel ihre Nase recht weit oben trug und ich sicher gleich einen Aufmarsch an Gucci-Kleidchen und Armani-Anzügen zu sehen bekäme.

Die Securitys sahen uns entgegen. Sie hatten den taktischen Vorteil, dass der Eingang erhöht auf einer Terrasse lag, die tagsüber von einem Café genutzt wurde und deshalb mit Tischen und Stühlen bestückt war, und wir erst einige Stufen zu ihnen emporsteigen mussten.

Der Linke sah nicht besonders sportlich aus, war aber durch seine schiere Masse jedem Zusammenstoß gewachsen. Er überragte mich um mehrere Köpfe, und sein Anzug war bestimmt eine Sonderanfertigung gewesen. Er erinnerte mich an ein Walross, das seinen Gegner einfach platt walzte, statt mit ihm zu kämpfen. Sein Kollege hatte einen Bürstenhaarschnitt und ein schiefes Grinsen. Die Muskelberge unter dem Jackett waren schwerlich zu übersehen.

Todesmutig schritten wir auf die Tür zu.

Der Kleinere von beiden – wobei klein relativ ist, wenn man so aussieht, als hätte man schon als Kind aus der Dachrinne trinken können – trat mir in den Weg. »So dürfen wir Sie leider nicht hineinlassen. Jackett und Anzugschuhe sind Pflicht.«

»Aber ich habe doch zumindest ein ordentliches Hemd an.«

»Das reicht nicht.«

Ich zog Marie etwas zur Seite. »Und was jetzt?«

»Die Lady kann gern reinkommen, sie ist korrekt gekleidet«, schaltete sich das Walross ein.

»Vielen Dank.« Marie lächelte ihn kokett an.

»Was? Du kannst da doch nicht allein rein!«

»Wieso denn nicht? Jetzt, wo wir schon mal hier sind, fahren wir doch nicht einfach wieder heim.«

Ich suchte nach einem Argument, um sie von der Idee abzubringen. Doch Marie ließ ihre Hand leicht auf meinem Oberarm ruhen.

»Kein Sorge, ich zocke alle anderen ab.« Sie zwinkerte mir zu.

»Aber …« Hilfesuchend schaute ich zu den beiden Wagen zurück. Holgers und Irmelas blasse Gesichter klebten am Fenster. Bestimmt fragten sie sich, was hier gerade vor sich ging.

»Wer nicht wagt, der nicht gewinnt.«

Mit diesen Worten und einem geheimnisvollen Lächeln über ihre nackte Schulter hinweg verschwand Marie durch die Glastür. Ich sah sie eine Treppe hinaufsteigen, dann verlor ich sie aus den Augen.

»Tja, das war eben Pech, Kumpel«, sagte das Walross.

»Beim nächsten Mal läuft's bestimmt besser«, tröstete mich sein Kollege.

Ich empfand es als entwürdigend, von zwei Türstehern wegen meiner unzulänglichen Garderobe bemitleidet zu werden. Oder noch schlimmer, dass eine Frau mich soeben einfach hatte stehen lassen. Mit bemüht unbekümmerter Haltung schlenderte ich zum Auto zurück, um zusammen mit Irmela und Holger auf Marie zu warten. Was anderes blieb uns ja wohl nicht übrig.

Nach einer halben Stunde fiel mir bei einem meiner unzähligen Blicke auf die Uhr plötzlich auf, dass es schon recht spät war. Um dreiundzwanzig Uhr würde die Nachtschwester unsere Zimmer kontrollieren, und was, wenn wir bis dahin nicht zurück waren? Ich beriet mich mit Holger und Irmela und rief schließlich bei der Pforte an, um mitzuteilen, dass wir wegen einer Autopanne alle vier verspätet zurückkommen würden. Die Frau notierte sich unsere Namen, warnte mich aber auch, dass wir trotzdem mit einer offiziellen Verwarnung zu rechnen hatten. So etwas dürfe nicht noch einmal vorkommen.

Als das erledigt war, saßen wir wieder untätig da. Ich trommelte mit den Fingern auf meinen Knien herum, Holger untersuchte einen Pickel in seiner Armbeuge, und Irmela plapperte nervös vor sich hin. Sie wollte ständig von uns bestätigt haben, dass wir keinen Ärger bekommen würden und dass es Marie sicherlich gut ging und nichts passiert war. Von der Verwarnung hatte ich vorsichtshalber nichts gesagt, sonst hätten wir Irmela gleich notfallmäßig ins nächste Krankenhaus einliefern können. Weitere zehn Minuten vergingen, fünfzehn, zwanzig.

»Schau mal, da ist sie ja endlich!«

Holger deutete Richtung Casinotür. Wir hatten die Autofenster ein Stück heruntergekurbelt, da die Scheiben zwischenzeitlich so stark angelaufen waren, dass wir überhaupt nichts mehr gesehen hatten. Ich wunderte mich, dass Holger überhaupt etwas erkennen konnte, denn er hatte sich zum Schutz vor dem angeblich eisigen Nachtwind einen Schal komplett um Kopf und Gesicht gewickelt und sah aus wie eine unfachmännisch restaurierte Mumie. Ich öffnete die Beifahrertür und stieg aus. Tatsächlich stolzierte Marie gerade die Stufen hinunter. Doch sie war nicht allein.

Neben ihr ging ein älterer Mann im Smoking, der besitzergreifend die Hand um ihre Hüfte gelegt hatte. Er schien eine witzige Bemerkung zu machen, denn Marie lachte mit zurückgeworfenem Kopf. Ihre Rabenfeder im Ohr pendelte bei der Bewegung hin und her. Ich konnte nicht anders, als die beiden anzustarren. Auch die Türsteher hatten die Köpfe zusammengesteckt und tuschelten miteinander. Bestimmt gaben sie gerade Wetten ab, ob ich mich auf den Typ stürzen oder mit eingezogenem Schwanz nach Hause laufen würde.

Nichts von beidem geschah. Marie verabschiedete sich mit gleich drei Wangenküsschen, winkte noch einmal und ging zu ihrem Auto, ohne mich eines Blickes zu würdigen. Der Mann stieg seinerseits in einen nagelneuen Audi und brauste mit einem neckischen Hupen an ihr vorbei.

Erst als er um die nächste Biegung verschwunden war, stieg Marie wieder aus und kam zu unserem Auto herüber.

»Es ist super gelaufen!«, rief sie strahlend. »Ich habe viel rausgefunden, und es war richtig witzig dadrinnen!«

»Toll, dass du so viel Spaß hattest. Da kann man die Zeit natürlich schon mal vergessen, wenn man sich so gut amüsiert«, antwortete ich im selben überschwänglichen Ton. »Dass wir zu spät in die Klinik kommen, ist da natürlich egal. Hauptsache, du hast einen reichen alten Sack aufgerissen.«

»Aber Will …« Betroffenheit malte sich auf ihre Züge. »Es hat eben etwas gedauert, bis ich mit den richtigen Leuten ins Gespräch gekommen bin, die auch was über die Siebenlist wussten.«

»Nicht hier. Das ist jetzt wirklich nicht der geeignete Ort. Lasst uns heimfahren und versuchen, die Sache geradezubiegen. Hoffentlich werden wir nicht alle rausgeschmissen.«

Ich stieg ein und knallte die Tür zu.

»Denkst du wirklich, sie schmeißen uns raus?« Irmela rieb nervös am Lenkrad herum. »Oh Gott, oh Gott, was sollen wir bloß machen?«

»So schlimm ist es doch gar nicht, wir haben ja angerufen«, wollte Holger sie beruhigen.

Ich schwieg eisern.

»Will ist nur sauer, weil Marie mit diesem Kerl rauskam. Deswegen hat er das gesagt, um ihr eins reinzudrücken.«

Es ärgerte mich, dass sogar Holger mich durchschaut hatte. Er war sonst ja eher nicht von der schnellen Sorte.

Irmela war so klug, nichts darauf zu sagen. »Soll Marie jetzt etwa ganz allein fahren?«, fragte sie nur.

»Ist mir doch egal«, antwortete ich so grantig, dass Irmela nichts mehr zu entgegnen wagte.

Sie legte den Gang ein und fuhr los. Als ich mich umdrehte, sah ich, dass die beiden Türsteher mir einvernehmlich nachwinkten.

\*\*\*

Jacobi blätterte in einer alten Ausgabe von »Psychologie heute«. Manchmal fanden sich ganz gute Artikel darin, nicht nur die übliche Küchenpsychologie. Außerdem lasen seine Patienten so was, und für ihn war es sinnvoll, zu erfahren, was sie über ihre eigenen Erkrankungen zu wissen glaubten. Nichts war schlimmer als ein Patient, der Diagnosen für sich selbst stellte. Er las flüchtig über einen Burn-out-Artikel hinweg, blätterte vor, wieder zurück, überflog das Inhaltsverzeichnis.

Da, ein Geräusch in der Hofeinfahrt! Er lauschte. War das nicht Dorothees Auto gewesen? Sonst kam sie doch auch nicht so spät vom Yoga? Aber nein, niemand drehte den Schlüssel im Schloss. Vielleicht war sie mit einer ihrer Freundinnen noch einen alkoholfreien Cocktail trinken gegangen oder zeigte Ultraschallbilder herum.

Er legte die Zeitung weg. Eigentlich hatte er sich schon länger mal auf einen gemütlichen Abend zu Hause gefreut, und jetzt fiel ihm gar nichts ein, was er machen konnte. Seine Gedanken waren ständig bei Angie, nur um dann schuldbewusst wieder zu seiner Frau zurückzuspringen.

Wenn ihm wirklich etwas an seiner Ehe lag, sollte er Dorothee die Wahrheit sagen, sie um Verzeihung bitten und darauf hoffen, dass sie ihm vergeben konnte. Das wäre die ehrliche

Variante gewesen. Er würde ihr versprechen, dass so etwas nie wieder vorkommen würde, dass es ein Ausrutscher war, dass er Angie nicht wiedersehen würde ...

Aber wie konnte er das, wenn er insgeheim darauf hoffte, dass sich die Dinge zwischen Angie und ihm wieder klären ließen? Bei der letzten Einzeltherapie mit Angie hatte er das Thema vorsichtig angeschnitten. Er hatte auch erklärt, dass Elolie, mit der sie ihn ja gesehen hatte, nur eine alte Freundin sei, die ihm bei Recherchen half. Nichts weiter. Sie hatte dazu geschwiegen und nur mit einem abwesenden Ausdruck auf das Bild mit dem Elefanten gestarrt. Das geschah inzwischen jedes Mal, wenn er private Themen ansprach. Als ihr Therapeut bereitete ihm dies Sorge, als Mann, der sie liebte, fühlte er sich komplett hilflos.

Er kam sich wie ein trampeliger Schuljunge vor, wenn er mit ihr zu sprechen versuchte. Wobei es ja gar nicht möglich war, *mit* ihr zu sprechen. Er sprach höchstens *zu* ihr. Einmal war er so verzweifelt gewesen, dass ihm die Tränen gekommen waren. Ihr Gesicht war so blass gewesen, die Schatten unter den Augen so tief, dass er Angst um sie bekam. Wenn sie nun eine Dummheit plante? Am liebsten hätte er sie mit Tavor vollgestopft, damit die Medikamente eine heitere Gelassenheit erzeugten, die er ihr nicht geben konnte. Aber er hätte das mit dem Oberarzt absprechen müssen, und er wusste nicht, was er dem hätte erzählen sollen.

Depression war eine furchtbare Krankheit, eine, die die Angehörigen in Hilflosigkeit stürzen konnte. Das wurde ihm durch die Situation mit Angie klarer, als es ihm jedes Fachbuch und jede Vorlesung an der Uni vermittelt hatte. Die Gedanken machten ihn so unruhig, dass er es auf dem Sofa nicht mehr aushielt. Nervös ging er im Zimmer auf und ab. Sollte er versuchen, bei Angie anzurufen? Fragen, ob alles in Ordnung war? Aber was, wenn sie dann nicht abnahm? Dann wäre er erst recht in Sorge. Oder sollte er noch einmal zur Klinik fahren? Aber wie hätte er das rechtfertigen sollen? Vor Dorothee, die jeden Moment nach Hause kommen musste, und vor den Kollegen, die Nachtdienst hatten, und vor Angies Mitbewohnerinnen? Nein, das war unmöglich.

War da nicht gerade das automatische Licht in der Toreinfahrt angegangen? Jacobi trat an die Terrassentür und starrte hinaus. Vor ihm lag undurchdringliche Schwärze. Zum ersten Mal fühlte er sich unwohl damit, dass das Haus nicht zentral in der Ortsmitte, sondern am Rande des Dorfes lag und von drei Seiten nur von Weinbergen umgeben war. Nur ganz rechts, direkt an der Hausecke, vermochte er den Lichtschein wahrzunehmen. Also doch. Endlich kam Dorothee heim. Oder war das etwa nur eine streunende Katze gewesen?

Er sah auf die Uhr. Angie lag jetzt sicher schon im Bett, mit ihren Musikstöpseln im Ohr. An diesen Gedanken würde er sich klammern. Und morgen, morgen würde er gleich in der Früh an ihrem Zimmer klopfen, unter dem Vorwand, einen Termin für das Einzelgespräch verschieben zu müssen. Genau, das konnte er tun. Und dann musste sie einfach seinem Vorschlag zustimmen, sich noch einmal mit ihm auszusprechen. Er musste ihr deutlich machen, wie viel ihm an ihr lag, und ihr Hilfe anbieten. Sie konnte zu einem anderen Kollegen wechseln, nein, lieber zu einer Kollegin. Ganz egal, was das für Klatsch und Tratsch auslösen würde. Hauptsache, ihr ginge es gut.

Jacobi dachte daran, dass er seit der Trennung von Angie überhaupt keine Lust auf Sex hatte. Soweit er sich erinnern konnte, war das noch nie vorgekommen. Dorothee hatte er gestern gesagt, dass ihn der Gedanke an das Kind in ihrem Bauch nervös mache, was sie mit einem gutmütigen Lachen akzeptiert hatte. Sie hatte in einem ihrer Schwangerschaftsratgeber gelesen, dass das passieren konnte und dass die zukünftigen Väter oft etwas Zeit brauchten, um sich an die neue Situation zu gewöhnen. Infolgedessen war sie besonders lieb zu ihm gewesen und hatte ihn eine halbe Stunde lang gestreichelt. Jacobi hatte so getan, als würde er dabei einschlafen. Doch das schlechte Gewissen hatte ihn wieder stundenlang wach gehalten. Denn sein Versagen hatte überhaupt nichts mit dem Embryo zu tun. Jetzt, als er noch mal darüber nachdachte, wurde ihm klar, was das wirkliche Problem war. Er hatte Liebeskummer. Richtigen Liebeskummer.

Plötzlich kam er sich merkwürdig verletzlich vor, wie er da vor der Glastür stand. Als könne jeder, der am Haus vorbeiging, erkennen, wie es in ihm drinnen aussah. Welche Fehler er gemacht und zu wenig bereut hatte. Er zog den Vorhang zu. Komisch, wie still es auf einmal war. Das war einer der Nachteile, wenn man auf dem Land lebte. Auf Ablenkung brauchte man nicht groß zu hoffen. Man musste schon mit sich selbst klarkommen.

Jacobi kehrte zum Sofa zurück, setzte sich, lauschte. Wo Dorothee nur blieb? Hoffentlich ging es ihr gut. Die ersten Schwangerschaftswochen konnten ja recht anstrengend sein. Vielleicht hätte er sie überreden sollen, nicht zum Yoga zu gehen. Ihr Körper musste sich erst daran gewöhnen, dass jetzt andere Hormone ausgeschüttet wurden. Er würde ihr die Füße massieren, wenn sie nach Hause kam, und ganz in Ruhe mit ihr sprechen. Sie fragen, wie es ihr überhaupt ging. Nicht nur zwischen Tür und Angel, wie in den letzten Tagen. Da hatte sie ständig von dem Baby geredet, und er hatte Eile vorgeschützt, damit sie nicht merkte, wie kalt ihn dieses Thema ließ. Er war einfach überfordert damit, hatte mit sich selbst genug zu tun.

Plötzlich ein Geräusch. Die Kiesel vor dem Fenster knirschten. Jacobi sah gerade rechtzeitig auf, um vor einer Bewegung draußen zurückzuzucken. Dann krachte ein Stein durch das Fensterglas, sprang vom Sofa ab und blieb auf dem Parkett liegen. Jacobi sah eine dunkle Gestalt vom Fenster zurückweichen und aus dem Lichtkegel der Wohnzimmerbeleuchtung verschwinden. Er war zu geschockt, um zu reagieren. Starrte nur den Stein an, einen großen Pflasterstein mit Erdkrümeln daran, als hätte ihn jemand gerade erst aus dem Boden gerissen. Soeben war sein Kopf noch direkt in der Flugbahn gewesen. Wenn er nicht so aufmerksam gewesen wäre und auf das Brummen von Dorothees Auto gewartet hätte, dann …

Der Luftzug durch das kaputte Fenster brachte ihn wieder zur Besinnung. Ihm wurde bewusst, dass er immer noch eine großartige Zielscheibe abgab, wie er da hell erleuchtet und starr auf dem Sofa saß. Sofort sprang er auf, stürzte zur Tür und drückte den Lichtschalter. Nun sah er selbst für einen Moment lang kaum etwas. Mit der einen Hand an der Wand, der anderen am Türrahmen tastete er sich vor zum Gang. Er musste die Polizei anrufen, sofort, bevor der Verrückte zurückkam. In diesem Moment knirschte die Eingangstür. Jacobi reagierte blitzschnell und warf sich neben dem Garderobenregal zu Boden. Atemlos versuchte er, in der Dunkelheit etwas zu erkennen. Da ging das Licht im Vorraum an, gleichzeitig das im Flur. Dorothee steckte den Kopf durch die Tür, ihren Sportbeutel in der Hand.

»Hallo? Was ist denn hier los?«, rief sie und entdeckte im selben Moment Jacobi auf dem Boden.

Für einen Moment lang glaubte er, in ihrer Miene eine Spur von Belustigung zu erkennen, bevor sie sich in Beunruhigung wandelte und Dorothee sich mit einem Ausruf des Erschreckens neben ihn auf die Fliesen kniete.

## 14
### DAS GRAS WIRD GEBETEN, ÜBER DIE SACHE ZU WACHSEN. DAS GRAS BITTE!

*Susas Chatverlauf auf »romance-is-the-answer.de«*

*Holzhackerbua37: Na du Süße, wie geht's dir 2n8?*
*Sugar_Susa: Nicht gut, Zoff mit meinem bro :(*
*Holzhackerbua37: Oh, du Arme, soll ich dich trösten? Wo wohnst du?*
*Sugar_Susa: Er ist total ausgerastet, dabei hab ich's doch gut gemeint*
*Holzhackerbua37: Du kannst auch zu mir kommen. Hab Bier da.*
*Sugar_Susa: Ich glaube, er verzeiht mir nie, dass ich ihn damals im Stich gelassen habe. Aber was hätte ich tun sollen?*
*Holzhackerbua37: Bist eine Hübsche, echt süße Pix, wie mit Sugar überzogen :-)*
*Sugar_Susa: Danke schön \*erröt\*. Aber trotzdem ... Ich habe doch nur ihn*
*Holzhackerbua37: Und mich, ich steh immer zur Verfügung ...*
*Sugar_Susa: Das ist echt lieb von dir*
*Holzhackerbua37: Hast schon verstanden den Witz, oder?*
*Sugar_Susa: Was?*
*Holzhackerbua37: Den Witz! Ich STEH zur Verfügung :-))) rofl*
*Sugar_Susa ist jetzt offline*

Am nächsten Morgen frühstückte Jacobi in ungewohnter Gesellschaft. Kommissar Dietlinger saß ihm gegenüber, während ein Trupp der Spurensicherung im Wohnzimmer rumorte. Dorothee hatte darauf bestanden, die Polizei zu rufen. Nachdem er den ersten Schreck überwunden hatte, wollte Jacobi den

Überfall am liebsten einfach hinter sich lassen und hatte Dorothee überredet, die Sache zumindest zu überschlafen. Doch frühmorgens fand er sie im Wohnzimmer auf dem Fußboden hockend, den Rücken an den Türstock gelehnt. Sie hatte eine Decke um die Schultern gewickelt und starrte auf das zerbrochene Fenster und den Pflasterstein auf dem Parkett. Angefasst hatten sie vorsichtshalber nichts.

»Ich melde das jetzt der Polizei, egal, was du dazu sagst. Das war verdammt gefährlich, und ich habe keine Lust, deswegen noch eine schlaflose Nacht zu verbringen.« Dorothee war aufgestanden und hatte ihn angesehen. »Das verstehst du doch, oder?«

Was konnte er darauf schon sagen? Jacobi hatte genickt und war zum Telefon gegangen. Wenn es schon sein musste, dann erledigte er das lieber selbst. Als der Polizist am Telefon hörte, dass er einer der Ärzte aus der Klinik war, hatte er ihn sofort mit Kommissar Dietlinger verbunden, und nun thronte der wie ein fetter Buddha auf einem der Esszimmerstühle und fixierte Jacobis Frühstücksbrötchen, sodass ihm der Appetit gründlich verging. Er hatte Dietlinger selbstverständlich auch Kaffee und Frühstück angeboten, aber der Kommissar schien mehr Freude daran zu haben, anderen Leuten das Essen zu verderben, statt selbst etwas zu sich zu nehmen. Vielleicht war er ja auch auf Diät, das würde seine schlechte Laune erklären.

»Haben Sie Feinde, Dr. Jacobi?«

Der Kommissar glotzte ihn triefäugig an. Zu Jacobis Leidwesen schimmerte aus dem starren Blick eine Spur von Intelligenz hervor. Das konnte er nun überhaupt nicht gebrauchen. Ein Kommissar, der in seinem Privatleben herumstocherte.

Er wusste nicht, was er antworten sollte. Wenn er so darüber nachdachte, hatte tatsächlich eine erschreckend große Anzahl an Menschen einen Grund, ihm etwas Übles zu wollen. Zuallererst hatte er an Angie gedacht, auch wenn er sich jetzt dafür schämte. Sicher, sie war labil, und genau genommen wusste Jacobi wenig von ihr. Weniger sogar als von seinen anderen Patienten. Bei den Treffen hatten sie meist über Alltägliches, über Klinikabläufe und Therapien gesprochen oder sich in Diskussionen über Gott und die Welt verstiegen. Über ihr Leben vor der Vogelsburg hatte sie wenig erzählt. Er bohrte auch in den Therapiesitzungen nicht nach, da die Ärzte hier keinen psychoanalytischen Ansatz, sondern die verhaltenstherapeutischen Zielsetzungen verfolgten. Der Patient sollte Strategien und Methoden an die Hand bekommen, um sich selbst helfen zu können und seine jetzige Lage zu verbessern. Und dafür war es sinnvoller, nach vorn zu blicken statt nach hinten.

Angie hätte also so ziemlich alles vor ihm verbergen können. Trotzdem konnte ein so warmherziger, liebenswerter und liebevoller Mensch doch unmöglich zu so einer Gemeinheit fähig sein. Schließlich hatte er in jeder Berührung, jedem Kuss ihre Zuneigung gespürt. Außerdem wusste sie gar nicht, wo er wohnte. Nein, Angie konnte er ausschließen. Das erfüllte ihn mit großer Erleichterung. Doch das Grundproblem blieb, und jetzt musste er auch noch diesen hartnäckigen Bullen abwimmeln.

»Das war doch nur ein Dummejungenstreich.« Jacobi fuhr sich nervös mit der Hand durchs Haar. »Es ist ja nichts passiert.«

»Es hätte aber genauso gut anders ausgehen können. Dann würden wir jetzt Ihre Gehirnmasse vom Sofa wischen.« Dietlingers Gesichtsausdruck war völlig neutral.

Jacobi vermutete jedoch, dass es ihm insgeheim eine diebische Freude bereitete, so unpassende Dinge zu sagen. »Unsinn. So genau kann man mit einem schweren Stein ja gar nicht zielen, wenn auch noch ein Fenster im Weg ist.«

»Vielleicht nicht. Aber die ganze Sache ist trotzdem ziemlich seltsam, finden Sie nicht? Und eigentlich sollten Sie ganz besonders daran interessiert sein, dass der Täter gefasst wird. Schließlich scheint er etwas gegen Sie zu haben, und wer weiß, ob er diese Abneigung nicht auch auf Ihre Frau ausweitet.«

Dorothee? Brachte er sie und das ungeborene Baby in Gefahr, wenn er schwieg? Aber er konnte nichts sagen. Es stand zu viel auf dem Spiel, sein guter Name, seine Karriere … Wovon sollten sie den Kredit abbezahlen, wenn er wegen der Sache mit Angie seine Stelle verlor?

Für einen ganz kurzen Moment hatte er sogar gedacht, dass Dorothee selbst den Stein geworfen hatte. Ihr Blick, als sie ihn auf dem Boden gesehen hatte … Für einen Sekundenbruchteil hatte er sich ertappt gefühlt, hatte gedacht, dass sie vielleicht alles wusste, ihn und Angie irgendwo zusammen gesehen hatte und sich nun an ihm rächte. Aber diese Überlegung schob er schnell wieder beiseite. Das konnte nicht sein. Dorothee war nicht der Typ Frau, der heimlich intrigierte und Ränke spann. Sie hätte ihn direkt darauf angesprochen und einen ordentlichen Streit vom Zaun gebrochen. Außerdem würde sie niemals ihr eigenes Haus beschädigen. Nein, Dorothee hätte keine Fensterscheibe zerbrochen, die sie jede Woche so sorgfältig putzte.

»Also, ist in letzter Zeit etwas vorgefallen? Gab es Streit mit Patienten oder Kollegen?«

Der Bulle ließ einfach nicht locker. Er hatte sich nun doch an den Brötchen bedient und tröpfelte unbeholfen Marmelade darauf. Seine Finger waren wulstig wie Wiener Würstchen. Es war Jacobi ein Rätsel, wie man es mit solchen Pranken schaffte, eine Handytastatur zu bedienen oder ein Sektglas abzuwaschen, ohne es zu zerbrechen. Aber wahrscheinlich war Dietlinger ein Festnetzverfechter und trank nur Bier direkt aus der Flasche.

»Nein, es ist gar nichts Ungewöhnliches geschehen. Außer die beiden Morde natürlich, die haben schon für ziemliche Unruhe gesorgt.«

Dietlinger fixierte ihn noch immer mit diesem ausdruckslosen Blick. Jacobi ertappte sich dabei, wie er sich mit den Fingern durch den Bart fuhr, um zu überprüfen, ob sich Krümel darin verfangen hatten. Sah man ihm an, dass er nervös war? Ihm kam eine Idee. Er würde Dietlinger ein Bröckchen hinwerfen, auf das dieser sich stürzen konnte. Dann konnte er den Rest für sich behalten.

»Da fällt mir ein – eine Sache gibt es doch … es sind da gewisse Medikamente aus dem Giftschrank verschwunden …«

Und er erzählte Dietlinger, was er beobachtet hatte und vermutete. Damit handelte er zwar gegen Goldigs Anweisung, die Sache zunächst intern zu untersuchen, aber schließlich ging dabei überhaupt nichts voran, und Isabella Siebenlist zeigte auch wenig Engagement, den Medikamentendieb zu fangen. Außerdem – was sollte Goldig schon machen? Rausschmeißen konnte er Jacobi mit dessen brisantem Hintergrundwissen jedenfalls nicht. Und schließlich verhielt er sich ja nur so, wie es ein gesetzestreuer Bürger auch tun sollte. Die Polizei, dein Freund und Helfer. So war es recht.

Der Kommissar kritzelte alles hingebungsvoll in sein Notizbuch, sodass Jacobi einen Moment Zeit zum Nachdenken gewann. Er nahm einen Schluck von seinem Kaffee. Der Vollautomat, den er Dorothee und sich zum letzten Weihnachtsfest geschenkt hatte, war das Geld wirklich wert. Er merkte richtig, wie das exzellente Röstaroma sein Gehirn ankurbelte. Also, Dorothee und Angie hatten den Stein wohl eher nicht geworfen. Blieben nur noch zwei Kandidaten. Einer davon war – und das gefiel Jacobi überhaupt nicht – Dr. Goldig.

Schließlich hatte er seinem Chef ins Gesicht gesagt, was für faule Knochen er beim Wühlen in Goldigs Vergangenheit ausgegraben hatte. Da lag es nahe, dass Goldig den Einzigen, der darüber Bescheid wusste, ausschalten wollte. Dann musste er aber davon ausgehen, dass der Steinwurf tatsächlich ein Mordanschlag gewesen war und Goldig auch die anderen Morde verübt hatte, um sein Geheimnis zu decken. Und dieser Gedanke behagte Jacobi ganz und gar nicht. Zum einen, weil man nicht einfach seinen Chef des Mordes beschuldigte, und zum anderen, weil er selbst dann weiterhin in Gefahr wäre.

Andererseits war die Sache mit dem toten Vogel auf seinem Auto passiert, bevor er Goldig aufgesucht hatte. Das wiederum konnte dieser also nicht gewesen sein. Da es unwahrscheinlich war, dass mehrere verschiedene Leute ihn auf so absurde Weise attackierten, schied damit auch Goldig aus.

Er warf einen Blick auf Dietlinger, der noch immer schrieb. Weil er in der rechten Hand den Stift hielt und mit der linken sein Brötchen umklammerte, blieb es nicht aus, dass dieses in bedenkliche Schieflage geriet. Marmelade tropfte auf die Seiten des Notizbuches, von Dietlinger achtlos mit dem Handrücken verschmiert. Will Klien würde einen Schreianfall bekommen, wenn er das sähe. Und damit war Jacobi auch schon bei seinem letzten Verdächtigen angelangt.

Klien hatte ein eindeutiges Motiv. Sicher wollte er sich an Jacobi wegen der Konfrontation nach der Gruppensitzung rächen. Vielleicht war er insgeheim scharf auf Angie und hoffte, den Nebenbuhler so zu verschrecken, dass dieser sich zurückzog. Doch Jacobi dachte nicht daran, auf solche miesen Tricks hereinzufallen. Und Angie stand bestimmt nicht auf so eine halbe Portion. Er würde noch einmal mit ihr sprechen und ihr klarmachen, dass sie Klien dazu bringen musste, diese Attacken abzublasen. Ja, das musste es sein. Der Zwängler war eindeutig der wahrscheinlichste Kandidat. Fast fühlte Jacobi sich erleichtert. Dann hatten der tote Vogel und die Steinattacke zumindest nichts mit den Morden zu tun, und das Ganze war wirklich eher kindisch als gefährlich.

Dietlinger schien ebenso zufrieden zu sein wie Jacobi. Er versprach, sich direkt um die Medikamentensache zu kümmern und Nachforschungen anzustellen.

»Ich fühle tief in den Knochen, dass wir den Fall bald lösen werden!«

Jacobi schüttelte ihm zum Abschied die Hand und verzog keine Miene, als er die klebrigen Marmeladenspuren spürte. Hauptsache, er hatte diese Begegnung unbeschadet überstanden und Dorothee fühlte sich wieder sicher. Zu viel Aufregung war jetzt gar nicht gut für sie, in ihrem Zustand. Zum Glück ahnte sie nicht, mit welchen Problemen er sich derweil herumzuschlagen hatte.

*\*\**

Der Wind heulte um die achteckige Turnhalle der Vogelsburger Klinik. Es klang eindrucksvoll und ein klein wenig unheimlich, gerade so stark, dass man sich glücklich schätzte, gemeinsam mit einer Gruppe von Freunden im Warmen zu sitzen.

Diesmal hatten wir uns in der Turnhalle getroffen, da unsere sonstigen Versammlungsorte besetzt waren. Bei dem heutigen überraschend schlechten Wetter wollte niemand draußen sein, also waren die Aufenthaltsräume überfüllt. Die Turnhalle war an sich kein schlechter Ort, auch wenn sie mich immer ein wenig an meine Schulzeit erinnerte. Der Geruch nach Zitronenputzmittel und abgeriebenem Plastikboden schien ebenso wie das Odeur frisch getragener Turnschuhe zwischen den holzverkleideten Wänden zu hängen. Ich konnte nicht sagen, ob überhaupt einer dieser Eindrücke real war oder ob mein Gehirn die erlernte Atmosphäre beisteuerte.

Wir saßen im Kreis – außer Holger thronten alle im Yogasitz – und unterhielten uns flüsternd. So konnten wir eine Meditationsgruppe darstellen, falls irgendein sportversessener Patient auf die Idee kam, die Turnhalle benutzen zu wollen. Meditation ging vor, das war in einer psychosomatischen Klinik ungeschriebenes Gesetz. Falls Schnabel zur Kontrolle eingeteilt war, würde er denken, ich übte besonders pflichtbewusst die heute Morgen in der Achtsamkeitsgruppe neu erlernte progressive Muskelentspannung.

»Wenn du gestern bloß dabei gewesen wärst.« Holger warf Anne einen seiner berühmten Dackelblicke zu. »Es war so anstrengend, das ganze Warten und Verfolgen und alles.«

»Ja, da habe ich anscheinend echt was verpasst.« Anne schüttelte den Kopf. Sie sah müde aus. Vom Brillenrand halb verdeckt zeichneten sich Augenringe ab. »Wenn ich das gewusst hätte, wäre ich nicht so früh ins Bett gegangen. Ich habe erst heute früh die ganzen verpassten Anrufe gesehen. Mit dem Mirtazapin schlafe ich immer so tief.«

»Und wir haben eine offizielle Verwarnung von der Verwaltung bekommen, weil wir zu spät kamen«, jammerte Irmela. »Dabei habe ich noch nie einen Verweis bekommen, niemals!«

»Das machen die nur pro forma, das habe ich euch gestern doch schon gesagt.« Ich klopfte Irmela auf die Schulter. »Denk nicht dran, lenk dich ab. Bauchatmung, Konzentration!«

Irmela schnaufte tief ein und aus. »Es ist nichts passiert«, murmelte sie, »es ist egal, was die anderen denken. Ich mache mein Ding. Mir geht es gut. Ich bin nicht abhängig von der Meinung anderer.«

»Genau!« Anne gab ihre Sitzposition auf, um Irmela in den Arm zu nehmen. »Du bist wahnsinnig stark gewesen gestern, dass du dich das getraut hast und nicht allein zurück zur Klinik gefahren bist, um pünktlich zu kommen. Das ist wirklich ein Erfolg, daran solltest du denken.«

»Ich wäre schon gefahren. Aber ich wollte euch nicht im Stich lassen ...« Irmela seufzte und rückte ihre Brille zurecht. »Ich weiß doch, dass ihr ohne mich nicht zurechtkommt. Außerdem war Will ja sowieso so schlecht drauf.«

Dazu äußerte sich glücklicherweise niemand. Ich knetete meine Hände, bemühte mich, mein dämliches Verhalten von gestern wiedergutzumachen, und hoffte, dass die anderen taktvoll genug waren, darüber hinwegzusehen. Was hatte mich da bloß geritten? Ich war offenbar ein fürchterlich eifersüchtiger Mensch, der schon bei kleinsten Vorkommnissen verbales Gift um sich spritzte. Das behagte mir überhaupt nicht. Was Marie wohl von mir gedacht hatte? Ihr gegenüber war ich besonders unfair gewesen.

Sie saß entspannt da, so als sei der Lotussitz kein bisschen anstrengend. Wahrscheinlich sendete ihr Gehirn gerade beruhigende Botenstoffe aus, da wir auf ihre Bitte hin exakt auf der am Boden aufgemalten Kreislinie Platz genommen hatten. Die Halle war bis auf zwei Langbänke an der Wand völlig leer. Das musste sehr erholsam für sie sein.

»Also dieser Typ, mit dem ich mich längere Zeit unterhalten habe ...« Marie warf mir einen vorsichtigen Blick zu. Ich lächelte, um ihr zu zeigen, dass ich bestimmt nicht noch einmal so aus der Haut fahren würde. »... der hat gesagt, dass die Siebenlist so was wie 'ne Stammkundin in dem Casino ist. Sie spielt so ziemlich alles, von Poker über Black Jack bis Roulette, und setzt wahnwitzige Summen. Es passiert dann oft, dass sie andere Besucher anspricht, ob die ihr nicht noch was leihen können.«

»Oje, wie peinlich.« Irmela vergrub das Gesicht in den Händen. »Das ist fast wie Betteln. Und so was macht sie als Ärztin!«

»Ärzte sind auch nur Menschen«, kam es trocken von Anne.
»Ja, aber schon besondere. Dr. Jacobi zum Beispiel, der hat so eine ruhige und trotzdem bestimmte Art, da fühlt man sich richtig gut aufgehoben.«
»Hör mir bloß mit dem auf«, stöhnte ich. Die anderen wussten nichts von dem heiklen Gespräch, in dem Jacobi mir gedroht hatte. Irgendwie hatte ich das Gefühl, Angies Privatsphäre schützen zu müssen, indem ich nicht zu offenherzig über dieses Thema sprach.
»Darf ich dich daran erinnern, dass du in sein Büro eingebrochen bist, um ein Kondom zu klauen?« Anne musterte Irmela mit hochgezogenen Augenbrauen. »Und jetzt ist er auf einmal dein kleiner Liebling?«
»Der Zweck heiligt die Mittel«, verteidigte Irmela sich. »Außerdem habe ich das Präservativ gebührend behandelt.«
Wir sahen uns an. Niemand wusste, was Irmela mit dem Kondom gemacht hatte, nachdem sie es uns so stolz bei dem Gruppentreffen präsentiert hatte. Ich für meinen Teil wollte es auch gar nicht wissen.
»Ist doch jetzt egal«, kam es ungeduldig von Holger. »Wir haben gerade ein ganz anderes Thema. Ich will endlich wissen, ob es diese Siebenlist war, die mir den Drohbrief geschrieben hat!«
Wir wandten uns wieder Marie zu. »Das wäre möglich, zumindest laut dem, was ich von meinem Informanten erfahren habe«, erklärte sie. »Er hat mich auf ein Glas Sekt eingeladen und …«
Abermals spürte ich einen winzigen Stich der Eifersucht.
»Du darfst überhaupt nicht trinken, wenn du Tabletten nimmst!«, unterbrach sie Holger. »Das ist gefährlich. Da kann es zu allen möglichen verrückten Wechselwirkungen kommen.«
Marie lächelte ihn an. »Wie Irmela schon sagte, der Zweck heiligt auch hier die Mittel. Außerdem geht es mir ja gut.«
Holger konnte es sich nicht verkneifen, ein düsteres »Noch« zu brummen.
»Es war Zufall, aber Isabella Siebenlist ist einmal ganz dicht

an uns vorbeigelaufen, als wir an der Bar standen. Sie sah ziemlich abgehetzt aus, hatte ein schwarzes Kleid an, das ganz faltig an ihr runterhing, und einen dunkelblauen Blazer. Sie ist fast in meinen Gesprächspartner reingerannt und hat sich nicht mal entschuldigt. Das habe ich dann zum Anlass genommen, einen Kommentar dazu zu machen, und der Typ ist voll drauf eingestiegen. Er hat richtig Spaß daran gehabt, mir den ganzen Klatsch zu erzählen. Angeblich hat sie sich von ihm auch schon mal ein paar hundert Euro geliehen. Er hat gemeint, das war, als sie noch fast niemand dort kannte und nicht abzusehen war, dass sie total spielsüchtig ist. Inzwischen wissen alle Bescheid, und zumindest von den Stammgästen gibt ihr keiner mehr Kredit.

»Die Arme!« Irmela schob mitleidsvoll die Unterlippe vor. »Sie müsste mal eine Therapie machen.«

Als wir daraufhin alle zu lachen begannen, blickte sie empört von einem zum anderen.

»Das ist ein Teufelskreis, da kommt man nicht so von allein raus.«

»Das stimmt.« Marie nickte Irmela zu. »Der Sektspendierer hat aber zugegeben, dass Siebenlist ihm vor Kurzem das Geld zurückbezahlt hat. Er meinte, dass sie wohl irgendwo eine neue Geldquelle aufgetan haben muss.«

»Oder sie hat wirklich irgendwo mal gewonnen«, gab ich zu bedenken.

»Von mir ist das Geld jedenfalls nicht und von den anderen Pokerspielern auch nicht.« Holger schaute unglücklich drein. »Bernie hat sie zwar ausbezahlt, aber bei ihm war es keine große Summe, und ich – hmm, ihr wisst ja, dass ich gerade nicht so flüssig bin.«

»Der Drohbrief ist inzwischen wohl nicht mehr aktuell«, beruhigte Anne ihn. »Wenn bisher nichts passiert ist, dann kommt da auch nichts mehr.«

»Bist du verrückt? Das ist gerade mal zwei Wochen her!« Holger rollte mit den Augen.

Das konnte er gut, da seine Augen eher kugelig als länglich zugeschnitten waren, genauso wie seine Figur. Wenn ich so drüber nachdachte, kam es mir absolut unwirklich vor, dass erst dreizehn Tage vergangen waren, seit wir von dem Mord an Herrn Brunner erfahren hatten. Das hatte eine ganze Kette an Ereignissen in Gang gesetzt. Es war so viel geschehen. Gefühlt war das mehr, als ich die letzten fünf Jahre zusammen erlebt hatte.

»Ihr Lieben, ich bin jedenfalls froh, dass wir uns haben und so toll zusammenarbeiten.« Irmela breitete die Arme aus, um uns der Reihe nach an ihre mütterliche Brust zu drücken. »Ohne euch wüsste ich gar nicht, was ich machen sollte.«

»Dich vielleicht mal auf die Therapie konzentrieren statt auf Sex, Mord und Betrug«, schlug ich vor.

»Unsinn, das hält jung.« Irmela zwinkerte mir zu.

Ich zwinkerte zurück. Sie hatte recht. Ich fühlte mich wie in meiner Jugend, die ich nie gehabt hatte. Vor allem in Maries Nähe.

\*\*\*

Die Münchner Humboldtstraße lag in buntestem Giesinger Treiben da. Mopedfahrer quetschten sich zwischen Bussen und Cabrios mit offenem Verdeck hindurch, eine Gruppe junger Hipster stand vor einem veganen Dönerladen Schlange, und türkische Muttis mit Kinderwagen blockierten die Gehwege und stritten um die saftigste Melone. Jacobi bemerkte fünf Fahrradgeschäfte, als er die Straße entlangschlenderte. Giesing war eindeutig kein abseits gelegenes Arbeiterviertel mehr, nein, die Studenten und Familien hatten es für sich entdeckt, und damit waren vermutlich auch die Mieten gestiegen.

Herr Braunecker zählte bestimmt zu den alteingesessenen Mietern. Am Telefon hatte er vorsichtig geklungen und sofort beteuert, dass er über Margit und die »unselige Geschichte damals« wenig zu sagen habe. Trotzdem hatte Jacobi höflich um ein Treffen gebeten, erklärt, dass er dafür sogar den weiten Weg von Würzburg auf sich nehmen würde, und schließlich hatte Braunecker zugestimmt. Er war bereits in Pension und hatte damit, wie er erklärte, sowieso mehr freie Zeit, als gut für ihn war.

Jetzt stand Jacobi also vor dem Haus, in dem die Übergriffe vor zwei Jahrzehnten angeblich stattgefunden hatten. Unten befand sich ein Reisebüro, das mit einem riesigen Pappschiff im Schaufenster für Aida-Kreuzfahrten warb. In den Stockwerken darüber reihten sich kleine Balkone aneinander. Mehr als ein Stuhl und ein Blumentopf passten nicht darauf. Kein Wunder, dass die Bewohner sich nach der Weite des Ozeans sehnten. Bestimmt machte das Reisebüro ordentlichen Umsatz. Jacobi beglückwünschte sich zu seinem Eigenheim mit Garten. Dorothee und er mussten keine teuren Reisen unternehmen. Mit Kind würde das in nächster Zeit sowieso schwierig werden.

Jacobi trat an die Tür und klingelte. Nach dem Summen nahm er seufzend die Stufen in Angriff. Herr Braunecker hatte sich schon am Telefon entschuldigt, dass er ganz oben wohnte und es keinen Aufzug gab. Es war gerade Abendessenszeit, und in jedem Stockwerk roch es nach einem anderen fremdländischen Gericht. Jacobi schnupperte sich an Curry-Reispfanne, ungarischem Gulaschtopf und Bruschetta mit viel Knoblauch empor. Als er am letzten Treppenabsatz angelangt war, erwartete ihn bereits ein kleiner alter Mann mit gebügeltem Hemd und Hosenträgern darüber.

»Kommen Se herein, nur immer herein«, lud er eifrig ein. »Ick bin Karl Braunecker. Schön, dass Se vorbeischaun.« Er schaffte es mit seinem berlinerischen Dialekt, Jacobis Eindringen wie einen Freundschaftsbesuch wirken zu lassen.

Jacobi trat verlegen ein, nachdem er dem Mann die Hand geschüttelt hatte.

»Hier sin Hausschuhe für Sie, damit Se keene kalten Füße kriegen. Meene Frau, Gott hab se selich, hat immer jesagt, dass kalte Füße eenen Schnupfen provozieren. Na ja, Sie als Arzt haben da vielleicht andre Erklärungen dafür. Aber die alten Hausmittelchen sind manchmal auch jar nich zu verachtn.«

Erwartungsvoll hielt er Jacobi ein Paar karierte Pantoffeln entgegen, bis dieser begriff und sich seiner Lederslipper entledigte. Die Pantoffeln waren mindestens drei Nummern zu klein. Jacobis Ferse hing über die Sohle hinaus, sodass er mehr schlurfend als gehend vorwärtskam. Karl Braunecker schien das wenig zu stören, er war ebenfalls nicht der Schnellste.

»Haben Se denn überhaupt eenen Parkplatz jefunden? Ach, was red ich, entschuldigen Sie. Das Berlinerische wird man halt sein Lebtag nicht los. Aber ich kann auch Hochdeutsch!«

Jacobi war froh, das zu hören. Es würde die Unterhaltung doch um einiges vereinfachen.

»Jedenfalls mit den Parkplätzen. Das ist schwierig geworden hier in der Stadt. Die Studenten parken alles zu. Wo die das Geld für ein Auto herhaben, möcht ich mal wissen. Und die Ausländer auch. Jeder hat heutzutage einen BMW oder einen Opel oder so was. Zu unsrer Zeit hätt's das nicht gegeben.«

Er bat Jacobi in die gute Stube, wo er zwischen Porzellanpuppen mit starren Gesichtern auf dem Sofa Platz nehmen musste.

»Schön, die Puppen, oder was sagen Sie? Meine Frau hat die gesammelt, neununddreißig Stück hat sie gehabt. Aber ich hab sie dann weggegeben. Was soll ich auch mit dem Zeug? Da freut sich jemand anders mehr drüber. Ich brauch ja nicht mehr viel, hab ja alles.«

Karl Braunecker wollte sich in seinem Fernsehsessel niederlassen, dessen durchgesessenes Polster verriet, wo er den Großteil seines Tages verbrachte.

»Ach Herrgott, jetzt hab ich Sie gar nicht gefragt, ob Sie was trinken wollen. Ich hab doch Bier im Kühlschrank. Oder ein Likörschn?« Er stützte sich auf der Armlehne ab und stemmte sich hoch, bevor Jacobi ablehnen konnte. »Und Kuchen hab ich auch gekauft. Krieg ja so selten Gäste. Wer soll mich auch besuchen? Also hab ich gedacht, da holste mal ein Stückchen Torte für den Herrn Doktor. Teuer is das alles geworden, sag ich Ihnen. Drei Mark sechzich hab ich gezahlt dafür, das ist doch eine Frechheit, für ein Stück Torte!«

Er kam mit einem Teller mit Goldrand zurück, auf dem ein großes Stück Schwarzwälder Kirschtorte prangte, und stellte es vor Jacobi auf den Wohnzimmertisch. Dessen Protest wehrte er mit zitternder Hand ab.

»Nee, nee, ich selber ess das bestimmt nicht. Ich krieg ja kaum noch was runter. Früher hab ich gegessen wie ein Scheunendrescher, meine Frau hat immer für eine ganze Mannschaft gekocht. Aber heute, ich krieg ja kaum noch was runter. Ist auch kein Wunder, ich werd ja bald achtzig. Aber Sie, Sie sind ja noch jung. Nu essen Se mal!«

Jacobi schob sich ein großes Stück Torte in den Mund und bereute es sofort. Nicht nur, dass die Kirschen wahnsinnig süß waren, er hatte sich damit auch selbst zum Schweigen verdonnert. Erst mal kauen, dann sprechen.

Herr Braunecker wanderte derweil zur Schrankwand, Marke Echtholz rustikal. Die Glastüren klirrten, als er sie mit zitternden Fingern aufzuschieben versuchte. Dahinter versammelte sich eine ganze Armada von Porzellanfigürchen. Jacobi erkannte mit Grausen eine Schäferin mit Blumenhut und die unverzichtbare Primaballerina. Seine Oma wäre begeistert gewesen. Er nahm an, dass Braunecker die Deko nach dem Tod seiner Frau einfach beibehalten hatte. Besonders zu schätzen schien er sie jedoch nicht, so energisch, wie er jetzt zwischen den Figuren herumkramte und sie zur Seite schob. Nach einigem Gemurmel und unterdrückten Schimpftiraden zog Braunecker seinen Kopf wieder aus dem Schrank. Er wackelte zum Küchentisch zurück und legte einen Stapel vergilbter Fotos vor Jacobi ab.

»Das is meine Kleine, die Margit, da war se erst fünf.«

Jacobi blickte in ein rundes Gesichtchen, das zwischen zwei Schaukelschnüren hindurch zahnlückig in die Kamera grinste. Das rot-weiße Trägerkleid sah frisch gebügelt aus, vielleicht für einen Sonntagsausflug zur Oma.

Braunecker legte ihm direkt das nächste Foto darauf. »Sehn Se, das war im Zoo, da is die Margit schon älter.«

Älter bedeutete in diesem Fall einen geschätzten Zuwachs von vier bis fünf Jahren. Margits Gesicht hatte an Rundlichkeit eingebüßt, die zahnlückige Niedlichkeit war vorsichtigem Abwarten gewichen. Alle drei Brauneckers blinzelten in die Kamera. Karl trug bereits eine vom Haarkranz umgebene Glatze zur Schau, seine Frau ließ stämmige Waden unter einem Blumenkleid erkennen. Schräg daneben prangte inmitten der Gehegeumzäunung das Hinterteil eines Elefanten.

»Wir waren ja schon recht alt, als meine Frau die Margit gekriegt hat. Das war zehn Jahre nach unserem Umzug aus Berlin. Haben gar nicht mehr damit gerechnet, dass das noch was wird. Aber gefreut hamma uns!« Braunecker blickte ganz versunken auf das alte Bild. Er streichelte über das Gesicht seiner Frau. »Die Luzie hat alles gemacht für das Mädel. Aber verstanden ham wir sie nie so richtig. Die Margit war so kompliziert. Vielleicht waren wir einfach schon zu alt, um noch ein kleines Kind großzuziehen.«

»Was meinen Sie mit kompliziert?«

»Immer so still, so ernst. Hat es gar nicht gemocht, wenn wir Leute eingeladen haben. Wollte lieber für sich allein spielen. Hat viel gestrickt und gehäkelt, so Kleidchen für Mamas Puppen.«

»Und als sie dann größer wurde?«

»Ich hab das gar nicht richtig mitgekriegt, wann das alles angefangen hat. Ich war ja den ganzen Tag auf Arbeit, hab bei der Bahn geschafft. Und meine Frau ist putzen gegangen.«

Die wenigen Dialekteinsprengsel in Brauneckers Bericht störten Jacobi nicht. Er fand es sehr sympathisch, wie der alte Mann erzählte.

»Alles angefangen? Sie reden von Margits Höhenangst?«

»Das war schon immer ein Problem von ihr, sie ist nie mit auf den Olympiaturm oder ins Riesenrad. Aber irgendwann ist es immer schlimmer jeworden. Sie konnte nicht mehr auf unseren Balkon gehen, nicht mehr zum Fenster rausschauen. Hatte Angst, wenn sie die Treppen zu unserer Wohnung rauf- oder runtersteigen musste. Meine Frau ist immer mitgegangen.«

»Und dann haben Sie sich an Dr. Goldig gewandt?«

»Er war damals ja noch kein Doktor. Aber dieses Psychozeug studiert, das hat er. Und wir dachten, das wär mal einen Versuch wert. Die Margit wollte auch gern mit ihm reden, er war ja ein netter Kerl, und sie kannte ihn schon, er hat manchmal bei uns gegessen. Die Studenten haben ja keine Zeit, richtig was zuzubereiten, und meine Frau hat eh immer zu viel gekocht.«

»Also hat Margit eine Therapie bei Goldig begonnen?«

»Er ist zu uns in die Wohnung jekommen, einmal die Woche, immer nachmittags, wenn Luzie und ich nicht da waren. Er sagte, es wär wichtig, dass die Gespräche in Ruhe stattfinden.«

»Und dann?«

»Dann bin ich eines Abends von der Arbeit gekommen, und alles war in Aufruhr, die Luzie hat geweint, und die Margit hat sich im Zimmer eingesperrt. Und dann hat die Luzie drauf bestanden, dass wir zur Polizei gehen. Ich wollte eigentlich nicht, wusste ja gar nicht, was an der Geschichte dran gewesen ist.«

»Ihre Tochter hat damals behauptet, Goldig hätte sie während der Therapiesitzungen missbraucht?«

»Ganz genau, das war es.«

»Haben Sie Ihrer Tochter denn nicht geglaubt?«

»Ja, wissen Se, dat is so eine Sache. Sie hat immer viele Geschichten erzählt, viel so phantastisches Zeug. Als Kind schon und später auch noch manches Mal. Das hab ich natürlich nicht sicher gewusst.«

Herr Braunecker rutschte auf seinem Sesselbezug hin und her. Jacobi erwartete fast, einen glänzend geriebenen Hosenboden präsentiert zu bekommen, wenn er wieder aufstehen sollte. »Trotzdem haben wir 'ne Anzeige gemacht. Natürlich haben wir das. Haben uns bemüht, hat aber nichts gebracht. Der Doktor ist dann gleich ausgezogen. Der Margit hat das bloß nichts geholfen.«

Jacobi lehnte sich vorsichtig auf seinem wackeligen Stuhl zurück. Bisher stimmte alles, was Braunecker erzählt hatte, komplett mit Goldigs Bericht überein. Was hatte er auch erwartet? Dass Goldig ihn anlog? Und der Vater war selbst wenig überzeugt von der Geschichte seiner Tochter gewesen, das war ihm deutlich anzumerken. Offensichtlich hatten die Richter das ähnlich gesehen. Blieb nur die Frage, warum Brunner sich nun nach so vielen Jahren plötzlich wieder für die Sache interessiert hatte.

»Und was macht Margit jetzt?«, fragte Jacobi in der Hoffnung, seinen Gesprächspartner etwas zum Erzählen zu bringen, damit er selbst diese unsägliche Torte hinunterzwingen konnte. Danach würde er sich verabschieden. Schließlich wartete eine lange Autofahrt auf ihn.

»Das weiß ich nicht.«

Braunecker zog ein riesiges Taschentuch aus seiner Hose und schnäuzte sich hinein. Dann begutachtete er den Inhalt, bevor er es sorgfältig zusammenfaltete und wieder einsteckte. Jacobi sprang der Begriff »Übersprungshandlung« geradezu an. Herr Braunecker strich sich noch seinen Haarkranz glatt und zupfte am rechten Hosenträger, bevor er sich so weit im Griff hatte, dass er weiterreden konnte.

»Sie ist mit achtzehn ja gleich ausgezogen. Hat sich nie gemeldet. Nur einmal ist eine Karte gekommen, dass sie geheiratet hat. Kein Anruf, kein Besuch, kein Nix. Das hat die Luzie nicht verkraftet.«

»War auf der Hochzeitskarte vielleicht eine Adresse angegeben?«

»Kann sein. Ich hab die schnell weggeräumt. Die Luzie hat immer geweint, wenn se se gesehen hat.«

»Aber Sie haben sie doch sicher aufbewahrt, oder?«

Herr Braunecker wies mit der Hand auf die Schränke voller Nippes und zuckte gleichzeitig die Achseln. »Das kann hier irgendwo sein, kann aber auch nicht sein.«

Jacobi fragte sich, ob er vorschlagen sollte, die Sachen gemeinsam durchzugehen. Er hätte schon gern mit Margit Braunecker persönlich gesprochen. Vielleicht konnte er dann besser einschätzen, ob an der Sache etwas dran war oder er nur im Trüben fischte. Doch Braunecker kam ihm zuvor.

»Ich wollte sowieso mal aufräumen. Dann schau ich, ob ich was finde. Aber erst mach ich mir een kleenes Schläfchen.«

Jacobi nahm das zum Anlass, aufzustehen und sein verbindlichstes Lächeln aufzusetzen. Er hoffte, dass sich nicht irgendein Schokoladenstückchen zwischen seine Vorderzähne verirrt hatte. Sein Magen grummelte unangenehm. Vielleicht waren die Kirschen vergoren gewesen.

Braunecker wuchtete sich aus dem Sessel hoch und schlurfte an Jacobi vorbei auf die Tür zu. Jacobi hielt ihm seine Visitenkarte entgegen.

»Falls Sie die Hochzeitsbenachrichtigung wiederfinden ...«

Braunecker hielt die Karte stirnrunzelnd weit von sich. »Von der Klinik Vogelsburg kommen Se? Daher hat schon mal einer angerufen. Wollte auch vorbeischaun. Hat gar nicht gesagt, warum. Aber gekommen ist er nie. Unhöflich sind die Leute heutzutage. Das hätt's früher nicht gegeben.«

»Ein anderer Arzt, sagen Sie?« Jacobi war wie elektrisiert.

Braunecker wackelte zurück zu seinem Sessel und wühlte in einem Stapel alter Fernsehzeitungen, die daneben auf einem Tischchen lagen. Triumphierend hielt er ein Exemplar mit Eselsohren und einer verknittert aussehenden Veronica Ferres auf dem Titelblatt hoch. Auf ihrer Oberweite befand sich Kugelschreibergekritzel.

»Wusst ich's doch. Schreib mir alles auf, weil ich doch so vergesslich geworden bin. Also Brunner hat der geheißen. Ludwig Brunner. Kennen Se den?«

## 15
## WER HAT DEN TEUFEL AN DIE WAND GEMALT? – LIEBLING, DAS IST EIN SPIEGEL.

*Wills Tagebuch*

*Beim Walken heute Morgen habe ich ein Kind gesehen, das mich auf schmerzhafte Weise an mich selbst als kleinen Jungen erinnert hat. Es trug einen zu großen Ranzen auf den schmalen Schultern, hatte ordentlich geschnittenes und gescheiteltes Haar, eine Brille. Ich habe auf den ersten Blick gewusst, dass er in der Schule gehänselt wurde. Die Schritte sind zu zögerlich gewesen, die Augen zu wachsam. So habe ich früher auch geschaut, tue es vielleicht heute noch, bemüht, nur ja nicht aufzufallen. Nur wenn meine große Schwester mit mir gegangen ist, dann war alles gut, dann war ich stolz, neben ihr zu laufen, ihren trotzigen Blick imitierend. Aber es hat nicht lange gedauert, da bin ich wieder allein gewesen und es auch geblieben. Wer will schon mit einem Jungen befreundet sein, der keine Eltern hat, der mit altmodischen Cordhosen zur Schule geht und im Winter einen Pullunder trägt? Am meisten Angst habe ich davor gehabt, dass die anderen Kinder meine Anziehsachen kaputt machen. Ich habe ja gewusst, was Oma dann mit mir anstellt. Oh ja, auf meine Sachen habe ich immer sehr gut aufgepasst. Es gibt Dinge, die man schnell lernt, auch dann, wenn man noch klein ist.*
*Vielleicht hätte ich zu dem Jungen hingehen sollen, ihm sagen, dass ich ihn verstehe, dass es irgendwann vorbeigeht und er selbst über sein Leben bestimmen kann, sobald er erwachsen ist. Aber was ist das schon für ein Trost für ein achtjähriges Kind? Ich glaube ja noch nicht mal selbst daran.*

»Es ist ein neuer Brief gekommen!«
Wie immer störte Holger im unpassendsten Moment. Ich

war gerade dabei, meine Hände zu waschen und zu desinfizieren, nachdem ich auf dem Balkon einen Klecks Vogelkacke entdeckt hatte. Fäkalien zählen für mich zu den schlimmsten Herausforderungen, und allein das Wissen, dass ich in der Nähe gewesen war, bereitete mir großes Unbehagen. Holgers beharrliches Klopfen hatte mich mitten in meiner zweiten Wiederholung gestört. Zwei, das war die neue Zahl, die ich durch mühsame Therapiefortschritte schließlich erreicht hatte. Zwei war schon fast normal. Allerdings zählte diese zweite Wiederholung eigentlich nicht, da ich ja dabei unterbrochen worden war.

»Hast du gehört! Wieder ein Brief!«

Holger stand zur Hälfte in meinem Badezimmer, was mich nervös machte. Erstens trug er Straßenschuhe und konnte die Fliesen damit beschmutzen. Zweitens neigte er gerade in psychischer Erregung dazu, den Körperkontakt zu seinen Mitmenschen zu suchen. Und leider war ich in diesem Moment der einzig verfügbare Mitmensch. Ich konnte ihn schlecht bitten, den Brief heute Nachmittag zur Gruppentherapie oder zur Wassergymnastik mitzubringen, wenn ich nicht wollte, dass die ganze Klinik davon erfuhr.

»In Ordnung, ich schaue es mir gleich an. Ich mach hier nur noch schnell fertig.« Mit dem Unterarm betätigte ich den Druckknopf des Wasserhahnes und wusch mir die Seife von Händen und Handgelenken.

Holger äugte unter meiner Achsel hindurch. »Machst du jetzt dein Waschritual? Das kann ja ewig dauern. Bis dahin können die mich dreimal erwürgt und ausgeblutet haben.«

Ich schloss kurz die Augen und versuchte, ein Fitzelchen Geduld aufzubringen. Auf seine absurden Ängste ging ich erst gar nicht ein.

»Könntest du bitte draußen warten?«

Holger ging zwar nicht aus dem Zimmer, zog sich aber zumindest aus dem Badezimmer zurück. Ich hörte ihn im Raum herumstapfen und versuchte nicht daran zu denken, ob er womöglich mit seinen allzeit klebrigen Fingern gerade etwas anfasste.

Ich trocknete meine Hände ab und griff nach dem Desinfektionsmittel. Der Geruch nach Chemikalien beruhigte mich sofort. Wie immer war ich auf den Schmerz gefasst, doch er unterblieb. Seit die offenen Stellen an meinen Händen zugeheilt waren, brannte die Reinigung überhaupt nicht mehr. Noch so etwas, auf das ich stolz sein konnte. Früher hätte ich mich auch nicht mit dem einen Handtuch zufriedengegeben, das am Haken hing. Für jeden Waschvorgang war ich gezwungen gewesen, ein frisches zu benutzen. Bei zwanghaftem Händewaschen führte das ebenso zwangsläufig zu einem unglaublichen Wäscheverbrauch. Die Waschmaschine bei mir daheim war eigentlich ununterbrochen gelaufen. Trotzdem war es irgendwann nötig geworden, mir große Mengen an komplett neuen Handtüchern in die Wohnung liefern zu lassen. Die gebrauchten schmiss ich einfach weg.

»Wi-hill! Bist du endlich so weit?«

Mir lag eine scharfe Erwiderung auf den Lippen, doch ich schluckte sie hinunter. Holger konnte nichts dafür, dass er so war. Trotzdem musste er eigentlich wissen, dass ich es hasste, wenn man mich zur Eile antrieb. Das löste immer das Gefühl bei mir aus, nicht aufmerksam gewesen zu sein und etwas übersehen zu haben. Und dann folgten meist weitere Kontrollwaschungen, die dann noch länger dauerten.

Heute schaffte ich es jedoch rechtzeitig, meine Gedanken in andere Bahnen zu lenken. Ich trat neben Holger, der am Fenster stand und meine Putzmittelbatterie bestaunte. »Also, wo ist der Brief?«

»Bei mir. Ich habe mich nicht getraut, ihn mitzubringen. Falls mich jemand sieht.«

»In Ordnung, dann gehen wir jetzt eben zu dir. Ich wollte eh schon lange mal dein Zimmer sehen.«

Er sah mich unsicher an, so als wäre er nicht sicher, ob ich das ernst gemeint hatte. »Klar kannst du mein Zimmer gucken gehen. Es ist auch schön. Nicht so schön wie deines vielleicht, aber ich habe mich bemüht, es hübsch einzurichten. Na ja, und mein Mitbewohner ist selten da. Das ist auch ganz praktisch.« Er lächelte. »Ich freu mich, wenn du mich besuchen kommst.«

Er schien ganz vergessen zu haben, dass es einen unerfreulichen Grund für meinen Besuch gab. Ich beschloss, ihn erst mal nicht wieder dran zu erinnern.

»Also los!«

Aufmunternd hielt ich die Tür auf und folgte Holger, der an mir vorbeimarschierte und dabei einen ungewohnt flotten Schritt vorlegte. Er schaukelte von einer Seite zur anderen, wie ein Cowboy, der zu lange im Sattel gesessen hatte. Doch plötzlich blieb er stehen, sodass ich fast in ihn hineingerannt wäre.

»Was ist los?« Ich machte einen Schritt zur Seite, damit ich um ihn herumsehen konnte.

Holger stand vor der Verbindungstür zum Gang und starrte auf die Klinke. »Siehst du das? Da steht eine Schraube vor! Das ist total gefährlich, da kann man sich verletzen, wenn man hinlangt.«

Nun beäugte auch ich die Schraube.

»Na und, Hauptsache, sie ist nicht schmutzig!« Für mich war die Sache damit erledigt. »Los, komm weiter!« Ungeduldig zerrte ich an Holgers gestreiftem Polohemd. Anscheinend hatte ihm noch niemand verraten, dass Querstreifen für beleibtere Leute nicht die erste Wahl sein sollten. Er ließ sich weiterschieben, hörte aber den ganzen Weg bis zu seinem Zimmer nicht auf, von dem Verletzungsrisiko zu faseln, das von dieser einen Schraube ausginge.

»Bin ich eigentlich dicht an die Schraube drangekommen? Ich glaube, ich war mit der Hand dran. Vielleicht war ich näher dran als gedacht? Kann man bei so einer Verletzung nicht Tetanus bekommen?«

Ich wusste, dass ich seine Ängste eigentlich mit möglichst vernünftigen Argumenten beschwichtigen sollte, allein fehlte mir dafür heute die Geduld. Schließlich griff ich zu dem Notsatz, den die Therapeuten uns eingebläut hatten. »Du weißt, dass ich dir darauf keine Antwort geben kann – du musst selbst darauf kommen!«

Zwangspatienten neigen dazu, ihr gesamtes Umfeld in ihre Zwänge mit hineinzuziehen. Der Zwang hat mehr Nahrung, je mehr Menschen involviert sind. Manche terrorisieren ihre Kinder und Ehepartner geradezu. Ich habe mir sagen lassen, dass die Waschzwängler dabei zu den schlimmsten gehören. Wenn die Kinder nach der Schule fünfmal hintereinander duschen müssen, weil Mama sonst einen Nervenzusammenbruch bekommt ... Wenn Papa einen Schreikrampf kriegt, weil ein Fischstäbchen auf den Boden gefallen ist und der Sohn es einfach wieder aufhebt und zurück auf seinen Teller legt ...

Zum Glück habe ich keine Familie. Ich mache das alles mit mir selbst aus.

Holger wollte mich zwar nicht irgendwelchen unsinnigen Ritualen unterziehen, doch auch das ständige Nachfragen strengte an. Vor allem, da ich gleichzeitig mit der Frage zu kämpfen hatte, ob ich nicht vielleicht – abgelenkt von Holgers Geschwafel – unabsichtlich in die Nähe des Mülleimers gekommen war, der ebenfalls in der Nähe dieser Tür stand. Allerdings war ich mittlerweile so weit, dass ich auf die erlernten Strategien zurückgreifen konnte, ohne meine Umwelt mit Nachfragen in den Wahnsinn zu treiben.

Bei mir hatte Holger damit noch nie Glück gehabt. Er verstummte, und ich merkte nur an seinem nervösen Kopfnicken und dem starren Blick, dass er in seinem Kopf weitere Kämpfe ausfocht. Ich ließ ihn in Ruhe, bis wir an seiner Zimmertür anlangten. Er sperrte auf und ließ mich ein. Sofort verstand ich, was Holger mit »hübsch einrichten« gemeint hatte.

Ganz offensichtlich hatte er sich größte Mühe gegeben, alle freien Flächen mit Dekoartikeln zuzustellen. Ich erkannte einen Stellkalender mit Tierbabys, ein Zahnputzglas mit rosa Plastikrosen, eine Sammlung von Stofftieren, die neben dem Bett aufgebaut war, und eine bunte pyramidenförmige Duftkerze, die er hier sowieso nicht anzünden durfte. An der Wand über dem Bett hing ein Foto, nicht sonderlich scharf und mit einem Supermarktautomaten ausgedruckt. Trotzdem erkannte ich sofort, was es darstellte. Da waren Anne und Irmela, Mäuschen und ich um unseren Essenstisch im großen Saal. Mäuschen hielt eine Scheibe Toast in der Hand, an der sie eben noch geknabbert hatte, ich zog absichtlich eine Grimasse, Irmela hob einen Daumen hoch in die Kamera, und Anne sah einfach überrascht aus. Ich erinnerte mich an den Tag, als Holger das Foto gemacht hatte. Damals war Marie noch nicht bei uns gewesen, und Herr Brunner und Mäuschen hatten noch gelebt. Schöne Zeit, unbekümmerte Zeit, vergangene Zeit.

Unter das Foto hatte jemand in unbeholfener Schrift das Wort »Freunde« gekritzelt. Ich räusperte mich, um meine Rührung zu verbergen.

»Die Putzfrau wollte es abmachen, aber ich habe gesagt, dass das therapierelevant ist«, verkündete Holger stolz.

»Das hast du gut gemacht«, sagte ich und schaute mich im Zimmer nach weiteren Überraschungen um. Ich wunderte mich über die Abwesenheit von Medikamenten, bis mir einfiel, dass wir bei der Aufnahme in die Klinik alle Pillen und Fläschchen abgegeben hatten. Vermutlich waren die Reinigungskräfte angehalten, zu überprüfen, ob Holger irgendwo etwas bunkerte.

»Setz dich!« Holger zog mir einen Stuhl heran. »Möchtest du einen Saft oder Kekse?« Er öffnete den kleinen Kühlschrank. »Schokolade habe ich auch noch und eine Cola, aber daraus habe ich schon ein paar Schlucke getrunken, dann möchtest du wahrscheinlich nicht …«

»Nein, danke, ich habe gerade gar keinen Hunger.«

»Ach so, dann willst du jetzt wahrscheinlich einfach den Brief sehen.«

»Genau.«

Holger legte mir mit gewichtiger Miene ein Blatt Papier in den Schoß.

Ich suchte zunächst nach allgemeinen Hinweisen, aber es schien sich um ein ganz normales Blatt Papier in DIN-A4-Größe zu handeln. Der Verfasser hatte sich nicht einmal die Mühe gemacht, Buchstaben aus Zeitungsseiten auszuschneiden und damit einen authentischen Drohbrief zu basteln. Stattdessen war der Text gedruckt, in Times New Roman, wie ich zu erkennen glaubte.

»Du hast dreitausend Euro Schulden. Morgen, vor dem

Mittagessen. In einer Plastiktüte von unten an den Billardtisch kleben. Bring das Geld. Sonst TOT.«

Das war zwar nicht besonders eloquent, aber wirksam, wie ich an Holgers ängstlichem Gesicht abzulesen vermochte.

»Morgen also.«

»Die bringt mich um, wenn ich das Geld nicht habe. Die killt mich.«

»Unsinn. Hier wird niemand umgebracht. Na ja, oder fast niemand.« Ich hatte Mäuschens Gesicht auf dem Foto vor Augen. Bevor sich ein betretenes Schweigen breitmachen konnte, fuhr ich schnell fort: »Außerdem haben wir einen Vorteil. Wir wissen nämlich, dass Siebenlist hinter der Sache steckt, und sie weiß nicht, dass wir es wissen. Sie setzt dich unter Druck? Ihr Problem, morgen schnappen wir sie uns.«

Holger sah mich hoffnungsvoll an. »Du hast einen Plan?«

»Sozusagen.«

Ich hatte keine Ahnung, was wir unternehmen sollten, dachte aber, dass mir bis morgen schon etwas einfallen würde. Und Holger brauchte jetzt Zuversicht und Stärke.

Ich beschloss, das Ganze mit Marie zu besprechen. Ihre Zimmernummer wusste ich auswendig, auch wenn ich sie noch nie besucht hatte. Aber bei Holger war es ja auch nicht so schlimm gewesen. Vielleicht war heute der Tag der Heimbesuche.

Ich sprintete in den zweiten Stock hinauf und schlenderte anschließend betont gelangweilt den Gang hinunter, um wieder zu Atem zu kommen. Diese scheußlich blassblaue Raufasertapete passte überhaupt nicht zum Teppichboden. Als Kassenpatient musste man wirklich ein dickes Fell haben. Dunkel war es im Gang sowieso, kein Wunder, wenn erst ganz am Ende ein Fenster eingebaut war und von beiden Seiten verschlossene Zimmertüren abzweigten. Hoffentlich brachten sie hier keine Depressionspatienten unter. Die kamen vermutlich gar nicht mehr aus ihren Tiefs raus, wenn sie immer diese düsteren Gänge entlangschleichen mussten.

Zimmer 242, da war ich ja schon angekommen. Eigentlich

schneller als gedacht. Vielleicht störte ich ja gerade. Vielleicht fand Marie es auch aufdringlich, wenn ich einfach so bei ihr klopfte. Ohne richtigen Grund. In mir wuchs der Drang, einfach umzukehren und wegzugehen. Wir würden uns ja nachmittags bei der Gruppentherapie sehen. Bis dahin waren es nur wenige Stunden. Aus dem Zimmer nebenan trat eine Frau mit der Figur eines Bulldozers und sah mich seltsam an. Ich wich zur Seite aus, um sie vorbeizulassen. Sie blieb stehen, grunzte und musterte mich weiter. Um nicht als Stalker oder Spanner dazustehen, hob ich schließlich die Hand und klopfte.

»Ja?« Schritte näherten sich von drinnen.

Ich öffnete den Mund, um mir eine adäquate Begrüßung zurechtzulegen, vergaß sie aber wieder, als Marie die Tür öffnete, und blieb wie ein kompletter Idiot mit halb offenem Mund stehen. Sie trug einen chinesischen Morgenmantel aus seidenartigem Stoff mit einem Gürtel in der Taille. Darunter schauten nackte Beine hervor. Sehr hübsche nackte Beine.

»Will.«

»Ja, so heiß ich.« Ich hätte mich direkt wieder für diese blödsinnige Erwiderung ohrfeigen können.

Marie ging darüber hinweg, wandte sich stattdessen an den Bulldozer.

»Hallo, Nicola. Wie geht's?« Sie winkte der vierschrötigen Dame freundlich zu.

Ein Grunzen ertönte. Dann marschierte Nicola, die Nymphe, davon. Ich meinte, den Boden unter ihren stampfenden Schritten erbeben zu spüren. Doch vielleicht war es auch nur mein nervöses Herz. Ich hatte eindeutig zu viel Kaffee getrunken heute Morgen.

Marie wandte sich wieder an mich. »Willst du zu mir?« Das war aber nun auch nicht gerade ein Glanzlicht der intelligenten Konversation. Schließlich hatte ich eben an ihre Tür geklopft.

»Ähm, ja, kann ich kurz reinkommen?«

Sie griff nach der Türklinke, zögerte, schaute zurück ins Zimmer.

Hatte sie etwa Besuch? In diesem Aufzug? Ein Mann?

»Schon gut, ich geh einfach wieder«, brachte ich hastig hervor. »Wollte nur kurz was mit dir besprechen, aber das hat beim Abendessen auch noch Zeit.«

»Quatsch. Komm ruhig rein.« Endlich lächelte sie und hielt mir die Tür auf.

Vorsichtig betrat ich den Raum. Mein Blick wanderte über funktionale Möbel, einen kleinen Wasserkocher auf dem Schreibtisch, ein paar Blümchen in einer Tasse, die ich unschwer als vom Frühstücksbüfett geklaut identifizieren konnte. Im Gegensatz zu denen in Holgers Zimmer waren die Blumen echt, dafür der Rest aber umso spartanischer.

»Hübsch hast du's hier.«

»Na ja, ich habe wenig mitgebracht, kein Dekozeug oder so, ich hab's lieber klar und leer um mich.«

»Geht mir ähnlich.« In Ermangelung eines anderen Sitzplatzes ließ ich mich an der Fußseite des Bettes auf der Bettkante nieder.

»Nicht das Bett!«

Erschrocken sprang ich auf.

Marie stellte sich dorthin, wo ich gerade noch gesessen hatte. Sie nahm das Pyjamaoberteil hoch, das auf der Bettdecke lag. Faltete es auseinander, schüttelte es, faltete es wieder zusammen, legte es hin, rückte es zurecht, bis es exakt parallel zur Bettkante lag. Dann verharrte sie kurz, griff sich das Oberteil noch mal, faltete es auseinander, schüttelte es, faltete es wieder zusammen … Sie wirkte hoch konzentriert dabei.

Ich trat von einem Bein auf das andere. Irgendwie hatte ich mir die Situation anders vorgestellt. Entspannter, lustiger oder – wenn man den chinesischen Morgenmantel in Betracht zog – erotischer. Stattdessen fühlte ich mich nun fehl am Platz. »Ich … will nicht stören. Vielleicht komme ich besser wann anders mal vorbei.« Ich machte Anstalten, das Zimmer zu verlassen.

Marie blickte auf. »Du darfst mich nicht unterbrechen. Jetzt muss ich noch mal von vorne anfangen.« Ihre Stimme klang müde.

»Wie oft musst du das machen?«

»Drei- oder fünfmal hintereinander. Auf jeden Fall muss es eine ungerade Zahl sein. Aber wenn es einmal davon nicht richtig ist oder ich unsicher werde, dass was nicht gestimmt hat, dann muss ich es noch mal fünfmal machen.«

Ich war verblüfft. »Du wirkst sonst so ... hm, relativ normal. Wir haben bisher gar nicht so viel mitbekommen von deinen Zwängen.«

»Das liegt daran, dass sich die Zwänge bei mir hauptsächlich auf meine Wohnung beziehungsweise mein Zimmer erstrecken. Außerhalb ist es gar nicht so schlimm. Da habe ich das Gefühl, dass andere dafür verantwortlich sind. Das beschäftigt mich dann weniger. Aber hier, schau zum Beispiel mal meinen Kleiderschrank an.«

Sie öffnete vorsichtig die beiden Schranktüren. Drinnen herrschte penible Ordnung. Die Kleider waren nach Farben sortiert, T-Shirts und Hosen bildeten perfekt einheitliche Stapel.

»Die Kleiderbügel müssen den exakt gleichen Abstand voneinander haben.« Sie deutete auf die Kleider, Blusen und Pullis, die an einer Querstange hingen. »Ich öffne den Schrank meist nur ein einziges Mal am Tag, da ich sonst Angst habe, die Ordnung durcheinanderzubringen. Jetzt werde ich das auch wieder fünfmal kontrollieren müssen. Ähnlich ist es, wenn meine Mitbewohnerin zu dicht am Schrank vorbeiläuft. Dann habe ich Angst, dass sie an den Schrank gestoßen sein könnte und etwas verrutscht ist.«

Automatisch trat ich einen Schritt zurück.

Marie lächelte etwas traurig. »Bei dir habe ich diese Befürchtung nicht. Du bewegst dich ziemlich vorsichtig. Wahrscheinlich, weil du selbst immer Angst hast, mit etwas Schmutzigem in Berührung zu kommen.«

»Das stimmt wahrscheinlich, ja.«

Ich sah sie an. Ihre Augen blickten unsicher umher. Die Haare kamen mir noch kürzer vor als sonst, vielleicht hatte sie sie gerade frisch geschoren. Ich hätte nie gedacht, dass ich einmal eine Frau attraktiv finden würde, die kürzeres Haar hatte als ich selbst. Aber so cool sie mit Lederjacke, tiefschwarzem Kajal und ihren ausgefallenen Ohrringen auch wirken mochte, tief drinnen war ein junges, verletzliches Mädchen, das sich nicht zu helfen wusste. Das rührte mich.

»Eigentlich bin ich vorbeigekommen, weil ich deine Hilfe im Pläneschmieden gebrauchen könnte. Holger hat einen weiteren Drohbrief bekommen, und ich finde, jetzt sollten wir der guten Frau Siebenlist endgültig das Handwerk legen. Was meinst du?«

»Ich bin dabei!«

»Sehr gut!« Ich machte ein paar Schritte auf das Zimmerfenster zu, um sie von ihrem Kleiderschrank und dem penibel organisierten Bettzeug wegzubringen. Ablenkung konnte eine gute Strategie sein, um den Kopf zu überlisten. »Und wie wäre es mit einem Spaziergang heute nach dem Abendessen?«

»Das wäre schön.«

»Doppelt gut. Also pass auf, was ich mir gedacht habe ...«

\*\*\*

»Lars, komm doch bitte noch mal kurz her.«

Jacobi stockte, den Fuß in der Schwebe zwischen zwei Stufen. Er hatte sich eigentlich gerade ins Bett verabschieden wollen. Besser gesagt: Er hatte seit zwanzig Minuten auffallend gegähnt und war dann mit einem gemurmelten Gutenachtgruß aus dem Wohnzimmer geschlichen. Dorothee war offenbar so vertieft in den Krimi gewesen, dass sie auf seinen Abgang gar nicht reagiert hatte. Er hatte eh nur neben ihr gesessen, um Anwesenheit zu demonstrieren. Die Bilder, die vor ihnen über den Bildschirm flimmerten, irgendein geplatzter Drogendeal, gefolgt von einer Verfolgungsjagd mit explodierenden Autos, erfüllten einzig den Zweck, dass er einer Unterhaltung entkam.

Dorothees Stimme ließ ihn innehalten. Langsam drehte er sich um und ging die Treppe wieder hinab. Er bemühte sich um gleichmäßig ruhige Schritte. Angeblich hörte man es doch, wenn Menschen schuldbewusst liefen.

Sie hatte den Fernseher ausgeschaltet, saß nun mit gekreuzten Beinen auf dem Sofa, die Hände über den noch vollkommen flachen Bauch gelegt.

Jacobi blieb in der Tür stehen. »Ja? Was gibt's, Schatz?«

»Ich wollte dir nur sagen, dass du mit mir über alles reden kannst. Zumindest solltest du es können.«

»Klar, das weiß ich doch.« Er blickte auf die Zimmerpflanze dicht neben ihrem Kopf und hoffte, dass sie das für selbstbewussten Augenkontakt hielt.

»Ich freue mich wie verrückt auf unser Baby. Das ist momentan das Wichtigste in meinem Leben. Dass ich endlich schwanger bin, dass ich Mama werde. Aber das heißt nicht, dass ich in einer rosaroten Babyblase schwebe. Ich kriege durchaus mit, wie du durchs Haus schleichst. Wie du aus dem Fenster starrst. Wie du dir vorher zurechtlegst, was du sagen sollst, wenn ich dich nach der Arbeit frage.«

»Dorothee ...« Er eilte zum Sofa und setzte sich ihr zu Füßen auf den Boden. Blickte zu ihr empor. In ihr vertrautes, ein wenig müdes, besorgtes Gesicht.

Sie strich ihm übers Haar. »Was ist los? Bitte erzähl mir davon, ich möchte die Sorgen gern mit dir teilen. So haben wir das früher doch auch immer gemacht.«

Früher, das war, bevor er Angie in die Augen gesehen hatte, bevor er zum Verräter geworden war. Er konnte Dorothee unmöglich gestehen, wie sehr ihm diese andere Frau fehlte. Dass er durch die Klinik wanderte wie ein liebeskranker Teenie. Dass er bei jeder Ecke hoffte, dass er sie dahinter erblicken würde.

»Es ist momentan nicht so leicht für mich.« Er rang sich ein Lächeln ab. »Die Atmosphäre auf der Arbeit ist ganz schlimm, alle schauen sich gegenseitig misstrauisch an, man redet hinter dem Rücken übereinander. Jeder fragt sich, wie gut er seine Kollegen wirklich kennt. Und das alles nur, weil die verdammte Polizei es nicht schafft, die Mordfälle aufzuklären. Das zerrt wahnsinnig an meinen Nerven.«

»Dann erzähl mir davon. Lass mich wenigstens wissen, was du jeden Tag erlebst.«

»Das darf ich doch gar nicht. Das sind klinikinterne Informationen.«

»Ach so.« Dorothee schwieg. Er wusste, dass sie sich jetzt zurückgewiesen fühlte. Trotzdem fuhr sie fort, seinen Kopf zu kraulen. Er war ihr dankbar dafür. So konnte er die Augen schließen und der Gefahr entgehen, dass sie zu viel darin las.

»Liegt es daran, dass ich nicht berufstätig bin?« Er fühlte Dorothees forschenden Blick auf sich. »Wir haben das damals so entschieden, als wir das Haus gekauft haben. Ich war lange Zeit zufrieden damit und dankbar, dass du die Verantwortung fürs Geldverdienen ganz allein geschultert hast. Aber inzwischen bereue ich das. Ich habe das Gefühl, dass du mich deswegen nur noch als Hausfrau siehst und nicht mehr als gleichberechtigte Partnerin.«

»Nein, überhaupt nicht! Bitte glaub das nicht!« Jacobi richtete sich auf und legte die Arme um seine Frau. »Ich bin jedes Mal froh, wenn ich heimkomme und du da bist. Das ist ein schönes Gefühl.«

»Ja, aber irgendwann möchte man halt auch mal die andere Rolle übernehmen. Nicht immer nur die von dem, der wartet und derweil dafür sorgt, dass das Haus aufgeräumt und gemütlich ist und das Essen auf dem Tisch steht.«

»Ich habe natürlich nichts dagegen, wenn du wieder arbeiten möchtest, aber ...« Er stockte mit einem Blick auf ihren Bauch.

»Ja, ich weiß schon, das ist jetzt nicht unbedingt der optimale Zeitpunkt für solche Ambitionen.« Sie lachte. »Natürlich werde ich jetzt erst mal noch eine Zeit lang zu Hause sein. Aber ich wollte nur, dass du weißt, dass das nicht immer so bleiben muss und dass ich mich auch gern weiterentwickle und Neues lerne und dir dann auch spannendere Dinge zu erzählen habe, als welchen Busch ich heute beschnitten und welchen Vorhang ich gekauft habe.«

»Dabei liebe ich deine Geschichten, du beschreibst die Beschneidungsszenen immer so schön plastisch.« Gott sei Dank hatten sie in den scherzhaften Ton zurückgefunden, in dem sie sich sonst so oft unterhielten. Jacobi begann sich wieder sicherer zu fühlen.

Dorothee neckte ihn weiter. »Ich übe einfach schon mal für den Zeitpunkt, wenn du mich mal betrügst.«

Er lachte mit ihr und hoffte, dass sie ihm die Irritation nicht ansah. Ahnte sie etwas? Wollte sie ihm auf diese Weise zu verstehen geben, dass sie Verdacht geschöpft hatte? Um das Thema zu wechseln, begann er nun doch von seinen Nachforschungen zu erzählen. Er tat jedoch so, als gehe es um die Vergangenheit eines anderen Therapeuten, nicht um Dr. Goldig höchstpersönlich, und Elolies Beteiligung an den Recherchen ließ er komplett unter den Tisch fallen. Diese Information fand er nun doch zu heikel, um sie an seine Frau weiterzugeben.

Dorothee hörte ihm konzentriert zu. Jacobi mochte es, wenn sie den Kopf leicht schräg legte und an ihrer Unterlippe herumkaute. Das gab ihm immer das Gefühl, im absoluten Zentrum ihrer Aufmerksamkeit zu stehen. Er freute sich, dass er etwas Interessantes zu berichten hatte und sie endlich einmal wieder auf einer anderen Ebene miteinander kommunizierten, einer Ebene, die über Alltägliches hinausging.

»Denkst du, sie war es?«, fragte Dorothee, nachdem er geendet hatte.

»Wer?«

»Das Mädchen, ob sie die Morde begangen hat.«

Jacobi brauchte einen Moment, bis er Dorothees Gedankengang nachvollziehen konnte. »Du meinst, dass sie Brunner ermordet hat, weil er sie irgendwo aufgestöbert hat und …? Das ist doch kein Motiv.«

»Das kommt darauf an.«

»Worauf?«

»Darauf, wo er sie aufgestöbert hat. Wenn du nämlich davon ausgehst, dass diese Geschichte mit dem Mord an Herrn Brunner zusammenhängt, dann musst du ja auch in deine Überlegungen einbeziehen, dass diese junge Zwangspatientin ebenfalls gestorben ist. Und das heißt, dass sie da auch irgendwie mit dringehangen haben muss.«

»Schon, aber worauf willst du hinaus?«

»Hast du schon mal drüber nachgedacht, ob deine Patientin eventuell die untergetauchte Margit Braunecker war, dass Herr Brunner es herausgefunden hat und Goldig alle beide ermordet hat, um zu verhindern, dass seine unrühmliche Vergangenheit ans Tageslicht kommt?«

»Das wäre ja ...« Jacobi starrte seine Frau mit großen Augen an. »Aber warte mal, das kann doch gar nicht sein. Die Namen stimmen ja nicht überein. Meine Patientin hieß Tina Turner, genauso wie die Sängerin. Das ist wohl kaum ein Name, den man so einfach auswählt, wenn man im Verborgenen bleiben will. Außerdem hätte die Aufnahme hier gar nicht geklappt, wenn sie einen anderen Namen angibt als den, der auf der Krankenkassenkarte steht.«

»Seinen Namen kann man ändern.«

»Wir sind nicht in Amerika, wo man gefühlt jeden Tag anders heißen kann. Zum Glück geht das hier nicht.« Er schnaubte. »Da gibt es sicher eine ganze Menge Auflagen.«

Dorothee zuckte die Schultern. »Keine Ahnung. Aber wir können ja mal schauen, wann man so eine offizielle Namensänderung machen kann.« Sie griff nach ihrem Tablet, das auf dem Couchtisch lag, und begann, darauf herumzutippen. Schließlich hielt sie inne. »Hier steht, dass bei Namensänderung nur Ausnahme- und Härtefälle Aussicht auf Erfolg haben. Wenn du zum Beispiel Brigitte Titte heißt, darfst du deinen Nachnamen ändern, weil er zu anstößigen Wortspielen Anlass gibt und als unangemessen bezeichnet werden kann.«

»Wie bitte?« Jacobi beugte sich ungläubig über Dorothees Schulter, um mitlesen zu können. »Familiennamen, die eine so schwierige Schreibweise haben, dass sie über das Normalmaß hinausgehende Behinderungen mit sich bringen«, las er laut vor. »Familie Cszeknowmakiokwalski hat also gute Chancen, als Härtefall durchzugehen.«

»Ebenso die Familien Högölülä und Schlußmacher, weil sie Umlaute oder ein scharfes ß im Namen haben, was im Ausland zu erheblichen Behinderungen führen kann.« Dorothee strahlte ihn an. »Das macht mir richtig Spaß, solche Recherchen sollten wir öfter machen.«

Jacobi überflog die restlichen Fälle. »Okay, hier geht's nur noch um Scheidungskinder und Leute mit doppelter Staatsangehörigkeit, das trifft alles auf Margit Braunecker nicht zu. Eigentlich ist Braunecker in keinster Weise ein Ausnahme- oder Härtefall.«

»Was steht hier unten noch?« Dorothee beugte sich mit einem Stirnrunzeln über ihr Tablet. »Man darf anscheinend auch Namen ändern, die eine seelische Belastung für ihren Träger bedeuten, was auch immer das heißen mag.«

»Das habe ich noch nie gehört. Wie soll man so was denn beweisen?« Jacobi schüttelte den Kopf. »Was es nicht alles gibt.«

»Ich finde es ziemlich spannend!« Dorothee legte das Tablet weg und gähnte.

Jacobi wurde davon angesteckt. Während er das Gähnen zu unterdrücken versuchte, nuschelte er: »Das bringt uns aber leider alles nicht weiter, was den Mord angeht. Das ist doch total unwahrscheinlich, dass sie nach so vielen Jahren ausgerechnet auf der Vogelsburg als Patientin auftaucht und es dann auch noch geschafft hat, sich unter einem anderen Namen einzuschleichen. Und warum sollte sie das überhaupt tun? Und wie soll Goldig es rausgekriegt haben?«

Dorothee stand auf und zog an seinem Jeansbein. »Heute lösen wir den Fall wohl nicht mehr. Kommst du mit hoch, Sherlock? Dann können wir vor dem Einschlafen noch ein bisschen kuscheln.«

Jacobi wischte die Gedanken beiseite. Er hatte jetzt wirklich Feierabend. »Klar, Murkelchen muss doch mitkriegen, welche Qualitäten sein Papa hat.«

»Unser Murkelchen heißt erstens nicht Murkelchen, und zweitens lese ich ihm sowieso jeden Tag deine Approbationsurkunde vor und schnüffele an deinen getragenen Socken. Hast du sonst noch Qualitäten vorzuweisen?«

»Nur welche, die ganz allein dir vorbehalten bleiben.«

Sie lieferten sich ein Wettrennen die Treppe empor und verschwanden im Schlafzimmer.

Später, als Dorothee in Jacobis Arme gekuschelt am Einschlafen war, murmelte sie etwas.

»Was meinst du?«, fragte Jacobi.

»Ich habe Murkelchen nur gesagt, dass es ruhig schlafen kann, weil sein Papa uns beschützt.«

Dorothee bohrte den Kopf tiefer ins Federkissen und atmete zufrieden und langsam. Jacobi betrachtete seine schlafende Frau. Er dachte an den Stein, der durch das Fenster geflogen war. Er dachte an den toten Vogel auf seinem Auto. Er dachte an die verschwundenen Medikamente und an Angie, die vielleicht genauso wenig Schlaf fand wie er. Er fragte sich, was für ein erbärmlicher Hochstapler er eigentlich war.

\*\*\*

Es regnete, nicht nur ein bisschen, sondern so sehr, dass statt einzelner Tropfen ganze Kaskaden vom Himmel zu fallen schienen. Eine Gruppe Raucher stand dicht zusammengedrängt nahe der Eingangstür und kommentierte die Sintflut. Schnell gingen wir an ihnen vorbei. Ihre Zigaretten konnten den Duft der nassen Natur um uns herum nicht verdrängen. Ich sah, wie die Tropfen von der geteerten Einfahrt abprallten und kleine Hüpfer machten, bevor sie sich mit dem Strom des zur Seite wegfließenden Wassers vereinigten. Ich beobachtete das Schauspiel fasziniert, auch wenn ich einen Stich des Bedauerns fühlte, weil unser geplanter Spaziergang nun nicht stattfinden würde.

Plötzlich nahm Marie meine Hand und zog mich unter dem schützenden Vordach hervor. »Juhuuuuu«, schrie sie, »wir leben, wir leben!«

Zuerst wollte ich mich reflexartig losreißen und wieder zurückflüchten, doch dann spürte ich auf einmal das Trommeln der Tropfen auf meinem Kopf, meinen Schultern, meiner Nase. Ich drehte die Handflächen nach oben und stand ganz still, nahm das Prickeln einfach nur wahr.

Marie hopste von einem Bein auf das andere, sie drehte sich im Kreis und legte den Kopf in den Nacken, fing den Regen mit dem Mund auf. Sie lachte, spuckte Wasser, strich sich durch das klatschnasse Stoppelhaar. Ich war hingerissen von so viel Lebensfreude. Konnte nichts tun, als ihr zuzusehen. Hilflos. Gebannt. Ein kleines großes bisschen verliebt.

Ein Donnern unterbrach mein Staunen, gefolgt vom Kommentar eines Rauchers. »Ich schau lieber nicht zu. Wenn die vom Blitz gegrillt werden, hab ich noch ein Trauma zu verarbeiten.«

Wir kümmerten uns nicht darum. Sollten diese Spießbürger doch reden. Marie zog mich weiter über den Parkplatz von der Klinik fort. Wir liefen einfach mitten in den Weinberg hinein. An den Weinstöcken entlang. Durchs Gras und über nasse Erde. Mein T-Shirt klebte am Körper. Maries Top auch, sie streifte es ab, stand in BH und Jeans da. Zum ersten Mal sah ich ihren für den Geschmack vieler Männer wohl zu dünnen Bauch, Hüftknochen, die über der Jeans hervorlugten, ihre kleinen runden Brüste. Aber für mich war sie ein Wunder. Ich schleuderte meine Turnschuhe von den Füßen. Lachte wie verrückt, streckte den Wolken meine Hände entgegen. Marie machte es mir nach, sie schien den Himmel kitzeln zu wollen. Alles war nass. Trotzdem war es nicht kalt. Meine Haut schien unter dem Ansturm des Regens zu glühen. Es roch frisch und würzig. Das Wasser holte die Aromen aus den Trauben, Gräsern, den Kräutern, den Blumen.

Marie hüpfte durch die schnurgeraden Reihen der Weinstöcke, ich hinterher, um dann atemlos neben ihr stehen zu bleiben. Es fühlte sich ganz natürlich an, als ich sie zu mir herumdrehte und gleich darauf ihr Gesicht zwischen meine Hände nahm. Wie aus einem inneren Zwang heraus kamen wir einander näher. Ich konnte die Tropfen an ihren Wimpern entlangperlen sehen. Ich sah die blassblauen Schatten unter ihren Augen, winzige Sommersprossen auf Nase und Wangenknochen.

Donner rollte die Wolkenberge hinunter. Ich bildete mir ein, zu hören, wie sich ihr Herzschlag beschleunigte, wie die

Regentropfen von ihrer Haut abprallten, zu mir übersprangen und ihre Energie mit mir teilten. Ich kam ihr noch näher. Spürte ihren Atem an meinem Kinn. Auch ihre Lippen waren nass vom Regen, aber warm. Sie boten Widerstand, zogen sich zurück, öffneten sich, kamen mir entgegen. Es war nicht einfach ein Kuss. Es war ein Moment, ein sich unendlich ausdehnender Moment, der mich fühlen ließ, dass ich am Leben war, dass ich glücklich war, ein Mann mit tiefen Gefühlen dieser Frau gegenüber, mit Beschützerinstinkt, ein Liebender, vielleicht bald ein Liebhaber. Ein Moment, der mir die Tränen in die Augen trieb. Der mir mehr Therapie war als jede Klinik, jedes Medikament, jedes Gespräch.

»Ich mag dich sehr, sehr gern«, flüsterte ich Wange an Wange mit ihr.

Marie blinzelte den Regen weg. Sie lächelte. »Da haben wir was gemeinsam.«

Lange standen wir so da. Der Regen ließ unser Glück mit jeder Sekunde wachsen. Dann gingen wir zur Klinik zurück. Mit schmutzigen, schlammigen Schuhen. Langsam und Hand in Hand.

## 16
## KLUG WAR'S NICHT, ABER GEIL.

*Gründe, mit denen Angie sich selbst zu überzeugen versucht, dass Suizid auch in der schwärzesten Depression keine Lösung ist*

*– Alkohol und Schlaftabletten: der Klassiker, klappt im realen Leben aber garantiert nicht so wie im Fernsehen oder in Krimis. Statt wie Dornröschen in den hundertjährigen Schlaf hinüberzugleiten, wirst du alles vollkotzen, dabei deinen Flokati ruinieren und schließlich selbst den Notruf wählen, weil dir so fürchterlich übel ist. Dann bekommst du einen schönen Schlauch in den Hals gesteckt, durch den dein Magen leer gepumpt wird. Die nächsten Tage kommst du garantiert nicht auf die Idee, das noch mal zu probieren – eher bringen dich die Halsschmerzen um.*
*– Erhängen: Du glaubst ernsthaft, du könntest einen Henkersknoten knüpfen, wenn du es nicht mal schaffst, deinen Schnürsenkel zu einer Schleife zu binden, die länger als eine halbe Stunde hält? Vergiss die Anleitung auf YouTube, die du heimlich gespeichert hast, du bist ja bei Schritt 1 geistig schon ausgestiegen.*
*– Von einer Brücke springen/den Föhn in die Badewanne werfen/in ein Becken mit Piranhas steigen: Mathias Steinhuber wurde beim Fotografieren von einem Blitz getroffen – und überlebte. Vesna Vulović stürzte 10.160 Meter aus einem jugoslawischen Flugzeug in die Tiefe – und überlebte. Ein nigerianischer Schiffskoch lag drei Tage lang in dem Wrack seines gesunkenen Schiffes dreißig Meter unter dem Meeresspiegel in einer Luftblase – und überlebte. Menschen überleben die seltsamsten Sachen, bei deinem Pech wärst du bestimmt einer davon.*
*– Pulsadern aufschneiden: melodramatisch und toll zu in-*

*szenieren. Leider kannst du kein Blut sehen und schaffst es mit der linken Hand nicht einmal, dir die Zähne zu putzen (überraschend schwierig). Wie willst du also an beiden Armen tief genug schneiden, um die Arterien zu treffen? Eigne dir erst mal anatomische Grundkenntnisse an, dann reden wir weiter.*

Der nächste Tag kam viel zu schnell, und ich wurde immer nervöser, je näher der Moment rückte, an dem wir Siebenlist stellen wollten. Alle schienen davon auszugehen, dass ich alles unter Kontrolle hatte und unser Problem mit einem Fingerschnipsen lösen würde. Stattdessen breitete sich im Laufe des Vormittags ein zunehmend flaues Gefühl in meinem Magen aus. Was, wenn Siebenlist gar nicht kam? Was, wenn uns jemand bei den Vorbereitungen erwischte? Was, wenn die Technik versagte?

Wiederholt kontrollierte ich meine Kamera auf Akkustand und Speicherplatz. Das Geld hatte ich bereits am Vorabend aus dem Geldautomaten gezogen. Irmela hatte mich zur nächsten Bankfiliale gefahren und sich dabei ständig verschaltet. So eine wertvolle Fracht zu transportieren hatte sie nervös gemacht. Ich war ein wenig beleidigt, dass sie die dreitausend Euro als wertvoller ansah als mich. Heute früh hatte ich einen halb verwelkten Strauß Blumen vor meiner Zimmertür gefunden.

Zuerst hatte ich an Marie gedacht, aber dann hatte ich den Zettel daran entziffert: »Fielen Dank für deine Groszükikeit!« Wider Willen war ich gerührt gewesen von Holgers Versuch, mir dafür zu danken, dass ich ihm das Geld zur Verfügung stellte. Wenn heute etwas schiefging, dann hatte ich den Verlust selbst zu tragen. Das beruhigte mich ein bisschen. Viel mehr konnte ich jetzt gar nicht tun, außer abzuwarten, bis die Vormittagstherapien beendet und alle auf ihre Zimmer verschwunden waren, um sich für das Mittagessen fertig zu machen. Der Rest war Improvisation. Vielleicht war das gut, da die Dinge sowieso nie so liefen, wie wir sie geplant hatten.

Der Billardtisch stand in einem Durchgangsraum im Keller. Jeder, der zu einem der Co-Therapeuten, zur Physiotherapie, ins Schwimmbad oder in die Sporthalle wollte, musste dort hindurchgehen. Der Raum war fensterlos, mit niedriger Decke und fleckigem Linoleumfußboden. Im Gegensatz zur restlichen Klinik strahlte er den Charme einer Fabrikhalle aus.

Generationen von Billardspielern hatten sich davon nicht abschrecken lassen. Auf dem alten, stellenweise stark abgewetzten grünen Tischbezug trugen sie legendäre Duelle aus, kämpften um Ruhm und Billardehre, ließen die Kugeln klackern und die Herzen hüpfen. Jetzt aber lag der Raum verwaist da.

Das Trippeln vieler Füße über unseren Köpfen und die Stimmen, die durch den Treppenschacht hinunterhallten, verrieten uns, dass die Meute sich zum Essen bereit machte. Mit einem Nicken signalisierte ich den anderen, dass es losgehen konnte. Jetzt mussten wir schnell sein – und leise.

Marie griff in ihre Jutetasche und legte Geldbündel auf den Billardtisch. Dreitausend Euro, meine dreitausend Euro, in Hunderterscheinen fein säuberlich zu drei Bündeln gestapelt und mit einem Gummiband fixiert. Marie hatte das übernommen. Ich war mir sicher, dass die Ecken der Scheine absolut präzise übereinanderlagen.

Ich fotografierte Irmela dabei, wie sie das Geld in die Plastiktüte legte, und bat dann noch Holger, mit dem Drohbrief für mich zu postieren, was er mit leidender Miene tat.

Als Nächstes beauftragte ich Marie als die Gelenkigste von uns allen, die Tüte unter dem Billardtisch festzukleben. Sie krabbelte darunter, wobei ihr T-Shirt etwas hochrutschte und ich nicht umhinkonnte, den zarten Schimmer ihrer Haut zu bewundern. Die Erinnerung an unseren Kuss flammte in mir auf. Diese paar Sekunden gönnte ich mir, um die Nervosität durch ein ganz anders geartetes Kribbeln im Bauch vertreiben zu lassen. Marie drehte sich auf den Rücken und drückte die Tüte von unten gegen den Tisch. Wenn jetzt jemand kam, würden wir einfach behaupten, sie wolle sich in die versteckte Loser-Liste eintragen. Anne riss kleine Fetzen von einer Tesafilm-Rolle und reichte sie ihr. Marie klebte unser improvisiertes Lösegeldbehältnis von unten an und strich es fest.

Ich streckte den Arm aus, um ihr wieder hinaufzuhelfen, und begab mich dann ebenfalls auf die Knie, um ein Foto von dem deponierten Geld zu schießen. So weit, so gut. Jetzt mussten wir nur noch einen geeigneten Beobachtungsposten aufbauen. Wir entschieden uns dafür, einen Wagen mit bunten Schwimmnudeln und Badematten aus dem Gang vor dem Schwimmbad in den Durchgangsbereich zum Billardzimmer zu rollen. Ich fand bequem dahinter Platz, Holger hatte größere Schwierigkeiten. Also beschlossen wir, dass nur ich dort warten würde, da mir als Fotograf die wichtigste Aufgabe zukam. Sorgfältig schob ich einige Nudeln zur Seite und fotografierte probehalber durch das Gitter des Wagens. Leider fokussierte die Kamera dabei auf die Stäbe und die Struktur der Poolnudeln. Den Hintergrund konnte man nur verschwommen erkennen. Und dabei war es doch das, was ich scharf stellen wollte. Nach einigem Hin und Her entschieden wir uns, dass ich die Kamera nicht fotografierbereit im Anschlag halten konnte, sondern im richtigen Moment seitlich am Wagen vorbeifotografieren musste.

Anne schaute auf ihre Armbanduhr. »Kurz vor zwölf, wir sollten verschwinden.«

»Alles klar, Leute, dann geht auf eure Plätze und haltet euch bereit.«

»Toi, toi, toi«, murmelte Irmela.

Zum Glück kam sie nicht auf die Idee, dabei über meine Schulter zu spucken.

Die vier verteilten sich auf die Zugänge zum Raum. Irmela deckte die Doppeltür zum Schwimmbad ab, Holger und Anne gingen durch das Tor Richtung Turnhalle, und Marie verschwand im Schatten hinter den Treppenstufen, die hinauf ins Erdgeschoss führten. Der Zugang zur Physiotherapie war abgeschlossen und musste somit nicht überwacht werden. Ich versuchte, in meinem Versteck eine einigermaßen bequeme Position einzunehmen. Dann hieß es warten. Auf meiner Uhr konnte ich verfolgen, wie die Minuten verstrichen. Um zwölf

Uhr zwanzig begann mein Magen zu grummeln. Kein Wunder, normalerweise tat ich mich um diese Uhrzeit bereits am Salatbüfett gütlich.

Schritte im Gang ließen mich zusammenzucken. Der allseits gefürchtete Rückentrainer mit seinen tätowierten Armen stieß von der Turnhalle kommend die Schwingtür auf und wiegte sich breitbeinig durch den Raum. Ich zog den Kopf ein. Hoffentlich kam er nicht auf die Idee, den Wagen mit den Schwimmnudeln noch aufräumen zu wollen. Aber nein, wahrscheinlich hatte er jetzt auch Mittagspause. Er schaltete das Licht aus. Seine stampfenden Schritte entschwanden auf der Treppe nach oben, während ich nun im Dunkeln saß. Damit hatten wir nicht gerechnet. Ich überlegte, ob ich mein Versteck verlassen und das Licht wieder anknipsen sollte, doch während ich noch zögerte, erschien plötzlich eine Gestalt im Türrahmen. Ihre Silhouette wurde von hinten beleuchtet, da das Licht im Treppenhaus noch an war. War das die Siebenlist? Ich kniff die Augen zusammen, um etwas erkennen zu können. Ich hatte gar nicht gehört, dass sich jemand näherte, und erschrak, als sie so unvermittelt dastand.

Die Gestalt bewegte sich langsam in den Raum hinein. Da sie das Licht nicht anschaltete, ging ich davon aus, dass sie nichts Gutes vorhatte. Doch wie sollte ich jetzt erahnen, wann der richtige Zeitpunkt gekommen war, um mein Foto zu schießen? Egal, ich musste es riskieren, bevor sie mit dem Geld abhauen konnte.

Der Blitz flammte durch den Raum. Dr. Siebenlists erschrockenes Gesicht leuchtete mir entgegen. Einen Moment lang stand sie regungslos da, dann ergriff sie die Flucht. Sie lief nicht, wie ich erwartet hatte, zurück zur Treppe, um nach oben zu verschwinden, sondern direkt Richtung Turnhalle. Vielleicht gab es von dort einen Notausgang nach draußen, an den ich nicht gedacht hatte. Ich barg die Kamera in meiner Hosentasche und spurtete ihr nach. Die Schwingtüren schlugen mir ins Gesicht, dahinter lag ein langer Gang, der leicht abwärtsführte. Die beiden Eingänge zu den Umkleidekabinen gingen davon ab, doch Siebenlist rannte unbeirrt an dem ersten vorbei. Wo zum Teufel steckten Irmela und Holger? Ich wusste, wie sportlich die Ärztin war, und schätzte meine Chancen, sie einzuholen, sehr gering ein. Wenn sie uns jetzt entwischte, dann musste ich darauf hoffen, dass auf meinem Foto irgendetwas Verwertbares zu sehen war, dass es weder verwackelt noch unscharf war und dass ich nicht völlig danebengezielt hatte. Das war leider wenig wahrscheinlich, da ich ja nicht gesehen hatte, was ich eigentlich fotografierte.

Dann sah ich die bleichen Gesichter von Irmela und Holger aus der Tür zur Männerumkleide hervorlugen. Siebenlist hielt sich auf der anderen Seite des Ganges direkt an der Wand, verringerte ihr Tempo jedoch kaum. Doch sie hatte keine Chance. Holger stürzte sich mit einem unmenschlichen Schrei auf sie. Sein kleiner, kompakter Körper warf sich ihr regelrecht entgegen, als wäre er mit einem Gummiband abgeschossen worden. Dr. Siebenlist konnte ihn nicht mit den Händen abwehren, da sie die Plastiktüte mit dem Erpressungsgeld umklammert hielt, doch sie versuchte es mit einem gezielten Schulterstoß. Zum Glück lag Holgers Schwerpunkt sehr niedrig. Er duckte sich unter ihr hinweg und packte von hinten ihren Rucksack. Hielt fest, zog daran.

Der Stoff riss mit einem alarmierenden Geräusch. Gegenstände fielen heraus, Schachteln. Pappschachteln, die ich kannte. Tavor. Zopiclon. Rohypnol. Ritalin. Medikamente. In großer Anzahl. Siebenlist stand da wie erstarrt, Holger blickte ungläubig auf die Pillenschwemme um ihn herum. Ich zog die Kamera aus meiner Tasche – und schoss das Bild meines Lebens.

*\*\**

Jacobi wusste, dass er noch einmal mit Goldig sprechen musste. Schließlich hatte er von Herrn Braunecker erfahren, dass Brunner vor seinem Tod dieselben Gedanken gewälzt hatte, wie er es nun tat. Schon deshalb war es mittlerweile noch wahrscheinlicher geworden, dass Brunner zu tief gegraben hatte und nur deshalb jetzt auf dem Friedhof lag. Zudem wollte er Dorothees Idee nachgehen und recherchieren, ob er in einer Patientenliste auf Übereinstimmungen mit Margit Braunecker stieß. Inzwischen kam ihm die Theorie gar nicht mehr so abwegig vor. Doch dafür brauchte er Goldigs Systemzugang – und, falls es wirklich der Chefarzt war, der dahintersteckte, so musste er so diplomatisch wie möglich vorgehen. Vielleicht war der Mann gefährlich.

Nachdem er zwei Einzelgespräche absolviert und einer Burn-out-Gruppe beigewohnt hatte, fiel ihm kein guter Grund ein, das Gespräch mit dem Chefarzt noch länger aufzuschieben. Er prüfte, ob der Kragen seines Polohemdes ordentlich lag und sein Hosenstall geschlossen war. Dann atmete er einmal tief ein und aus und machte sich auf dem Weg zu Goldigs Büro.

Dr. Benjamin Goldig residierte am Dreh- und Angelpunkt der Klinik, im ersten Stock unmittelbar neben der Medikamentenausgabe und dem Verbindungsgang zwischen den beiden Altbauten. Schließlich hatte dieser Verbindungsgang einiges gekostet, schwebte er doch auf schmalen viereckigen Säulen über einem Teil des Cafégartens und hatte vom Boden bis zur Decke reichende Fenster, die das Blau des Himmels spiegelten, wenn man im Innenhof stand und hinaufschaute. Da er sich gern volksnah gab, war Goldigs Zimmer nicht etwa durch eine vorgeschaltete Sekretärin abgeschottet, die mit Argusaugen über den Zugang zum Chef wachte. Stattdessen gab es vom Gang aus einen direkten Eingang zu seinem Büro. Man musste nur anklopfen und auf die Aufforderung zum Eintreten warten, wie bei jedem anderen Arbeitszimmer auch. Man munkelte, dass Goldig freitags auch gern mal früher Schluss machte und keine Lust hatte, sich dann immer vor seiner Sekretärin zu rechtfertigen. Auf diese Weise konnte er ganz einfach verschwinden, ohne dass sie etwas davon mitbekam.

Jacobi war nun froh darüber, dass er Frau Borowski nicht lang und breit erklären musste, warum er den Chef sprechen wollte. Er klopfte an der weiß gestrichenen Tür, an der nur ein dezentes Schildchen auf die Stellung Dr. Goldigs hinwies, und wurde mit einem launigen »Herein, herein!« begrüßt.

Die gute Laune schwand spürbar, als Goldig registrierte, dass es Jacobi war, der da seinen Teppichboden betrat und die Tür leise hinter sich schloss. Das Lächeln des Chefarztes wirkte nun wachsam, dennoch stand er auf und begrüßte Jacobi mit Handschlag. Seine imposante Gestalt ließ vergessen, dass er inzwischen wenig mit Patienten und dafür viel mit Abrechnungen und Organisation zu tun hatte. Eigentlich sah er in seinem dezent karierten Hemd mit den aufgerollten Ärmeln mehr aus wie ein Landarzt, der seinen Landrover durch Sturzbäche und Schlammlawinen peitschte, um rechtzeitig bei einem Patienten sein zu können. Die Mitarbeiter waren froh gewesen, keinen Bürohengst als Vorgesetzten zu bekommen. Zum ersten Mal fragte sich Jacobi nun, ob nicht ein penibler Schreibtischtäter, der streng nach Vorschrift seine Arbeit versah, heilsamer für die Klinik gewesen wäre.

»Jacobi, schön, dass Sie mal wieder bei mir reinschauen. Wie läuft's denn so?«

Goldig schien entschlossen, Jacobis Auftauchen als harmlosen Besuch abzutun, und wollte das Gespräch sicher nicht auf ein unangenehmes Thema kommen lassen.

»Alles gut, danke. Dr. Goldig, ich wollte eigentlich ... noch einmal auf unsere Unterhaltung von letztens zu sprechen kommen. Ich habe inzwischen Kontakt zu Herrn Braunecker aufgenommen.«

»Ja und?« Es war Goldig anzusehen, dass er nicht die geringste Lust auf dieses Gespräch hatte.

»Er hat mir von Margit erzählt. Er hat seit Jahrzehnten keinen Kontakt mehr zu seiner Tochter. Sie scheint komplett untergetaucht zu sein. Außer einer Heiratsanzeige haben beide Eltern nie wieder etwas von ihr gehört.«

»Das ist natürlich traurig. Margit schien sehr an ihrer Mutter zu hängen. Es überrascht mich, dass sie den Kontakt so einfach abgebrochen hat.«

»Sie war wohl sehr frustriert, dass ihre Eltern sie in dieser Sache damals so wenig unterstützt haben.«

»Weil sie natürlich wussten, dass an diesem Vorwurf nichts

dran war.« Goldig sah Jacobi scharf an. Vorsicht!, sagte sein Blick.

Jacobi holte tief Luft. »Also Frau Braunecker ist bereits verstorben, und Herr Braunecker ist mittlerweile nicht mehr der Fitteste. Ich glaube kaum, dass er es geschafft haben könnte, Ludwig zu töten, geschweige denn heimlich in die Klinik einzudringen, um die junge Frau Turner umzubringen.«

»Sehen Sie, das habe ich Ihnen doch gesagt. Diese ganze Mordgeschichte hat nicht das Geringste mit meiner Vergangenheit zu tun.«

Goldig rollte seine Hemdärmel hinunter und wieder hinauf. Jacobi wertete das als Zeichen von Nervosität. Er musste sich kurz fassen, bevor Goldig ganz die Geduld verlor.

»Aber dann ist mir aufgefallen, dass die Hauptperson der ganzen Geschichte überhaupt nicht in Erscheinung getreten zu sein scheint. Über Margit selbst wissen wir nichts, gar nichts.«

»Sie wird vermutlich in einem betreuten Wohnen für psychisch Kranke untergebracht sein oder so was in der Art. Das arme Ding war ja schon damals ganz durcheinander.«

Jetzt hatte Jacobi Goldig da, wo er ihn haben wollte. »Oder vielleicht ...«, warf er ein, »hält sie sich gerade zur Behandlung in einer psychosomatischen Klinik auf.«

»Sind Sie verrückt?«, polterte Goldig los. »Sie denken, sie hat sich hier eingeschlichen? Das wäre mir ja wohl aufgefallen. Ich kriege die Neuaufnahmen ja auch immer zu Gesicht.«

»Sie sehen nur die Namen auf einer Liste und die Diagnosen«, widersprach Jacobi. »Wenn sie ihren Namen geändert hat, würde Ihnen daran überhaupt nichts auffallen.«

»Okay«, antwortete Goldig überraschenderweise. »Wenn ich Ihnen damit beweisen kann, dass Sie mit Ihrer Rachetheorie völlig auf dem falschen Dampfer sind, dann überprüfen wir das eben jetzt. Kommen Sie rüber.« Er zog einen zweiten Stuhl aus der Ecke herüber und nötigte Jacobi dazu, sich neben ihn vor den Computer zu setzen.

Jacobi war zu neugierig, um die plötzliche Nähe zum Chef als störend zu empfinden. Er dachte nur kurz darüber nach, dass Goldigs Rasierwasser deutlich männlicher duftete als sein eigenes.

Goldig rief mit wenigen Klicken die aktuelle Liste der Klinikinsassen auf. »Dann sortieren wir mal nach Namen, oder?«

Wie erwartet zeigte sich unter B kein einziger Braunecker. Margits gab es zwei, aber, wie Goldig sofort mit Fingerschnippen auf die Geburtsjahre bewies, kam vom Alter her keine davon in Frage.

»Versuchen wir es mit ihrem Geburtsdatum!«, bat Jacobi. »Einen Namen kann man vielleicht ablegen, aber die Daten lassen sich schlecht ändern.

»Und woher sollen wir wissen, wann Margit geboren ist?«, brummte Goldig.

Jacobi griff bereits nach Goldigs Telefon. Erst als er die Nummer eingegeben hatte und den Hörer schon am Ohr hielt, dachte er daran, Goldig mit einem fragenden Blick um Erlaubnis zu bitten. Der erlaubte es mit einem unwirschen Nicken. Jacobi freute sich, dass er so ein gutes Gedächtnis für Zahlen hatte. Heute war ihm das mal wieder nützlich.

Es tutete. Jacobi wartete, zählte die Sekunden mit. Tut, tut, tuuut. Er hielt den Hörer etwas vom Ohr weg. Goldig schien ebenso gespannt zu lauschen. Gedankenverloren malte er mit seinem Parker-Füller, der sonst Unterschriften vorbehalten blieb, Kringel auf seinen Terminkalender.

»Es ist niemand da«, meinte er schließlich.

Jacobi wollte nicht so schnell aufgeben und hielt die Stille noch eine Weile länger aus. Dann sah er jedoch ein, dass es langsam keinen Sinn mehr machte. Sein Daumen näherte sich dem roten Knopf. In dem Moment ertönte eine Stimme aus dem Hörer.

»Hallo? Wer spricht denn da?«

Jacobi wechselte das Telefon in die andere Hand. »Hallo, Herr Braunecker! Hier spricht noch einmal Dr. Jacobi, aus der Klinik Vogelsburg.«

»Nu?«

Jacobi kam direkt zu seinem Anliegen, und Braunecker antwortete ihm ohne Zögern. »28. Juli 1983.« Jacobi machte Goldig ein Zeichen, dass er mitschreiben sollte. Goldig tippte das Datum direkt in ein Suchfeld rechts oben in der Ecke. Jacobi bedankte sich bei Braunecker und legte schnell auf.

»Und?«

Goldig deutete stumm auf einen Namen, der ganz oben auf der Liste aufgetaucht war.

Jacobi beugte sich nach vorn. »Aber ... ich kenne diese Patientin«, sagte er. Die Verblüffung klang deutlich durch. Das ist ...«

In diesem Moment erklangen von draußen laute Stimmen. Dann wurde die Tür zu Goldigs Büro aufgerissen, und eine Schar Menschen stolperte ungeordnet herein.

## 17
## EINE KINDERLOSE EHE BESTEHT AUS SPASSVÖGELN.

*Wills Tagebuch*

*Heute ist mir zum ersten Mal seit langer Zeit eine Frau aufgefallen, weil sie attraktiv war. Eine andere Patientin, jung und sehr hübsch. Im ersten Moment hat mich das irritiert. So etwas ist lange nicht vorgekommen. Die Medikamente sorgen dafür, dass ich jedes Interesse an Sex verloren habe. Darüber bin ich sehr froh. Ich habe panische Angst davor, nachts einmal etwas Falsches zu träumen und mich dann unwissentlich mit meinem eigenen Sperma zu beschmutzen. Ich kann mir nichts Widerlicheres vorstellen. Ich habe Herrn Brunner von meiner Befürchtung erzählt, dass so etwas vorkommen könnte, da ich anscheinend wieder auf körperliche Reize anspreche. Er hat geschmunzelt und mit den Augen gezwinkert. Bei ihm sieht das nett aus, weil die Augen dann fast in den Lachfältchen verschwinden. Er hat gesagt, dass er selten so eine gute Nachricht gehört habe und ich solle dieser Patientin doch recht oft nachschauen. Das gehöre auch zur Therapie. Ich bin mir unsicher, ob er meine Bedenken ernst genommen hat. Ich habe mir fest vorgenommen, nicht mehr an die Frau zu denken. Sie heißt Angelika, habe ich das schon erwähnt?*

In meinem Triumph bekam ich erst gar nicht mit, dass Goldig nicht allein war, sondern hinter dem riesigen Computerbildschirm noch jemand anders hervorlugte. Doch selbst als ich Jacobis schleimige Haarpracht erkannte, konnte mich das in meiner Euphorie nicht bremsen.

»Wir haben sie, wir haben sie!«, jubelte ich, die Faust zum Zeichen des Sieges nach oben gereckt.

»Und so was ist Ärztin«, murmelte Irmela immer noch ganz

verstört und schlug sich wiederholt gegen die Brust. Ihre grauen Ringellöckchen wogten mit ihrem Busen um die Wette.

Holger tänzelte währenddessen summend um uns herum. Eine unbeholfenere Ballerina hatte ich noch nie gesehen, dennoch freute ich mich über seine augenscheinliche Begeisterung. Er animierte Marie zu ein paar Tanzschritten, die sie mit strahlendem Grinsen vollführte.

»Ja zum Donnerwetter!« Goldig war aufgestanden und blickte nun von seiner imposanten Größe auf uns herab. »Was ist denn in Sie gefahren? Was wollen Sie alle in meinem Büro?«

»Dr. Siebenlist war's! Sie hat ...«

»Das können Sie sich gar nicht vorstellen, was wir ...«

»Entschuldigen Sie die Störung, aber ...«

»Hier, sehen Sie mal dieses Foto!«

Jeder von uns fühlte sich bemüßigt, zu antworten. Andere Leiter einer Therapiegruppe wären ganz aus dem Häuschen gewesen vor Begeisterung über eine derart aktive Partizipation. Nicht so Dr. Goldig. Er wedelte mit den Armen und gebot mit seiner dröhnenden Stimme Ruhe. Schließlich verstummten wir einer nach dem anderen. Anne war die Einzige, die überhaupt nichts gesagt hatte. Sie stand nach wie vor mit verschränkten Armen neben der Tür, als ginge sie das alles gar nichts an. Einmal mehr bewunderte ich ihre Ausgeglichenheit.

Wahrscheinlich war das der Grund, warum Goldig sich jetzt an sie wandte.

»Können Sie kurz zusammenfassen, was vorgefallen ist?«

»Natürlich.« Sie begann am Griff ihrer Handtasche zu spielen. Zog den Reißverschluss auf – zu – auf – zu. »In dieser Klinik finden seit Längerem geheime Pokertreffen statt, bei denen die Teilnehmer anonym bleiben, aber um große Mengen Geld spielen. Beteiligt waren sowohl Patienten als auch Leute aus dem Dorf und sogar Klinikangestellte. Frau Dr. Siebenlist hat nicht nur mitgespielt, sondern auch vor Drohbriefen nicht zurückgeschreckt, wenn ein Patient nicht zahlen wollte oder konnte. Zudem hat sie einen Minderjährigen dahin gehend manipuliert, dass er für sie spielt und ihr Teile des Gewinnes abgibt.«

»Mein Gott.« Goldig stöhnte auf und schien sich in seinen Schreibtischstuhl fallen lassen zu wollen. Gerade noch rechtzeitig merkte er, dass Jacobi darin saß, und wich auf einen anderen Stuhl aus.

»Das war noch nicht alles«, sagte Anne trocken. Ich bekam langsam den Eindruck, dass ihr die Sache insgeheim doch Spaß machte. Auch wenn sie das nicht so euphorisch zeigte wie wir anderen. »Gerade eben konnten wir Dr. Siebenlist bei einer fingierten Geldübergabe auf frischer Tat ertappen, und dabei stellte sich auch noch heraus, dass sie größere Mengen Medikamente mit sich führte. Medikamente, die anscheinend aus dem Klinikvorrat abgezweigt worden waren.«

Nun war es an Jacobi, zu stöhnen und den Kopf in den Händen zu vergraben.

»Ist die Polizei informiert?«, fragte Goldig. »Oder womöglich die Presse?«

»Natürlich nicht!« Irmela trat einen Schritt vor. »Wir sind gleich zu Ihnen gekommen, damit Sie alles Weitere in die Wege leiten. Dr. Siebenlist sitzt in der Stuhlgruppe am Empfang und wird von einem der Physiotherapeuten bewacht.«

Wir hatten ausgemacht, das weitere Vorgehen Goldig zu überlassen, weil wir uns – insgeheim – so etwas wie Lob erhofft hatten. Eine Medaille für besondere Verdienste um die Klinik, zehntausend Euro Belohnung für die Ergreifung einer berüchtigten Medikamenten-Dealerin oder zumindest einen freundlichen Händedruck vom Chefarzt.

Das war doch nicht zu viel verlangt, oder? Stattdessen standen wir jetzt da, als hätten wir etwas verbrochen. Dabei waren wir doch die Guten.

Holger schien ähnlich zu fühlen wie ich.

»Herr Dr. Goldig, wirklich, Sie können sich gar nicht vorstellen, was das für eine Belastung war, als plötzlich dieser Drohbrief unter meiner Tür durchgeschoben wurde. Und dann rauszufinden, dass eine Ärztin dahintersteckt. Und dann haben wir sie ja verfolgt, äh, beschattet, und dann ist sie in eine Spielhölle gegangen und dann ...« Mit aufgeregt fuchtelnden Armen versuchte Holger, unsere Erlebnisse wiederzugeben. Dabei rückte er immer näher an den Schreibtisch heran. Und da passierte es: Er stolperte über ein Kabel, das vom Schreibtisch herabhing und zum Computergehäuse unter dem Tisch führte. Der Bildschirm ruckte, schwankte und fiel in unsere Richtung.

Irmela warf sich nach vorn, um den Bildschirm aufzufangen. Er landete sanft auf ihrer gewaltigen Oberweite. Während sie sich bemühte, ihn wieder auf den Schreibtisch zu hieven, und sich ihr allerlei hilfsbereite Hände entgegenstrecken, rief sie: »Anne, da steht ja dein Name.«

Neugierig betrachtete ich die von meiner Sicht aus auf den Kopf gestellten Buchstaben des einzigen Eintrages in einer Excel-Tabelle und entzifferte ein »Anne Meier«.

In die Stille hinein ertönte ein Räuspern. Dr. Goldig griff nach dem Bildschirm und drehte ihn von uns weg. »Nun, wir wollten gerade …«

»… die anstehenden Entlassungen durchsprechen«, fiel ihm Jacobi ins Wort. Seine Miene war undurchdringlich.

Dagegen wirkte Dr. Goldig merkwürdigerweise nervös. Er griff sich an die Schläfe, zupfte an seinem Hemd und schaffte es nicht, seinen Blick von Anne abzuwenden. Sie war eindeutig das Zentrum seiner Aufmerksamkeit, sie, die immer noch neben der Tür stand. Ruhig und mit beiden Händen ihre Tasche haltend. Goldig kniff die Augen leicht zusammen, ignorierte uns vollkommen.

»Vielleicht könnten Sie zu einem späteren Zeitpunkt noch mal vorbeikommen?«, schlug Jacobi vor. »Wir waren gerade beschäftigt, und eventuell möchte Dr. Goldig das hier noch fertig machen, bevor er diese vielfältigen neuen Entwicklungen mit Ihnen bespricht.«

Ein Rausschmiss, ganz eindeutig. Ein Rausschmiss! Nachdem wir gerade erklärt hatten, dass eine der Ärztinnen Pokerturniere veranstaltete, Drohbriefe an Patienten schrieb und Medikamente veruntreute. Jacobi hielt sich natürlich mal wieder für was Besseres. Aber schließlich war das nicht sein Büro, sondern das von Dr. Goldig.

»Richtig, äh, Lars, danke. Kommen Sie alle doch einfach später wieder, so in einer Stunde? Oder sagen wir in zwei, bis dahin dürfte hier alles erledigt sein, und ich kann mir Zeit für Sie alle nehmen.« Goldig lächelte schwach in die Runde. »Wiedersehen, auf Wiedersehen.« Er winkte uns mit beiden Händen zu, als wollte er uns aus dem Spieleparadies abholen. Oder daraus vertreiben.

»Soll ich denn nicht gleich bleiben, wenn Sie doch sowieso mit mir über die – wie war das? – bevorstehende Entlassung sprechen möchten?« Annes Stimme klang merkwürdig. Irgendwie höher als sonst und leicht wackelig, obwohl sie ganz ruhig dastand.

Jacobi wechselte einen schnellen Blick mit Goldig. »Das hat Zeit bis morgen, Frau Meier. War nichts Wichtiges.«

Goldig nickte vehement.

Ich wandte mich zur Tür, und auch Marie, Holger und Irmela waren im Begriff zu gehen. Nur Anne hatte sich nicht vom Fleck gerührt. Sie sah blass aus und hatte Schatten unter den Augen. Normalerweise war sie es immer, die alles organisierte und sich kümmerte. Wie es ihr selbst ging, hatte ich in letzter Zeit gar nicht so mitbekommen. Sicher, es gab diese Befindlichkeitsrunden, aber mir fiel ein, dass sie da meist wenig Konkretes sagte. Höchstens mal, dass sie schlecht geschlafen hatte oder Ähnliches.

»Haben Sie noch eine Frage?« Goldig blickte Anne stirnrunzelnd an. Offenbar irritierte es ihn, dass sie so beharrlich stehen blieb.

»Sie wissen, wer ich bin, oder?« Anne würdigte den Chefarzt keines Blickes. Sie schaute Jacobi an, der noch immer auf Goldigs Schreibtischstuhl thronte.

»Natürlich kenne ich Sie, Frau Meier.« Jacobis Stimme klang sanft.

Anne lachte ein bitteres, trauriges Lachen. »Sie haben meinen Namen nicht zufällig auf dem Bildschirm gehabt. Sie wissen, was ich getan habe.«

In meinem Kopf klangen ihre Worte nach und warfen unzählige Fragen auf. Wovon redete sie? Was sollte sie getan haben? Hatte sie Paranoia entwickelt? Vielleicht eine Nebenwirkung der Medikamente, so was kam immer wieder vor. Auch bei einer schweren Depression konnte man eine Psychose entwickeln. Dann hätte ich von den beiden Ärzten aber ein professionelleres Auftreten erwartet. Beide waren sichtlich aus der Fassung geraten.

»Worum geht es?« Holger schaute verwirrt von einem zum anderen. »Sollen wir jetzt doch nicht später wiederkommen?«

»Gar nichts ist los, du Herzchen.« Anne warf ihm einen ironischen Blick zu. »Bloß dass unser schlauer Herr Jacobi herausgefunden hat, dass ich nicht nur zur Therapie in diese Klinik gekommen bin. Dass der böse Wolf die ganze Zeit zwischen seinen Schafspatienten versteckt war.«

Ich spürte, wie mein Herz einen Moment aussetzte, als mir die mögliche Bedeutung ihrer Worte aufging.

Anne wandte sich nun direkt an Jacobi. »Ich hätte mit dem Stein besser zielen sollen. Zu Ihrem Glück dachte ich zu dem Zeitpunkt noch, dass Sie bloß ein genauso widerliches Schwein sind wie dieser Chefarzt-Bastard hier. Dass Sie dazu auch noch Köpfchen haben, hätte ja niemand ahnen können. Ich dachte, das Blut in Ihrem Körper reicht vielleicht nicht für Schwanz und Hirn gleichzeitig.« Dann griff sie in ihre Tasche und zog etwas heraus. Wir alle starrten zu ihr hinüber. In Annes Hand blinkte es metallisch. Ihre Finger waren um den Griff eines Revolvers geschlossen. Ganz und gar niedlich sah er aus. Geradezu unspektakulär. Handlich. Eine Waffe, die einer Lady gut zu Gesicht stand. Nur dass Anne keine Lady war. Das war sie absolut nicht. Sondern eine Mörderin.

Irmela schrie auf und schlug sich gleich darauf ängstlich die Hände vor den Mund. Marie wich in die Ecke zurück, so weit sie konnte. Holger schüttelte immer wieder den Kopf und schaute mit übergroßen Augen von einem zum anderen.

»Du warst es. Du hast den Therapeuten ermordet.« Marie aus ihrer Ecke heraus klang wie ein Orakel, das einen Schicksalsspruch verkündete, den wir alle nicht hören wollten.

Annes Blick flackerte über die Anwesenden. Sie schien wissen zu wollen, wie wir alle diese Neuigkeit aufnahmen, dann nickte sie langsam. Und mir wurde klar, dass sie nicht nur Herrn Brunner auf dem Gewissen hatte, sondern dass sie noch etwas viel Schrecklicheres getan hatte. Wieder sah ich Mäuschens bleiches Gesicht vor mir, die Blutlache, in der sie gelegen hatte. Ich glaubte sogar den schrecklichen, süßlich-schweren Geruch des Todes zu riechen, der mich damals überrollt hatte.

»Warum?«, stieß ich hervor. »Warum sie? Warum Mäuschen?«

Anne schaute mich an. Wir hatten schon so viele Blicke gewechselt, seit wir beinahe gleichzeitig auf der Vogelsburg angekommen waren. Genervte, wenn Holger wieder mit seinem Lamentieren begann, aufmunternde, wenn einer von uns einen schlechten Tag hatte, belustigte, wenn die Therapien gar zu abgedreht wurden. Jetzt jedoch hatte ich das Gefühl, einer völlig Fremden in die Augen zu sehen. Hinter dem ruhigen Hellbraun der Iris schienen sich Abgründe aufzutun.

»Du bleibst hier.« Anne nickte mir zu, antwortete aber nicht auf meine Frage. »Und Sie beide auch.« Eine unwirsche Handbewegung in Goldigs und Jacobis Richtung. »Der Rest kann gehen.«

»Wohin?« Holger natürlich. Sein Mund stand ein wenig offen. Sein Gesicht drückte die Überraschung und den Schock aus, den wir alle fühlten.

Annes Augenbrauen zuckten nach oben. »Holger, wenn du nicht möchtest, dass ich dir in den Fuß schieße, was bedeuten würde, dass du ins Krankenhaus musst, wo eine Horde multiresistenter Keime nur darauf wartet, dein Inneres zu besiedeln – dann, genau dann würde ich an deiner Stelle jetzt so schnell wie möglich diesen Raum verlassen.«

Ich hörte ihn schlucken. »In Ordnung, Anne. Aber du tust Will doch nichts, oder?«

Etwas wie zornige Dankbarkeit durchströmte mich. Angesichts der multiresistenten Keime hatte ich erwartet, dass Holger sich schnellstmöglich verziehen würde. Dass er trotzdem in der

Gefahrensituation ausharrte, um mich nicht im Stich zu lassen, rührte mich. Trotzdem durften die anderen nicht hierbleiben, wenn Anne schon so gnädig war, sie gehen zu lassen.

»Haut ab!«, zischte ich. »Spielt hier bloß nicht die tapferen Trottel.« Die tapferen Trottel mussten in den Horrorfilmen immer als Erste dran glauben. Dieses Schicksal sollte Holger bloß nicht meinetwegen auf sich nehmen. Das würde er mich nie vergessen lassen.

»Du hast Will gehört.« Anne ließ den Lauf der Pistole in Richtung Marie, Irmela und Holger wandern. »Raus jetzt! Eine zweite Chance gibt es nicht!«

Die drei setzten sich langsam in Bewegung. Marie versuchte, mir mit den Augen Zeichen zu geben, doch ich hatte keine Ahnung, was sie mir sagen wollte. Ich hoffte nur, dass sie heil hier rauskam. Irmela, weiß wie eine Aspirin-Brausetablette, drückte in Zeitlupe die Klinke und zog die Tür auf. Ich lugte hinaus, in der Hoffnung, irgendjemanden zu unserer Rettung herbeieilen zu sehen. Aber leider war der Gang leer. Irmela schob sich hinaus, hinter ihr folgte Holger, der schniefte, und dann Marie, die sich noch einmal zu mir umdrehte.

Ich versuchte, alle meine Gefühle für sie in meinen Blick zu legen, aber wahrscheinlich las sie nur Angst darin. Angst davor, was nun mit uns geschehen würde.

Anne durchquerte in wenigen Schritten den Raum und knallte die Tür hinter den dreien zu. Dann drehte sie den Schlüssel, der im Schloss steckte. Jetzt blieb nur noch das Fenster. Leider waren die Jalousien teils heruntergelassen, um die Sonne auszusperren. Wahrscheinlich hatte Goldig das gemacht, damit der Bildschirm nicht so spiegelte. Doch nun bedeutete es, dass niemand draußen sehen konnte, was hier vor sich ging.

»Und jetzt?«

Ich bemühte mich, locker zu wirken. So als würde ich so was jeden Tag machen, als wäre ich ständig die Geisel einer Mehrfachmörderin, die mich aus irgendeinem Grund bei sich behalten wollte, während sie ihre Rachephantasien auslebte. Was sie über Jacobi gesagt hatte, war mir nicht ganz klar geworden.

Von einem Stein wusste ich nichts. Aber dass sie weder auf ihn noch auf Dr. Goldig besonders gut zu sprechen war, hatte sie bereits zugegeben. Besser gesagt: verkündet. Hoffentlich wurde ich nicht ebenfalls zur Zielscheibe, bloß weil ich ein Mann war.

»Will, ich wollte dich dabeihaben, damit du Goldigs Geständnis später bezeugen kannst.« Anne flüsterte nun, was ihrer Stimme etwas Verschwörerisches gab. Fast so, als wäre ich ihr Komplize im Kampf gegen die beiden Ärzte. »Er hat mich zu dem gemacht, was ich heute bin. Er trägt die Schuld an meiner Krankheit und daran, dass mein Mann mich verlassen hat. Er hat mein Leben zerstört, als ich erst fünfzehn Jahre alt war. Und er ist damit davongekommen. Bis jetzt ...«

Sie bedeutete Jacobi und Goldig, hinter dem Schreibtisch hervorzukommen, was beide nur zögernd taten. Wahrscheinlich gab ihnen der massive Tisch zumindest den Anschein von Sicherheit, auch wenn die Kugel sie dort genauso schnell treffen würde wie mich. Nun standen sie neben mir, etwa drei lächerliche Meter von Anne entfernt. Ich verlagerte mein Gewicht von einem Bein auf das andere und bemühte mich, ruhig zu bleiben.

Wie schnell war wohl Hilfe zu erwarten? Marie und die anderen hatten mittlerweile wahrscheinlich jemanden alarmiert, die Rezeptionistin oder einen der Bereitschaftsärzte in der Medikamentenausgabestelle. Die mussten dann die Polizei anrufen. Wie lange dauerte es, bis eine Spezialeinheit zusammengestellt werden konnte, um den Raum zu stürmen? Oder würden sie zuerst versuchen, mit Anne zu verhandeln, damit sie uns gehen ließ? Irgendein betäubendes Gas durchs Schlüsselloch strömen lassen? Einen Geiselaustausch organisieren?

Was auch geschehen würde: Wir mussten Anne so lange wie möglich beschäftigen und ablenken. Mit jeder Minute wuchs die Chance, dass Hilfe eintraf.

Anne befahl mir, in die Raumecke auszuweichen und mich dort hinzusetzen. »Du siehst, ich will dir nichts tun, sondern brauche dich als Zeugen. Aber dennoch: Wenn du versuchen solltest, mich von meinem Tun abzuhalten, oder irgendetwas unternimmst, um mir zu schaden, dann gibt es auch für dich keine Gnade. Ich bin eine gute Schützin, also lass es lieber nicht drauf ankommen.«

»Worum geht es hier denn überhaupt? Was haben wir dir getan?«

»Du, mein lieber Will, bist gerade einfach nur zur falschen Zeit am falschen Ort. Herr Jacobi dagegen hat diese missliche Lage durchaus verdient, da er durch seine Affäre mit einer Patientin gegen den Ehrenkodex eines jeden Therapeuten verstoßen hat.«

Bei diesen Worten blickte Goldig finster zu Jacobi hinüber und murmelte etwas. Ich war nicht besonders überrascht, da ich mich an Annes heftige Reaktion erinnerte, als ich ihr die Fotos vom vertrauten Umgang zwischen Jacobi und Angie gezeigt hatte. Mäuschen war ihr damals hinterhergelaufen und hatte versucht, sie zu beruhigen, und am nächsten Tag … Moment, am nächsten Morgen war Mäuschen getötet worden.

»Du hast ihr etwas erzählt, etwas, das sie gar nicht wissen durfte – und dann hast du sie umgebracht, damit sie dich nicht verrät.« Plötzlich war ich mir sicher, dass es so geschehen sein musste.

Annes Blick wanderte unruhig zwischen Goldig und mir hin und her. Sie schluckte mehrmals. Es sah gequält aus. Die ruhige Fassade bekam Risse.

»Ich war so aufgebracht. Hatte Flashbacks von damals, was mir passiert war, und nun gab es ein solches Schwein auch in dieser Klinik. In meinem Wutausbruch und meiner Panik habe ich Sachen gesagt, die ich geheim gehalten hatte. Erst hinterher ist mir bewusst geworden, was ich da ausgeplaudert hatte. Und dass Mäuschen … dass sie meinen Plan ruinieren konnte … dass sie erkennen würde, dass ich Brunner ermordet hatte, wenn sie nur fünf Minuten über unser Gespräch nachdachte. Mäuschen war nicht dumm, nur schüchtern, sie hat sich immer mehr Gedanken um andere Leute gemacht als um sich selbst. Das konnte ich nicht riskieren, nach den ganzen Mühen, das konnte ich einfach nicht.« Annes Blick war starr geworden.

»Ich habe ihr gesagt, dass es mir sehr schlecht geht, dass wir unbedingt reden müssen. Sie sollte ins Schwimmbad kommen, damit wir ungestört sprechen konnten. Ich war früher da und versteckte mich hinter einer Liege. Als sie kam, habe ich mich an sie herangeschlichen und ihr einen Schlag auf den Kopf gegeben, mit meinem Echtholz-Fleischklopfer. Sie ist zusammengebrochen, ohne noch irgendwas mitzukriegen. Aber sie war nicht tot. Also musste ich ihr die Kehle ... na ja, ich musste es fertig machen. Sichergehen.«

»Oh Gott!« Ich schloss die Augen und versuchte krampfhaft, die Bilder aus meinem Kopf zu löschen.

»Ich wusste nicht, dass du sie finden würdest. Ausgerechnet du. Eigentlich Ironie des Schicksals, dass es den trifft, der am schlechtesten damit umgehen kann.«

»Das ist egal. Darum geht es nicht. Aber Mäuschen. Sie war eine von uns. Sie war gut, das weißt du. Besser als wir alle.«

»Du hast recht. Und ich werde mir das selbst niemals verzeihen.«

Ich sah Tränen in ihren Augen und konnte nicht anders, als ihr zu glauben. Sie war kein Monster, sie tötete nicht aus Lust, nicht aus perfidem Vergnügen daran, andere leiden zu sehen. Aber trotzdem war das hier verrückt. Das bewies sie gleich mit ihrem nächsten Satz.

»Also Benni, jetzt bist du dran. Erzähl dem lieben Will und deinem sauberen Dr. Jacobi mal, was zwischen uns war.«

»Was zwischen uns war? So habe ich das eigentlich nie gesehen.«

Selbst mir, der ich im sozialen Miteinander so meine Schwächen hatte, war klar, dass Goldig ziemlich ausweichend agierte. Anne schien das ähnlich zu sehen. Vielleicht war auch nur ihre Geduld so lange überstrapaziert worden, dass jetzt nichts mehr davon übrig war.

»Sag es! Sag, was du mir angetan hast!«, schrie sie.

»Das ist ein großes Missverständnis.« Goldig hob hilflos die Hände. »Ich hätte doch nie ...«

Weiter kam er nicht. Denn Anne sagte nichts dazu. Sie senkte nur die Hand mit der Waffe um einige Zentimeter, hielt kurz inne und schoss. Goldig hatte keine Chance, zu reagieren oder auszuweichen. Die Kugel drang dicht oberhalb seines Knies ein. Haut und Knochenfetzen wurden zur Seite geschleudert. Der Knall des Schusses schien im Raum nachzuhallen, füllte meine Ohren vollkommen aus. Für einen Moment lang konnte ich nicht mehr hören, was geschah, doch ich konnte mit den Augen folgen. Dr. Goldig öffnete den Mund mit kurzer Verzögerung. Ich sah ihn schreien und dann zusammensacken. Sein schwerer Körper schlug auf dem Boden auf. Er umklammerte seinen Oberschenkel. Anne lächelte. Langsam kamen die Geräusche zurück. Dr. Jacobi beugte sich über den Verwundeten, der vor Schmerzen brüllte, während ich vollkommen bewegungslos stehen blieb. Der Schreck darüber, dass sie tatsächlich abgedrückt hatte, sorgte bei mir für eine Art Panikstarre.

»Bei der nächsten Lüge schieße ich auf das andere Bein«, stellte Anne ungerührt fest.

Ich wusste nicht, ob Goldig sie überhaupt hören konnte. Er stand bestimmt auch unter Schock. Jacobi hatte ihn mittlerweile auf den Boden gelegt und mit einer Schreibtischschere das Hosenbein längs der Naht aufgeschnitten und dann die Stoffstreifen abgerissen. Nun lag die Wunde offen da. Ich wandte schnell den Kopf ab, um das zerschmetterte Gelenk und das offene Fleisch nicht sehen zu müssen.

Am oberen Ende der Kniescheibe befand sich eine Vertiefung, wo keine sein sollte. Blut tränkte den Rest der ehemals beigefarbenen Stoffhose und den dicken weichen Wollteppich. Ich hielt die Hand vor den Mund, um nicht kotzen zu müssen. Stattdessen versuchte ich, tief und langsam zu atmen. Dabei schob ich energisch alle Gedanken weg, die auf mich einhämmerten. Dass Schmutz und Blut da waren, wusste ich, aber ich durfte meine typische Reaktion darauf nicht zulassen. Wenn ich jetzt durchdrehte, war niemandem geholfen. Anne ist die Mörderin, versuchte ich mir selbst immer wieder zu sagen, wie ein Mantra. Du bist in Gefahr. Du musst nachdenken. Denk nach, Will! Denk nach!

Anne hatte Jacobi inzwischen daran gehindert, das Büro nach einem Erste-Hilfe-Kasten abzusuchen, und nahm ihm auch die Schere weg. Also wickelte er nur die beiden Stofffetzen um das Bein und zog sie fest. Wahrscheinlich hoffte er, so die Blutung zu stoppen.

Goldig wimmerte nur noch. Er war kalkweiß im Gesicht und sah aus, als würde er jeden Moment ohnmächtig werden. Zum Glück lag er sowieso schon auf dem Boden. Jacobi sprach leise mit ihm.

»Was ist heute für ein Tag? Wie heißen deine Kinder mit Vornamen? Wo sind wir hier?«

Es war mir klar, dass er Goldig damit bei Bewusstsein halten wollte, aber ich fragte mich, ob eine Ohnmacht nicht barmherziger gewesen wäre. Vor allem, da Anne nun offensichtlich mit ihrer Befragung weitermachen wollte.

»Also ...«, setzte sie an.

»Aber was hatte Herr Brunner mit der ganzen Sache zu tun?«, fragte ich, um sie davon abzuhalten, Goldig weiter zu foltern.

»Das war auch so schrecklich.« Nun ignorierte Anne das Schreckensszenario, das sie angerichtet hatte. Sie sah traurig aus. Ihre Schultern hingen herab, wie bei einem unglücklichen Kind. »Er war damals als Zuschauer bei der Verhandlung dabei. Ich weiß nicht, wie lange er gebraucht hat, um dahinterzukommen, wer ich bin. Wahrscheinlich hat er die Ähnlichkeit erst festgestellt, als wir in der Therapie schon so weit waren, dass ich ihm einiges erzählt habe. Natürlich sehr vage und ohne Namen, aber die Verbindung muss ihm schnell klar geworden sein.«

»Warum hat er mir nichts davon gesagt?« Goldig versuchte stöhnend, seinen Oberkörper aufzurichten. Jacobi stützte seinen Rücken.

»Keine Ahnung. Vielleicht wollte er erst sichergehen. Oder er hat seine Schweigepflicht sehr ernst genommen. Ich bin jedenfalls aus allen Wolken gefallen, als ich mitbekommen habe, dass Brunner Goldigs Bruder ist. Dann war mir sofort klar, was für einen Fehler ich gemacht hatte. Und ich konnte nicht riskieren, dass er mit jemandem darüber sprach.«

»Woher wussten Sie es?« Jacobis Hände und sogar seine Wange waren mit Blut verschmiert. Ich bemühte mich, ihn nicht anzuschauen und stattdessen die Bücher im Regal zu fixieren.

»Dass die beiden Geschwister waren? Dazu muss man nur ein wenig die Augen offen halten. In der Eingangshalle, dort, wo die Vitrine mit der von unseren Ärzten veröffentlichten Fachliteratur steht, ist auch ein Zeitungsartikel ausgestellt. Darin geht es um Goldigs Ernennung zum Chefarzt. Und auf dem Foto lächelt er direkt neben seinem Bruder Ludwig Brunner. Ich habe den Artikel mal aus Langeweile gelesen, als ich darauf gewartet habe, dass der Speisesaal zum Abendessen geöffnet wird. Da ist mir allerdings schnell der Appetit vergangen.« Sie wandte sich mir zu. »Erstaunlich, dass es unserer Leseratte nie aufgefallen ist. Da hätte ich schon mehr von dir erwartet, Will.«

»Sorry«, würgte ich hervor. Der Geruch des Blutes, der meinen ganzen Mund auszufüllen schien, machte mir stark zu schaffen. »Bitte, können wir ein Fenster öffnen?«

»Du hältst mich wohl für bescheuert?« Anne war mit zwei schnellen Schritten bei mir und bohrte mir den Revolver zwischen die Rippen.

Jetzt, wo sie so nahe neben mir stand und ich sogar den Mango-Shampoo-Duft ihrer Haare riechen konnte, kam mir die ganze Situation noch unwirklicher vor. So als würde gleich jemand hinter einem Vorhang hervorspringen und »April, April« rufen. Nur dass es keinen Vorhang gab. Und der Druckpunkt an meinem Oberkörper ließ keinen Zweifel daran, dass ich nicht träumte.

Jacobi schien klar zu sein, dass er übernehmen musste, um Anne bei Laune zu halten. Auch er begann jetzt, ihr Fragen zu stellen.

»Wie haben Sie Ludwig dazu gebracht, sich mitten in der Nacht mit Ihnen zu treffen?«

»Ich habe ihm einen anonymen Brief durchs geöffnete Autofenster geworfen. Dass ich ihm etwas über seinen Bruder berichten müsse. Er hatte natürlich sofort mich im Verdacht, aber wahrscheinlich wollte er versuchen, den Schaden möglichst klein zu halten. Er hatte einen richtigen Beschützerinstinkt seinem kleinen Bruder gegenüber.« Sie trat nach Goldigs Fuß, der gequält aufschrie. »Ich hatte bis zuletzt nicht daran geglaubt, dass er kommen würde, aber ich musste es einfach riskieren. Dann habe ich mich nach der letzten Kontrolle der Nachtschwester über den Balkon davongestohlen. Ich bin hinunter zum Fluss gelaufen, habe mein Kleid und die Schuhe in einen Plastikbeutel gepackt, in dem ich schon von der Putzfirma geklaute Handschuhe verstaut hatte, und bin auf die andere Seite geschwommen. Das sind an dieser Stelle nur ungefähr vierzig Meter, die Strömung ist viel schwächer als an den begradigten Stellen, und ich bin eine gute Schwimmerin.«

»Aber warum? Warum der Aufwand? Ihr hättet euch doch genauso gut auf der Escherndorfer Seite treffen können.«

Ich erinnerte mich, dass ich nach dem ersten Verhör durch Dietlinger mit Anne genau diesen Punkt diskutiert hatte.

»Ich wollte die Polizisten verwirren. Ich dachte, dass sie das vielleicht davon abbringen würde, den Täter bei uns auf der Vogelsburg zu suchen. Oder dass sie sich darauf konzentrieren würden, nach einem Auto zu fahnden, das zum Tatzeitpunkt in der Nähe geparkt war. Denn der Mörder musste ja irgendwie dorthin gelangt sein.«

»Das hat ja anscheinend auch funktioniert«, kam es trocken von Jacobi.

»Auf der anderen Seite angekommen habe ich mir das Kleid wieder übergestreift und bin zum Treffpunkt geschlichen. Brunner war tatsächlich da. Er saß auf der Sandbank, dicht am Wasser, und hat seine Pfeife geraucht. Er hat es mir leicht gemacht.«

Ich hätte mir am liebsten die Ohren zugehalten. Anne von ihren Vorbereitungen und Plänen sprechen zu hören und dabei die Bilder vor Augen zu haben, das war mehr, als ich ertragen konnte.

Auch Jacobi schien keine weiteren Details hören zu wollen.

Er wechselte abrupt das Thema. »Wie haben Sie das hingekriegt mit dem neuen Namen?«

»Der Nachname war einfach. Zum Glück trug mein Ex-Mann einen Namen, den tausend andere auch haben. Damals wusste ich das nicht richtig zu schätzen, aber heute schon. Als Meier kann man überall untertauchen. Den Vornamen zu ändern hat auch keine große Mühe bereitet. Ich habe meinem Therapeuten zu Hause erzählt, dass es mich seelisch zu stark belastet, immer mit Margit angesprochen zu werden. Dem Namen, unter dem ich auch missbraucht und gedemütigt worden bin. Er hat eingesehen, dass ich so keinen Neuanfang schaffen würde. Mit dem Gutachten des Arztes konnte ich dann im Rathaus einen neuen Vornamen wählen und meinen Ausweis angleichen lassen. So bin ich zu Anne geworden.

»Aber ... so was braucht doch eine Menge Vorbereitungszeit. Das heißt ja, dass du das alles schon ewig geplant hast!« Ich konnte es nicht fassen.

Anne schüttelte den Kopf. »Wenn man Tag und Nacht nur über eine Sache nachdenkt, dann ist es eine Erlösung, endlich etwas tun zu können. Einen Schritt in die richtige Richtung zu machen.«

Ich fand es schrecklich, dass sie ihre Taten als richtigen Weg empfand. Ich wollte sie anschreien, dass sie zwei Menschen getötet hatte. Doch bevor ich den Mund öffnen konnte, klopfte es an der Tür. Zuerst ganz leise, dann nachdrücklicher. Wir verstummten. Alle Blicke waren auf Anne gerichtet. Sie legte einen Finger auf die Lippen und starrte zur Tür. Eine Stimme drang durch das Holz.

»Anne, bitte lass mich rein!«

Das war doch ... war das wirklich? An Jacobis Reaktion erkannte ich, dass ich richtig gehört hatte. Er übersah nun seinen Patienten und starrte stattdessen angsterfüllt auf die Tür.

Anne lächelte. »Angie, bist du das?«

»Ja, bitte, lasst mich rein!«

»Was willst du?«

»Ich muss zu Lars. Ich muss sehen, dass es Lars gut geht!«

Jacobi vergrub sein Gesicht in den Händen. Ich merkte, dass ich den Atem angehalten hatte, und sog jetzt gierig Luft ein.

»Und die Polizei steht hinter dir und wartet darauf, dass ich die Tür öffne, damit sie mich abknallen können?«

»Nein, hier ist niemand. Die sind gerade erst in den Hof gefahren. Ich habe gehört, was Marie ihnen erzählt hat, und bin dann sofort hierhergerannt. Bitte macht auf.«

Anne bedeutete mir mit einer Kopfbewegung, zur Tür zu gehen. Ich gehorchte mit zitternden Knien, obwohl ich mich am liebsten geweigert hätte. War Angie verrückt geworden? Sich freiwillig in so eine Situation zu begeben?

Jacobi schien das ähnlich zu sehen. »Sie bleibt draußen!« Zum ersten Mal wirkte er nun wirklich erschüttert. »Sie darf nicht hereinkommen! Angie, lauf weg! Mach das bloß nicht!«

Anne schien Gefallen an der neuen Situation zu finden. »Da haben Sie sie ja ganz schön eingewickelt, lieber Dr. Jacobi, dass sie so wild drauf ist, mit Ihnen gemeinsam zu sterben. Ich glaube, wir müssen ihr hier mal die Augen öffnen, dass ihr kleines Techtelmechtel absolut nichts mit der großen Liebe zu tun hat.«

Ich stand nun vor der Tür. Anne warf mir den Schlüssel zu. »Alles geht jetzt nach meinem Kommando. Will, du schließt auf und trittst dann sofort von der Tür zurück. Wenn du versuchst abzuhauen, dann schieße ich, das ist dir hoffentlich klar. Ebenso, wenn von draußen jemand anders als Angie versucht, hereinzukommen.«

Ich nickte stumm, während Jacobi immer noch so aussah, als würde er sich am liebsten mit bloßen Händen auf Anne stürzen, und Goldig auf dem Boden ächzte und sein Bein umklammerte. Angie rief von draußen, dass sie alles verstanden hatte.

»Drei, zwei, eins ... los!«

Ich fummelte den Schlüssel ins Schloss, drehte ihn und sprang wieder zurück. Angie riss die Tür auf. Bleich stand sie in dem Holzrahmen, die dunklen Haare in einem Zopf, der sich in der Kapuze ihrer Trainingsjacke verfangen hatte. Noch während ihr Blick suchend über uns glitt, schockiert bei Goldig verweilte und dann endgültig an Jacobi hängen blieb, stieß Anne hinter ihr die Tür mit dem Fuß zu und drehte den Schlüssel. Dann lehnte sie sich aufatmend und mit einem Grinsen an den Türrahmen und musterte die neue Konstellation. Angie war neben Jacobi getreten, der sich instinktiv sofort zwischen sie und Anne schob. Wären wir nicht in so einer verzweifelten Situation gewesen, hätte ich vielleicht so etwas wie Hochachtung davor verspürt. Er mochte ein Idiot sein, aber zumindest war er ein ritterlicher Idiot.

»Unser Traumpaar ist also wieder vereint – wie rührend.« Anne kicherte wie ein kleines Mädchen. Der Laut passte überhaupt nicht zu ihr, weder zu der strengen Brille und den schwarz gefärbten, wie immer zu einem Dutt hochgesteckten Haaren noch zu ihrer Bluse, die mich an eine Sekretärin erinnerte. Und schon gar nicht dazu, wie ich sie kennengelernt hatte. Anne, die Vernünftige. Anne, die Verlässliche. Anne, die gute Freundin ... Alles falsch. Anne, die Mörderin, musste es in Zukunft heißen. Falls es für irgendeinen von uns eine Zukunft gab.

»Na gut, dann wenden wir uns erst mal euch beiden zu.« Annes höhnischer Blick ruhte auf Angie und Jacobi, die eng beieinanderstanden.

Jacobi sagte nichts dazu. Ich hatte den Eindruck, dass er hin- und hergerissen war zwischen seiner Sorge um Angie und der Verantwortung für den verletzten Dr. Goldig zu seinen Füßen. Der Chefarzt hatte die Augen geschlossen. Schweiß perlte auf seiner Stirn, die fahl und zugleich glänzend aussah. Ich fragte mich, wie lange er durchhalten konnte, bevor er ohnmächtig wurde. War bei einer solchen Verletzung nicht immer der Schock das Gefährlichste? Dass der Kreislauf einfach versagte?

»Wir haben uns verliebt. Mehr gibt es dazu nicht zu sagen.« Angie bemerkte das fast trotzig. Ich fragte mich, wen sie damit überzeugen wollte. Anne oder sich selbst.

»Es geht Sie zwar nichts an, aber bevor Sie uns über den Haufen schießen, erzähle ich lieber, wie es war.« Jacobi räusperte sich. »Angie, verbessere mich bitte, wenn ich falschliege.«

Ich beschloss, nicht so genau hinzuhören. Wen interessierten schon Jacobis Verführungstricks?

»Besondere Beziehung zu Angie als Patientin – bla, bla, bla – haben uns lange dagegen gewehrt – bla – nur wenige Wochen – bla, hüstel, bla – Angie entschieden, das Ganze zu beenden ...«

Das wiederum weckte meine Aufmerksamkeit. Angie hatte mit ihm Schluss gemacht? Bravo! Braves Mädchen!

»Die Initiative ging von mir aus. Ich fand ihn von Anfang an attraktiv. Lars trifft keine Schuld.«

Wie kam es nur, dass eine bildhübsche Frau wie Angie einen so schlechten Geschmack hatte? Und dass sie Jacobi jetzt auch noch verteidigte?

»Ich wusste ja, dass er verheiratet war. Es war eigentlich klar, dass wir keine Zukunft haben konnten, aber irgendwie ...«

Sie sah ihn liebevoll an. Noch vor Kurzem hätte ich einiges dafür gegeben, dass ihre meergrünen Augen mir so einen Blick zuwarfen. Jetzt dagegen dachte ich mit Wehmut an Marie und daran, wie ihre Stoppelhaare meine Handflächen kitzelten, wenn ich sie streichelte.

»Angie, es tut mir leid, das sagen zu müssen, aber du bist der beste Beweis dafür, dass du eine therapeutische Gehirnwäsche bekommen hast.« Anne verzog keine Miene, als hätte sie genau so eine kitschige Geschichte erwartet. »Überleg doch mal. Als Patient ist man in einer Abhängigkeitsposition von seinem Therapeuten, das ergibt sich ganz automatisch. Ist es ein guter Therapeut, so wie Herr Brunner, so wird er gar keine private Nähe zulassen, da er dich sonst nicht richtig behandeln kann. Jeder weiß, dass Leute, die psychisch belastet und instabil sind, garantiert keine schmutzige Affäre gebrauchen können. Das heißt, dass sich dein Herr Jacobi überhaupt nicht darum gekümmert hat, wie es dir geht und ob du gesund wirst oder nicht. Er war nur darauf aus, seinen Spaß zu haben.«

»Das ist nicht wahr, er hat niemals ...«, rief Angie, die stockte, als von Jacobi ein deutliches »Sie hat recht« kam.

Angie schüttelte fassungslos den Kopf. »Warum sagst du das, Lars? Du weißt doch genau, dass es bei uns nicht so war.«

»Weil es stimmt. Weil ein Therapeut niemals etwas mit einer Patientin anfangen darf. Niemals und unter keinen Umständen. Ich habe das gewusst, ich wusste, was es für dich bedeuten könnte, wie ich dich kaputtmachen könnte, wenn ich mit dir schlafe. Und trotzdem habe ich keinen Moment gezögert, als du auf mich zugekommen bist. Ich habe die Chance ergriffen, an deine Gesundheit habe ich dabei keinen Gedanken verschwendet. Ich hatte höchstens Angst, dass es rauskommt und ich dann meine Arbeit los bin. Oder dass meine Frau davon erfährt.«

Angie und ich starrten Jacobi an. Sie erschüttert, ich überrascht. Anne nickte nur, als hätte sie genau damit gerechnet.

»Wie schön, dass Sie so ehrlich sind, Dr. Jacobi. Es fällt einem leichter, ehrlich zu sein, wenn man eine Pistole auf sich gerichtet sieht, nicht wahr? Da macht es plötzlich gar nicht mehr so viel Spaß, einer armen Depressiven die große Liebe vorzugaukeln.«

Angie liefen Tränen über die Wangen. Jacobi sah sie nicht an. Er presste die Zähne so fest zusammen, dass die Muskeln deutlich hervortraten.

»Dann sehen Sie jetzt sicher ein, dass es durchaus gerechtfertigt war, Ihnen einige kleine ... Warnungen zukommen zu lassen.«

»Natürlich.«

Anne lachte plötzlich. »Dass wir uns richtig verstehen. Ich kaufe Ihnen Ihr erbärmliches bisschen Reue absolut nicht ab. Sie sagen jetzt genau das, wovon Sie glauben, dass ich es hören will, und denken, dann kommen Sie ungeschoren davon. Aber darauf würde ich an Ihrer Stelle nicht wetten.« Sie wandte sich Dr. Goldig zu, der zusammengekauert am Boden lag. »Jetzt schauen wir mal, ob der goldige Benni dem Vorbild seines Kollegen folgt und ebenso bereitwillig die Wahrheit sagt.«

Goldig blinzelte. Schweiß strömte ihm übers Gesicht und in die Augen. »Ich kann nicht«, flüsterte er. »Bitte, einen Arzt.«

»Einen Arzt will er haben.« Anne grinste. »Als gäbe es hier noch nicht genug von deiner Sorte. Aber weißt du was: Ich habe ja Mitleid mit dir. Vielleicht lasse ich Sanitäter hier hinein, wenn du vorher erzählst, wie das damals mit uns war. Dann bekommst du Schmerzmittel gespritzt und darfst ins Krankenhaus. Wenn du nicht redest, dann bleiben wir alle noch eine ganze Weile hier, und ich schieße dir zur Abwechslung in den Ellbogen. Du hast die Wahl.«

War es die Angst vor dieser Drohung oder die schiere Ausweglosigkeit der Situation? Goldig umfasste sein verletztes Bein mit beiden Händen und verschob es so, dass es gerade auf dem Boden lag und er sich etwas aufrichten konnte. Jacobi rollte einen Stuhl zu ihm hin, an den er sich lehnen konnte. Goldig hustete, holte keuchend Atem. Und begann mit monotoner Stimme zu sprechen.

»Deine Eltern haben mich gebeten, dir zu helfen.«

Anne zog die Augenbrauen hoch. »Ich war dein Versuchskaninchen. Du wolltest Therapeut spielen. Und Gott.«

»Du warst sehr schüchtern, aber ich habe gemerkt, dass du auf mich stehst.«

Wieder unterbrach sie. »Ich war fünfzehn, hatte überhaupt keine Erfahrung. Du warst immer so verständnisvoll. Ich dachte, du liebst mich.«

»Wir waren immer allein in der Wohnung.«

»Weil du meinen Eltern gesagt hast, dass eine Therapie in ungestörter Atmosphäre stattfinden muss! Jedes Mal saßen wir in der Küche. Die Uhr hat getickt. Du hast Kuchen gegessen. Und mich reden lassen.«

»Wir hatten ein paarmal Sex, du warst ja ganz bereitwillig.«

Anne schüttelte den Kopf. »Ich hätte alles gemacht, was du wolltest. Und du wusstest das. Du wusstest es ganz genau. Wie du mich in den Arm genommen hast, wenn ich weinen musste. Wie du mich getröstet hast und dabei wie zufällig meine Brust berührt hast.«

Goldig ging gar nicht darauf ein. »Dann hast du angefangen, mir zu folgen und mich auszuspionieren. Du hast Post aus meinem Briefkasten geklaut.«

»Ich habe nicht verstanden, warum du all diese Sachen mit mir machst und mich ansonsten nicht sehen wolltest. Warum ich nicht zu dir kommen durfte. Niemandem von uns erzählen sollte.« Annes Stimme zitterte. Ihre Hände auch.

»Ich habe die Sache beendet.«

Wie konnte er sein unfaires Verhalten so gefühllos darlegen? Mein Zorn gegen Goldig wuchs mit jedem neuen Satz.

»Für mich ist eine Welt zusammengebrochen. Meine winzig kleine, hoffnungsvolle Welt. Und durch die eingestürzte Decke kamen all die Ängste und die schwarzen Gedanken zurück. Und du wolltest so tun, als wär nichts passiert.« Annes Augen spiegelten ihren Schmerz wider.

»Du warst ... sehr labil.«

»Ich habe dich angefleht, zu mir zurückzukommen. Ich habe mich ficken lassen, auf dem verdammten Küchentisch, weil ich dachte, dann bleibst du bei mir.«

»Und dann wolltest du mich ruinieren.«

»Ich konnte nicht mehr. Ich bin zusammengebrochen, habe meiner Mutter alles erzählt. Sie ist mit mir zur Polizei, gegen den Willen meines Vaters. Aber die waren genauso wie du. Die haben mich angestarrt, als müsste ich froh sein, dass ein so unscheinbares Mädchen mit Brille auch mal gevögelt wird.«

Im Raum herrschte Stille. Goldig hatte sich schwer atmend auf den Boden zurücksinken lassen. Anne nagte an ihrer Unterlippe. Angie weinte immer noch oder schon wieder. Jacobi hatte die Arme vor der Brust und seinem blutigen Hemd verschränkt und starrte auf den Boden.

Annes leise, etwas raue Stimme zog uns in ihren Bann. »Ich habe versucht, weiterzuleben. Bin ausgezogen. Weg von dieser Küche, der tickenden Uhr. Weg von meinen verlogenen Eltern, die mich nicht beschützt hatten. Aber meinen Gedanken konnte ich nicht entkommen. Ich habe geheiratet, um nicht allein zu sein. Wieder war da eine Küche, ein Mann. Irgendwann habe ich angefangen, Sachen zu kaufen. Etwas gegen die Leere. Etwas Greifbares. Damit ich es in der Wohnung überhaupt aushalten konnte. Die Erinnerung war kurz vor dem Durchbrechen. Hat mich hilflos gemacht, panisch. Dann haben die Gegenstände nicht mehr geholfen. Nur wenn ich etwas Neues kaufte, fühlte ich kurz diese Erleichterung. Die Kartons stapelten sich in der Küche, dann im Flur. Im Wohnzimmer. Mein Mann hat geschimpft, dann gedroht. Jeder Raum war zugestellt. Ich konnte nicht aufhören. Irgendwann ist er gegangen. Dann war ich wieder allein. Und irgendwann habe ich begriffen, dass es keinen Ausweg gibt. Dass ich mich umbringen muss. Oder dich.«

Ich fragte mich, ob es das jetzt gewesen war. Ob Anne ihre Geschichte noch hatte erzählen wollen, bevor sie die Waffe auf uns richtete. Würden wir jetzt sterben? Meine anfängliche Panik war einer versteckteren, gleichgültigeren Angst gewichen. Unser Körper kann nur eine begrenzte Zeit lang den psychischen Ausnahmezustand durchhalten. Anscheinend hatte ich diesen Punkt bereits überwunden. Wenn ich die anderen so ansah, schien es ihnen ähnlich zu gehen. Das brachte mich auf eine Idee.

Ich sah mich im Raum nach einem geeigneten Mitspieler um. Goldig schied schon allein wegen seiner Verletzung aus, und Angie schien mit der Situation und ihren eigenen Gefühlen schlichtweg überfordert. Sie stammelte etwas davon, dass es ihr so leid für Anne tue, was diese ohne Reaktion zur Kenntnis nahm.

Also blieb nur Jacobi. Ich starrte ihn so intensiv wie möglich an. Es heißt doch immer, dass Menschen irgendwelche Urinstinkte haben, die ihnen verraten, wenn sie von jemandem fixiert werden. Ich betete, dass das nicht nur irgendein urbaner Mythos war.

Tatsächlich hob Jacobi seinen Blick nach wenigen Sekunden von Goldig und schaute zu mir herüber. Ganz langsam kniff ich das linke Auge zusammen und blinzelte ihm zu. Sein Gesicht blieb ausdruckslos, aber ich musste einfach darauf setzen, dass er verstanden hatte.

Ich begann zu stöhnen. Anne fuhr zu mir herum. »Was ist los?«

»Bitte, ich halte es nicht mehr aus. Das Blut überall. Es ist so schmutzig, das schaffe ich nicht. Bitte lass mich gehen.« Ich wankte und fiel auf die Knie, spannte alle Muskeln an, um ein Zittern hervorzubringen. »Ich muss hier weg.« Ich schlang die Arme um meinen Oberkörper und begann mich vor- und zurückzuwiegen.

»Ach Will.« Soweit ich es mitbekam, sah Anne ratlos aus. Warum kam sie nicht her? Nur ein paar Schritte, dann hätte Jacobi eine Gelegenheit … Sie war doch ein empathischer Mensch. Ich musste das ausnutzen.

»Das Blut … wie bei Mäuschen … ich bin schuld, ich bin schmutzig!«

Ich stieß einige Satzfetzen hervor und spürte dabei, wie die Panik tatsächlich anstieg. Die ganze unterdrückte Anspannung begann sich Bahn zu brechen. Mein Körper kannte mein Verhalten in einer solchen Situation und leitete das Notprogramm ein. Aber ich durfte mich dem nicht überlassen. Ich musste bei klarem Verstand bleiben. Tränen liefen mir über die Wangen. Aus dem Dunkel meiner Erinnerung kroch eine Gestalt, ragte vor mir auf, schrie mich an, hob die Hand, um mich zu schlagen. Ich versuchte alles, um sie zurückzudrängen. Ich war nicht schmutzig, diesmal war ich mit dem Blut gar nicht in Kontakt gekommen. Später würde ich mich waschen, aber jetzt konnte ich nicht, durfte ich nicht.

Ich spürte, dass jemand neben mich trat und eine Hand auf meine Schulter legte. Ich hob den Kopf und sah mit tränenverschleiertem Blick in Annes Augen. Zwischen uns entstand eine Verbindung ohne Worte. Sie wollte mir helfen und für mich da sein. Wir waren Freunde, es würde alles gut werden. Sie war kein schlechter Mensch, sie würde uns nichts tun. Erleichterung durchströmte mich.

In diesem Moment schnellte etwas auf uns zu. Nicht etwas, jemand! Jacobi, der die Chance nutzte, um Anne zu entwaffnen. Und Anne, die über unglaubliche Reflexe zu verfügen schien, zögerte nicht eine Millisekunde. Jacobi war schnell, aber Anne war schneller.

Ich sah, wie ihr Finger sich bewegte, wie er sich nur ein klein wenig krümmte. Aber diese kleine Bewegung war genug, war zu viel, brachte Verderben. Ich glaubte das Projektil durch den Raum fliegen zu sehen, aber vielleicht war das auch nur mein Unterbewusstsein, das sich Mühe gab, eine Wahrnehmungslücke zu füllen. Ich meinte, die Flugbahn verfolgen zu können, als wüsste ich nicht längst, auf wen Anne zielte. Als die Kugel ihr Ziel fand, erschütterte sie Jacobis Körper zunächst mit einem sichtbaren Ruck und schlug ihn dann von den Beinen. Noch im Fallen streifte er Annes Oberschenkel – er war ihr schon so nah gewesen! – und brachte sie aus dem Gleichgewicht. Sie stolperte rückwärts, riss die Hand mit der Pistole hoch, um sich vor dem Sturz zu bewahren. Ich duckte mich, griff nach ihrem Arm und schlug ihr die Waffe aus der Hand.

Jacobi fiel auf die linke Seite, federte durch den dicken Teppich gedämpft nur wenig. Meine Augen suchten nach der Pistole, huschten zurück zu Jacobi, wieder zur Waffe, ich stürzte mich darauf, versetzte Anne einen weiteren Stoß, um sie davon wegzuhalten. Dann hielt ich die Pistole in der Hand, und Jacobi lag still da. Und Angie war bei ihm. Ich wusste nicht, wie sie so schnell zu ihm gekommen war. In meiner Vorstellung musste sie sich schneller bewegt haben als die Kugel. Nur nicht rechtzeitig, um das Blut aufzuhalten. Blut auf Jacobis weißem Hemd. Viel Blut. Und Angies Schrei, der über den beiden in der Luft hing.

\*\*\*

Und dann kniete sie neben ihm auf dem Boden, und er sah in ihre Augen. Groß, starr vor Schrecken, panisch. Wie ein Reh, das in den Rachen des Wolfes blickt. Er hob die Hand, hätte so gern ihr Gesicht berührt. Doch er kam nicht weit. Die Kräfte reichten nicht mehr.

»Angie …«

Er flüsterte. Sie beugte sich tiefer zu ihm. Umklammerte seine Hand. Warme, sanfte Haut. Erstaunlich kraftvoller Griff. Wahrscheinlich merkte sie gar nicht, wie stark sie zudrückte. Ihm selbst war plötzlich so kalt, es war gut, dass sie ihn festhielt.

Um ihn her war Chaos. Der junge Will Klien beugte sich kurz über ihn, nun trug er die Waffe in der Hand, aber Jacobi hatte keine Angst mehr davor. Der Kopf verschwand wieder, eine Tür wurde aufgestoßen, laute Rufe nach einem Arzt. Wie lächerlich, er selbst war doch Arzt. Sie sollten ihn in Ruhe lassen, er war so müde.

Jemand rüttelte an seinen Schultern, wollte nicht zulassen, dass er ging. Angie.

»Nein, nein, nein!« Sie stammelte bloß. Ihre Lippen zitterten.

»Angie, du ...«

Seine Gedanken verwirrten sich. Da war das Kind. Ein Ultraschallbild flackerte vor seinen Augen. Schwarz-weiß. Ein Flirren auf Papier. Es wuchs, beschützt in Dorothees Bauch. Dorothee war stark, sie würde nicht aufgeben, würde es allein schaffen. Aber sein Kind, er würde es nicht kennenlernen. Er war Papa, war es nur so kurz. Der Tunnel verengte sich, nahm an Fahrt auf, zog ihn hinunter.

Jemand schüttelte seine Schultern. Widerwillig öffnete er die Augen noch einmal. Sah Schlieren. Weiß und rot und braun. Angies Haare. Es tropfte auf sein Gesicht, sie weinte um ihn. Schon wieder tat er ihr weh. Er wollte doch nicht ... und Dorothee. Sie auch. Er verletzte alle, die er liebte. Seine Frau. Sie hatte das Kind. Aber Angie ...

»Du musst ...«

Es kostete so viel Kraft. Seine Lippen schienen ihm nicht mehr zu gehorchen. Er wusste nicht, ob er überhaupt einen Laut hervorbrachte, ob sie ihn verstehen konnte. Sie schrie seinen Namen. Die Stimme wurde lauter und leiser. Pochte mit dem Schmerz in seiner Brust.

»Oh Gott, bleib da, bleib bitte da.«

Er konnte nicht bleiben. Dunkle Wände rückten vor, engten das Sichtfeld ein, konzentrierten es auf einen Punkt. Ihre Augen. Sie verschwammen. Er öffnete den Mund.

»Angie.« Sie musste ihn hören. Er hoffte, sie würde verstehen. »Du musst ... leben.«

Ihm war so schwindelig. Die Welt kippte. Da war ein Rauschen in seinen Ohren. Ein Pochen. Sein Puls. Er holperte, er setzte aus. Ein letzter Schlag, wie ein Dröhnen. Der Schmerz war weg. Die Welt stand still. Ganz – still.

## EPILOG:
## MAYBE IT'S NOT ABOUT THE HAPPY ENDING —
## MAYBE IT'S ABOUT THE STORY.

*Wenn ihr mal gar nicht mehr weiterwisst ... Hier Bernie Beißlings unschlagbares Geheimrezept für den krassesten Liquid Cocaine eures Lebens:*

*100 ml Kaffee (kalt)*
*100 ml Wodka*
*1 TL Puderzucker*
*Eiswürfel*

*Alles verrühren und in großen Schlucken genießen. Man kann statt des Puderzuckers auch Traubenzucker zerstampfen und untermischen, wirkt schnell und haut richtig schön rein!*
*Anmerkung: Kommt besonders gut in Verbindung mit Benzodiazepinen (deshalb wird das Rezept überwiegend von Psychiatriepatient zu Psychiatriepatient weitergeflüstert). Verantwortungsvolle Anmerkung der Autorin zu Bernies verantwortungsloser Anmerkung: Benzos mit Alkohol zu mischen ist keine gute Idee und kann tödlich enden!*

Einige Wochen später: Ich stieg in den Bus und schnallte mich an. Das war es also gewesen. Aus. Vorbei. Ich atmete tief durch. Keine Gruppentherapie mehr, kein luxuriöses Privatzimmer, kein reichhaltiges Abendbüfett. Keine Spaziergänge mit Marie, keine Wassergymnastik mit quietschbunten Poolnudeln. Keine Achtsamkeitsübungen, kein Herr Schnabel, keine Mörderjagd. Ein wenig kam es mir vor wie die Vertreibung aus einem falschen Paradies. Ein Ort, der heilen konnte – aber auch töten.

Jemand pochte an die Scheibe. Ich blickte auf. Irmela hielt mir ein Butterbrot entgegen. Wahrscheinlich ging sie davon aus, dass ich auf der halbstündigen Fahrt zum Würzburger Hauptbahnhof sonst den Hungertod sterben würde. Ich machte ihr ein Zeichen, dass ich kein Interesse hatte. Sie stemmte die Arme in die Hüften und sah mich vorwurfsvoll an. Hinter ihr standen die anderen versammelt. Angie in einem gepunkteten Sommerkleid mit Sonnenbrille auf der Nase. Ich wusste, dass sie oft weinte. Trotzdem bemühte sie sich jetzt um ein Grinsen und hielt den Daumen nach oben.

Neben ihr stand Holger. Eine kleine, kugelige Gestalt Hand in Hand mit dem riesigen Bernie. Beide lächelten etwas verschämt, aber glücklich. Hatte Holger also endlich jemanden gefunden, den er mit seinen unzähligen Krankheiten anstecken konnte. Mit der freien Hand winkte er mir zu.

Marie lehnte etwas abseits an einer Säule. Sie hatte die Arme über der Brust verschränkt und betrachtete die Abschiedsszene. An ihrem rechten Ohr baumelte ein feiner silberner Blitz. Mein Abschiedsgeschenk. Damit sie unseren Kuss nicht vergaß, den Kuss mitten im Gewitter. Sonst war niemand da. Mäuschen fehlte, Anne fehlte auch.

Goldig hatte sofort nach der OP alles widerrufen, was er im Büro von sich gegeben hatte. Er habe nur versucht, Annes offensichtlich psychotische Erinnerungen an die Vergangenheit zu vervollständigen, um sich und uns alle zu retten. Das wäre seiner Darstellung nach auch gelungen, wenn Jacobi nicht so übereilt gehandelt hätte. Der selbst ernannte Held von der Vogelsburg weilt nun auf Reha und sollte zu gegebener Zeit wieder auf seinen Chefsessel zurückkehren. Vor Gericht würde ich ihn und Anne wiedersehen. Und erneut einer von einer Verrückten zusammengesponnenen Geschichte lauschen. Oder der unbequemen Wahrheit einer tief verletzten Frau. Wer war ich schon, um das zu beurteilen?

Aber eines konnte ich tun: es nicht wie Anne zulassen, dass die Gespenster der Vergangenheit mein Leben bestimmten. Deshalb hatte ich letzte Woche Susa angerufen. Ihre Stimme hatte atemlos geklungen, und ich hatte den Drang bekämpfen müssen, das Gespräch sofort wieder zu unterbrechen. Stattdessen hatte ich ihr gesagt, dass ich noch nicht so weit war. Dass es noch länger dauern würde, bis wir zusammen das Grab besuchen konnten. Aber dann würde ich nicht weglaufen. Die Frau, die mich so gequält hatte, war längst tot. Ich war frei. Ich musste es nur noch akzeptieren.

Als ich am nächsten Tag aus meinem Zimmer trat, um zum Frühstück zu gehen, stand ein Blumenkübel vor meiner Zimmertür, sodass ich fast über ihn gestolpert wäre. Eine große Freude durchzuckte mich, als ich meinen Bonsai-Ginkgo erkannte. Ich musste mir hastig ein paar Tränen aus den Augen wischen, bevor ich den Ginkgo vorsichtig hochhob und zu einem besonders schönen Platz auf meinem Fensterbrett geleitete. Da hatte er gestanden, ruhig und verlässlich und ein lebender Beweis dafür, wie weit ich mit meiner Therapie gekommen war und was für eine tolle Schwester ich hatte.

Der Fahrer des Kleinbusses gab Gas. Rote Ziegelgebäude zogen an mir vorbei, die achteckige Turnhalle, die Weide mit den Schäfchen. Ich wandte den Kopf. Holger, Bernie, Angie, Irmela und Marie, meine Marie. Sie standen noch immer am Eingang und winkten mir nach. Gemeinsam waren wir auch auf Jacobis Beerdigung gewesen. Allein wäre ich niemals hingegangen. Zu tief saß die Befürchtung, dass ich doch irgendwie Mitschuld trug an seinem Tod. Wäre ich nicht so überzeugt gewesen, Anne lange genug ablenken zu können … hätte ich Jacobi nicht zugezwinkert und ihn damit ermuntert, etwas zu unternehmen, etwas Dummes … Wie konnte ich da auch nur halbwegs unbefangen der Witwe kondolieren? Aber Marie hatte mich überzeugt, dass ich Abschied nehmen musste, um meinem eigenen Spiegelbild wieder in die Augen sehen zu können.

Frau Jacobi hatte mit rot geweintem Gesicht am Grab gestanden, klein und mollig, ganz anders, als ich sie mir vorgestellt hatte. Ich hatte ihre Hand gedrückt und gesagt, dass sie stolz auf ihren Mann sein könne, da er sehr mutig gewesen sei. Und in dem Moment meinte ich wirklich, was ich sagte. Sosehr ich ihn auch lange Zeit verachtet hatte, nun, da ich an seinem Grab stand, sah ich in ihm nur noch einen ganz normalen Menschen mit Stärken und Schwächen, so wie wir alle welche hatten.

Dicht an der Friedhofsmauer, hinter den belaubten Ästen einer Weide, halb verborgen und leicht gekrümmt, als litte sie Schmerzen, kauerte Angie. Sie hatte sich geweigert, mit ans Grab zu kommen, lieber wollte sie allein von Jacobi Abschied nehmen. Die große Sonnenbrille wackelte auf ihrer zarten Nase und konnte das Schluchzen nicht verbergen. Ich sah, dass Frau Jacobi mehrmals zu ihr hinüberschaute, unschlüssig und besorgt, als wäre diese geheimnisvolle Frau in Schwarz eine Bedrohung. Kurz hatte ich den Eindruck, sie wolle zu ihr gehen, doch dann blieb sie stehen, neben dem Grab ihres Mannes.

Irmela trat zu Angie und nahm sie in ihre mütterlichen Arme. Ich sah, wie sie ihr ein besticktes Taschentuch reichte und sie dann sanft, aber bestimmt nach draußen führte, weg von den neugierigen Blicken der Beerdigungsgäste. Frau Jacobi hatte ihnen nachgesehen, mit einem resignierten Ausdruck in den Augen. Dann hatte sie an ihrer schwarzen Bluse hinuntergeblickt und sich leicht über den Bauch gestrichen. Das schien ihr Kraft zu geben, denn sie richtete sich etwas auf und sagte ein paar freundliche Worte zu mir, die ich überhaupt nicht verdient hatte.

Und nun saß ich in dem Bus, der mich von der Klinik wegbringen würde, die ich die letzten Monate als mein Zuhause bezeichnet hatte. Normal war ich noch lange nicht, aber wer war das schon? Viel wichtiger fand ich, dass ich Fortschritte gemacht hatte, einen nach dem anderen, und dass ich wieder einen Grund hatte, um weiterzukämpfen. Ich würde eine ambulante Therapie beginnen und einer Selbsthilfegruppe beitreten. Wer weiß, vielleicht konnte ich ja bald in meine geliebte Bibliothek zurückkehren.

Bevor der Bus um die Kurve fuhr, drehte ich mich noch einmal um und winkte meinem Verabschiedungskomitee zu. Irmela schwenkte ihren Brotbeutel, Holger wedelte mit seinem Anti-Erkältungs-Schal, Marie warf mir eine letzte Kusshand zu. Wir würden uns wiedersehen. Wir waren Leidensgefährten, Kämpfer, Freunde. Vor allem Freunde.

# Nachwort

Auf der Vogelsburg bei Volkach hat es nie eine psychosomatische Klinik gegeben. Vielmehr ist die Burg Tagungsort, Gaststätte, Konferenzzentrum und Hotel, und die Augustinerschwestern haben dort heute noch ihren Konvent. Doch als ich auf der Suche nach einem geeigneten Schauplatz für meine Geschichte auf der Vogelsburg Station machte und über die Mainschleife hinwegblickte, da wusste ich, dass Will und seine Freunde eine Heimat gefunden hatten.

Ich habe mich bemüht, die Gegebenheiten in einer psychosomatischen Klinik möglichst realitätsnah abzubilden, und mich dabei an einer entsprechenden Einrichtung am Ammersee orientiert. Jedoch habe ich mir die Freiheit genommen, Therapiepraxis und Alltagsgeschehen so weit abzuwandeln, wie es die Geschichte erfordert hat.

Je mehr ich über Zwangserkrankungen gehört und recherchiert habe, desto mehr hat mich diese Krankheit fasziniert. Die große Varietät an Zwangshandlungen und Zwangsgedanken ist erstaunlich und für Menschen, die damit noch nicht in Kontakt gekommen sind, zunächst vielleicht befremdlich. Allerdings wurde mir auch immer mehr bewusst, wie sehr die Betroffenen darunter leiden und wie stark der Zwang ihr Leben bestimmt. Trotzdem können sie oft auch über ihre Krankheit und die daraus entstehenden absurden Situationen lachen, was ich sehr inspirierend fand.

In meinem Buch habe ich versucht, beiden Aspekten, dem ernsten und dem humorvollen, gerecht zu werden. Die literarischen Freiheiten, die ich mir dabei genommen habe, bitte ich, mir nachzusehen.

Weitere Informationen und Hilfe für Betroffene oder Angehörige finden Sie bei der Deutschen Gesellschaft für Zwangserkrankungen (DGZ) unter www.zwaenge.de. Neben einer telefonischen Beratung wird hier auch zu Therapeuten und Kliniken vermittelt, die sich auf Zwangsstörungen spezialisiert haben.

# Großer Dank geht an …

… meine Testleser Julia Wohlfart, Katharina Rix, Dr. Johanna Büchel, Melissa Hill, Christian Schmiedecke, Franz Mäderer, Barbara Mäderer und Paul Stapor. Ohne euren Zuspruch hätte ich das halb fertige Buch wahrscheinlich irgendwann im Ofen verschürt … Danke für eure Begeisterung, die mich immer wieder zum Weiterschreiben motiviert hat!

… Andreas Stapor für die weihnachtliche Exkursion ins Würzburger Umland und Eva Stapor für die vorzügliche Verpflegung während der Überarbeitungsphase über die Feiertage hinweg. Ich habe diesen Luxus sehr genossen!

… Fabi, der »Angie« mit seiner Gitarre zum Leben erweckt hat. When will those clouds all disappear?

… meine ganze Familie für die liebevolle Unterstützung; ich bin sehr froh, dass ich so treue Fans habe! Ihr seid die Besten!

… Paul, dessen Lockenkopf nicht nur voller Intelligenz, sondern auch voller schlechter Witze steckt und damit einen absolut fatalen Einfluss auf meinen Humor hat. Die Kapitelüberschriften sind dir gewidmet!

… alle Betroffenen, die mir von ihren Zwängen, ihrem Krankheitsverlauf, ihren Lebensgeschichten und ihren Erfahrungen mit den verschiedensten Psychopharmaka berichtet haben. Diese Informationen aus erster Hand waren für mich eine besonders wichtige Inspirationsquelle. Ich danke euch für eure Offenheit und eure Bereitschaft, über so private Dinge zu sprechen!

## Literatur/Recherche:

– Reinecker, Hans: Ratgeber Zwangsstörungen. Informationen für Betroffene und Angehörige. (= Ratgeber zur Reihe Fortschritte der Psychotherapie; Band 12). Hogrefe Verlagsgruppe, 2017.

– Tsokos, Michael: Die Klaviatur des Todes. Deutschlands bekanntester Rechtsmediziner klärt auf. Droemer, 2013. (Vgl. insbesondere das Kapitel über Kohlenmonoxidvergiftungen.)

– ZDF-Reportage »Waschen, zählen, kontrollieren. Wenn Zwänge das Leben beherrschen«. Rita Stingl. Redaktion: Harald Lüders, Beate Thorn. ZDF, 2011.


Wills Wissen über die historischen Hintergründe rund um die Vogelsburg habe ich verschiedenen Broschüren der Stiftung Juliusspital Würzburg entnommen. Dort sind auch einige Details zu den Bauwerken entlehnt und durch meine Recherche vor Ort ergänzt worden:

– Kirche Mariä Schutz Vogelsburg (von Walter Herberth und Pfarrer Bernhard Stühler)

– Das Labyrinth (Text: Pfarrer Bernhard Stühler)

– 1111 Jahre Vogelsburg. Ein kleiner Rundblick auf Geschichte und Gegenwart (Idee und Text: Dr. Ulrich Brömmling, Berlin)


Online:
– Die verwendeten und viele weitere Frankenwitze findet man auf der Gruppenseite »Wir Franken« auf xing.de.

– Will hat sein Wissen über Wilhelm Conrad Röntgen und die nach ihm benannten Strahlen von planetwissen.de, Artikel »Entdeckung der Röntgenstrahlen« von Johannes Hirschler.

– Die Informationen über die Voraussetzung für eine Namensänderung in Deutschland stammen aus einem Focus-Artikel: https://www.focus.de/wissen/mensch/namensaenderung-wann-sie-es-in-deutschland-duerfen_id_6893942.html (06.04.2017 Focus Online).

– Die erbaulichen Lebensweisheiten der Kapitelüberschriften habe ich irgendwann auf Postkarten gelesen oder im Alltag aufgeschnappt. Für einige habe ich mich auch von der Seite http://www.zitate-und-weisheiten.de inspirieren lassen.

– www.pharmawiki.ch hat mir einen soliden Überblick über die verschiedensten Psychopharmaka verschafft.

– Auf www.phobie-wissen.de findet man eine wirklich furchterregende Liste von Phobien.

Anja Mäderer
**MAINLEID**
Broschur, 256 Seiten
ISBN 978-3-95451-656-8

Kommissarin Nadja Gontscharowa hat sich von Nürnberg nach Würzburg versetzen lassen. Zeit für eine Eingewöhnung hat sie nicht, denn im Ringpark wird eine Studentin mit einer Flasche Luxuswein erschlagen. Das Opfer war bildhübsch, beliebt und begabt – oder trügt der schöne Schein? Gerade als Nadja Zugang zu den neuen Kollegen und den Ermittlungen findet, gibt es einen weiteren Toten, der das Team vor ein noch größeres Rätsel stellt.

»*Anja Mäderer schreibt spürbar mit Freude, frisch, flott und pointiert.*« Main-Post

www.emons-verlag.de

Anja Mäderer
**MAINSCHATTEN**
Broschur, 288 Seiten
ISBN 978-3-95451-977-4

Der tödliche Unfall eines jungen Lehrers in einer traditionsreichen Würzburger Tanzschule stellt sich als Mord heraus. Kommissarin Nadja Gontscharowa nimmt undercover Tanzstunden, doch statt der Lösung näherzukommen, gerät sie immer tiefer in ein Netz aus Verrat und Eifersucht. Bis sie entdeckt, dass sich im Umfeld der Schule schon einmal ein Todesfall ereignet hat …

www.emons-verlag.de